MW01517816

Buch

Auf einem Feld mitten im Heuhaufen zu sitzen – das ist wohl kaum
die beste Art, gleich zwei attraktive junge Männer kennen zu lernen.
Vor allem, wenn der eine, Adam Moreton, besser aussieht als jeder
griechische Gott und sein Bruder Hugo ebenfalls ein Prachtexem-
plar ist. Genau das aber passiert der jungen Londonerin Flora Parker, und die blamable Rettung durch die zwei jungen Farmer ist nur
der peinliche Höhepunkt eines Tages, der mit zu viel Whiskey, dem
falschen Mann im Bett und ihrem halbnackten Konterfei auf den
Titelseiten der Boulevardzeitungen begann. Flora Parkers Leben ist
definitiv aus den Fugen. Dagegen hilft nur noch die Flucht aus London, raus aufs Land zur lange verschmähten Verwandtschaft. Doch
die Farm der Tante steht vor der Pleite, ihre Ehe ist in der Krise, und
die Töchter sind unglücklich. Da verkündet der spleenige Nachbar
Kingsley Moreton die Wette des Jahrzehnts: Wer von seinen zwei
Neffen, Adam oder Hugo, bis Kirchweih unter der Haube ist, erbt
Moreton Manor mit allem Drum und Dran. Sofort schmiedet Flora,
viele und, wie sie findet, exzellente Pläne – und verursacht das
schönste Liebeschaos…

Autorin

Maeve Haran lebt mit ihrem Mann und drei Kindern in London.
Nach dem Jura-Studium wurde sie eine erfolgreiche TV-Produzen-
tin, gab diese Laufbahn jedoch für ihre schriftstellerische Karriere
auf. Dass dies nicht immer ohne Turbulenzen verlief, spiegelt sich in
ihren selbstbewusst-frechen Bestsellern wie »Liebling, vergiss die
Socken nicht« und zuletzt »Der Stoff, aus dem die Männer sind«
wider. Inzwischen haben sich ihre Romane allein in Deutschland
über zweieinhalb Millionen mal verkauft.

Von Maeve Haran ist bereits erschienen

Schwanger macht lustig (35199) – Und sonntags aufs Land (35399)
Liebling, vergiss die Socken nicht (35660) – Zwei Schwiegermütter
und ein Baby (35713) – Alles ist nicht genug (35516) – Wenn zwei
sich streiten (35607) – Die Scheidungsdiät (35187) – Ich fang noch
mal von vorne an (35917) – Schokoladenküsse (36121) – Der Stoff,
aus dem die Männer sind (36270) – Mein Mann ist eine Sünde wert
(36455)

Maeve Haran

Ein Mann
im Heuhaufen

Roman

Aus dem Englischen
von Ariane Böckler

blanvalet

Die Originalausgabe erschien 2001 unter dem Titel
»The Farmer Wants a Wife«
bei Little, Brown and Company, London.

1. Auflage
Einmalige Sonderausgabe 2006 bei Blanvalet,
einem Unternehmen der Verlagsgruppe
Random House GmbH, München.
Copyright © der Originalausgabe 2001 by Maeve Haran
Copyright © der deutschsprachigen Ausgabe 2002
by Blanvalet Verlag, München,
in der Verlagsgruppe Random House GmbH
Umschlaggestaltung: Design Team München
Umschlagfoto: getty-images/Touraine
Satz und Druck: GGP Media GmbH, Pößneck
MD · Herstellung: H. Nawrot
Made in Germany
ISBN-10: 3-442-36654-2
ISBN-13: 978-3-442-36654-5

www.blanvalet-verlag.de

*Für meine geliebte Tochter Georgia
für ihre Leidenschaft und ihren Scharfblick*

1. Kapitel

Flora Parker schloss die Augen und kämpfte gegen das unangenehme Gefühl an, dass sie am Abend zuvor etwas richtig Schlimmes angestellt hatte.

Und zwar nicht schlimm auf ihrem gewohnten Niveau: in Nachtlokalen aufgeblasene Finanzfritzen anzumachen oder hirnlose Schnösel mit dicken Schlitten abzuschleppen, die sich einbildeten, sie hätten entsprechende Pimmel. Irgendetwas sagte ihr, dass es diesmal schlimmer war.

Viel schlimmer.

Eine Stimme, die sie dunkel als die ihres Gewissens erkannte, flüsterte ihr zu, dass sie am vergangenen Abend eine schwere Sünde begangen hatte, zumindest aber einen schweren Fehltritt.

Fehler Nummer eins war der Whiskey gewesen. Warum, o warum nur hatte sie auf einmal Geschmack an irischem Whiskey gefunden? Normalerweise verabscheute sie sämtliche Spirituosen, aber Miles hatte nicht locker gelassen. Blackmills Whiskey lancierte eine neue Marke, die trendige junge Leute ansprechen sollte, und Flo war eine der trendigen jungen Frauen, die man eingeladen hatte, um die Kampagne auf Touren zu bringen. Also musste sie das Zeug natürlich auch trinken, nur eben vielleicht nicht in derartigen Mengen. Aber schließlich machte Flo nie etwas nur halb, egal ob es etwas Schlimmes oder etwas Gutes war.

Sie versuchte aus dem Bett zu steigen, doch ihr Kopf fühlte sich an, als sei ein Düsenflugzeug darin gelandet und hätte die Schubumkehr eingeschaltet.

Fehler Nummer zwei lag neben ihr im Bett.

Zwischen ihr und der Wand erhob sich ein großer Klumpen unter der Bettdecke. Wenn es noch einen Gott gab und er sein Herz gegenüber Flo noch nicht ganz verschlossen hatte, würde sich der Klumpen als riesiges Plüschtier entpuppen, von ihr aus auch als eines dieser wirklich scheußlichen ausgestopften, die man auf Volksfesten gewinnen konnte. Flo sah sich nervös im Zimmer um, und ihr Blick blieb erschüttert an einem Paar schwarzweißer Stiefeletten aus Ponyfell haften.

Sie stöhnte. Nur ein einziger Mensch in ganz London oder vermutlich im ganzen Universum war unsensibel genug, um solche Stiefeletten zu tragen. Was hatte sie denn mit Miles im Bett verloren? Miles war die tonangebende Figur in der Schickeria rund um Flo. Im schäbigen East End geboren, hatte er sein Leben in Walthamstow begonnen und bewohnte nun ein elegantes Haus in der King's Road. Miles engagierte sich ein bisschen hier und ein bisschen da und verdiente irgendwie einen Haufen Geld. Außerdem kannte er jeden, der auch nur entfernt im Trend lag oder nützlich war, und konnte die Betreffenden dazu überreden, auf Partys zu erscheinen, um ihnen Glanz und Glamour zu verleihen. Und so war es gekommen, dass Flo für die Kampagne für Blackmills Whiskey engagiert worden war. Doch im Moment wurde ihr schon allein von dem Wort übel.

Miles war, seit sie denken konnte, hinter Flo her gewesen, doch bis gestern Abend hatte sie seinen Avancen widerstanden. Er sah auf übertriebene Weise gut aus und konnte witzig und bissig sein. Seine peinlich genauen und doch entsetzlich boshaften Beschreibungen von Leuten, die sie beide kannten, lösten bei ihr oft Lachkrämpfe aus, selbst wenn sie einen schuldbewussten Nachgeschmack hinterließen. Irgendwie hatte Miles etwas an sich, dem sie nicht traute. Seine sinnlich-dunkle Attraktivität erinnerte an den jungen

Elvis: der gleiche üppige Schmollmund und die gleiche Extraschicht Fleisch auf dem recht hübschen Gesicht. Allerdings hatte sein Charakter überhaupt nichts Weiches. Miles übersah nie auch nur die kleinste Kleinigkeit.

Flo erschauerte beim Gedanken daran, was sie letzte Nacht womöglich getrieben hatten. Jemand, der mehr von einem Gentleman hatte als Miles, hätte die Situation sicher nicht ausgenutzt, doch Miles war kein Gentleman.

Aber schließlich bist du auch keine Lady, rief Flo sich streng in Erinnerung.

Trotzdem hatte sie ihre Grundsätze, auch wenn es nicht die von Mutter Teresa waren. Flos Maßstäben zufolge war es in Ordnung, mit zwanzig Männern zu schlafen (natürlich nicht gleichzeitig, obwohl das ganz neue Perspektiven eröffnen würde), vorausgesetzt, sie wollte das. Die unverzeihlichste Sünde war es, mit jemandem zu schlafen, mit dem sie nicht schlafen wollte.

Sie versuchte sich damit zu trösten, dass die meisten Frauen so etwas schon mal getan hatten. Entweder hatten sie es nicht fertig gebracht, nein zu sagen, oder der Typ hatte ihnen Leid getan. Oder (peinlich, das zugeben zu müssen) es war ihnen zu viel Aufwand, sich ein Minicab für den Rückweg nach Clapham zu besorgen. Sex sollte eigentlich ein Garten der Lüste sein, aber manchmal war er eher ein bequemer Hinterhof.

Flo verfügte über keine dieser Ausreden. Sie befand sich in ihrer eigenen Wohnung, unter ihrer eigenen Bettdecke und galt als stark, unerschrocken und hundertprozentig selbstsicher.

Wenn sie aber so stark und unerschrocken war, so fragte ein gehässiges Stimmchen, wie war es dann dazu gekommen, dass sie eine halbe Flasche Whiskey getrunken hatte und mit Miles im Bett gelandet war?

Heiß wallten Scham und Wut in ihr auf und überzogen

ihre Haut mit Röte. Selbstsicher zu sein hieß nicht, dass man mit jemandem ins Bett stieg, der einen an eine Boa Constrictor vor dem Mittagessen erinnerte. Jetzt hatte er sein Mittagessen gehabt. Sie selbst war verschlungen worden.

Sie konnte sich Miles' höhnisches Grinsen, wenn er aufwachte, lebhaft ausmalen, ganz zu schweigen von seinem Eifer, dort weiterzumachen, wo sie letzte Nacht aufgehört hatten. Doch dann kam ihr ein aufheiternder Gedanke: Möglicherweise hatte Miles ja genauso viel getrunken wie sie, und sie war infolge von Blackmills-Schlappheit vor ihrem Schicksal bewahrt worden.

Neben ihr regte sich die Bettdecke, und Miles' Gesicht kam zum Vorschein. Ein wissendes Lächeln erhellte seine klugen, berechnenden Augen.

»Guten Morgen, Herrlichste. Endlich hast du dich ergeben. Und ich muss zugeben« – er beugte sich besitzergreifend zu ihr – »du warst das Warten wirklich wert.«

Flo musste sich beherrschen, um ihn nicht zu ohrfeigen. Der Widerling bildete sich auch noch ein, sie wäre von dieser Eröffnung geschmeichelt.

Miles setzte sich auf und lehnte sich gegen ihre Lieblingskissen. Seine Haut war bleich und unbehaart, ein starker Kontrast zu seinen fast schwarzen Haaren. Die meisten Frauen in ihrem Dunstkreis waren verrückt nach ihm. Miles' spezielle Ausstrahlung verwegener Blasiertheit, garniert mit einem Hauch Brutalität, verschaffte ihnen spontane Orgasmen. Doch Flo war keine von ihnen.

Sie sprang aus dem Bett, dankbar dafür, dass ihre wirre blonde Mähne (kein Friseur konnte sie so bändigen, dass es schick aussah) fast ihre Brüste bedeckte und sie wenigstens noch ein Höschen mit Leopardenmuster anhatte.

»Wir haben keine Milch mehr«, verkündete sie zur Erklärung.

Miles lächelte verführerisch. »Das Opfer bringe ich gerne.«

»Lass nur«, sagte Flo lapidar. Sie musste einfach weg. Zum Nachdenken. Um sich eine Ausrede einfallen zu lassen, mit der sie ihn loswurde, ohne ihn massiv zu beleidigen. Miles war nicht der Typ, den man sich zum Feind machen durfte, selbst wenn man ihn nicht als Liebhaber wollte. Außerdem war sie ihm zumindest eine Spur Würde schuldig.

Sie entdeckte einen ihrer zwölf Zentimeter hohen Jimmy-Choo-Stilettos unter dem Bett und hüpfte auf der Suche nach dem anderen umher.

»Traumhafte Schuhe. Du siehst aus wie eine Edel-Stripperin«, lobte Miles. »Oder wie eine Tänzerin aus dem Crazy Horse. Ich sehe dich schon mit Quasten behängt vor mir.«

»Tut mir Leid, Junge.« Flo streifte den Schuh ab, da sie sein Gegenstück nicht finden konnte und außerdem Miles nicht die Genugtuung gönnen wollte, zu sehen, wie sie auf der Suche danach den Po in die Höhe reckte. Gott allein wusste, welch niedriges Verlangen das auslösen würde. »Du wirst dich schon mit einem Regenmantel und Turnschuhen zufrieden geben müssen.«

Als sie die Schlafzimmertür öffnete, stürzte sich ein kleines, weißes Wollknäuel auf sie und bedeckte ihre Knöchel mit nassen Küssen. Flo bückte sich und kitzelte ihre winzige Terrier-Dame hinter den Ohren. »Hallo, Snowy. Na, wer ist ein tapferer Wachhund?«

Die liebevolle Verehrung wandelte sich zu einem Knurren, als Snowy Miles im Bett ihres Frauchens entdeckte. Snowy war ein Geschenk eines früheren Gespielen gewesen, der darauf bestanden hatte, dass Flo, wenn sie schon sein Herz nicht wollte, wenigstens sein Hündchen behalten sollte. Zweifellos sah Snowy in Miles den Feind.

»Komm schon, braver Hund«, lockte Flo, »komm und geh mit mir Milch holen.« Snowy, die von Mr. Sanjay, dem der Laden an der Ecke gehörte, immer Schokoriegel zugesteckt bekam, kläffte begeistert.

Vor der Wohnung konnte Flo endlich wieder atmen. Miles' Gegenwart hatte ihr die Kehle zugeschnürt wie Asthma.

Der melancholische Mr. Sanjay lächelte ihr zu, als sie näher kam, und stellte sogar sein Radio leiser, eine ungewohnte Ehre.

»Eine wunderschöne gute Morgen, Miss Parker«, begrüßte er sie.

Mr. Sanjays Bandbreite an Begrüßungsfloskeln war schillernd.

Bildete Flo sich das nur ein, oder sah er sie heute Morgen wirklich seltsam an? Sie blickte in den Spiegel, den Mr. Sanjay wie einen kleinen Schrein zwischen den Rothmans- und Marlboro-Schachteln verbarg, um zu sehen, ob sie einen dicken Pickel hätte, eine weitere Nebenwirkung von zu viel Blackmills. Aber nein, ihre altbekannten Gesichtszüge sahen ihr entgegen: zerzauste blonde Haare, große haselnussbraune Augen, die ausnahmsweise einmal nicht mit drei Tage alter Wimperntusche verschmiert waren, eine kräftige Nase, wie ihre Mutter stets dazu gesagt hatte, und ein entsprechendes Kinn. Nicht schön, aber dafür umso sexyer.

»Sehr schöne Foto«, erklärte Mr. Sanjay und starrte nicht auf Flo, sondern in die mittlere Entfernung hinter ihr. »Sehr lebhaft und fröhlich.«

Snowy, die ihr gewohntes Leckerchen vermisste, stellte sich aufmunternd auf die Hinterbeine.

»Was ist ein sehr schönes Foto?«, wollte Flo wissen und nahm eine Tüte Milch aus der Kühltheke.

»Die von Ihnen.« Mr. Sanjay wies auf die aktuelle Tageszeitung und versuchte ein respektloses Grinsen zu unterdrücken. »In Zeitung.«

Flo folgte der Richtung von Mr. Sanjays Zeigefinger. Und da war sie, auf der Titelseite der *Daily Post*, entblättert bis auf den Wonderbra und hielt eine Flasche Blackmills in die

Kamera. HALLO JUNGS, lautete die Überschrift, LUST AUF EINE ZWEITE RUNDE?

Eine heiße Welle der Scham überrollte Flo, und ihr wurde schlecht und schwindlig zugleich. Nun erinnerte sie sich nach und nach an alles. Der Blackmills, der ihr, die sonst Whiskey nie anrührte, so unschuldig erschienen war, und das Aufflackern der Blitzlichter. Warum konnte sie da, verdammt noch mal, nie widerstehen? Sie griff nach der Zeitung und fragte sich, ob ihr Vater das wohl zu sehen bekommen würde. Doch die *Post* wurde sicher nicht nach Amerika exportiert.

Aber ist das nicht genau das, was du wirklich willst?, fragte eine innere Stimme.

Rührte nicht die Hälfte aller Schlamassel, in die sie geriet, zumindest zum Teil daher, dass es ihrem Vater offenbar egal war, ob sie auch nur auf demselben Planeten lebte wie er? Auf undurchsichtige Weise schien er sie auch noch für den Tod ihrer Mutter verantwortlich zu machen.

»Ach, spar dir das Selbstmitleid, Flora«, schalt sie sich selbst erbarmungslos. »Du hast Mist gebaut, sieh's ein.«

In diesem Moment wusste Flo, dass sie verschwinden musste. Weg von Miles und der grotesken Schmarotzerwelt, in der sie lebten, wo Image alles bedeutete und man zu einer Art schäbigen Berühmtheit wurde, wenn man in betrunkenem Zustand die Bluse auszog.

Aber wohin konnte sie schon gehen? Wenn sie doch nur einen Bruder oder eine Schwester hätte. Zum millionsten Mal sehnte sich Flo nach einer glücklichen Familie, einer Familie, wie sie es einst gewesen waren, bevor ihre Mutter krank wurde. Seit ihre Mutter tot war, gab es niemanden mehr. Keine liebevollen Verwandten, die sie wegen ihrer Wildheit aufzogen und ihr alles verziehen. Stattdessen besaß sie ein überquellendes Adressbuch voller so genannter Freunde. Aber abgesehen von Miranda, ihrer Verbündeten und Freundin seit der Schulzeit, würde es im Grunde niemandem ernsthaft etwas ausmachen, wenn sie sich nie wieder meldete.

Eine entfernte Erinnerung drängte sich in ihre Gedanken – ein Familienurlaub im Haus ihrer Tante auf dem Land. Es hatte wie ein glückliches Haus auf sie gewirkt, getaucht in goldenes Sonnenlicht, voller Wärme, Kinder und Hunde, schäbig und doch gemütlich. Das war gewesen, bevor alles anders geworden war. Ob sie jetzt dorthin fahren sollte? Aber wie würde ihr zugeknöpfter Onkel reagieren, wenn seine ungebärdige Nichte, die gerade überall in der Boulevardpresse zu bewundern war, urplötzlich auftauchte und sich in den Schoß seiner Familie stürzte?

Als sie mit Snowy im Schlepptau versuchte, den Laden zu verlassen, wurde sie in einen peinlichen kleinen Tanz mit einem Mann verwickelt, der gerade hinein wollte. Schließlich trat Flo beiseite und ließ ihm den Vortritt. Der Blick des Mannes wanderte von Flo zu der Zeitung, die auffällig auf dem Drahtgestell lag. »Alle Wetter«, murmelte er, »sind das nicht Sie, ich meine...?«

Flo packte Snowy und rannte zu ihrer Wohnung zurück. Die einzige Schwester ihrer Mutter würde ihr doch nicht die Tür weisen, auch wenn sie sich abgesehen von Weihnachtskarten all die Jahre nicht gemeldet hatte?

Der Gedanke an ihre Mutter löste einen plötzlichen Schmerz in ihr aus. Sie hatte nie aufgehört, sie zu vermissen, keinen einzigen Tag. All der Kummer über den Verlust ihrer Mutter und die abweisende Haltung ihres Vaters brach nun über sie herein, und sie würgte an ungeweinten Tränen.

Flos alter Käfer parkte vor der Wohnung. Sie konnte sich nicht dazu überwinden, hineinzugehen und Miles gegenüberzutreten. An der anderen Straßenecke stand der Blumenhändler und rief ihr einen Gruß zu. Er war ein alter Bekannter. Sie kaufte ihm jede Woche einen Strauß Rosen ab, und wenn sie pleite war, was ziemlich oft vorkam, gab er sie ihr billiger und erklärte, ein schönes Mädchen wie sie müsse schöne Blumen haben, vor allem, wenn er an die ganzen alten Schreckschrauben dachte, die Sträuße für dreißig Pfund bei ihm kauften.

»Terry, könntest du mir einen Gefallen tun?«

»Was hast du denn schon wieder angestellt?« Terry genoss es, von Flos jüngsten Abenteuern zu hören.

Sie ignorierte seine Anspielung. Er würde es früh genug erfahren. Sie griff nach einem Strauß roter Rosen. »Könntest du die dem Gentleman in meiner Wohnung bringen? Und ihm ausrichten, dass ich überraschend weg musste?«

»Und ihm für letzte Nacht danken. Ist das nicht eigentlich Sache des Mannes?«

»Ich weiß nicht, ob ich so weit gehen würde. Womöglich verdrischt er dich dann.«

Eilig stieg sie mit Snowy in den Käfer und fuhr um die Ecke. Sie parkte hinter einem Lastwagen, von wo aus sie ihr Haus gerade noch im Auge behalten konnte.

Der Blumenhändler wickelte die Blumen ein, trug sie über die Straße an ihre Haustür und klingelte. Ein oder zwei Minuten später erschien Miles in ihrem Bademantel. Sein erwartungsvolles, durchtriebenes Grinsen verschwand, sobald er Terry sah, und wurde von einem Blick derartiger Abneigung abgelöst, dass sie erschauerte. Miles nahm die Blumen und warf sie voller Zorn in den Kellerschacht der Nachbarn.

»Ach du Scheiße, Snowy«, vertraute Flo ihrem Hündchen an. »Das lief ja gar nicht gut, was? Offenbar hasst er mich jetzt.« Sie gab Gas und erkannte während ihrer übereilten Flucht, dass sie Miles eigentlich keinen Vorwurf machen konnte. »Schließlich habe ich mein Leben bis jetzt ganz schön verbockt, was?«

2. Kapitel

»Hallo, ist dort Tante Prue?« Flo musste brüllen, weil die Telefonzelle, die sie wegen des dortigen Telefonbuches statt ihrem Handy benutzte, vor einer Tankstelle direkt an der Autobahn stand und Lastwagen vorbeidonnerten. »Hier ist Flo, Flora Parker. Deine Nichte.«

Das erstaunte Schweigen sagte ihr, dass ihre Tante tatsächlich völlig baff war, nach so langer Funkstille von Flo zu hören.

»Ich weiß, dass das vermutlich ein ziemlicher Schock für dich ist, aber ich wollte fragen, ob ich kommen und ein Weilchen bei euch bleiben könnte? Ich stecke in einer Art Krise.«

Noch während sie die Worte sprach, wurde ihr klar, dass sie sich damit womöglich nicht als der ideale Hausgast präsentierte. Eine durchgeknallte Nichte, die völlig unerwartet anrief, stand nicht unbedingt ganz oben auf der Wunschliste von Tanten. Trotzdem zögerte ihre Tante diesmal keine Sekunde, bevor sie antwortete.

Prue Rawlings glaubte daran, dass Blut bedeutend dicker war als jede andere Substanz. Ja, sie hatte Flo sogar ein Zuhause bei ihnen anbieten wollen, als die schreckliche Geschichte mit Mary passiert war, doch ihr Ehemann Francis wollte nichts davon wissen. »Wir haben schon genug Mädchen, die wir ernähren und kleiden müssen. Noch dazu sind sie wahrscheinlich alle so dämlich, dass sie auf Privatschulen gehen müssen. Was wollen wir da mit noch einer? Schließlich springt ja kein Geld dabei heraus. Wenn es ein Junge wäre, könnte er wenigstens auf dem Hof mithelfen.«

»Typisch schäbiger, kleingeistiger Bauer«, hatte Prue seinerzeit gedacht. Doch wie üblich hatte sie nichts gesagt. Prue ging so einiges durch den Kopf, was ihren Mann schwer gewundert hätte. Zum Beispiel träumte sie manchmal davon, dass er unter seinen eigenen Mähdrescher fiele und zu ordentlichen Heuballen verarbeitet würde.

»Natürlich kannst du kommen, Liebes. Wann denn?«

Flo war so schnell gefahren, dass sie nur noch eine Stunde entfernt war, doch sie nahm an, dass Tante Prue ein Weilchen bräuchte, um mit dem Schock fertig zu werden, dass das schwarze Schaf ihrer Familie sich in ihrer Mitte niederlassen wollte.

»Gegen vier?«, schlug sie vor.

»Das passt gut. Bis dahin habe ich die lästige Abholerei von der Schule geschafft. Ich freue mich schon, dich zu sehen.«

Flora legte auf und fragte sich, was sie die nächsten fünf Stunden tun sollte. Das verführerische Aroma von Burger King stieg ihr in die Nase. Warum war Fett eigentlich so schädlich und roch dabei so gut? Genau wie alles andere im Leben. Sie verzichtete zugunsten von Pfannkuchen mit Ahornsirup auf einen Doppel-Whopper und überlegte, ob Miles sich wohl angezogen hatte und nach Hause gegangen war. War er der Typ, der ihre Wohnung verwüsten, die Daunendecke aufschlitzen und Bücklinge in die Vorhänge nähen würde? Sie vermutete es, aber nicht in so platter Form. Dazu war Miles zu berechnend. Seine Rache würde er kalt anrichten, doch sie wäre umso wirkungsvoller.

Sie tankte bleifreies Benzin nach, aß ein Mars und merkte, dass sie dringend aufs Klo musste. Erst als sie sich beim Kassierer den Schlüssel geholt hatte und dabei seinem Blick ausgewichen war, falls er sie anhand des Zeitungsfotos erkannte, und sich zwischen Stapeln alter Zeitschriften, gefährlich aussehenden Putzchemikalien und Kanistern voller Scheibenreiniger den Weg gebahnt hatte, begriff sie, wie sehr sie in der

Tinte saß. Es war ja gut und schön, ganz spontan umwälzende Lebensentscheidungen zu treffen. Das tat sie andauernd. Aber diesmal hatte sie es ohne Kleider unter ihrem Regenmantel getan – vom Höschen einmal abgesehen. Das war Reisen mit leichtem Gepäck in übertriebener Form. Was, wenn sie auf der Autobahn angehalten wurde? Man würde sie verdächtigen, eine Exhibitionistin zu sein, die es darauf abgesehen hatte, andere Fahrer in den Tod zu locken wie eine moderne Scylla – oder war es Charybdis? Sie hatte Berichte über Frauen gehört, die splitternackt mit ihren BMWs die Überholspur der M25 entlangrasten, aber nicht die Absicht gehabt, selbst in einem solchen vorzukommen.

Sie würde unterwegs in irgendeiner Stadt Halt machen und etwas Passendes zum Anziehen kaufen müssen, bis sie ihre Freundin Miranda überreden konnte, ihre Wohnung zu plündern und ihr eine Tasche zu packen.

Das Problem war nur, dass es keine Städte gab. Sie war bereits hinter Swindon, und die nächste Stadt von nennenswerter Größe lag der Landkarte zufolge meilenweit hinter Maiden Moreton, wo Tante Prue lebte. Sie müsste sich mit einem Ort namens Witch Beauchamp zufrieden geben. Seltsamer Name. Sie fragte sich, ob man dort Hexen verbrannte, und hoffte, dass die Bewohner nicht nach frischem Blut lechzten. Witch Beauchamp lag nur acht Kilometer von Maiden Moreton entfernt, aber es sah auf der Karte recht groß aus. Sie brauchte ja nicht viel. Zahnbürste, Nachthemd, Jeans, einen Pulli. Ach, und Gummistiefel. Sogar Flo wusste, dass man auf dem Land Gummistiefel brauchte.

Kurz vor Witch Beauchamp begann Snowy zu jaulen. Das Geräusch kannte sie gut. Noch fünf Minuten, und sie hätte eine Pfütze auf dem Sitz. »Warum bist du denn nicht an der Tankstelle gegangen? Weißt du nicht, was die Queen Mum immer sagt? Geh nie an einem Klo vorüber, wenn sich eines bietet. Obwohl man in deinem Fall wohl eher sagen müsste, geh nie an einem Baum oder einem Paar extrem teurer Schuhe vorüber.«

Sie hielt am Straßenrand. Es war ein herrlicher Frühlingstag. Die Wolken jagten über den Himmel und zeichneten Muster aus Sonnenschein und Schatten auf die Hügel vor ihr. »Munterer Märzwind« hatte John Masefield das mit derartiger phonetischer Perfektion genannt, dass es einem für ewig im Gedächtnis blieb. Als Teenager hatte sie Gedichte geliebt. Was, wenn sie doch auf die Universität gegangen wäre? Ihre Mutter hatte es sich sehnlichst für sie gewünscht, doch der Krebs, der sie schließlich umbrachte, war mitten während Flos Abiturvorbereitungen aufgetreten, und von da an waren ihr Shakespeares Sonette und George Eliots Werke nur noch nebensächlich erschienen. Erstaunlicherweise hatte man ihr trotzdem einen Studienplatz angeboten. Aber sie war so wütend auf ihren Vater gewesen, weil er sich einbildete, das Monopol auf Trauer zu besitzen, dass sie ein ganz anderes Angebot angenommen hatte: als Zigarettenmädchen im Mezzo, diesem riesigen In-Lokal. Ihr gefiele das Kostüm, hatte sie ihrem Vater schamlos eröffnet, außerdem sei die Bezahlung besser. Er war von ihrer Rebellion angewidert gewesen und hatte das als Aufforderung verstanden, nach Amerika überzusiedeln, jedoch nicht ohne ihr zu versichern, dass er immer für sie da wäre, wenn sie ihn bräuchte. Bei den lächerlichen fünftausend Kilometern natürlich wunderbar zu verwirklichen.

Snowy hockte sich schließlich vor einen Brombeerbusch, doch gerade als Flo sie wieder ins Auto befördern wollte, raste das Fellknäuel wie ein Torpedo aufs nächste Feld zu.

»Snowy! Komm zurück, du grässlicher Köter!«, brüllte Flo. Falls Hunde jemandem eine lange Nase drehen können, so tat Snowy genau das. Indem sie die Rufe ihres Frauchens ignorierte, tollte sie weiter in das Feld hinein.

Flo musterte das Stück Land, das von der Straße durch massiven Stacheldraht abgetrennt war. Es schien eine große

Weide zu sein, auf der Kühe friedlich wie auf einem Gemälde von Constable grasten. Aber Gott weiß, was die Tiere tun würden, wenn sie Snowy sahen. Wahrscheinlich ausbrechen und derart panisch die Flucht ergreifen, dass ihre ganze Milch sauer würde und der Bauer Snowy erschösse, um ein Exempel zu statuieren. Zuerst konnte Flo keinen Weg durch die Hecke finden, doch bei genauerer Betrachtung stellte sie fest, dass das Feld ein Gatter mit fünf Querstreben hatte. Flo kletterte hinüber. Mitten auf dem Feld stand ein Heuhaufen, den Snowy aufgeregt beschnüffelte. Vielleicht hatte sie eine Ratte oder eine harmlose Feldmaus entdeckt, die sich zitternd darin verbarg. Was auch immer es war, Flo war dem Tierchen dankbar, da es Snowy wie angewurzelt stehen bleiben ließ und Flo sich von hinten an sie anschleichen konnte.

Sie hatte den ungehorsamen Hund schon fast erwischt und war ziemlich stolz auf ihre Anpirschtechnik, als sie direkt hinter ihrer linken Schulter schweres Atmen vernahm. Typisch, dass ausgerechnet sie das Pech haben musste, dem einheimischen Vergewaltiger auf seiner Erkundungstour zu begegnen. Es war doch allgemein bekannt, dass es auf dem Land massenhaft Perverse gab.

Als langjährige Londonerin wusste Flo, dass es nur eine Methode gab, um mit einem Perversen fertig zu werden, und zwar so laut wie möglich zu schreien, um ihn zu verjagen. Sie drehte sich um, um ihrem Angreifer in die Augen zu sehen, doch es war kein Vergewaltiger, ja nicht einmal ein alter Lustmolch. Eine große Gruppe von Kühen war ihr und Snowy gefolgt und schloss sich nun enger und enger um sie wie in einer Szene aus *Rosemarys Baby*. Zu allem Überfluss erkannte Flo mit heftig pochendem Herzen, dass die Kühe keine Euter hatten! Ja, es wurde immer offensichtlicher, dass es sich überhaupt nicht um Kühe handelte. Nur sie, Flora Parker, die Niete, konnte an ihrem ersten Tag auf dem Land auf einer Weide voller wild gewordener Stiere landen.

In diesem Moment kam ihr eine Eingebung – eine atavistische Erinnerung aus den Tagen, als der Mensch noch Jäger und Sammler war. Vor die Wahl gestellt, zu kämpfen oder zu fliehen, floh sie. Den heißen Atem der Stiere nur Millimeter hinter ihr, flitzte sie mit Rekordgeschwindigkeit auf den Heuhaufen in der Mitte des Feldes zu, packte Snowy und kraxelte hinauf. Die Stiere, nach wie vor schnaubend und blutrünstig, folgten ihr und platzierten sich an dessen Fuß. Vermutlich waren sie von ihren spanischen Vettern aufgehetzt worden und machten einzig und allein sie für den grausamen Sport des Stierkampfs verantwortlich.

Flo versuchte, nicht in Panik auszubrechen und fragte sich, was eine Landbewohnerin wohl in ihrer Lage tun würde. Dummerweise hatte sie keine Ahnung. Stattdessen entschied sie sich für den Weg der Städterin und griff nach ihrem Handy, das sie glücklicherweise außer Höschen, Schuhe und Mantel dabei hatte. In ihrer Angst war der einzige Mensch, der ihr als möglicher Ansprechpartner einfiel, ihre Freundin Miranda. Miranda war wenigstens auf dem Land aufgewachsen, bevor sie es mit achtzehn verlassen und sich aus vollem Herzen geschworen hatte, nie mehr zurückzukehren.

Miranda saß in ihrem schicken Büro mit Blick auf den Kanal im urbanen Camden Town und nahm die dramatische Schilderung mit bewundernswerter Gelassenheit auf. »Diese Stiere. Kannst du sie mir beschreiben? Groß, klein, schwarz-weiß?«

»Miranda.« Flo versuchte ihre Angst mit Sarkasmus zu dämpfen. »Natürlich sind sie nicht schwarz-weiß. Sogar ich weiß, dass die Schwarz-Weißen Kühe sind. Die hier sind alle einfarbig, irgendwie kackfarben und einer oder zwei sind ganz schwarz. Und sie sind absolut riesenhaft!«

»Okay, haben sie Penisse?«

»Also ehrlich, Miranda.« Flo verzweifelte langsam. »Woher zum Teufel soll ich das wissen? Ich bin nicht Katharina die Große auf der Suche nach einem Quickie. Ich hocke hier oben, und sie sind unten und schnauben mich an. Soll ich sie etwa fragen?«

»Wie groß sind sie?«

Flo verlor langsam die Geduld mit ihrer Freundin. Miranda schien die Dringlichkeit der Lage nicht zu begreifen. »Hör mal, Miranda, ich würde ja gern mit dir plaudern, aber das führt doch zu nichts. Ich glaube, ich wähle einfach den Notruf.«

»Nein, ganz im Ernst, Flo. Ich meine, ob sie so groß sind wie Stiere auf Stierkampf-Plakaten, oder ob sie mehr wie zu groß geratene Kälber aussehen.«

Flo musterte die zwanzig oder dreißig Tiere, die nach wie vor um sie herumlungerten. »Ich würde sagen, sie sind nicht *wahnsinnig* groß«, gestand Flo ein. »Aber es sind unheimlich viele.«

»In diesem Fall«, erklärte Miranda, »erscheint mir das eher wie …«

»Wie der Ochs vorm Berg!«, dröhnte eine lachende Männerstimme wenige Meter hinter ihr. Flo wirbelte auf ihrem luftigen Sitz herum, das Handy nach wie vor ans Ohr gedrückt, und sah zwei junge Männer, die sie von der anderen Seite des Heuhaufens aus beäugten. Einer hatte blonde Haare, grüne Augen und war unglaublich attraktiv wie ein Model aus einem dieser Kataloge für strapazierfähige Outdoor-Kleidung – nur dass deren Models wie schwule Lehrer aussahen, während an diesem Abbild strahlender Männlichkeit, das sie nun anlachte, absolut nichts Schwules war. Der andere war dunkelhaarig und trug ein frisches Baumwollhemd und Jeans.

»Wie kommen Sie dazu, mich in dieser Lage noch zu verarschen?«, fauchte Flo. Wie zur Bekräftigung begann Snowy aufgeregt zu kläffen.

»Ich glaube, was mein Bruder meint«, erklärte der Dunkelhaarige, den sie noch kaum wahrgenommen hatte, da er von seinem goldblonden Begleiter so überstrahlt wurde, »ist, dass diese Tiere keine Stiere sind, sondern Ochsen. Sie sind nicht gefährlich, sondern nur neugierig.« Flo musterte ihn kritisch. Mit seinen dunklen Haaren und den blauen Augen war er nicht ganz so umwerfend wie sein Bruder, der dem Idealbild des gefallenen Engels entsprach, aber man würde ihn an einem kalten Winterabend auch nicht von der Bettkante stoßen. Es sei denn, er hieße Miles, sinnierte Flo schuldbewusst und fragte sich, ob dieser die ihm angetane Demütigung verkraftet hatte oder soeben ihre Dessous zerfetzte.

Flo besann sich ihrer Würde. Sie war hierher gekommen, um ihrem oberflächlichen Leben zu entfliehen, nicht, um einen Vertrag mit einer ländlichen Partnervermittlung abzuschließen. »Tja, für mich sehen sie wie Stiere aus.«

»Flo! Flo, was ist denn los?«, brüllte eine körperlose Stimme aus dem Handy. Flo hatte Miranda komplett vergessen.

»Alles in Ordnung, Miranda. Der Bauer ist gekommen, oder vielmehr zwei Bauern, um diese ausgerasteten Rindviecher auf Kurs zu bringen.«

»Glaubst du also, du wirst die Sache überstehen, ohne auf die Hörner genommen zu werden?« Ihre Freundin lachte. »Da bin ich aber erleichtert. Ich rufe dich später noch mal an. Jetzt muss ich in eine Besprechung.« Die Verbindung wurde unterbrochen.

»Soll ich den Hund nehmen?«, erbot sich der gefallene Engel. »Ich glaube, er macht den ausgerasteten Rindviechern Angst.«

Flo, die schon zum Einlenken bereit gewesen war, wurde erneut wütend. »Ich hoffe, Sie wollen mich nicht für das Benehmen Ihrer Tiere verantwortlich machen.«

»Gott bewahre!«, entgegnete er, und seine grünen Augen funkelten. »Ja, wir werden diese wilden Stiere vorsichtshalber gleich allesamt schlachten lassen, oder nicht, Hugo?« Er fasste nach Snowy, doch der Hund fletschte unerklärlicherweise die Zähne.

»Nimm du ihn, Hugo. Mein Bruder Hugo hat nämlich ein Händchen für Tiere.«

Hugo griff nach dem Hund, der sich zu Flos Überraschung in seine Arme schmiegte wie ein Lamm. »Dafür hat mein Bruder Adam ein Händchen für...«

»Vielen Dank, Hugo«, fiel ihm der blonde Adonis ins Wort. Er klatschte in die Hände, und die Tiere zerstreuten sich in alle vier Ecken des Feldes. »Kommen Sie, ich helfe Ihnen herunter.« Adam streckte die Arme aus, um sie aufzufangen, und Flo versuchte, sich anmutig hineingleiten zu lassen. Dabei klaffte ihr Regenmantel plötzlich auf und enthüllte das, was Flo in ihrer Panik und Wut vergessen hatte: nämlich, dass sie darunter nichts weiter anhatte als Turnschuhe und ein Höschen mit Leopardenmuster.

Adam grinste nur. Hugo wandte diskret den Kopf ab und tätschelte Snowy. Dann wechselte er einen Blick mit seinem Bruder. »Offenbar zieht man sich in London anders an.«

Flo trat die Flucht nach vorn an, indem sie so tat, als sei ihr Aufzug völlig normal.

»Wie kommen Sie darauf, dass ich aus London stamme?«, wollte sie wissen.

Hugo reichte ihr eine Hand, um ihr über einen gigantischen Kuhfladen zu helfen. »Nur eine vage Vermutung«, sagte er und zuckte die Achseln. »Einfach weil die meisten Mädchen hier aus der Gegend Kleider tragen.«

»Hugo, wo sind denn deine Manieren?«, schalt ihn Adam unvermittelt. »Wir sollten uns erst einmal vorstellen. Ich bin Adam Moreton, und das ist mein vernünftiger Bruder Hugo. Wir betreiben zusammen mit unserem Onkel in Maiden Moreton eine Landwirtschaft. Dieses Feld steht zum Verkauf. Wir haben es nur gerade begutachtet.«

»Genau wie jeder andere Bauer im Umkreis«, fügte Hugo hinzu.

»Und werden Sie es kaufen?«

»Möglicherweise.« Adam lächelte verführerisch, und seine grünen Augen leuchteten auf. »Es wird uns an Sie erinnern.«

»Eine teure Erinnerung«, warf Hugo ein. Flo war sich nicht sicher, ob sie ihn mochte. Er hatte etwas Herablassendes an sich. Vielleicht war ihm das umwerfend gute Aussehen seines Bruders ein steter Dorn im Auge. »Der Besitzer will doppelt so viel, wie es wert ist.«

»Hugo weiß immer, was alles kostet.« Adams Stimme wurde kaum merklich schärfer. »Und dazu noch, wie viel Rendite es übernächstes Jahr abwirft.«

Die plötzlich zwischen ihnen aufgeflammte Gereiztheit machte Flo neugierig.

»Irgendjemand muss es ja wissen«, wandte Hugo ungerührt ein. Flo nahm einen Hauch Stahl hinter der gelassenen Fassade wahr. »Onkel Kingsley weiß es jedenfalls nicht.«

»Unser Onkel«, vertraute Adam ihr an, während er sie an Disteln und Kaninchenbauten vorbeibugsierte, »ist charmant, aber exzentrisch. Er hält nichts von modernen landwirtschaftlichen Methoden, und deshalb haben wir auch den schönsten Hof weit und breit.«

»Und den, der am wenigsten einbringt«, fügte Hugo hinzu.

»Es gibt schon seit vierhundert Jahren Moretons in Maiden Moreton. Und Onkel Kingsley glaubt, sie werden auch die nächsten vierhundert da sein.«

»Hoffen wir mal, dass er Recht hat«, murmelte Hugo grimmig, »zumindest die nächsten zehn.«

Sie waren wieder an Flos Auto angelangt.

»Sie haben uns noch nicht verraten, wer Sie sind«, bedrängte sie Adam und öffnete ihr mit übertrieben galanter Geste die Tür. Er war wirklich sagenhaft attraktiv.

»Ich heiße Flora Parker und bin auf dem Weg zu meiner Tante und meinem Onkel. Sie kennen sie wahrscheinlich. Prue und Francis Rawlings. Sie leben auf einem Hof namens Hunting Farm.«

Hugo grinste seinen Bruder an. »Allerdings. Zumindest Adam kennt sie. Ihre Tochter Veronica hat eine Schwäche für ihn. Aber das hat schließlich der halbe Landkreis, nicht wahr, Adam? Es ist die Hölle, einen Bruder zu haben, der aussieht wie Michelangelos David in Fußballshorts.«

»Und wer war das im Klartext?«, wollte Adam wissen.

Flo war sich nicht sicher, ob er scherzte oder nicht, aber wer wollte sich bei seinem Aussehen schon beschweren?

»Sollen wir Ihnen bis zum Haus Ihrer Tante vorausfahren?«, bot Adam an, und seine grünen Augen luden sie nicht nach Maiden Moreton ein, sondern ins Paradies. »Wir fahren sowieso in die Richtung, stimmt's, Huge?«

Flos Tagträume erlitten einen kleinen Einbruch. Konnte sie sich tatsächlich für einen Mann erwärmen, der seinen Bruder »Huge« nannte?

»Danke.« Flo wollte nicht lang und breit erklären müssen, warum sie erst in zwei Stunden dort ankommen wollte. »Ehrlich gesagt muss ich noch in einen Ort fahren und ein paar...«

Sie zögerte, da sie ihnen nicht die Genugtuung gönnen wollte, sie verlegen zu sehen.

»...Klamotten kaufen?«, ergänzte Hugo mit unbewegter Miene.

»Blumen für meine Tante besorgen«, korrigierte sie eisig.

»Wenn ich Sie wäre, würde ich auch eine Leine für den Hund kaufen.« Obwohl sie selbst schon daran gedacht hatte, störte es Flo, dass Hugo den Vorschlag machte. Sie hatte schon öfter Typen wie ihn kennen gelernt. Sie sahen hinter jedem Silberstreif dunkle Wolken. »Wenn er ohne Leine herumläuft, so wie heute, dann wird er am Ende noch von einem wütenden Bauern erschossen. Vermutlich von Onkel Kingsley«, fügte er hintersinnig hinzu.

»Ich muss schon sagen, Ihr Onkel klingt ungemein charmant«, erwiderte Flo sarkastisch. »Ich kann es gar nicht erwarten, ihn kennen zu lernen.«

»Das werden Sie sicher bald«, erklärte Adam. »Er wittert ein hübsches Gesicht aus zehn Kilometern Entfernung.«

Hugo schob den widerwilligen Adam auf ihren alten, blauen Land Rover zu. »Wie Sie sehen, liegt es in der Familie.«

Flo winkte ihnen nach und wickelte sich dabei den Regenmantel fest an den Körper. Was in London als sonniger Frühlingstag begonnen hatte, war hier im tiefsten Westshire düster geworden. Der vorher noch so blaue Himmel war mittlerweile bleigrau. Doch wenigstens gab es einen Vorteil: Offenbar lasen weder Adam noch Hugo Moreton die *Daily Post*.

»Na, Snowy, was meinst du? Ob diese beiden wohl Schwung in unseren Aufenthalt bei Tante Prue bringen werden? Aber«, fügte sie hinzu, während sie das kleine Hündchen aufhob und es an seinen warmen Lieblingsplatz im Fußraum setzte, »bild dir bloß nichts ein.« Doch Flo verriet ihr nicht, was sie sich einbilden könnte, und Snowy konnte nicht fragen.

Der kleine Marktflecken Witch Beauchamp entpuppte sich als angenehme Überraschung. Eine Reihe von Weberhäuschen nahm die eine Seite der Hauptstraße ein, fünf oder sechs herrliche georgianische Häuser die andere, und am Ende, gegenüber einem Marktkreuz, gab es in einer Kolonnade mehrere Läden. Eine kleine Herde schwermütiger Kühe stand in einem Pferch aus einem Meter langen Metallstäben gegenüber einem Pub namens »The Sign of the Angel«. Offenbar wurden in Witch Beauchamp immer noch Viehmärkte abgehalten.

Obwohl Flo seit Jahren keinen Fuß mehr aufs Land gesetzt hatte, empfand sie unbegreiflicherweise einen gewissen Trost dabei, dass die Kühe noch versteigert wurden, anstatt direkt in die Fleischabteilung verfrachtet zu werden. Da bekamen sie wenigstens Gelegenheit, etwas von der Welt zu sehen, bevor sie zu Tournedos oder Tafelspitz verarbeitet wurden.

Sie stellte den Käfer auf einem Parkplatz hinter dem Pub ab und ging auf die Läden zu. Sie fand zwei brauchbare cremefarbene Pullover in einem wunderbaren Geschäft für Damenoberbekleidung von der Art, die sie für längst ausgestorben gehalten hatte, dazu zwei langärmlige Unterhemden – auf dem Land war es doch immer so *eiskalt* –, zog aber die Grenze bei langen Unterhosen. Ihre untere Hälfte stellte ein größeres Problem dar (war das nicht immer so?). Die Damen auf dem Land zogen Röcke vor, die es in einer grässlichen Auswahl aus Tweed, Denim oder gar Polyester gab. Das Einzige mit zwei langen Beinen, das sie in diesem Laden hatten, waren schauderhafte Karohosen für die Golferin. Auf einmal sehnte sie sich nach dem wirren Haufen knallenger DKNY-Jeans, die auf dem Boden in ihrem Schrank lagen. Sie hatte sie nie zu schätzen gewusst und würde sich bei ihnen entschuldigen, wenn sie nach London zurückkam, sowie versprechen, sie mit mehr Achtung zu behandeln. Schließlich wurde sie durch einen Wohlfahrtsladen am Ende der Kolonnaden vor den karierten Scheußlichkeiten bewahrt, da sie dort zwei Jeans entdeckte, von denen eine modisch (na ja, modisch in dem Sinne, dass es erst seit zehn Jahren out war und hier vermutlich noch als in galt) am Knie zerrissen war. Sie tauschte ihre schwarzen Nikes mit dem silbernen Emblem gegen ein Paar Wanderschuhe ein, die erstaunlich schick wirkten, da das Outdoor-Leben der letzte Schrei in der Modewelt war, selbst wenn die wenigsten Menschen sich tatsächlich in die unberührte Natur hinauswagten.

Dank dem Wohlfahrtsladen hatte sie nicht viel für ihre Country-Garderobe ausgeben müssen. Aber wenn sie lange in Westshire blieb, würde sie ihre Wohnung untervermieten müssen. Es war eine Sache, ihrem oberflächlichen und inhaltsleeren Leben den Rücken zu kehren, doch es war eine andere, dass sie ihrem oberflächlichen und inhaltsleeren Einkommen den Rücken kehrte. Das war schon wesentlich härter.

Sie war bereits auf halbem Weg zu ihrem Käfer, als ihr einfiel, dass sie ausgerechnet das vergessen hatte, was ein Mädchen hier draußen dringend brauchte: Gummistiefel. Direkt am Ende der Kolonnade mit den Geschäften bemerkte sie einen winzigen Laden, vor dem ein Sattel hing und der »Feinste Sattlerwaren und Fußbekleidung« anpries. Aber was war das nun – Fußbekleidung für Menschen oder Pferde?

Flo überlegte, ob sie den recht ungewöhnlich aussehenden Mann, der gerade die Ladentür öffnete, um Rat fragen sollte, hielt sich aber rechtzeitig zurück. Sie hatte sich für einen Tag schon lächerlich genug gemacht. Doch der Mann, der die Tür aufhielt, hatte sie bereits entdeckt. »Nach Ihnen«, erklärte er mit schwungvoller Gebärde und verneigte sich wie der gestiefelte Kater. Er war wesentlich älter, als sie zuerst gedacht hatte, und hatte eine ausgeprägte Stirn, eine große Nase, einen Schnurrbart und üppige weiße Haare. Doch es war sein Aufzug, der den größten Eindruck machte. Der alte Herr trug ein Jägersakko aus Tweed mit Hemd und Halstuch, aber nicht kombiniert mit den eher konventionellen Knickerbockers, sondern mit Jeans und Hi-Tech-Turnschuhen. Der Effekt war leicht verstörend, so als ob der altgediente Moderator Patrick Moore Werbung für Guess Jeans machen würde.

Innen war der Laden winzig und wirkte wie aus einem Roman von Dickens. Er war vom Boden bis zur Decke mit zahllosen Schuhschachteln vollgestopft, durchbrochen nur von vereinzelt zur Schau gestellten Reitstiefeln, Kinderschuhen und plüschigen Pantoffeln. Die beiden älteren Verkäuferinnen blinzelten bei ihrem Eintreffen und wechselten genervte Blicke. Der alte Mann, wer auch immer er war, war eindeutig ein Stammkunde, der sich keiner allzu großen Beliebtheit erfreute. »Ich hole Miss Little«, verkündete die Jüngere der beiden.

»Kann ich Ihnen helfen, Miss?«, fragte die andere.

Flo setzte sich und war dankbar dafür, dass sie zumindest anständig, wenn auch nicht modisch gekleidet war.

»Ja, gern. Ich hätte gern ein Paar Gummistiefel.«

»Natürlich. Dunlop, Hunters oder Lady Northampton?«

Flo waren die unterschiedlichen Gummistiefel-Marken ein größeres Rätsel, als wenn sie das Gepäck für eine Expedition in den Regenwald des Amazonas hätte zusammenstellen müssen. »Worin besteht denn der Unterschied?«

»Vor allem im Preis. Ich glaube, zu Ihnen würden die von Lady Northampton gut passen.«

»Dann traue ich mal Ihrem Rat.«

Als die Verkäuferin ihr den Stiefel zeigte, sah sie, dass er für einen Gummistiefel erstaunlich schick war.

»Die sind prima.« Flo reichte sie der Verkäuferin, damit sie sie einpacken konnte. In dem Moment kam eine gut aussehende Frau Ende fünfzig hinter dem Vorhang hervor. Sie trug einen eleganten lavendelfarbenen Rock und eine dazu passende Bluse. Selbst ihre Haare waren leicht lavendelfarben getönt. Flo nahm an, dass sie darauf achtete, sich nicht vor Lavendelbüsche zu stellen, sonst wäre sie nämlich unsichtbar geworden.

»Hallo, Kingsley«, begrüßte sie den Neuankömmling fröhlich. »Was führt dich heute zu uns?«

Flo bemerkte, dass in der Stimme der älteren Dame eher Zuneigung als Gereiztheit mitschwang.

Sie blickte verstohlen über die Schulter. Das war also der berühmte Onkel Kingsley.

»Haben Sie noch einen Wunsch, junge Dame?«, fragte die Verkäuferin.

Flo wollte jetzt nicht gehen, es war zu faszinierend. »Hausschuhe«, antwortete sie. »Ich brauche neue Hausschuhe.«

Während die Verkäuferin etliche Paare zur Auswahl holte, lauschte Flo diskret.

»Tja, Joan.« Onkel Kingsley zog mit großer Geste eine Beilage aus *Runner's World* aus der Tasche, als handelte es sich um den ausschlaggebenden Beweis in einem Prozess, der ihm vorenthalten worden war. »Du hast mir noch nichts von denen da erzählt. New Balance, acht-fünf-drei. Gerade rausgekommen.«

»Ich habe dir nichts davon gesagt, weil du die Acht-fünf-zweier erst seit ein paar Wochen hast. Außerdem haben wir gar keine da, und noch dazu kosten sie ein Heidengeld und sind für einen Bauern völlig ungeeignet. Weiß! Wie lang bleiben sie denn das in der Düngesaison?«

»Ach, Joan, du weißt doch, dass die Zeiten vorbei sind, als ich noch selbst gedüngt habe. Jetzt habe ich Neffen, die für mich den Dünger verteilen.«

»Und wie *geht's* deinen düngenden Neffen? Haben sie Angst, dass du ihr Erbe für überflüssige Nikes verschleuderst? Sie hätten guten Grund dazu.«

Kingsley schnaubte. Anders konnte man es nicht beschreiben. »Dämliche Nichtsnutze. Immer noch so ledig wie am Tag ihrer Geburt. Wem soll ich denn den Hof übergeben, wenn sie sich keine nette Frau mit gebärfreudigem Becken suchen, die mir einen Erben zur Welt bringt?« Er tätschelte Joans unauffällig elegantes Hinterteil. »Wenn ich noch jünger wäre, täte ich es selbst.«

»Das kann ich mir vorstellen, Kingsley.«

Unvermittelt lachte der alte Mann los. Es war kein Glucksen oder verhaltenes Kichern, sondern ein dröhnendes Lachen aus vollem Halse, das ihn bis ins Innerste zu erschüttern schien. »Warte nur«, japste er, und seine Augen begannen vor Begeisterung zu tränen, »warte nur, bis meine Neffen erfahren, was für eine kleine Überraschung ich mir ausgedacht habe!«

»Kingsley!«, mahnte Joan, die ihn schon lange gut kannte, »was zum Teufel hast du denn jetzt wieder ausgeheckt? Tu bloß nicht überstürzt irgendetwas, das du hinterher bereuen musst.«

»Natürlich nicht. Außerdem habe ich es bereits getan. Heute Morgen war ich beim Notar. Und jetzt bestell mir diese Turnschuhe.«

Nachdem er, immer noch mit irrem Grinsen im Gesicht, gegangen war, wandte sich Joan den beiden Verkäuferinnen zu, während Flo so tat, als sinniere sie über einem Paar hässlicher, kastanienbrauner Plüschpantoffeln.

»Seine armen Neffen«, entrüstete sich Joan. »Ich mag Kingsley Moreton ja wirklich gern, aber wenn es ihn packt, kann er ein richtiges Ekel sein.«

»Was hat er denn vor?«, fragte die erste Verkäuferin, die offenbar vor Neugier schier platzte.

»Ich weiß es nicht genau«, erwiderte Joan, »aber wenn seine überschwänglich gute Laune ein Gradmesser ist, dann muss es etwas wirklich Diabolisches sein.«

Joan wandte ihre lavendelfarbene Aufmerksamkeit Flo zu. »Guten Tag. Mein Name ist Joan Little. Ich bin die Inhaberin. Es ist sehr unhöflich von mir, das zu fragen, aber Sie kommen mir ziemlich bekannt vor. Ich frage mich, ob wir uns schon mal begegnet sind.«

Flo musterte das Gesicht der Älteren. Sie wirkte nicht wie eine Leserin der *Daily Post*. Allerdings hätte sie Flos Konterfei auch an einem Zeitungsständer gesehen haben können. Doch das Lächeln, das ihre Frage begleitete, war warm und ehrlich und nicht sarkastisch und neugierig.

»Könnte sein. Meine Tante lebt hier in der Nähe, und ich

habe sie als Kind manchmal besucht.« Sie fügte nicht hinzu, dass sie seit zehn Jahren nicht mehr hier gewesen war, nämlich seit dem Tod ihrer Mutter.

»Ach, und wer ist Ihre Tante?«

»Prue Rawlings von der Hunting Farm.«

»Prue!« Im Tonfall der Frau lagen Erstaunen und Zuneigung. »Ich wusste gar nicht, dass sie eine Nichte hat.«

»Ich bin so eine Art schwarzes Schaf der Familie.« Flo sah, wie die beiden Verkäuferinnen so taten, als rückten sie Schuhschachteln zurecht, obwohl sie die erst vor einer Minute eingeordnet hatten. »Stecke ständig in der Klemme.«

Joan lächelte erneut. Ihr Lächeln war wirklich einnehmend. Der breite Mund schwang sich in einem perfekten Bogen nach oben, und ihre Augen strahlten, während sich hundert kleine Fältchen um Augen und Mund ausbreiteten. Sie erinnerte Flo an sehr wertvolles Porzellan, dessen winzige Unvollkommenheiten es nur noch schöner machten. Sie hoffte, sie würde in dreißig Jahren auch wie Joan aussehen.

»Und, wohnen Sie bei Prue?« Sie bemerkte die zwei lauschenden Verkäuferinnen. »Rose. Sally. Würdet ihr bitte ins Lager gehen und noch ein paar Hausschuhe holen?« Sie schaute den beiden mit einem feinen Lächeln hinterher und wandte sich dann wieder Flo zu.

»Ja«, bestätigte Flo nickend. »Ich bin gerade auf dem Weg zu ihr.«

»Wie schön für Prue. Sie braucht alle moralische Unterstützung, die sie kriegen kann.«

»Aber ich dachte, sie hätte drei Kinder und einen Ehemann.«

»Ehemann!«, spuckte Joan verächtlich. »Mühlstein wäre ein treffenderer Ausdruck! Und die fiese Veronica ist ihr auch keine Hilfe.«

Bestürzung breitete sich wie ein Fleck über Flos Bild vom

ländlichen Idyll. »Wer in aller Welt ist denn die fiese Veronica?«

»Ihre Älteste. Wie eine Besessene auf der Jagd nach einem Ehemann. Und Mattie, die Nächste, ist zwar ein liebes Mädchen, aber sehr in sich gekehrt, sagt Prue. Sie verbringt ihr Leben mit Lesen in der Wäschekammer. Und dann noch dieser jüngste Fratz …! Ganz zu schweigen davon, dass der Hof am Rande des Ruins steht, und die arme Prue fürchtet, dass sie ihn verlieren könnten.«

Flo nahm ihre Gummistiefel und hielt sie dicht vor die Brust. Zerstört waren die Vorstellungen von einer glücklichen Familie. Offensichtlich ähnelten – ob es Präsident Bush nun passte oder nicht – die meisten Familien doch eher den Simpsons als den Waltons. Von den finanziellen Problemen des Hofes hatte sie natürlich auch keine Ahnung gehabt.

»Na, was soll's«, fuhr Joan fort, ohne zu bemerken, was für einen Aufruhr sie in Flo ausgelöst hatte. »Auf jeden Fall wird es für uns alle interessant werden, ein bildhübsches Mädchen wie Sie hier zu haben. Das bringt ein bisschen Leben in unseren Alltag. Auf dem Land gerät man leicht in die Isolation. Wir müssen einen netten jungen Mann für Sie finden.«

»Ich bin eigentlich nur gekommen, um mich zu erholen. Mein Leben in London ist ziemlich hektisch. Ich glaube nicht, dass ich an Männern interessiert bin, ob sie nun nett sind oder nicht.«

Die beiden verabschiedeten sich und Joan hielt Flo die Ladentür auf. Sie sah ihr nach, wie sie über den Platz ging. Das Mädchen war ganz und gar nicht der ländliche Typ, viel zu blond und modisch, aber sie hatte etwas Anrührendes an sich, und Joan, die andere nicht leicht lieb gewann, hatte sie sofort ins Herz geschlossen. Vielleicht lag es an der Verletzlichkeit, die durch den oberflächlichen Glanz schimmerte. Und der Kampfgeist, den sie in Flo witterte, erinnerte Joan daran, wie sie selbst vor langer Zeit einmal gewesen war. Sie vermutete, dass das Leben nicht so nett mit Flo umgegangen war, wie es ihr Aussehen nahe legte. Joan wusste nur zu gut, was für ein Gefühl das war. Einen Mann zu lieben, der diese Liebe anscheinend nicht erwiderte, war nicht leicht.

Ein wenig aufgeregt war sie aber auch. Irgendetwas sagte ihr, dass die Ankunft von Flora Parker in ihrer Mitte alles ein bisschen aufmischen würde. Und Joan Little hatte gern etwas Aufregung. Das Landleben konnte ja so öde sein.

Flora winkte ihr noch einmal zu. Es war ein ausgesprochen komisches Gefühl: Aber sie hatte den Eindruck, in dieser kurzen Zeit schon eine ganze Menge über die Einheimischen zu wissen.

Es war fast vier Uhr, als Flo in die Einfahrt des Hofes ihrer Tante einbog.

Der Weg zur Hunting Farm führte dem Schild zufolge zwischen zwei oben zusammengewachsenen Holunderhecken hindurch, deren Zweige auf beiden Seiten fast bis auf den Kies herabhingen. Es war wie in einem Tunnel. Vor dem Haus parkte sie und stieg mit Snowy aus. Das Anwesen machte einen stillen und vernachlässigten Eindruck.

Direkt neben dem Haus stand ein beschnittener Baum, der noch erahnen ließ, dass er einmal einen Pfau dargestellt haben könnte, aber jetzt nur noch ein Blättergewirr war. Onkel Francis sorgte offenbar nicht für gestutzte Hecken und gepflegte Rasenflächen.

Das Haus selbst sah etwas besser aus – ein altes, würfelförmiges rotes Backsteinhaus mit gebogenen Giebeln und verzierten Gesimsen und sogar einem kleinen Türmchen mit Wetterfahne. Es hätte entzückend sein können, wenn es nicht gar so kahl gewesen wäre. Die Stallungen schienen hinter dem Haus zu liegen. Eine neugierige Ente tauchte auf, entdeckte Snowy und trat hastig den Rückzug an.

Beunruhigend wirkte vor allem die totale Leblosigkeit, die über allem lag. Irgendwie hatte Flo sich Sonnenschein und Gelächter ausgemalt, Spielsachen auf der Wiese oder eventuell eine Decke und bellende Hunde – und zumindest, dass sie von jemand anderem begrüßt würde als von einer einzelnen Ente. Joans Worte noch im Ohr, verspürte Flo den plötzlichen Drang, zu verschwinden, schnell nach London zurückzufahren und ihr altes Leben wieder aufzunehmen, anstatt hier einem Traumbild nachzujagen. Doch dann fielen ihr Miles und die Zeitung wieder ein, und die Scham übermannte sie.

Sie klingelte. Beim zweiten Klingeln vernahm sie eine Männerstimme, die irgendjemandem zurief, die verdammte Tür aufzumachen. Es erschien ein blondes, eulenhaftes Kind von etwa zehn Jahren, das die Haare zu zwei akkuraten Zöpfen geflochten trug und Flo uninteressiert hinter einer runden Brille hervor musterte. »Ja? Kann ich Ihnen helfen?«

»Hallo. Ist Tante Prue da? Ich bin deine Cousine Flora.«

»O Gott, Daddy«, rief das Mädchen dem Vater im Haus zu, »Mummy hat schon wieder Mist gebaut.«

Flo zog es vor Mitleid mit Tante Prue das Herz zusammen. Was hatte sie getan, um einen so herablassenden kleinen Fratz als Tochter verdient zu haben? »Sie dachte, du würdest mit dem Zug kommen«, erklärte das Kind. »Deshalb ist sie zum Bahnhof gefahren, um dich abzuholen. Typisch. Mein Lunchpaket macht sie auch immer falsch.«

Hinter dem bezopften Fratz tauchte ein zweites Gesicht auf. Es war ein Mädchen Anfang zwanzig mit schulterlangen, blonden Haaren, einem blauen Samthaarband, stahlblauen Augen in einem runden Gesicht über einer Rüschenbluse und einem blauen Pullover mit Applikationen. »Komm rein. Ich bin Veronica, und das ist meine Schwester India-Jane. Du bist also Flora.«

Die Worte waren durchaus freundlich, doch der Blick, der sie begleitete, hätte den Lack von einem Möbelstück abbeizen können. Die fiese Veronica, das merkte Flo gleich, war von dieser Cousineninvasion nicht gerade begeistert. Vermutlich dachte sie, das würde sie im Rennen um einen Mann ins Hintertreffen bringen. Flo würde ihr versichern müssen, dass eines, was sie während ihres Aufenthalts hier ganz gewiss nicht suchte, ein Ehemann war.

»Ja, hallo. Das mit Tante Prue tut mir Leid. Wahrscheinlich habe ich nicht deutlich genug gesagt, dass ich mit dem Auto komme. Hoffentlich musste sie nicht weit fahren.«

»Ach, vermutlich bis nach Brittenham, so wie ich Ma kenne. Der Zug wird inzwischen wohl angekommen sein, also ist sie in etwa einer Stunde wieder da. Hast du Gepäck?«

Flo konnte ja kaum zugeben, dass sie nur zwei Second-Hand-Jeans, zwei Pullover und ein bereits getragenes Höschen mit Leopardenmuster bei sich hatte. »Ach, nicht viel. Ich hole es später.« *Am besten im Schutz der Dunkelheit.*

»Okay. Dann komm mal rein. Möchtest du eine Tasse Tee?«

Die Barschheit der fiesen Veronica legte sich ein wenig, als sie überlegte, dass Flos Besuch mit so wenig Gepäck wahrscheinlich nicht von langer Dauer sein würde.

Der Flur, der während der Begrüßung von Frühlingssonne durchflutet gewesen war, lag auf einmal im Dunkeln, als die Tür zufiel. Veronica betätigte einen Schalter, und ein mattes Licht flammte auf.

Der Flur war ein Klassiker seiner Art. Eine riesige chinesische Vase voller getrockneter blauer Hortensien zierte einen Marmortisch mit ägyptischen Klauenfüßen. Wenn man seinen abblätternden Lack restaurieren würde, wäre der Tisch vermutlich ein Vermögen wert. Doch stattdessen bildete er eine Ablage für Zeitungsstapel, alte Briefe und Samenkataloge. Ein Paar Gartenhandschuhe lugte hinter den Hortensien hervor. Hundeleinen, vermutlich von Generationen früherer Hunde, schmückten die Wand wie Bänder an einem

Maibaum. Unter dem Tisch kämpften reihenweise Gummistiefel mit Skistiefeln sowie Tennis- und Golfschlägern um Platz. Es war der Typ von Raum, bei dessen Anblick Ralph Lauren vor Begeisterung Hymnen schmettern würde – und den er dann bis zur Unkenntlichkeit aufstylen würde. Du kannst dich auf den Kopf stellen, Ralph, dachte Flo, das hier ist die Wirklichkeit.

»Ist Onkel Francis da?«, fragte Flo.

»Er hackt Holz«, antwortete India-Jane. »Er geht immer Holz hacken, wenn Gäste kommen. Dann braucht er nicht mit ihnen zu reden.«

Veronica warf ihr einen warnenden Blick zu. »Ivy!«, rief sie und steckte den Kopf zur Küchentür hinein. Dort saß eine ältere Frau in einer Nylonschürze mit hochgelegten Füßen und las Zeitung. »Wo ist Flora denn untergebracht?«

»Im Primelzimmer. Ich habe das Bett gerade bezogen. Blöde unerwünschte Gäste, die einfach so aus dem Nichts hereinschneien. Ich hoffe, sie ist nicht auch noch eine blöde Vegetarierin.«

Flo überlegte, wann sie verkünden sollte, dass nicht nur sie zu Gast sein würde, sondern auch Snowy.

Veronica musterte ihre Cousine eindringlich. Sie sah nicht aus wie eine Vegetarierin. Ja, so befand Veronica, vermutlich reichte ihr nicht mal deftiges Fleisch. Flora Parker verspeiste wahrscheinlich Männer zum Frühstück.

Zumindest musste Flora Snowys Anwesenheit nicht erklären. Onkel Francis entdeckte sie, als sie auf das Feld losstürmte, wo seine Kühe friedlich grasten. »Guter Gott«, brüllte er, und seine ohnehin schon rote Nase sah aus, als würde sie vor Zorn gleich explodieren, »wem zum Teufel gehört dieser verdammte Staubwedel?«

Und so verbrachte Flo die nächste halbe Stunde damit, zum zweiten Mal an diesem Tag durch Disteln und Kuhfladen hinter ihrem West-Highland-Terrier herzujagen, beobachtet von

Onkel Francis, India-Jane und der fiesen Veronica. Keiner von ihnen erbot sich, ihr zu helfen. Sogar Ivy war aus der Küche gekommen und beäugte Flo und die Situation mit besonders scharfem Blick. »Dieses Mädchen hat irgendwas am Leib…«, sagte sie zu niemand Speziellem.

Snowy hielt es für ein herrliches Spiel und ergab sich erst, als ihr Fell im Stacheldraht hängen blieb.

Flo machte sie vorsichtig los. »Du bist ein böser, böser Hund. Wir sind hier nicht in London, wo du Schülerlotsen jagen kannst, wir sind hier auf dem Land.«

Sie sah zu einem ganz oben im Haus gelegenen Fenster hinauf, an dem eine einzelne Gestalt lehnte und herabspähte. Das musste die distanzierte Mattie sein, die anscheinend den größten Teil ihrer Zeit damit zubrachte, in der Wäschekammer zu lesen. Flo konnte sie verstehen. Manchmal war ihr auch danach, sich an einen warmen, sicheren Ort zurückzuziehen. Das Problem war nur, dass sie gehofft hatte, ihn hier zu finden.

Sie wandte sich um und stellte fest, dass die Blicke aller Anwesenden sich nicht mehr vorwurfsvoll auf sie richteten, sondern auf ein kleines, blaues Auto, das die Einfahrt hinaufgerast kam und den Kies aufspritzen ließ. Die Kühe, die sich nach der Tortur durch den Terrier gerade wieder beruhigt hatten, begannen erneut auseinander zu springen.

Schließlich kam das Auto mit quietschenden Reifen zum Stehen, und eine gehetzt wirkende Frau mit unbestreitbar grässlichem Haarschnitt und schüchternem Lächeln schaute heraus. »Hallo, Flora-Schatz. Wie schön, dich zu sehen. Ich bin echt dumm. Ich dachte, du kämst mit dem Zug. Da muss ich etwas falsch verstanden haben.«

»Wann hast du je etwas richtig verstanden?«, murmelte ihr Mann.

Flo musste gegen die Versuchung ankämpfen, ihren Onkel zu treten oder Snowy dazu aufzuhetzen, ihm auf den Fuß zu pinkeln. Stattdessen lief sie zum Auto, öffnete die Fahrertür, und ihre reichlich aufgelöste Tante stieg aus.

Ein paar Sekunden lang hielten sie sich fest umarmt. Plötzlich brannten Flo Tränen in den Augen. Näher käme sie einer Umarmung durch ihre eigene Mutter nie mehr.

»Ich freue mich auch, dich zu sehen«, erwiderte Flo mit zitternder Stimme und stopfte das Selbstmitleid rasch wieder in seine Kiste zurück. »Es tut mir Leid, dass es so viele Jahre gedauert hat.«

»Hauptsache, du bist jetzt hier. Hoffentlich bleibst du recht lang.«

India-Jane und die fiese Veronica wechselten düstere Blicke.

»Gut«, verkündete Ivy. »Ich geh jetzt wieder in meine Küche. Alf kommt gleich auf seine Tasse Tee.«

»Ivys Mann Alf macht für uns den Garten«, erklärte Tante Prue. Wenn das zutraf, dachte Flo, dann war der Mann blind. Der Garten sah chaotisch aus. »Er arbeitet auch auf dem Hof der Moretons«, fuhr Prue fort, als hätte sie Flos Gedanken gelesen.

»Ich bin dem Onkel heute Nachmittag begegnet.« Flo beschloss, fürs Erste zu verschweigen, dass sie auch die Neffen kennen gelernt hatte. Das konnte bis später warten. Die Geschichte war einfach zu peinlich.

»Ja? Wo denn?«

»Im Schuhgeschäft in Witch Beauchamp. Ich habe mir gerade Gummistiefel gekauft.«

»Und wie fandest du ihn?«

»Er ist nicht gerade ein durchschnittlicher Bauer, was? Es ist außerdem etwas ziemlich Merkwürdiges passiert. Er hat der Ladeninhaberin erzählt, dass er gerade bei seinem Notar gewesen sei und seinen Neffen bald etwas eröffnen werde, das sie ganz schön aus dem Konzept brächte.«

Die fiese Veronica wurde als Erste hellhörig. »Was könnte das wohl für eine Eröffnung sein?« Sie hatte sich in den Kopf gesetzt, Adam Moreton zu erobern, denn wenn sein Onkel sich endlich aufs Altenteil zurückzog und den Hof übergab, bräuchte Adam eine Frau. Und sie war die ideale Kandidatin dafür.

»Ich weiß es nicht, aber die Dame aus dem Schuhgeschäft meinte, es klänge nach Ärger.«

Zu Flos unendlicher Dankbarkeit trotteten nun alle ins Haus. Es wurde nämlich langsam eiskalt. Auf ein Kaminfeuer brauchte sie wohl erst gar nicht zu hoffen, vermutete sie. Die Familie Rawlings machte es sich offenbar zur Gewohnheit, ihren Erwartungen nicht zu entsprechen.

»Abendessen um sieben?«, erkundigte sich Ivy.

Niemand würdigte sie einer Antwort. Onkel Francis pochte auf Pünktlichkeit und bestand sowieso darauf, dass sie jeden Abend genau um die gleiche Zeit aßen.

»Könnten wir erst noch Tee haben, Ivy? Und ein paar von deinen selbst gebackenen Scones?«

Ivys Scones hätte man in der mittelalterlichen Kriegsführung gut gebrauchen können, wenn einem die Backsteine oder Felsbrocken ausgegangen waren, aber wenigstens waren sie besser als ihr schrecklicher Trifle. Der käme später.

Alle erwarteten, dass sich Ivy beklagen werde. Doch ausnahmsweise unterließ sie es. Sie wollte fünf Minuten für sich allein haben, bevor Alf kam und seine Zeitung verlangte. Und vor allem wollte sie sich die Titelseite noch einmal ganz genau ansehen. Zurück in der Küche setzte Ivy ein boshaftes Grinsen auf. Ihr war soeben eingefallen, wo sie Flos Konterfei vor kurzem gesehen hatte.

Im Familienalbum war es jedenfalls nicht gewesen.

3. Kapitel

Alle, darunter manche mit Bewunderung, die meisten aber voller Neid – und wenn es sich um Immobilienmakler handelte, dann voller Gier und Verlangen –, waren sich darin einig, dass Moreton House das herrlichste Anwesen in ganz Westshire war. Ein makelloses Schmuckstück im Queen-Anne-Stil, ein Puppenhaus, in dem man tatsächlich wohnen konnte.

Es war aus honigfarbenem Stein gebaut und hatte Proportionen, wie sie in der englischen Architektur nie wieder erreicht worden sind. Moreton House schien eher von Engeln entworfen worden zu sein als von gewöhnlichen Sterblichen wie Inigo Jones oder Robert Adam. Es besaß sogar eine traumhafte Orangerie, eine eigene Kapelle, Stallungen mit Uhrturm und einen von Humphry Repton angefügten Ziersee.

Vor fast vierhundert Jahren war es von Rupert, dem Ersten der Moretons, erbaut worden. Rupert hasste die Landwirtschaft, obwohl sie für sein Einkommen sorgte, und überließ die Arbeit zum größten Teil seinem Pächter im nächsten Tal. Und so kam es, dass Moreton ein Bauernhaus war, das nicht wie ein Bauernhaus aussah. Inzwischen war es Millionen wert oder zumindest wäre es das gewesen, wenn die Familie die Mühsal der Landwirtschaft aufgegeben und es an einen reichen Städter verkauft hätte.

Kingsley Moreton schenkte sich ein Pint des selbst gebrauten Bieres ein, das er aus Hopfen machte, den er sich extra aus Kent kommen ließ. Es war ein starkes Stöffchen. So stark, dass es häufig im Kesselhaus explodierte, wo er es fermentieren ließ, und seinen Gästen manchmal mitten in der Nacht fast einen Herzinfarkt verschaffte.

Mit seinem silbernen Pintkrug in der Hand und einer fest zwischen die Zähne geklemmten Zigarre begann er seinen täglichen Rundgang über das Grundstück. Er liebte dieses Gut mit einer so glühenden Leidenschaft, wie er sie nie für eine Frau empfunden hatte, was vielleicht erklärte, weshalb er nie geheiratet hatte. Das und die Tatsache, dass seine geschiedene Schwester Pamela, die Mutter von Adam und Hugo, die tüchtigste Haushälterin war, die sich ein Mann wünschen konnte. Zudem war sie wesentlich weniger anspruchsvoll als eine Ehefrau. Es hatte einmal eine Frau gegeben, bei der er mit dem Gedanken gespielt hatte, den Bund fürs Leben einzugehen, doch jedesmal, wenn er kurz davor gestanden hatte, sie zu fragen, hatte ihn der Mut verlassen.

Der Vorteil daran war, so sinnierte Kingsley, dass er dadurch in der Lage war, ein überaus angenehmes Leben zu führen und Bier zu brauen, Fasane zu züchten sowie teure Joggingschuhe zu sammeln. Soweit er es überblickte, gab es nur eine einzige Schattenseite, und das war das gelegentliche Gefühl von Einsamkeit.

Bis jetzt jedenfalls. Er musste absolut sicher gehen, dass Moreton House in der Familie blieb. Allerdings hatte trotz zahlloser Winke mit dem Zaunpfahl keiner seiner beiden Neffen Anstalten gemacht, zu heiraten und für einen Erben zu sorgen.

Deshalb sah er sich zu drastischen Maßnahmen gezwungen. Er hatte Adam und Hugo mit ihrer Mutter zusammengetrommelt, um ihnen gleich seine nette kleine Entscheidung zu eröffnen.

»Abend, Alf.« Ivys Mann tauchte wie ein verhutzelter Troll aus der Rabatte auf. »Verdammt prächtige Narzissen da droben am Wald.«

43

»Danke, Sörr«, erwiderte der Gärtner.

»Komm jetzt, Kingsley«, rief Pamela ihrem Bruder erbost von der Haustür aus zu, »wir warten schon alle auf deine große Enthüllung.«

»Ich muss los, Alf. Ein Strauß Narzissen für die Bibliothek wäre nicht übel. Keine Hyazinthen. Der Gestank erinnert mich immer an Beerdigungen.«

»Gewiss, Sörr.«

Alf tat keinen Schritt in Richtung der herrlichen Frühlingsblumen. Stattdessen wartete er, bis Mr. Kingsley im Haus verschwunden war, und taperte dann gelassen und zielstrebig zu dem Blumenbeet vor dem Wohnzimmer. Eines der sechs prächtigen Fenster stand ein paar Zentimeter weit offen, und wenn er sich anstrengte, könnte er vielleicht verstehen, worin diese wichtige Ankündigung bestand. Womöglich betraf sie ja sogar seine Stelle. Wenn man nämlich darauf hoffte, dass einen die Herrschaft auf dem Laufenden hielt, dann konnte man warten, bis man schwarz wurde.

Alf schlich sich näher ans Fenster und spähte verstohlen hinein.

Adam und Hugo saßen rechts und links des eleganten Kamins und ihre Mutter gegenüber auf einem französischen Sofa mit vergoldetem Rahmen. Mit ihren hohen Wangenknochen und den weit geschwungenen Augenbrauen war sie immer noch eine attraktive Frau und wäre sogar schön gewesen, wenn die beiden tiefen Furchen der Enttäuschung auf beiden Seiten ihres Mundes nicht gewesen wären.

»Schieß los, Kingsley«, forderte sie gereizt. »Musst du es immer so furchtbar dramatisch machen? Wir sind alle kurz vorm Verhungern, und dieses Possenspiel hält uns vom Abendessen ab.«

»Na gut, Pamela. Ich komme gleich zur Sache. Ihr wisst alle, wie viel die Farm und das Haus mir bedeuten. Wir sind die dreizehnte Generation von Moretons, die hier lebt. Wir haben einen lückenlosen Stammbaum, der fast bis ins Jahr 1600 zurückreicht. Ich weiß, dass die Zeiten sich ändern und die Frauen sich ändern und heutzutage alle später heiraten, aber ich muss auch an die Zukunft denken.« Er wandte sich an Adam. »Als älterer Sohn rechnest du womöglich damit, den Hof und das Haus zu kriegen, und wenn du dich klug verhältst, kommt es eventuell auch dazu. Aber ich habe es satt, darauf zu warten, bis ihr Jungs eine Familie gründet. Deshalb habe ich heute Morgen meinen Notar und Anwalt in Witch Beauchamp aufgesucht und ein Dokument aufsetzen lassen.«

Adam sah schockiert drein, Hugo ungerührt. Beide liebten sie das Anwesen fast so sehr wie ihr Onkel, aber sie waren in dem Wissen aufgewachsen, dass nur einer von ihnen es erben würde. Höfe wurden so gut wie nie geteilt, das war von jeher so üblich.

»Na, los, Kingsley, sprich weiter, Herrgott noch mal.« Pamela hatte heute Abend bereits ihren ersten Gin intus und sehnte sich nach dem zweiten. »Du bist nicht Laurence Olivier als *Heinrich IV.* Spuck's aus.«

Sie beugte sich vor.

Auch Adam beugte sich vor.

Draußen auf der Rabatte beugte Alf sich vor.

Nur Hugo beugte sich nicht vor. Er würde seinem Onkel nicht die Genugtuung gönnen, zu merken, wie wichtig ihm die Sache war.

»Ich habe Folgendes veranlaßt: Es sind noch fünf Monate bis Michaeli, und Michaeli ist der Beginn des landwirtschaftlichen Jahres. Wer von euch beiden, Adam oder Hugo, bis Michaeli verheiratet ist, erbt den Hof, das Haus, alles. Sind beide bis dahin verheiratet, überlege ich noch, wer den Hof erbt. Aber wenn keiner von euch beiden den Bund fürs Leben schließt, verkaufe ich das gesamte Anwesen.«

»Das würdest du doch nicht tun!«, rief Pamela verstört. »Gerade hast du erst gesagt, wie sehr du den Hof liebst.«

»Das stimmt, aber ich bin zu alt, um gegenüber der Zukunft im Ungewissen zu leben. Davon kriege ich Magengeschwüre. Ich muss wissen, wo ich stehe. Bis Michaeli habt ihr fünf Monate. Eine Menge Zeit. Ihr könntet in fünf Tagen oder sogar in fünf Stunden eine Frau finden, wenn ihr nur wirklich wolltet.«

»Kingsley, das ist Erpressung!«, protestierte seine Schwester.

»Ja«, bestätigte Onkel Kingsley heiter und blickte vom einen verblüfften Gesicht seiner Neffen zum anderen. »Ich kann nicht ewig warten, wisst ihr. Wir brauchen einen Erben.«

»Herrgott noch mal!«, sagte Adam. »Aber ich bin der Ältere. Das spielt doch wohl eine Rolle?«

»Würde es vermutlich, wenn du mein Sohn wärst, aber da ich keine Kinder habe, kann ich das Anwesen auch unserem Gärtner Alf hinterlassen, wenn ich Lust dazu habe.«

»Da fress ich aber einen Besen«, murmelte Alf so laut, dass jeder im Raum es gehört hätte, wenn nicht im selben Moment Adams Stuhl geknarrt hätte.

»Ich hoffe, dir ist klar, was du da tust, Onkel Kingsley«, warnte Adam. »Ich meine, die Arbeit auf dem Hof ist nicht gerade Hugos Spezialität.« Es hatte Adam schon immer gewurmt, dass sein Bruder sich zur Universität abgesetzt und Wirtschaft studiert hatte und sogar jetzt noch in Teilzeit als Berater für landwirtschaftliche Fragen arbeitete, während Adam sämtliche schweren Arbeiten verrichtete. Adam schenkte seinem Bruder sein einnehmendstes Lächeln. »Hugo interessiert sich mehr für Geldmärkte als Viehmärkte, stimmt's, Huge? Die Landwirtschaft ist bei ihm eher ein Hobby.«

»Das ist doch nichts Schlechtes«, fiel ihm Onkel Kingsley ins Wort, bevor Hugo etwas erwidern konnte. »Du kannst heutzutage nicht mehr herumtändeln und auf gut situierter

Naturbursche machen, indem du Mädchen verführst und von den Bauern erwartest, dass sie dich demütig grüßen. Es ist nützlich, sich mit Geld auszukennen.«

Niemand im Raum wies darauf hin, dass Onkel Kingsley sich selbst wie ein hochherrschaftlicher Gutsbesitzer benahm. In dem angespannten Schweigen bemerkte Hugo die entsetzte Miene seiner Mutter. »Dich würde das nicht betreffen, Ma, weißt du«, versicherte er ihr ruhig. »Ob das Haus nun letztlich an Adam oder an mich fällt, du würdest trotzdem weiter hier leben.«

Pamela sah niedergeschlagen drein. »Danke, Liebes, aber ich bin mir nicht sicher, ob deine zukünftige Frau, wer auch immer sie sein mag, von einer Schwiegermutter in ihrem Liebesnest begeistert wäre. Aber Kingsley, wenn du das Haus Adam oder Hugo gibst, wo willst du dann wohnen?«

»Auf der Home Farm.« Die Home Farm war ein wesentlich bescheideneres Häuschen am anderen Ende des Grundstücks. »Du kannst auch mitkommen. Dann bist du gleich in Reichweite und kannst mit anpacken, wenn hier mal kleine Füßchen rumtapsen.«

»Und als deine unbezahlte Haushälterin arbeiten wie jetzt hier? Nein, Kingsley, da müsste ich meinen Status neu überdenken.«

Nun sah zum ersten Mal Kingsley erschrocken drein.

»Ich glaube, darauf brauche ich einen Drink«, verkündete Adam. »Will noch jemand einen?«

Draußen an der Rabatte hätte Alf beinah ja gesagt. Doch stattdessen prägte er sich still Onkel Kingsleys Neuigkeit ein und machte sich auf den Heimweg. Es kam nur selten vor, dass er etwas vor Ivy wusste. Vielleicht würde er auf verruchte sexuelle Gefälligkeiten pochen, bevor er es ihr verriet.

Alf liebte den kurzen Fußweg zwischen Moreton House und der Hunting Farm, wo Ivy für Mr. und Mrs. Rawlings arbeitete. Als Mr. Kingsleys Gärtner hatte er zwar Anspruch auf ein mit der Stelle verbundenes Häuschen im Dorf, aber Ivy mochte das Gärtnerhaus am unteren Ende der Einfahrt der Rawlings lieber. Da hatte man eine bessere Aussicht darauf, wer im Dorf kam und ging, und das gefiel Ivy. »Wozu soll ich mir die dämlichen Felder anschauen?«, hatte sie gezischt, als Mr. Kingsley ihnen das Häuschen gezeigt hatte, das er ihnen anbieten wollte. Es war hübsch und strohgedeckt und besaß vermutlich die spektakulärste Aussicht in der ganzen Grafschaft. Es war genau die Art von Landhaus, für die Städter aus London alles geben würden. »Ich hab zeit meines Lebens auf blöde Felder geguckt.«

Obwohl es schon nach sieben war, hielt sich Ivy ganz gegen ihre Gewohnheit noch auf der Hunting Farm auf. Alf spähte durch die obere Hälfte der geteilten Küchentür und dachte bei sich, dass sie die eigentlich durch eine schöne moderne ersetzen sollten. Aber Mrs. Rawlings lehnte sich gern darauf und betrachtete ihren Garten.

»Ich habe sagenhafte Neuigkeiten«, berichtete er Ivy selbstgefällig.

»Sagt wer?«, konterte Ivy. Sie war von Flos Eintreffen aus dem Konzept gebracht worden. Die Rawlings bekamen nicht viel Besuch, und obwohl sie Gleichgültigkeit vortäuschte, wollte sie den Neuankömmling doch mit ihren Kochkünsten beeindrucken. Deshalb hatte sie alle Register gezogen und ihren schrecklichen Trifle zubereitet.

»Sag ich«, erklärte Alf, während seine Selbstgefälligkeit ins Maßlose stieg. »Rat mal.«

»Die Schafe sind durchgebrannt und haben sich von diesem geilen Bock schwängern lassen?«

»Nee.«

»Dieses Flittchen aus dem Pub hat sich vom künstlichen Besamer schwängern lassen?«

»Nee. Du bist ja richtig sexbesessen.« Außer wenn es darum geht, es zu tun, sinnierte er trübsinnig und dachte an die Berichte über die Frauen der Leser von Dickey's Männermagazin: *Die* schienen zu jeder Schandtat bereit zu sein.

»Na gut.« Ivy überlegte kurz. »Ich weiß es. Mr. Kingsley hat sich endlich veräußert.«

»*Geoutet* meinst du. Nein, Mr. Kingsley ist keiner von diesen Homos, nur weil er nie geheiratet hat.«

»Na gut.« Ivy versetzte dem Trifle den Gnadenstoß – grüne und orangefarbene Engelwurz. »Dann erzähl's mir mal lieber.«

Keiner von beiden hatte bemerkt, dass die fiese Veronica hereingekommen war, um nach dem Nachtisch zu sehen. Nicht dass sie selbst etwas davon gewollt hätte – Ivys Trifle löste sofortige Bulimie aus –, aber das brauchte ihre Cousine Flora ja nicht zu wissen, oder?

»Mr. Kingsley hat sozusagen förmlich alle zusammengetrommelt.« Alf genoss seine Rolle als shakespeare'scher Bote. »Mrs. Pamela und die beiden Jungs. Er meinte, er hätte ihnen etwas zu sagen.«

Veronica blieb stehen und versteckte sich hinter der Tür zur Speisekammer. Das musste die Angelegenheit sein, die Flora vorher erwähnt hatte.

»Tja, dann spuck's aus, Alf Leach, ich hab nicht den ganzen Abend Zeit. Der Trifle muss noch in diesem Jahrhundert gegessen werden.«

»Er hat den Jungs erklärt, dass er es leid ist, darauf zu warten, bis sie endlich heiraten. Er meinte, er bräuchte einen Nachfolger, um den Hof zu erhalten, und sagte, er hätte die Nase gestrichen voll von der Warterei.«

Veronica schnappte nach Luft und beugte sich vor.

»Also hat er gesagt, dass er, wenn nicht einer der beiden bis zum Michaelitag heiratet, das ganze Anwesen verkauft und nach Barrrrrbuda zieht.«

Letzteres stimmte zwar nicht ganz, aber Alf hatte von dieser Insel gelesen, die einst Prinzessin Dianas Lieblingsort und die Krönung neureicher Ambitionen gewesen war, und empfand sie als akzeptable Ausschmückung.

»Bis Michaeli!« Ausnahmsweise galt ihm die ungeteilte Aufmerksamkeit seiner Frau. »Das sind ja nur noch fünf Monate. Da müssen sich die Mädels aber sputen. Unser Pferdegesicht mit Haarband hat ja schon auf einen von ihnen ein Auge geworfen.« Sie nickte in Richtung Esszimmer. »Was glaubst du, welcher das Rennen macht?«

»Mr. Adam liegt vorn, aber Mr. Hugo ist auch nicht zu unterschätzen.«

Veronica trat mit einem Gesicht, das so rot war wie eine überreife Tomate, hinter der walisischen Anrichte hervor. »Danke, Ivy, ich nehme dir den Trifle ab.« Ohne ein weiteres Wort drehte sie sich um.

»Dieses Mädchen«, erklärte Ivy lautstark, »müsste sich endlich entjungfern lassen. Dann hätte sie schon mal wesentlich bessere Laune. Ach, übrigens« – Ivy war gerade eingefallen, dass sie auch noch eine nette, kleine Überraschung in der Hinterhand hatte –, »diese Nichte, die gerade aus London gekommen ist, also die, bei der ich mir so sicher wie die Steuer war, dass ich sie schon mal irgendwo gesehen habe.«

Alf konnte sich an nichts davon erinnern, aber nach fast fünfzig gemeinsamen Jahren war er klug genug, dies zu verschweigen. »Mhm.«

»Schau dir das mal an.« Sie zog die *Daily Post* hervor, die sie vorsorglich hinter dem Brotkasten versteckt hatte. »Oder was meinst du, wer das hier ist?«

Da Alf noch nicht das Vergnügen gehabt hatte, Flo kennen zu lernen, wusste er auch jetzt nichts zu sagen. »Das weiß Gott allein, aber Schneewittchen ist es jedenfalls nicht, das kann ich dir garantieren.«

»Das ist sie doch, oder? Diese Schnepfe.«

Alf musterte die Zeitung bedeutend länger, als unbedingt nötig war. »Ich muss sagen, sie hat herrliche…«

»Vielen Dank, Alf. Selbst wenn sie die Pyramiden von Gizeh als Brüste hat, muss sie sie doch nicht groß in der Zeitung ausbreiten.«

»...Zähne, wollte ich sagen«, endete Alf lahm.

Ivy ignorierte ihn. »Die Frage ist nur, Alf Leach, ob ich das dem Mister und der Missis erzählen soll.«

»Vielleicht solltest du das Blatt lieber rüber nach Moreton House schicken. Das könnte alles ein bisschen beschleunigen.«

»Alfred Leach, du solltest dich was schämen. Männer heiraten keine Mädchen, die sich so benehmen. Es gibt nur eines, was sie mit solchen Mädchen machen.«

Alf seufzte und gab sich eine Minute lang der Vorstellung hin, was das wohl sein könnte. »Aus Familienangelegenheiten hält man sich lieber raus, sage ich immer. Es wird einem nicht gedankt, wenn man sich einmischt.« Ivy sah drein wie ein Hund, dessen bester Knochen konfisziert worden ist. »Warum lässt du die Zeitung nicht einfach irgendwo liegen, wo man sie sieht? Auf dem Klo im Erdgeschoss vielleicht, dann ist es nicht deine Schuld, wenn sie darauf stoßen.«

»Das ist 'ne verdammt gute Idee.« Ivy klang erstaunt. »Dann lege ich sie gleich dorthin, solange sie noch im Esszimmer sitzen. Und wir gehen am besten nach Hause. Ihr Geschirr können sie selbst spülen.«

Im Esszimmer schoben alle Ivys schreckliches Trifle auf den Tellern herum.

»Mein Gott, schmeckt das schauderhaft.« Onkel Francis schob angewidert seinen Teller beiseite.

»Das liegt daran, dass sie künstliche Sahne nimmt«, verkündete India-Jane. »Ma kauft zwar richtige Schlagsahne, aber die gibt Ivy stattdessen in ihren Kaffee.«

Flo nahm sich insgeheim vor, dieses grässliche Gör nie einen *ihrer* Schwachpunkte merken zu lassen. Sonst wäre er im Handumdrehen Tischgespräch.

»Gut, Mädchen«, sagte Prue fröhlich. »Jede packt beim Abwasch mit an. Es geht in null Komma nichts, wenn wir alle zusammenhelfen.«

Veronicas Gesicht nahm einen gequälten Ausdruck an. Es war höchste Zeit, dass sie aus diesem häuslichen Schmutz errettet wurde und ein eigenes Haus bekam. Ihre Mutter war ja so hoffnungslos. Sie war fest davon überzeugt, dass sie, wenn sie mal ans Ruder kam, alles mühelos im Griff hätte.

Als sie mit der speziell dazu gedachten silbernen Bürste die Krümel vom Tisch fegte, malte sich Veronica das Leben in ihrem eigenen Haus aus – einem Haus, das eine verblüffende Ähnlichkeit mit Moreton House besaß. Sie würde sich um Blumenarrangements kümmern und das Personal instruieren müssen (Pamela kam offenbar mit nur einer täglichen Hilfe sowie gelegentlichem Einsatz von Ivy aus, was in Vees Augen eine beklagenswerte Unterversorgung darstellte und angesichts der örtlichen Arbeitslosenquote höchst unfair war), und dazu kämen noch die ganzen Reportagen in Zeitschriften, in denen sie als Bauersfrau, nein als Gutsherrin auftreten würde.

»Veronica sieht heute Abend so selbstzufrieden aus«, bemerkte India-Jane, die offenbar einen Röntgenblick besaß, gepaart mit der Wahrnehmungsgabe eines postfreudianischen Psychoanalytikers.

Veronica warf ihr einen vernichtenden Blick zu. »Offen gestanden habe ich heute eine interessante Neuigkeit gehört.« Veronica verschwieg die Tatsache, dass sie zu diesem Zweck das Küchenpersonal belauscht hatte. »Offenbar hat Kingsley Moreton eine Bombe hochgehen lassen.«

Flo merkte, wie sie auf einmal hellhörig wurde. Das musste die Sache gewesen sein, die Joan im Schuhladen erwähnt hatte. »Was hat er denn angestellt?«, fragte sie fasziniert, obwohl sie erst seit ein paar Stunden in Maiden Moreton war.

»Ach, nichts Besonderes. Er hat nur verkündet, er hätte es

satt, dass keiner der beiden Brüder eine Familie gründet, und er daher Haus und Hof demjenigen übergibt, der bis zum Michaelitag verheiratet ist.«

»Guter Gott«, stieß Onkel Francis hervor, »der Mann ist verrückt. Da landen sie am Ende nur vor dem Scheidungsgericht und verlieren den gesamten Hof in Bausch und Bogen.«

»Du liebe Zeit!«, hauchte Tante Prue und warf Veronica in ihren praktischen Provinzklamotten einen bezeichnenden Blick zu. »Das wird unter den jungen Leuten von Westshire einen ganz schönen Wirbel machen. Adam ist so eine Art lokaler Casanova, stimmt's?«

»Aber nur, weil er die richtige Frau noch nicht gefunden hat«, erklärte Veronica in salbungsvollem Tonfall.

»Und Vee ist überzeugt, dass sie die Richtige ist«, fügte India-Jane hinzu.

»Wann ist denn der Michaelitag genau?«, erkundigte sich Flo. »Ich fürchte, mir sind die Tage der Heiligen ein bisschen durcheinander geraten.«

»Ende September«, antwortete India-Jane.

»Fünf Monate, um eine Frau zu finden. Glaubt ihr, er meint das wirklich ernst?«

»So, wie ich Kingsley kenne, höchstwahrscheinlich schon«, grummelte Onkel Francis. »Der Mann ist ein Spinner. Weigert sich, Kunstdünger zu verwenden, bleibt bei Ackerbau und Viehzucht, weil dann die Landschaft schöner aussieht, und pflanzt auf seinem Brachland sogar dämliche Wildblumen. Er ist ein absoluter Irrer, auch wenn er unser Nachbar ist, Prue.« Genau wie alles andere, was auf dieser Welt nicht in Ordnung war, angefangen von seinen verschwundenen Manschettenknöpfen bis hin zum Zusammenbruch der ehemaligen Sowjetunion, klang bei ihm auch diese Kritik, als sei alles irgendwie die Schuld seiner Frau. Die arme Tante Prue – wie hielt sie diesen Mann nur aus?

»Und wie willst du ihn dir angeln, Vee?«, zwitscherte

India-Jane. »Ihn in deinem angerauten Schlafanzug auf der Wiese verführen oder ihn mit deinen Lammfrikadellen locken?« Veronica hatte kürzlich bei der Jungfarmer-Vereinigung einen Kochkurs besucht.

»Geh raus und leer das hier in den Mülleimer«, zischte Veronica und reichte ihrer jüngeren Schwester das Kehrblech mit den Krümeln. »Übrigens, Ma, wo ist denn Mattie? Doch nicht immer noch in der Wäschekammer? Du solltest ein Vorhängeschloss daran hängen. Das ist doch nicht normal.«

»Ich weiß«, gestand Prue kleinlaut. »Aber wenigstens ist sie unglaublich belesen. Ich bringe ihr ein Sandwich.«

»Darum geht es doch gar nicht. Sie verlernt noch das Sprechen, wenn sie nicht aufpasst.«

»Ich lauf mal los und werf die Krümel weg, solange Vee ihren Eroberungsfeldzug plant«, erklärte India-Jane.

Veronica sah sie wutentbrannt an. Vielleicht war es gar nicht so schlecht, das Sprechen zu verlernen.

Pflichtbewusst trug India-Jane das Kehrblech mit den Krümeln in die Küche. Sie war eine Koryphäe, wenn es darum ging, sich vor dem Abwasch zu drücken. »Bin sofort wieder da, Mum«, zwitscherte sie, als sie zurückkam. »Muss nur kurz aufs Klo.«

Das war ein Grund, gegen den niemand etwas einwenden konnte. Sie fasste nach ihrem Exemplar von *Eine lausige Hexe*, das sie heimlich hinter dem ausgebleichten Damastvorhang versteckt hatte. Dabei fiel ihr Blick auf die gefaltete Zeitung, die Ivy in die Kiste mit Zeitschriften gesteckt hatte, die sie als Toilettenlektüre dort stehen hatten. Es war nicht die langweilige Zeitung, die sie abonniert hatten und die voller öder Auslandsnachrichten war. Eventuell enthielte diese ja Berichte über grässliche Verbrechen, die bis in die letzte Einzelheit geschildert wurden, oder Schauergeschichten über minderjährige Prostituierte in Bangkok.

Zuerst merkte India-Jane gar nicht, wer das auf dem Foto

auf der Titelseite war, da sie lediglich fasziniert auf Flos phä-
nomenale, jeder Schwerkraft spottende Brüste starrte. India-
Janes Busen zeigte leider noch keinerlei Anzeichen einer
Schwellung. Doch dann erkannte sie das Gesicht darüber.

»Na… na… na!«, schnurrte sie vor sich hin. »Wenn das
nicht unsere lang verschollene Cousine Flora ist! Deshalb hat
sie sich also so plötzlich an den Busen… in den Schoß… unserer Familie geflüchtet.«

India-Jane musterte das Foto noch einmal und schob es
dann in *Eine lausige Hexe* hinein. Mit ihren zehn Jahren
hatte sie bereits eine wichtige Erkenntnis fürs Erwachsenen-
dasein gelernt: Wissen war Macht. Es ging nur darum, wie
man es einsetzte.

Nach dem Abwasch setzte sich Tante Prue mit einem Korb
Flicksachen neben Flo. Die grässliche India-Jane begann zuerst demonstrativ in ihrem Kinderlexikon zu blättern, bevor
sie sich einen lehrreichen Dokumentarfilm über die Bewah-
rung der weltweiten Süßwasservorräte ansah. Niemand
sagte etwas von Schlafenszeit, bemerkte Flo. Die ungreifbare
Mattie tauchte nicht auf. Onkel Francis schlief ein, und Veronica studierte Delia Smiths Sommerkochbuch, zweifellos
auf der Suche nach Rezepten, mit denen man Jungbauern
verführte.

Flo beschloss, dass es an der Zeit war, Snowy auszufüh-
ren. Die Nacht war kalt und klar, mit unzähligen Sternen am
Himmel und einem Gefühl von Raum und Stille, das Flo
schon gar nicht mehr kannte. Sie versuchte, ihre Enttäuschung darüber abzuschütteln, dass die Rawlings nicht die
liebevolle Familie waren, an die sie sich aus ihren glücklichen
Ferien vor so langer Zeit erinnerte. Womöglich waren sie das
nie gewesen, oder in ihrer Familie war etwas schief gelaufen,
genau wie in ihrer eigenen.

Sie blickte zu den Sternen hinauf und dachte an ihre Mutter und ihren Vater. »Bist du irgendwo da oben, Mum?« Auf

einmal verspürte sie den Wunsch, ihren Vater anzurufen und zu sagen: »Hör mal, Dad, es ist noch nicht zu spät. Ich habe sie genauso geliebt wie du. Sie würde diese Kluft zwischen uns nicht wollen, und ich will sie auch nicht.« Aber in Amerika war noch Geschäftszeit, und ihr Vater wäre vermutlich ärgerlich über die Störung.

Stattdessen zog Flo ihr Handy heraus und rief Miranda an.

Da es zwischen achtzehn Uhr und Mitternacht war und weder ein heftiges Gewitter tobte noch die Taxifahrer streikten und sie ans Haus fesselten, noch die Beulenpest ausgebrochen war, war Miranda ausgegangen.

»Hallo, Randa, ich bin's«, sprach Flo ihr auf den Anrufbeantworter. »Ruf mich doch morgen zurück, wenn du kannst. Auf dem Land ist es ganz und gar nicht so langweilig, wie ich gedacht habe.«

Und sie merkte, dass das stimmte. Sie war davongelaufen und hatte friedliche Kühe, ein gelassenes Landleben und üppiges englisches Frühstück erwartet. Stattdessen hatte sie familiäre Spannungen vorgefunden, eine unterdrückte Tante und einen Landwirt, der bis Michaeli eine Frau brauchte. Es ließ sich alles ziemlich viel versprechend an.

4. Kapitel

»Glaubst du, der alte Knacker meint das ernst?«

Adam versuchte seinen Ärger im Zaum zu halten, während er mit seinem Bruder unterwegs nach Long Meadow war, um die jungen Triebe zu inspizieren. Adam liebte Frauen, aber heiraten wollte er keine. Jedenfalls nicht jetzt. »Ich finde, es ist eine verdammt blöde Idee. Wie sollen wir denn in fünf Monaten jemanden finden, mit dem wir den Rest unseres Lebens verbringen wollen? Was erwartet er von uns? Dass wir uns im Versandhandel eine Braut bestellen?«

»Den müsstest du wohl kaum in Anspruch nehmen. Du hast doch reichlich Auswahl.« Hugos dunkle Haare, die dringend hätten geschnitten werden müssen, fielen ihm übers eine Auge. »Weißt du noch? Als es darum ging, den Mohn auf dem Weizenfeld stehen zu lassen, haben wir ihn auch nicht ernst genommen. Oder bei den Wildblumen auf dem Brachacker. Aber er hat es getan.«

»Willst *du* denn heiraten?«, fragte Adam. Er riss einen Grashalm ab und begann daran zu kauen. »Du bist mir wirklich ein Rätsel, Huge. Womöglich hast du einen Stall voller Verlobter in der Stadt, die nur darauf warten, dass du ihnen den Ring an den Finger steckst.«

»Könnte sein, was? Andererseits lebe ich aber vielleicht gern enthaltsam. Du hast genug Sex für uns beide.« Adam lachte. Sein Bruder mochte ja verschwiegen sein, aber er bezweifelte, dass er enthaltsam lebte. Hugos zur Schau getragenes Desinteresse an Frauen reizte diese fast ebenso wie Adams unübersehbare Begeisterung. Jedoch nicht ganz, versicherte sich Adam. Wenn es darum ging, wer die meisten Kerben im Bettpfosten hatte, konnte er sich damit brüsten, in Führung zu liegen.

Schweigend marschierten sie über die Wiese, Rory, den verrückten roten Setter ihres Onkels, im Schlepptau. »Was hältst du denn von dem neuen Mädchen? Dieser Cousine der Rawlings?«

Hugo sah beiseite, da er plötzlich auf einen Reiher aufmerksam geworden war, der über ihnen herabgestoßen und auf der Sandbank im Fluss gleich hinter der Wiese gelandet war. »Die bleibt nicht lang. Zwei Wochen hier draußen, und sie vermisst das Nachtleben. Laut Ma ist sie das geborene Partygirl. Man kann sich kaum vorstellen, dass sie Gefallen an der Landwirtschaft findet.«

»Oder daran, mit einem Landwirt verheiratet zu sein? Du willst ihr also nicht rechtzeitig vor Michaeli einen Antrag machen?«

»Herrgott noch mal, Adam. Ich mache keine Heiratsanträge, nur damit ich Moreton House kriege!« Hugo klang wesentlich wütender, als Adam erwartet hätte.

»Ach, ich weiß nicht. Dann versuche ich es eventuell mal. Ich glaube, sie würde in einer Schürze toll aussehen.« Er warf seinem Bruder einen viel sagenden Blick zu. »Vorzugsweise mit nichts darunter. Darauf scheint sie ja spezialisiert zu sein.«

Hugo rang bewusst darum, nicht bei dieser Vorstellung zu verharren, doch es war schwer, den Anblick Flora Parkers mit dem aufklaffenden Regenmantel, der zwei perfekte Brüste enthüllte, zu vergessen. Warum in aller Welt war sie nur mitten am Tag so gekleidet gewesen? Er konnte sich noch so anstrengen, das Bild ließ sich nicht verdrängen.

»Komm schon, Junge.« Hugo warf Rory ein Stöckchen und beobachtete, wie der Setter begeistert anderthalb Meter durch die Luft hechtete und es fing. »Frauen sind für uns unbedarfte Männer nicht zu durchschauen. Wir sollten jetzt lieber zurückgehen. Auf dem letzten Feld wird mehr Silage gebraucht.«

»Und ich sollte mich darum kümmern, dass bei Dickey alles klar ist«, stimmte Adam ihm zu. »Er ist mit der elektrischen Heckenschere losgezogen, und das kann tödlich sein. Onkel Kingsley hat ihn gestern gebeten, die ›Ecken‹ zu stutzen. Dickey dachte, er meinte ›Hecken‹, und hat alles abgesäbelt. Die Vögel finden bis in alle Ewigkeit keine Nistplätze mehr!«

Als hätten sie es vereinbart, sprach auf dem Rückweg keiner der Brüder ein Wort. Hugo warf weiter Stöckchen für Rory, und Adam plante seine abendlichen Unternehmungen. Wenn Onkel Kingsley es wirklich ernst meinte, dann würde er seine Heiratsaussichten neu bedenken müssen. Auf einmal ging ihm der Gedanke an Flora, wie sie auf dem Heuhaufen festsaß, nicht mehr aus dem Kopf. Adam lächelte verhalten. Könnte ja sein, dass eine Ehe doch nicht unbedingt langweilig und voller Pflichten war.

Als sie zurückkehrten, versank die Sonne gerade hinter den Hügeln, und Moreton House lag in goldenem Glanz vor ihnen. Es wirkte überirdisch schön, märchenhaft, fast wie ein Haus in einem Film. Würde Onkel Kingsley es tatsächlich verkaufen, überlegte Hugo, oder war das nur ein schlechter Scherz?

Genau in diesem Moment kam ihr Onkel hinter der ordentlich gestutzten Hecke hervor, begleitet von einem Mann im Anzug, der in ein Handy sprach. Der Mann war übergewichtig und strahlte übers ganze Gesicht, als wäre er urplötzlich im Paradies gelandet. »Ich hätte nie gedacht, dass ich die Gelegenheit bekomme, Moreton House auf den Markt zu bringen«, jubelte er ekstatisch.

»Na, warten Sie's ab, Mann, immer mit der Ruhe«, stutzte ihn Onkel Kingsley zurecht. »Womöglich kommt es nie dazu, wenn meine Neffen ihre Pflicht tun. Aber was glauben Sie eigentlich, wie viel es wert ist?«

»Also, ich ...«

»Na, kommen Sie, Mann. Sonst wende ich mich an Ihre Konkurrenten.«

»Mit oder ohne den Hof?«

»Mit natürlich. Was soll ich denn mit einem blöden Bauernhof, der auch noch Verluste macht? Bisher hat zwar noch nie jemand aus meiner Familie Land verkauft, aber Häuser, ganz egal, wie schön sie sind, stehen auf einem anderen Blatt.«

»Etwa zwei Millionen. Möglicherweise mehr, wenn Sie einen Käufer aus der Stadt finden.«

Hugo sog den Atem ein. Das waren genau zwei Millionen Gründe dafür, dass sein Onkel es bitterernst meinte.

»Glaubst du, er meint es wirklich ernst?«, fragte Flo ihre Tante Prue am nächsten Morgen im heimeligen Dunst des Frühstückszimmers. Wie eine Katze, die die warmen Fleckchen entdeckt, hatte Flo herausgefunden, dass dies der einzige gemütliche Raum im Haus war.

»Meint was, Liebes?«

»Onkel Kingsley. Dass einer seiner Neffen bis zum Michaelitag heiraten muss.«

Tante Prue schmunzelte amüsiert. An ihrer geplagten Tante war das ein derart seltener Anblick, dass Flo unwillkürlich auch grienen musste. »India ist jedenfalls davon überzeugt. Sie hat die Chancen für Adams Wahl auf ihre Tafel geschrieben, nur um Veronica zu ärgern. Vee steht bei zwanzig zu eins hinter der Tochter des Pfarrers mit sechzehn zu eins und der Schankkellnerin aus dem Angel mit zehn zu eins. Es würde mich nicht wundern, wenn du auch drauf stehen würdest.«

»Ich? Ich bewerbe mich nicht darum, Adam Moreton zu heiraten. Ich habe ihn ja erst einmal gesehen.«

»Du hast bessere Chancen als Vee, die Ärmste. Ich fürchte, sie ist Adam zu langweilig.«

»Im Gegensatz zu mir?«

Tante Prue musterte ihre Nichte. Flo trug ihre Second-Hand-Jeans mit dem Riss am Knie, einen billigen Rippen-pulli und dicke Socken. Selbst ohne Make-up und mit zu-rückgekämmten Haaren ließ sie Veronica im Vergleich wie eine schwere Färse neben einem Preiskalb aussehen. Trotz-dem besaß Veronica einige wertvolle Qualitäten, die einer Bauersfrau sehr zustatten kamen. Sie konnte gut einfache Gerichte kochen, hatte ein gebärfreudiges Becken und eine begrenzte Fantasie. All das, vor allem Letzteres, so erinnerte sich Prue wehmütig, waren gute Grundlagen für eine Land-wirtin.

»Miranda!«, rief Flo auf einmal aus und unterbrach so den Gedankenfluss ihrer Tante. »Natürlich! Sie wäre abso-lut ideal für Adam!«

»Wer ist denn Miranda?«

»Das ist meine beste Freundin in London. Adam verliebt sich garantiert total in sie. Sie ist auf einem Bauernhof auf-gewachsen! Sie kann sogar bei einem Stier hinten und vorne unterscheiden.«

»Das ist eine gute Idee. Ich weiß was: Lad sie doch für nächsten Sonntag zum Mittagessen ein.«

Nachdem sie das Angebot ausgesprochen hatte, fiel Prue ein, dass ihre eigene Tochter sich vermutlich über die Konkur-renz nicht freuen würde. Ein weiterer Grund für Veronica, ihrer Mutter zu grollen, nachdem sie offenbar bereits eine lange Beschwerdeliste mit sich herumschleppte.

Prue seufzte. Man konnte nur in begrenztem Rahmen et-was für seine Kinder tun, das versuchte sie sich immer wie-der einzuschärfen. Letztlich war deren Glück nicht ihre Ver-antwortung. Wenn sie es nur auch begreifen würde.

Außerdem stellte sich die Frage, was es kosten würde, eine

Einladung zum Mittagessen zu veranstalten. Francis würde sie umbringen. Selbst wenn sie eines ihrer eigenen Lämmer und Gemüse aus dem Garten verwendeten, entstanden doch Kosten für den Wein. Ein paar Minuten gab sich Prue der Erinnerung daran hin, wie sie sich ihr Leben erträumt hatte, als sie frisch verheiratet war: mit ihren rosenwangigen Kindern Hühnereier einsammeln, mutterlose Lämmchen säugen und leckere Mahlzeiten für erschöpfte Männer kochen. Leider hatte sich die Wirklichkeit ganz anders entwickelt. Anfangs waren sie durchaus glücklich gewesen, aber dann waren vor zehn Jahren die Preise für landwirtschaftliche Erzeugnisse gesunken, und Francis war immer schweigsamer und verschlossener geworden.

Flo musterte ihre Tante, wie sie gedankenverloren auf der anderen Seite des Frühstückstisches saß. Sie hatte ein so gewinnendes Wesen. Sie war liebevoll und selbstlos, aber ihre grässliche Familie wusste sie nicht einmal ansatzweise zu schätzen. Hätte sie, Flo, sich gegenüber ihrer Mutter wie die fiese Veronica benommen, wenn Mary noch lebte? Sie als eine Art Wäsche- und Taxiservice betrachtet, auf den man sich verließ, ohne je dankbar dafür zu sein? Flo wünschte, es gäbe einen Weg, wie sie alle – Francis eingeschlossen – dazu bringen könnte, zu erkennen, was für ein Juwel ihre Mutter war und wie verdammt glücklich sie sich alle schätzen konnten, überhaupt eine Mutter zu haben.

Daran würde sie arbeiten müssen.

Unterdessen war sie hier auf dem Land, auf einem richtigen Bauernhof, und es war höchste Zeit, dass sie sich mit diesem Lebensstil anfreundete, wenn sie irgendjemandem von Nutzen sein wollte. Falls es stimmte, dass die Hunting Farm in einer heiklen Lage war, dann konnte sie versuchen, ihnen zu helfen. Sie war froh, dass Miranda noch nicht da war und sie auslachte oder an den Zwischenfall mit den Ochsen erinnerte. Sie musste noch vieles lernen.

»Gibt es jemanden, der mich herumführen könnte?«, fragte Flo, während sie hoffte, nicht lästig zu sein. »Der mit mir eine Führung für Anfänger macht und sich nicht daran stört, wenn ich echt dusselige Fragen stelle?«

»Wenn du willst, mache ich es«, sagte eine Stimme hinter ihr.

Flo hätte sich vor Erstaunen fast an ihrem Kaffee verschluckt. Es war Mattie aus der Wäschekammer.

»Hallo, Fremde«, begrüßte Prue sie. »Magst du einen Toast?« Die Zärtlichkeit in Tante Prues Stimme ließ Flo eine alberne Träne in die Augen steigen. Dies war offensichtlich ihr Lieblingskind, vielleicht weil es das problematischste zu sein schien.

»Hallo, Flora«, sagte das zierliche, ernste Kind mit den dünnen Haarbüscheln, nahm ihre Hand und schüttelte sie feierlich. »Ich heiße Matilda. Dein Auto gefällt mir.«

Beinahe hätte Flo etwas über die Wäschekammer gesagt, riss sich aber noch rechtzeitig am Riemen. Sie hatte nicht viel Erfahrung mit Kindern, aber irgendetwas sagte ihr, dass nur ein Wort darüber Mattie veranlassen würde, postwendend dorthin zurückzusausen.

»Möchtest du dir jetzt gleich den Hof anschauen?«, bot Mattie schüchtern an.

»Gern. Aber musst du denn nicht in die Schule?«

»Samstags nicht«, erklärte Prue. »Zieh deine Gummistiefel an, Mattie, und iss in Gottes Namen ein wenig Toast.« Das Mädchen schien nie etwas zu essen.

Flo packte ihren Mantel und folgte ihrer zwölfjährigen Führerin. Am liebsten hätte sie Snowy mitgenommen, entschied sich dann aber aus gutem Grund dagegen. Sie hatte dem Hündchen zwar eine Leine gekauft, aber bis jetzt stemmte sich Snowy lediglich regelmäßig gegen den Boden, wenn sie die Leine sah, und wich nicht vom Fleck.

Draußen war es kalt und klar, und der Wind trug noch

einen Hauch Winter in sich. Mattie führte Flo über den gepflasterten Hof hinter dem Haus zu den Ställen und Scheunen. Auf dem Feld dahinter grasten friedlich schwarzweiße Kühe.

»Das sind unsere. Friesen. Wir haben hundertfünfzig Stück davon.«

»Was ist denn das für ein Lärm?« Aus dem Inneren der Scheune vernahm Flo die herzzerreißenden Laute der Kühe, die ein hohes, klagendes Muhen von sich gaben.

Mattie schmunzelte. »Das ist, weil sie neulich erst gekalbt haben und ihnen die Kälber weggenommen worden sind.«

»Warum denn? Ist das nicht unglaublich grausam?« Das Geräusch ließ sie an Flüchtlinge denken, die von ihren Kindern getrennt wurden.

»Sonst produzieren sie keine Milch. Die Milch, die sie geben, ist eigentlich für ihre Kälber bestimmt, nicht für unsere Corn Flakes.«

Flo blieb wie angewurzelt stehen. Unfassbar, dass sie Milch als etwas so Selbstverständliches betrachtet hatte, ohne je darüber nachzudenken, woher sie kam. Jetzt würde sie jedesmal, wenn sie welche über ihre Weetabix goss, das Gefühl haben, es sei Muttermilch!

Mattie musterte sie verständnisvoll. »Ich weiß, was du denkst, aber die Kühe würden ja überhaupt nicht gezüchtet, wenn sie keine Milch gäben.«

Ein durchdringender Gestank stieg Flo in die Nase. »Das ist das Melkhaus«, erklärte Mattie. »Sie werden zweimal am Tag gemolken: um halb sechs Uhr morgens und um drei Uhr nachmittags.«

»Was, alles von Hand?« Sie sah Bilder von rosigen Melkerinnen vor sich, die alle auf winzigen Schemeln hockten wie in *Tess von den D'Urbervilles*, wo jede versuchte, neben dem faszinierenden, aber kapriziösen Angel Clare zu sitzen.

»Nein«, lachte Mattie. »Mit Maschinen. Aber die Näpfe

müssen von Hand aufgesetzt werden.« Den Kühen Näpfe auf die Euter zu setzen hatte nicht den verführerischen Charme der Melkszene in *Tess*. Na gut. Schon jetzt erkannte sie, dass das moderne Landleben eher praktisch als romantisch war.

Sie bogen um die Ecke des Hofes und liefen über eine große Wiese. Dahinter lag ein noch größeres Feld, auf dem ein Traktor hin- und herfuhr und makellos gerade Furchen zog. »Das ist wahrscheinlich Adam Moreton, der Leinsamen aussät.«

»Ich dachte, gesät würde viel früher im Jahr.«

»Nicht unbedingt«, erklärte Mattie vage. »Übrigens sagen manche, das Aussäen sei das Wichtigste an der ganzen Landwirtschaft. Sogar noch wichtiger als das Ernten.«

Auf der anderen Seite des Feldes vollführte Adam eine perfekte Wende. Als er die beiden sah, winkte er und gab ihnen zu verstehen, dass er herüberkäme.

»Er braucht zwanzig Minuten, bis er hier ist. Er kann nicht einfach rüberfahren. Er muss die Furchen gerade ziehen.«

»Was hältst du denn von den Moreton-Brüdern?« Flo wurde klar, dass Matties Meinung es wert war, gehört zu werden, auch wenn sie erst zwölf war und den größten Teil ihrer Zeit in der Wäschekammer verbrachte.

»Du meinst wegen dieser blödsinnigen Wette ihres Onkels? Das finde ich absolut skandalös. Bauernhöfe sind viel zu wichtig, um sie aus einer albernen Laune heraus aufs Spiel zu setzen.«

»Und wie findest du Adam und Hugo?« Flo erkannte, dass sie sich stärker für die beiden interessierte, als sie vorgab. »Welchen würdest du heiraten, wenn du wählen müsstest?«

»Keinen von beiden. Ich will eines Tages meinen eigenen Hof haben und selbstständige Bäuerin sein. Aber ich mag sie beide. Adam habe ich allerdings ein bisschen lieber. Ivy findet Hugo sympathischer. Sie sagt, er hätte Weisheit in den Hosen.«

»Ein seltsamer Aufbewahrungsort«, gluckste Flo.

»Ich mag Adam, weil er mich öfter auf seinem Quad Bike mitnimmt.«

»Was ist denn ein Quad Bike?« Flo stellte sich ein Fahrrad mit vier Sitzen vor.

»Eine Art Mini-Traktor. Das Fahren damit macht unheimlich Spaß – man kann damit nämlich quer über Felder und durch Bäche düsen.« Sie kehrte wieder zu ihrer Gebrauchsanweisung für die Moreton-Brüder zurück. »Hugo ist stiller. Er verbringt Unmengen von Stunden im Büro und wickelt irgendwelche Geschäfte ab. Ich weiß nicht, ob er wirklich so ein Landwirt wie Adam ist.«

Langsam näherte sich Adam ihrer Ecke. Flo stand da, beobachtete ihn und war unerwarteterweise gerührt. Ein Mann allein auf einem riesigen Feld vor dem weiten blauen Himmel hatte etwas total Urwüchsiges an sich.

»Schön gepflügt«, gratulierte Flo.

»Gesät«, korrigierte Adam mit unbekümmertem Lächeln. »Du musst die Begriffe schon richtig anwenden, wenn du ein kluges Landmädchen werden willst, stimmt's, Mattie?« Er lehnte sich vor und schwenkte Mattie in die Höhe, als wäre sie eine Feder. »Die hier bringt dir alles bei. Sie weiß mehr über die Landwirtschaft als wir alle zusammen.«

Mattie grinste hoch erfreut, und ihre Zahnspange glitzerte im Sonnenlicht. Auf einmal wirkte sie nicht mehr ungelenk und blass, sondern erstaunlich hübsch. Wenn Adam Moreton auf alle Frauen zwischen zwölf und achtzig diese Wirkung hatte, dann hatte er seinen Ruf verdient. Irgendwie konnte sie sich aber nicht vorstellen, dass er die fiese Veronica auf diese Art hochhob oder dass Vee auch nur halb so hübsch aussehen könnte wie Mattie. Sie leuchtete geradezu vor Freude, und Flo merkte, wie es auf sie abfärbte.

»Für eine ist noch Platz, wenn du mitfahren willst«, bot Adam an und wirkte dabei wie ein bukolischer Freibeuter.

»Na gut«, sagte Flo zögerlich, als sie begriff, dass er sie ohne viel Federlesens duzte. Die Heftigkeit ihrer Reaktion auf Adam Moreton machte sie verlegen.

Mattie grinste, rutschte auf die eine Seite und ließ damit als einzigen Sitzplatz Adams Knie übrig. Flo hätte sie umbringen können, aber es war ihr zu peinlich, jetzt einen Rückzieher zu machen.

Flo hüpfte vom Zauntritt und stieg auf den Traktor.

Adam lachte auf sie herab. »Was hast du denn da in den Haaren?« fragte er. Seine sagenhaften grünen Augen blitzten amüsiert.

Flo betastete ihren Kopf und schnappte nach Luft. Es war das Höschen mit dem Leopardenmuster, mit dem sie sich in der Dusche die Haare zusammengebunden hatte, weil sie weder eine Spange noch eine Duschhaube hatte, und das sie danach völlig vergessen hatte.

»Das ist doch wohl keine …?«, begann Adam.

»… Unterhose!«, ergänzte Mattie hilfsbereit.

Flo merkte, wie sie vor Verlegenheit rot anlief. Sie zerrte sich das Höschen aus den Haaren und stopfte es in die Tasche.

»Gut.« Adam und Mattie wechselten einen verschwörerischen Blick. »Wir verlieren kein Wort mehr darüber.«

Es war schon fast Mittagszeit, als sie ihre Fahrt beendet hatten und über die lehmigen Felder wieder nach Hause trotteten. Flos Kopf schwirrte von Fakten und Zahlen über Milchquoten und EU-Subventionen, ganz zu schweigen von Hygienevorschriften für die korrekte Wartung von Melkhäusern. Flo erkannte, dass das Land mehr in sich barg als nur schöne grüne Weiden und hübsche Häuschen. Alles hatte nur dann eine Existenzberechtigung, wenn es einen handfesten finanziellen Hintergrund gab. Adam hatte sich als unglaublich kenntnisreich erwiesen.

Sie verzog sich gleich auf ihr Zimmer, legte sich erschöpft

aufs Bett und rief Miranda an. »Randa, du *musst* einfach dieses Wochenende rauskommen. Nebenan wohnt ein phänomenaler Landwirt namens Adam, der unbedingt bis zum Michaelitag eine Frau finden muss, sonst verliert er seinen Hof. Und du wärst absolut *ideal* für ihn!«

Miranda klang wenig begeistert. »Erstens bin ich Bauerntochter, und es ist allgemein bekannt, dass Bauerntöchter es gar nicht erwarten können, endlich im drogenverseuchten, schmutzigen Gewimmel der Großstadt untertauchen zu können. Zweitens hasse ich das Land: Es ist öde, es stinkt, und alle gehen um neun ins Bett. Drittens… drittens fällt mir nicht mehr ein, aber was hast du eigentlich mit Miles angestellt? Er ruft mich ständig an und fragt mich, wo du steckst – allerdings in einem Ton, der eher vermuten lässt, dass er einen Killer engagieren will, statt eine Bestellung bei Fleurop aufzugeben.«

»Wahrscheinlich tut er genau das. Also, kommst du jetzt am Wochenende? *Bitte!* Ich brauche deine moralische Unterstützung und einen Hauch deiner zigarettengeschwängerten Londoner Luft.«

Zu Flos Freude willigte Miranda schließlich ein. »Aber nur, weil ich haarklein hören will, was du dem herrlichen Miles angetan hast.«

»Ich versprech's. Aber du musst kommen.«

»Okay, aber wie hältst du's in der rückständigen Provinz aus? Ich kann mir nicht vorstellen, wie du mit deinen Stilettos über die Felder stakst.«

»Oh, da fällt mir etwas ein: Könntest du mir eine Tasche packen? Ich bin ziemlich überstürzt, äh, abgereist.«

»Ach. Was *hast* du denn mitgenommen?«

»Nichts.«

»Was soll das heißen – nichts?«

»Es ist mir ziemlich peinlich, das zuzugeben. Wirklich nichts. Einen Regenmantel, ein Höschen und Turnschuhe.«

»Mann, da hast du Miles aber wirklich im Regen stehen lassen.«

»Eigentlich eher unter der Bettdecke.«

Flo hörte im Flur einen Gong schlagen. »Mein Gott, ich werde von King Kong gerufen.«

»Das ist das Mittagessen«, erklärte Miranda. »Auf dem Land passiert alles früher. Frühes Frühstück. Frühes Mittagessen. Frühes Abendessen. Frühes Zubettgehen. Aber leider kein früher Tod, der einen von der Langeweile erlösen würde. Grauenhaft. Bist du dir sicher, dass es in Ordnung ist, wenn ich am Wochenende komme?«

»Absolut. Ich sag's der Köchin. Sie scheint hier das Oberkommando zu führen.«

»So ist das immer.«

Unten saßen alle außer Veronica um den Tisch herum. »Sie ist in die Kirche gegangen, um den Blumenschmuck zu arrangieren«, erklärte Tante Prue. »Eigentlich wäre ich heute dran, aber Vee hat es mir netterweise abgenommen.«

»Sie will doch nur Adam mit ihrem Potenzial als Gutsherrin beeindrucken«, warf India-Jane ein. »Sie sollte lieber lernen, einen Humpen Bier zu kippen. Adam geht doch sonntags meistens ins Pub statt in die Kirche.«

»Aber«, ergänzte Tante Prue pfiffig, »seine *Mutter* geht doch zur Kirche, oder nicht? Und Adam Moreton verehrt seine Mutter.«

»Aber nur, weil sie ihn so maßlos vergöttert«, erwiderte India-Jane. »Das ist eindeutig ödipal.«

»India«, fragte ihre Mutter völlig baff. »Woher weißt du denn über Ödipus Bescheid?«

»Das haben wir in der Schule durchgenommen. Er hat seinen Vater getötet und seine Mutter geheiratet. Obwohl ich mir nicht vorstellen kann, dass Adam seine Mutter tatsächlich heiraten will. Schließlich bügelt sie sowieso schon alle seine Sachen.«

Angesäuert mischte sich ihr Vater vom anderen Ende des Tischs ins Gespräch ein. »Was bringen sie den Kindern heutzutage in der Schule nur für einen Unsinn bei? Das geht garantiert aufs Konto der nationalen Lehrplankommission.«

»Na, jedenfalls«, fuhr Tante Prue fort, während sie Ivys ekelhaften Hackfleischauflauf verteilte, »wenn sie Adam beeindrucken will, sollte sie die Leitung der Jung-Pfadfinderinnen übernehmen. Ihm zeigen, wie gut sie mit Kindern umgehen kann. Sie brauchen dringend eine Gruppenleiterin. Mittlerweile sind sämtliche Mütter berufstätig und keine hat Zeit dafür. Womöglich müssen sie nach fünfzig Jahren die Gruppe auflösen.«

»Da gibt's nur ein kleines Problem«, wandte India-Jane zuckersüß ein. »Vee hasst Kinder. Sie würde sie am liebsten alle in Konzentrationslager stecken.« Sie fischte einen Klumpen unaufgetautes Hackfleisch aus ihrer Portion. »Mum, du solltest Ivy wirklich rauswerfen, bevor einer von uns an Lebensmittelvergiftung stirbt. Ihre Kocherei ist eine Katastrophe.«

»Ich weiß, Liebes, aber auf dem Land wirft man nicht einfach Leute raus, die eine halbe Ewigkeit bei einem gewesen sind. Man hofft einfach, dass sie eines Tages von selbst den Rückzug antreten.«

»Erzählt Onkel Kingsley bloß nicht, dass Vee keine Kinder mag«, riet Mattie. Alle starrten sie an. Sie setzte sich nur selten zu ihnen an den Tisch, und wenn, dann sprach sie kaum. »Schließlich wollen sie in erster Linie einen Erben, keine Braut. Ich empfinde das als total mittelalterlich.«

Nach dem Essen erboten sich Flo und Mattie, den Tisch abzuräumen.

»Ihr zwei scheint euch ja prima zu verstehen«, flüsterte Tante Prue. »Eventuell kannst du herausfinden, warum sie ständig nach oben verschwindet. Ich kriege zu diesem Thema keinen Ton aus ihr raus.«

Als sie fertig waren, räumte Flo die Platzdeckchen mit dem

Aufdruck von Constables Heuwagen und dem Blick von Flatford Mill wieder in die Esszimmer-Anrichte. Es war jetzt zwanzig nach eins. Um Punkt sieben Uhr gäbe es Abendessen, und wenn sie Glück hatten, um halb fünf Uhr Tee. Das Leben auf der Hunting Farm hatte eine Ordnung und Struktur an sich, die Flo seltsam tröstlich fand, obwohl die in der Luft liegenden Spannungen nicht zu überdecken waren.

»Ich sag dir was«, flüsterte Flo Mattie zu. »In diesem Haus sind furchtbar viele Leute. Eigentlich bin ich hierher gekommen, um ein bisschen Ruhe und Frieden zu finden. Du weißt nicht vielleicht, wo wir das kriegen könnten?«

Mattie horchte interessiert auf. Gut zu wissen, dass auch Erwachsene manchmal davonliefen.

»Eine Möglichkeit wäre auf jeden Fall die Wäschekammer«, preschte Flo schließlich vor. »Da drin ist es sehr ruhig.«

Mattie lachte über diese abwegige Idee. Erwachsene versteckten sich nicht in Wäschekammern. Aber andererseits war Flo auch nicht wie die anderen Erwachsenen, die sie kannte. Auf jeden Fall war sie nicht wie Vee. Flo hörte einem richtig zu und schien sich für einen zu interessieren.

»Na gut«, willigte Mattie ein, »aber du musst ein Buch mitbringen.«

»Ich bringe noch etwas viel Besseres mit«, versprach Flo. »Nämlich etwas zum Naschen. Frosties Müsliriegel. Die habe ich neulich erst entdeckt. Die sind *saa-gen-haft*!« Flos jämmerliche Imitation von Tony dem Tiger aus der Werbung veranlasste Mattie, den Kopf in ihrem weiten Pulli zu verbergen, aber sie griente, als sie ihn wieder herauszog.

Flo war irre.

»Dann in zehn Minuten«, sagte Flo und tippte sich an die Nase. »Beladen mit tröstlichen Kalorien und leichter Lektüre.«

Mattie tippte sich ebenfalls an die Nase.

Die Bezeichnung »Wäschekammer« war nicht ganz zutreffend. Matties Versteck war eher eine Art großer Wandschrank mit einem riesigen, zylinderförmigen Heißwassertank und breiten Regalbrettern voller frischer Wäsche. Der Tank selbst war mit Onkel Francis' Hemden behängt, die man hereingeholt hatte, damit sie nicht von einem Aprilschauer durchnässt würden. Den Fußboden hatte Mattie mit alten Federkissen ausgelegt.

Der frische, nach Wäsche duftende warme Raum hatte etwas an sich, das bei Flo einen Kloß im Hals auslöste. Plötzlich raste ihre Erinnerung zurück, und sie sah so deutlich wie auf einer Fotografie sich selbst, wie sie ihrer Mutter dabei half, die Wäsche in einem großen provenzalischen Schrank zu verstauen. Das war eine der Lieblingsbeschäftigungen ihrer Mutter gewesen, und Flo hatte sich dabei auf den umgedrehten Waschkorb gestellt und ihr geholfen.

Flo merkte, wie sich eine kleine Hand in ihre stahl, und sie spürte den Druck beruhigender Finger. Sie streckte die Arme aus, und Mattie drängte sich eng an Flos Körper. »Es muss schrecklich für dich gewesen sein«, flüsterte Mattie, »dass deine Mutter so früh gestorben ist. Fehlt sie dir sehr?«

Flo war perplex. »Woher weißt du, dass ich an meine Mutter gedacht habe?«

»Weil du geweint hast. Ich weine manchmal auch, wenn ich an meine Mutter denke. Dad ist in letzter Zeit so ekelhaft zu ihr, und sie nimmt es einfach hin. Früher war er richtig lustig. Da hat er mich oft auf dem Traktor mitgenommen, wenn er für die Schafe Heu ausgelegt hat und die Mutterschafe zurückgeholt hat, die von der Herde weggelaufen sind. Wenn sie gelammt haben, hat er immer gesagt, ich sei seine wichtigste Helferin. Ich kann mich noch an einen Weihnachtsmorgen erinnern, da hab ich jemanden Weihnachtslieder singen hören und gedacht, es sei der Weihnachtsmann. Aber es war Dad, der gerade aus dem Schafstall gekommen war. Es war eiskalt und total still. Es kam mir vor, als gäbe es auf der ganzen Welt nur ihn und mich. Er hat mich heruntergerufen und mir ein neu geborenes Lamm zum Füttern gegeben.«

Flo fiel es schwer, sich daran zu erinnern, wie viel Glück damals in diesem Haus geherrscht hatte. Mattie wusste es noch. Sie zog die Nase hoch und vergrub den Kopf an Flos Schulter. Es war ein herzzerreißendes Geräusch. Das Schniefen eines Kindes, das sich nicht schwach zeigen will. »Das war, bevor mit dem Hof alles den Bach runterging. Jetzt brüllt Dad bloß noch jeden an. Oder er geht ins Pub.«

Flo hatte keine Ahnung, wie gravierend ihre finanziellen Probleme wirklich waren. »Was ist denn mit dem Hof schief gegangen?«

»Dad hat die Schafe sehr geliebt. Aber er musste sie loswerden. Sie waren nur ein Pfund das Stück wert, nicht einmal so viel, wie es kostet, sie zu füttern. Und ich merke auch, dass Mum vor Sorgen ganz fertig ist. Früher hab ich gehört, wie sie miteinander geredet haben, wenn wir alle im Bett waren. Das Schlimme ist, Flo, dass sie jetzt aufgehört haben. Sie sprechen fast gar nicht mehr miteinander.«

Flo schloss Mattie fester in die Arme. Ihr eigener Vater hatte aufgehört, mit ihr zu reden, als ihre Mutter krank geworden war. Eventuell wusste er ebenso wenig wie Onkel Francis, wie er seinen Schmerz mitteilen sollte. Oder er fürchtete, so etwas würde schwach wirken. Vielleicht war er aber, genau wie Onkel Francis, einfach so verdammt wütend, dass er nicht darüber sprechen *konnte*. Ihr Vater war, statt ins Pub zu gehen, nach Amerika gezogen.

Flo schloss die Augen. Sie konnte nicht zulassen, dass das Gleiche, was mit ihr passiert war, mit Mattie geschah. Mattie war so liebenswert und viel zu verletzlich.

»Kommst du deswegen hier rauf? Um vor all dem zu fliehen?«

Mattie nickte. »Hier fühle ich mich irgendwie sicher.« Sie

wischte sich eine dünne Strähne rehbrauner Haare von den Augen. »Aber das ist auch vorbei, wenn wir den Hof verkaufen und umziehen müssen.«

Flo streichelte dem Mädchen beruhigend übers Haar. »So weit wird es nicht kommen.« Und sie war einfach hier hereingeplatzt, hatte sich gedankenlos der Familie Rawlings aufgedrängt und von ihnen erwartet, dass sie ihr gratis Kost und Logis gaben, nur weil sie sich in ihrer Beschränktheit eingebildet hatte, sie seien eine glückliche Familie. Dabei kämpften sie ums nackte Überleben!

»Danke, dass du mir dein Vertrauen geschenkt hast, Mattie. Das hilft mir wirklich weiter. Wir zwei werden jetzt versuchen, die Probleme zu lösen, und dazu brauche ich eine Menge Ratschläge von dir, wie wir es anpacken können. Es gibt allerdings eine Bedingung.«

»Und die wäre?« Mattie hatte erneut eine furchtsame Miene aufgesetzt, wie ein Kind, dem man zu viel Verantwortung aufgebürdet hat, und das nun nicht weiß, was es damit anfangen soll.

»Dass du dich von der Wäschekammer fern hältst und mir hilfst.«

Matties schmales, ernstes Gesichtchen leuchtete voller Freude und Erleichterung auf. »Okay. Abgemacht. Aber wie um alles in der Welt wollen wir das bewerkstelligen?«

Das war eine gute Frage. Wie sollte die vergnügungssüchtige Flora Parker, die bereits ihr eigenes Leben verpfuscht hatte, auch nur die geringste Chance haben, das Leben anderer Leute in Ordnung zu bringen?

5. Kapitel

Flos Londoner Freunde, vor allem Miles, hätten sich vor Lachen gekrümmt, wenn sie Flora Parker, die sich für gewöhnlich bei Harvey Nicks einkleidete, in einem Flanellnachthemd gesehen hätten. Sie lag zusammengerollt unter einer Patchwork-Steppdecke, in der Hand das Buch *Fream's Agriculture* von ihrem Onkel, ein dicker Wälzer, der dazu diente, dem Landwirt über so erbauliche Themen wie künstliche Befruchtung bei Nutztieren, die Haltung frei laufender Hühner und den Anbau winterharter Kohlsorten auf die Sprünge zu helfen sowie die »interessierte Allgemeinheit« anzusprechen. Flo konnte sich allerdings niemanden vorstellen, der sich freiwillig damit befasste.

Sie hatte das Kapitel über »Methodik der Schafzucht« gerade zur Hälfte durch, nachdem sie bereits jenes über »Wandel und Neuerung in der Landwirtschaft« gelesen, wenn auch nicht ganz verdaut hatte, als es an der Tür klopfte. Flo schob das Buch schneller unter die Bettdecke, als eine Klosterschülerin es mit *Lady Chatterley* getan hätte.

Die fiese Veronica erschien in einem grässlichen pinkfarbenen Morgenmantel, auf den kleine Blümchen appliziert waren, am Fuß ihres Bettes.

»Ich wollte nur fragen«, begann sie mit unechtem Lächeln, »wie lang du bei uns bleiben willst?«

»Was Vee wirklich meint«, übersetzte die quietschige Stimme von India-Jane hinter ihr, »ist, dass sie diesen Sonntag nach der Kirche eine kleine Cocktailparty gibt, um Adam mit ihren Qualitäten als Gastgeberin zu beeindrucken, und es ihr lieber wäre, wenn du nicht mehr als Konkurrenz dabei wärst.«

Flo unterdrückte ein Kichern. »Tut mir Leid, Vee, aber ich bin am Sonntag immer noch da. Tante Prue hat mir sogar erlaubt, eine Freundin aus London einzuladen.« Flo setzte sich an die Kissen gelehnt auf und schürzte affektiert die Lippen. »Offen gestanden«, fügte sie boshaft hinzu, »dachte ich mir, sie wäre ideal für Adam. Sie ist nämlich nicht nur umwerfend schick und geistreich, sondern auch noch eine Bauerntochter.«

Veronica sah aus, als würde sie gleich platzen und dadurch das Zimmer mit Fetzen gesteppter Wattierung überschneien. Sie stürzte hinaus.

»Da hast du ihr aber einen dicken Strich durch die Rechnung gemacht«, sagte India-Jane wohlwollend. »Sie hat den ganzen Morgen damit verbracht, Häppchen mit Schinken und Ananas zu planen.«

»Dann wollen wir hoffen, dass ihr noch etwas anderes einfällt.« Flo schob den Band *Fream's Agriculture* noch weiter unter die Bettdecke, weg von Indias Röntgenblick.

»Was liest du denn da?« India, der nichts entging, hatte die Geste bemerkt, war schneller als ein wirbelnder Derwisch auf die andere Seite des Betts gehüpft und hatte ihr die Decke weggezogen.

Ihre Augen weiteten sich wie zwei Untertassen voller Sahne, als sie den Buchtitel sah. »Mmmmmm... mmmm. Wir nehmen also die Jagd auf einen Ehemann ernst. Ich dachte eigentlich, es wäre nur Vee, die sich ein Bein ausreißt, um die Frau des Gutsherrn zu werden, aber jetzt steigst du auch noch ins Rennen ein. Hinter welchem bist du denn her, Cousine Flora, dem sexy Adam oder dem starken und stillen Hugo? Wenn es Adam ist, dann pass bloß auf.« Mit ausladender Geste zog sie ein Notizbuch aus der Tasche ihrer Jeans. »Der Konkurrenzkampf wird langsam heiß. Daddy hat gesehen, wie Adam Donna, die Schankkellnerin in Witch Beauchamp, angequatscht hat. Und sie haben garantiert nicht über Milcherträge geredet.« Sie zwinkerte Flo auf eine Weise zu, die für eine Zehnjährige höchst unschicklich war. »Jedenfalls nicht die von Kühen.«

Flo verschwand unter der Steppdecke. Sie hatte eigentlich behaupten wollen, dass ihr das alles total gleichgültig war. Doch in Wirklichkeit wurmte es sie ein bisschen.

»Im richtigen Leben siehst du ganz anders aus.« India stupste den Klumpen unter der Bettdecke an.

Flo kam zu dem Schluss, dass India nicht das meinen konnte, was Flo fürchtete, das sie meinte. Sie wurde wohl langsam paranoid.

»Anders als was?«, fragte Flo in gelassenem Tonfall und kroch unter der Bettdecke hervor.

»Als auf dem Foto in der Zeitung natürlich. Mit dem Wonderbra. Darf ich den mal anprobieren?« India stieß ihre nicht vorhandenen Brüste in Flos Richtung wie zwei Artilleriegeschütze. In ein paar Jahren wären sie vermutlich ebenso tödlich. »Ich kann es gar nicht erwarten, bis ich selbst einen BH kriege. Wenn du mich deinen anprobieren lässt, verspreche ich, dass ich nicht petze.«

»Warum sollte es mir etwas ausmachen, wenn du mich verpetzt?«, bluffte Flo. »Es gibt nichts, wofür ich mich schämen müsste.«

»Es geht weniger darum, *ob* ich dich verpetze, als darum, *wann* ich es tue. Der richtige Zeitpunkt ist wichtig, stimmt's?«

Flo warf *Fream's Agriculture* nach dem grässlichen Gör, das sich kichernd rechtzeitig duckte. Wenn Mata Hari eine Stellvertreterin gebraucht hätte, wäre India-Jane Rawlings die ideale Kandidatin gewesen.

Als India endlich verschwunden war, um jemand anders zu quälen, fragte sich Flo, wie viele Personen noch von dem Foto wussten. Es gab nur einen Ausweg. Wenn sie wirklich wollte, dass die Leute aufhörten zu fragen: »Waren das nicht Sie, die ich in der Zeitung gesehen habe?«, müsste sie ihr Aussehen verändern.

Am Donnerstagmorgen unternahm Flo einen Spaziergang über die Felder, atmete genüsslich die frische Luft ein und lauschte hingerissen den Lerchen, die über ihr flogen. Ihr herrliches, klares Lied hätte jeden aufgeheitert. In wenigen Tagen kam der Mai, und Flo konnte sich nicht vorstellen, dass irgendwer im englischen Landfrühling unglücklich war. Außer vielleicht Onkel Francis.

Eine Idee, die Hunting Farm wieder auf Erfolgskurs zu trimmen, war ihr zwar noch nicht gekommen, aber dafür lernte sie eine Menge über Schafe. Mattie hatte ihr versprochen, nach der Schule heute mit ihr zu einem Zentrum für seltene Rassen zu fahren, das etwa eine Stunde Autofahrt entfernt lag. Doch zuerst hatte Flo etwas Wichtiges zu erledigen.

Der Friseur, der in Witch Beauchamp in der Ladenkolonnade direkt neben dem Geschäft für Sattelzeug und Schuhe lag, konnte zwar nicht mit einem Londoner Starcoiffeur mithalten, aber er würde genügen müssen.

Es gab zwei Friseure. Der männliche war gerade damit beschäftigt, einem Kunden in der Nische die Haare zu waschen, während eine junge Rothaarige an der Theke lehnte und am Telefon mit einer Freundin plauderte. Sie schien über Flos unangemeldetes Auftauchen verärgert zu sein.

»Ich heiße Elaine«, sagte sie, als sie endlich den Hörer auflegte. »Was hätten Sie gerne? Waschen und föhnen?«

»Ehrlich gesagt«, erwiderte Flo, »hätte ich gern etwas Radikaleres.«

Das Mädchen wurde munterer. Normalerweise erschöpften sich ihre Donnerstage in »Dauerwellen für Rentnerinnen« für sechs Pfund fünfzig, insofern stellte Flo zumindest eine Abwechslung dar.

»Sonnengebleichte Spitzen und Strähnchen? Messing- und Kupferakzente?«

»Nein danke. Ich möchte meine natürliche Haarfarbe wiederhaben.«

»Und die wäre?«

»Schlichtes, reines Rehbraun.«

»Das ist allerdings radikal.«

Sie musterte Flos wilde, blonde Mähne. »Sind Sie sich da sicher? Ich verbringe nämlich die Hälfte meiner Zeit mit Versuchen, die Haare anderer Frauen so aussehen zu lassen wie Ihre. Das Gegenteil kommt eher selten vor.«

»Ja, ich bin mir sicher. Ich möchte gern gegen den Strom schwimmen oder in diesem Fall gegen das Wasserstoffsuperoxid. Wie lang wird das dauern?«

»Erst muss ich die Bleichung rausnehmen«, sinnierte Elaine, »aber dann hat es die Farbe einer toten Ratte, nicht die eines Rehs. Ich müsste es also mit einer Tönung nachbehandeln.«

»Okay. Fangen Sie an.«

Das Mädchen überzog Flos Haare mit einer bösartig aussehenden blauen Paste, die roch, als hätte man sie in einem Geschäft für Sanitärbedarf gekauft. Flo vermutete, dass man damit auch jeden noch so verstopften Abfluss frei bekommen hätte. Womöglich wäre sie hinterher nicht rehbraun, sondern kahl.

Sie schloss die Augen und versuchte den Drang, sich zu kratzen, zu unterdrücken, den dieses widerliche Zeug auslöste.

»Ts, ts«, unterbrach eine Männerstimme ihre Gedanken. Sie hatte gar nicht gemerkt, dass jemand am Becken neben ihr Platz genommen hatte. »Wir Männer sind ja so naiv. Irgendwie hatte ich gedacht, du seist eine echte Blondine.«

Sie sah hinüber und blickte in die skeptischen Augen von Hugo Moreton, dem der üppige dunkle Haarschopf nass in die Stirn hing. Mit dem Duzen hatten die beiden Brüder offenbar keinerlei Probleme.

Hugos Friseur Tony, ein junger Mann, der seinen zurückweichenden Haaransatz offenbar durch einen schlaffen Schnurrbart, der einer Tarantel ähnelte, ausgleichen wollte, begann Hugos Haare trocken zu föhnen.

»Solche Haare hätte ich auch gern«, gestand Tony, als Hugos Locken unter seinen Händen zu glänzendem Leben erblühten. »Die sind im Handumdrehen trocken. Benutzen Sie regelmäßig eine Spülung?«

»So gut wie nie«, antwortete Hugo. »Wie wär's mit einem Drink, wenn du hier fertig bist?«

Tony sah drein, als wäre Zahltag. »Mit Vergnügen. Um sechs im Angel?«

»Er meint doch nicht *dich*, du Idiot«, erklärte Elaine. »Er spricht mit meiner Kundin.«

Tony musterte die blaue Flora. »Wie Sie wollen. So, wie sie momentan aussieht, dauert das noch *Stunden*.«

»Hast du Lust?«, hakte Hugo nach. »Allerdings bin ich um vier mit dem Futterlieferanten verabredet.«

»Sie wissen wirklich, wie man ein Mädchen beeindruckt, was?«, bemerkte Tony.

Flo sah auf die Uhr. »Dann treffen wir uns um drei im Pub. Länger kann das hier ja nicht dauern.«

Doch die Zeit wurde knapp. Sich die Haare für Strähnchen bleichen zu lassen nahm schon Stunden in Anspruch, da Unmengen von Strähnen einzeln in Alufolie eingewickelt werden mußten. Aber die Bleichung wieder herauszukriegen dauerte noch länger. Tage schienen vergangen zu sein, bis Elaine endlich mit Schneiden begann.

»Okay. Nur die Spitzen ein wenig, oder?«

Die große Mehrheit von Elaines Kundinnen leierte stets die gleiche Litanei herunter: »Nur ein bisschen nachschneiden, bitte.«

Flo musterte ihr langes, nun wieder braunes Haar. »Verpassen Sie mir einen stufigen Kurzhaarschnitt«, verlangte sie.

»Sind Sie sich ganz sicher?«

»Hundertprozentig.«

Eine halbe Stunde später trat Elaine ein Stück zurück, um einen kritischen Blick auf die neue Flora zu werfen. »Jetzt würde nicht einmal Ihre Mutter Sie wiedererkennen.«

»Haben Sie Make-up-Entferner da?«, fragte Flo.

»Nur das Zeug, mit dem wir die Farbe abwischen, wenn sie läuft.« Tony reichte ihr ein paar Wattebällchen, und Flo entfernte – wie sie zugeben musste – zum ersten Mal seit Tagen ihre Wimperntusche. Schließlich glänzte ihr ungeschminktes Gesicht vor Sauberkeit.

»Verdammt«, meinte Tony, »wollen Sie ins Kloster gehen? Wenn ja, überlassen Sie uns Ihren Freund. Es wäre ein Jammer, ihn zu vergeuden.«

Flo wollte gerade erklären, dass Hugo Moreton mit Sicherheit nicht ihr Freund war, als Elaine ihr ins Wort fiel.

»Sie haben sich noch nicht mal richtig angeschaut«, erklärte sie, von Flos Verwandlung fasziniert.

»Es ist tadellos«, behauptete Flo lapidar und nahm ihre Tasche. »Danke für Ihre Hilfe. Was bin ich Ihnen schuldig?«

Der Betrag hätte bei ihrem Londoner Friseur nicht einmal für die Kurpackung gereicht.

»Also«, staunte Elaine, nachdem Flo gegangen war, »ich hatte ja schon viele unattraktive Mädchen, die zu mir gesagt haben: ›Elaine, bitte machen Sie mich schön‹, aber das ist das erste Mal, dass ein Superweib mich darum bittet, sie unscheinbar zu machen.«

»Vielleicht hat sie eine Riesendummheit begangen und ist hierher geflüchtet, um ein neues Leben anzufangen?«, mutmaßte Tony, ohne zu ahnen, wie nahe er der Wahrheit kam.

»Nach Witch Beauchamp?«, fragte Elaine.

»Nee«, gackerten sie beide im Chor. »In Witch Beauchamp passiert doch nie was Interessantes.«

Flo lief über den kleinen Marktplatz, am Geschäft für Sattelzeug und dem mittelalterlichen Kreuz vorbei zu dem weiß getünchten Pub gegenüber. Zu ihrer Erleichterung war Hugo noch nicht da.

Sie bestellte sich einen Weißwein, obwohl es erst drei Uhr nachmittags war. Manche Londoner Gewohnheiten schwanden eben nicht so schnell.

Hinter der Theke stand ein sexy aussehendes Mädchen mit schräg stehenden grünen Augen und fast schwarzen Haaren in ebenso hautengen DKNY-Jeans, wie Flo sie in London zurückgelassen hatte, und einem nabelfreien, schwarzen Fransentop und beäugte sie neugierig.

Als Hugo kurz darauf eintraf, marschierte er direkt an Flo vorbei.

»He, hallo«, lachte sie, amüsiert von der Wirkung ihrer Verwandlung.

»Guter Gott«, stotterte Hugo. »Bist du wirklich Flora?«

Donna, die Kellnerin mit den schräg stehenden Augen, sah zufrieden zu. Flo, so hatte man ihr erzählt, wäre im Wettrennen um Adam eine scharfe Konkurrentin – eine blonde Mieze aus London, die offenherzig ihre Brüste zeigte und Männer unter den Tisch trank. Die mussten wohl geträumt haben. Die da sah aus wie eine Greenpeace-Aktivistin.

»Allerdings«, lachte Flo. »Darf ich dich auf einen Drink einladen?« Die alte Flora hätte gewartet, bis man *sie* eingeladen hätte.

»Guter Gott«, wiederholte Hugo und musterte sie von allen Seiten, »jetzt siehst du endlich wie eine echte Frau aus.«

»Ich weiß nicht, was ich dazu sagen soll. Wie habe ich denn vorher ausgesehen? Wie eine aufblasbare Puppe?«

Hugo grinste. Seine Augen, so bemerkte Flo, kräuselten sich recht einnehmend an den Winkeln. »Also, sagen wir mal so: Bei einer Fuchsjagd hättest du bestimmt einen riesen Aufruhr verursacht.«

»Aber jetzt nicht mehr, seit ich mich den Einheimischen angepasst habe. Jetzt sehe ich genau wie die anderen Landpomeranzen aus.«

»Ich weiß nicht, ob du überhaupt wie eine Landpomeranze aussehen *könntest*, selbst wenn du Stiefel und eine Barbour-Jacke tragen würdest.«

»Aber vielleicht mit einem samtenen Haarband?«

»Nee.«

»Oder mit einer Rüschenbluse wie Veronica?« Flo genoss die Situation.

»Mit einer Rüschenbluse schon gar nicht.«

»Dann gibt es also keinerlei Hoffnung für mich? Bin ich für immer und ewig als unheilbare Städterin gebrandmarkt?«

»Ich fürchte schon.«

»Vielleicht werdet ihr euch noch alle über mich wundern.« Sie zog Onkel Francis' Ausgabe von *Fream's Agriculture* aus dem Rucksack zu ihren Füßen.

»Guter Gott!«, staunte Hugo. »Den Schinken habe ich nicht mehr gesehen, seit ich Landwirtschaft studiert habe. Warum in aller Welt liest du so was? Sag nichts – du bist auch eine von denen, die eine Abkürzung zu Adams Hand, Herz und sagenhaftem Queen-Anne-Gutshaus suchen.«

Flo verspürte leisen Ärger. Warum behandelten alle Adam wie den ersten Preis bei einer Tombola? »Ich persönlich bezweifle, dass der Weg zu Adams Herz übers Studium der Rübenernte führt. Ich habe eher den Verdacht, dass er auf gerüschte Strapse steht, meinst du nicht auch?«

Hugo senkte betreten die Lider. Das Bild von Flo in Regenmantel und Höschen tauchte bereits mit lästiger Regelmäßigkeit in seinem Gedächtnis auf. Strapse würden ihm vermutlich den Rest geben.

Flo musterte ihn. Adam war auf den ersten Blick der Attraktivere, aber dafür hatte Hugo etwas Vertrauenerweckendes an sich. Sie beugte sich vor, und ihre Augen verloren jegliches kokette Strahlen. »Offen gestanden möchte ich gern meinem Onkel helfen. Mattie hat mir erzählt, dass die Hunting Farm in massiven Schwierigkeiten steckt.«

»Tatsächlich? Ich habe Gerüchte gehört, aber Francis redet ja nicht viel. Angesichts der Umstände ist es aber kein Wunder. Zur Zeit verdient kaum noch jemand genug zum Leben, und die Hunting Farm ist ein recht kleiner Betrieb. Wenn du wissen willst, wie schlimm es steht, dann sieh dir das hier an.«

Er reichte Flo eine Ausgabe der Wochenzeitschrift *Farmer's Weekly* mit der Schlagzeile »Wie man die Warnsignale bei Selbstmordgefahr erkennt«. Flo überflog den Artikel entsetzt.

»Ich hatte ja keine Ahnung, dass es so schlimm geworden ist.«

»Ich nehme nicht an, dass das bei Daphne's oder in der Met Bar Tagesgespräch ist.«

Flo sah beiseite, damit er nicht merkte, wie sehr sie das verletzte. Sein Ton hätte aber auch nicht unbedingt derart herablassend sein müssen.

Sie beschloss, sich mit Sarkasmus zu wehren. »Du scheinst dich mit den Londoner Szenelokalen bestens auszukennen.«

»Für einen Hinterwäldler, meinst du? Wir reiten nicht alle auf Kühen und singen Uuuh-aah wie in der Ambrosia-Werbung. Ich arbeite sogar zwei Tage die Woche in London. Das ist einer der Gründe dafür, dass Adam meint, der Hof stünde eher ihm zu.«

»Warum könnt ihr ihn nicht gemeinsam bewirtschaften?«

»Nach Onkel Kingsleys Meinung ist das ein sicheres Rezept für den Untergang. Vermutlich hat er nicht ganz Unrecht.«

»Also bildet Mattie es sich nicht nur ein, dass die Hunting Farm untergehen könnte?«

»Leider nein. Heutzutage ist keiner mehr sicher, erst recht nicht die kleineren Höfe. Möglicherweise hat Onkel Kingsley ja Recht, wenn er mit dem Gedanken spielt, den Hof zu verkaufen und irgendwohin zu ziehen, wo es warm ist.«

»Das ist doch nicht dein Ernst«, protestierte sie heftig. Doch im Grunde spürte sie, dass Hugo über etwas so Wichtiges nie Witze machen würde.

»Und wie das mein Ernst ist«, erwiderte er. »Was meinst du, wie du der Hunting Farm helfen kannst?«

Sie musterte ihn durch halb geschlossene Augen, um sich zu vergewissern, dass er sie nicht auslachte. »Da bin ich mir noch nicht sicher. Ich arbeite daran. Du bist doch der Finanzexperte. Was würdest du tun, wenn du mein Onkel wärst?«

Hugo sah grimmig drein. »Die Antwort wird dir nicht gefallen und ihm genauso wenig. Am besten wäre er vermutlich dran, wenn er seine Milchquote verkaufen und sich einen Job suchen würde.«

»Mit fünfundfünfzig Jahren? Was denn? Regale auffüllen im Supermarkt?«

»Schon klar. Gibt es irgendetwas, was sie verkaufen könnten? Scheunen zum Umbauen? Gärtnerhäuschen? Land, auf das man Wohnwagen stellen könnte?«

»Ich weiß nicht, ob mein Onkel die passende Mentalität hat, mit Campern umzugehen. Auf jeden Fall liebt er die Hunting Farm. Er würde sich als abgrundtiefer Versager fühlen, wenn er sie verlassen müsste.«

»Es kann ja sein, dass es so weit gar nicht kommt. Mal sehen, was ich in Erfahrung bringen kann.« Hugo stand auf. »Tut mir Leid, dass es nur so kurz war. Der Futterhändler wartet.« Er nahm ihr das Exemplar von *Fream's Agriculture* ab und schlug es auf der Seite mit der Überschrift »Eiweißkonzentrate für die tierische Ernährung« auf. »Da ist es. Ein bisschen leichte Lektüre für dich.«

Flo musterte ihn, und ihre haselnussbraunen Augen blickten in seine klaren blauen. War sein Tonfall herablassend oder freundlich? Sie kannte ihn nicht gut genug, um es zu erkennen. Und dann war er auch schon verschwunden.

»Entschuldigung.« Das aufreizende Mädchen hinter dem Tresen lächelte sie an. Es war ein boshaftes Lächeln mit einem Hauch Überheblichkeit. »Wenn Sie Ihren Onkel suchen, der sitzt im Nebenzimmer.«

Es wunderte Flo, dass die Kellnerin wusste, wer sie war. Hatte sie ihr Gespräch belauscht? Flo nahm achselzuckend ihren Rucksack und ging in die Richtung, in die das Mädchen gezeigt hatte.

Zur Rechten des Schankraums mit seinen geschwärzten Balken gab es einen wesentlich kleineren Raum. Er war sogar zu dieser Tageszeit dunkel, da er nur von einem schwachen Kohlenfeuer erhellt wurde, und schien völlig leer zu sein. Unerwartete Erleichterung durchflutete Flo. Die Kellnerin musste sich getäuscht haben. Hier war niemand. Doch da fiel hinter ihr ein Glas zu Boden und zerbrach. Angestrengt spähte Flo in die Ecke, aus der das Geräusch gekommen war.

Mutterseelenallein, ein Glas Guinness in der Hand und eine Reihe leerer Whiskeygläser vor sich, war Onkel Francis auf dem Tisch zusammengebrochen.

»Ach du Schande.« Flo merkte gar nicht, dass sie laut sprach. »Wie um alles in der Welt soll ich ihn nur nach Hause schaffen?«

»Er hat ganz schön einen gebechert, was? Übrigens kommt er fast jeden Donnerstag her. Traurig, wenn jemand nicht weiß, wie viel er verträgt, stimmt's?«

Flo war das Mädchen extrem unsympathisch. Sie war zwar hübsch, aber sie zeigte weder Wärme noch Mitgefühl, sondern nur kalte Neugier.

»Ich hole nur schnell mein Auto.« Gott sei Dank war das Pub leer. Alle anderen hatten sich wieder an ihre Arbeit auf dem Feld oder im Büro gemacht. Außer Onkel Francis. Sollte sie ihre Tante anrufen? Sie wusste ja nicht einmal, ob Tante Prue mit den Trinkgewohnheiten ihres Mannes vertraut war.

Sie holte das Auto und parkte es am Randstein vor dem Pub, so nah am Seiteneingang, wie es ging. Zum Glück war Onkel Francis keiner dieser aggressiven Betrunkenen, und so gelang es ihr, ihn halb schubsend, halb zerrend auf den Beifahrersitz zu bugsieren, ohne allzu viel Aufmerksamkeit zu erregen. Die Kellnerin bot ihr keinerlei Hilfe an.

Was, wenn Hugo noch da gewesen wäre? Hätte er ihr geholfen, oder hätte er auch nur mit schweigender Missbilligung zugesehen wie das Mädchen?

Flo sagte sich, dass das eine verdammt blöde Frage war, und fuhr los, ihren Onkel angeschnallt auf dem Sitz neben ihr. Wie sollte sie ihn nur ins Haus kriegen? Sollte sie Tante Prue zu Hilfe holen oder versuchen, ihn ohne deren Wissen hineinzuschmuggeln?

Es war ein herrlicher Nachmittag geworden, warm und sonnig, doch das heitere und optimistische Gefühl, dass sie der Familie wirklich helfen könnte, war geschwunden. Stattdessen war sie niedergeschlagen und fühlte sich total allein. Was hatte es schon für einen Sinn, sich Pläne zur Rettung des Hofs auszudenken, wenn ihr Onkel Alkoholiker war?

Unten an der Einfahrt sah sie Mattie lachend und winkend am Tor stehen. Verdammt! Sie hatte ganz vergessen, dass sie ja versprochen hatte, mit ihr diesen Schafzoo zu besuchen. Sie würde ihr vorschlagen müssen, stattdessen am nächsten Tag zu fahren.

Sie parkte das Auto ein Stück vom Haus weg, damit Mattie ihren Beifahrer nicht sähe, und lief den Rest des Wegs.

»Hallo, Flora«, begrüßte Mattie sie eifrig. »Ich bin schon

fertig. Ich habe extra meine Nuckelflasche mitgebracht, damit wir die Lämmer füttern können.«

Mattie wirkte glücklicher, als Flo sie je gesehen hatte, und die Vorstellung, ihr eine herbe Enttäuschung zu bereiten, machte Flo schwer zu schaffen. Nun wäre Flo in ihren Augen auch eine der unzuverlässigen Erwachsenen. Aber immer noch besser, sie ärgerte sich über Flo, als dass sie ihren Vater in diesem Zustand sah. »Mattie, Schätzchen, es ist leider etwas Dringendes dazwischen gekommen. Ich kann heute Nachmittag nicht mit dir dorthin fahren, aber ich wollte dich fragen, ob wir es nicht am Wochenende nachholen könnten?«

Matties Gesicht fiel in sich zusammen und ihr Lächeln gefror. »Keine Sorge«, erwiderte sie mit gepresster Stimme. »Ich hatte nicht angenommen, dass es dich wirklich interessiert. Vergessen wir das Ganze einfach. Hätte ich dir bloß nicht von den Problemen unseres Hofs erzählt. Was kümmert es dich schon? Es wird dir nur langweilig, und dann fährst du wieder nach London.« Sie wandte sich ab und schlurfte davon. Flo konnte sich unschwer denken, wohin sie wollte. So ein verdammter Mist!

Flo folgte ihr ins Haus. Wo war Tante Prue?

»Sie is wech«, beantwortete ihr Ivy die unausgesprochene Frage. »Sie is wech und macht den Einkauf fürs Wochenende.«

Flo seufzte und ging zurück, um sich allein um Onkel Francis zu kümmern. Ihn aus dem Pub zu zerren war relativ leicht gewesen im Vergleich zu der Aufgabe, ihn die Einfahrt entlangzuschleppen. Am besten fuhr sie das Auto doch ganz dicht ans Haus heran, wie es schon vor dem Pub geklappt hatte.

Doch keines von beiden wurde notwendig. Als sie zum Auto zurückkam, stand die Beifahrertür weit offen. Onkel Francis war verschwunden.

Sie kehrte ins Haus zurück, wo lediglich in der Küche Betrieb herrschte. Veronica und Ivy kämpften ebenso erbittert um die Kontrolle über Arbeitsflächen und Herd wie zwei Armeen, die sich vor einem Stück Niemandsland gegenüberstehen.

»Ich möchte dich nur daran erinnern, junge Dame, dass ich das Abendessen zubereiten muss, und dein Vater bringt mich um, wenn es auch nur eine Sekunde nach sieben wird.«

»Ich muss die Blätterteigpasteten aber jetzt in den Ofen schieben«, fauchte Veronica, »sonst werden sie für die Party am Sonntag nie fertig. Und in einer halben Stunde habe ich einen Friseurtermin.« Sie drängte sich an Ivy vorbei und zog triumphierend die Tür des Backofens auf. »Sie brauchen nur fünfzehn Minuten. Wärst du so lieb, sie rauszunehmen?«

»Nein, kommt nich in Frage«, zischte Ivy. »Das is Teufelszeug, das Mr. Adam nur dazu verleiten soll, auf dich reinzufallen. Aber ich weiß zufällig« – Ivy machte eine Kunstpause, bevor sie ihren Trumpf ausspielte –, »dass er Garnelen sowieso nich mag.«

Flo beschloss einzugreifen, bevor sie sich noch mit Eierschneidern einen tödlichen Zweikampf lieferten. »Ich kann sie herausnehmen, wenn du willst«, erbot sie sich.

»Danke, Flora. Das ist nett von dir. Ich muss jetzt los.« Veronica nahm ihre Schürze ab und starrte Flo an, als sähe sie sie zum ersten Mal. »Guter Gott, was hast du denn mit deinen Haaren gemacht? Du siehst ja aus wie die Heilige Johanna.«

»Vielleicht besser als Pamela Anderson«, entgegnete Flo.

»Wer ist Pamela Anderson?«, fragte Veronica.

»Ein blondes Flittchen mit falschem Busen und ner Tätowierung«, erklärte Ivy verächtlich. »Hat im Bikini geheiratet.«

»Das klingt echt nach dir.«

»Glutheißen Dank. Wie lang brauchen die Pastetchen, hast du gesagt?«

»Wo ist nur der Herr geblieben?«, jammerte Ivy. »Sonst kommt er nach dem Melken doch immer auf seine Tasse Tee und ein Stück Kuchen rein.«

Plötzliche Panik erfasste Flo. Was, wenn er mit dem Gesicht voran in die Jauchegrube gefallen war und sie als Einzige über seinen Zustand Bescheid wusste? »Ich sehe mich mal kurz nach ihm um, okay?«

Im Melkhaus surrte das beruhigende Ein-Aus der Maschinen wie ein riesiges Tier, das irgendwo im Hintergrund schlief. Die Kühe standen friedlich an ihren Plätzen, doch ihr Onkel war nirgends zu sehen. Offenbar hatte er sich mittlerweile erholt, sonst hätte er wohl überhaupt nicht daran gedacht, die Kühe zu melken.

»Flora.« Die Stimme veranlasste sie, sich umzudrehen. Onkel Francis war hinter einer Kuh hervorgetreten. »Danke, dass du mich heimgebracht hast. Ich mache das nicht oft.« Seine Gesichtszüge hatten sich vom Strengen zum Abgehärmten gewandelt und erinnerten sie an einen Wasserspeier an der Kirche von Witch Beauchamp. »Es fing damit an, dass man mir weniger für meine Schafe geboten hat, als es kostet, sie aufzuziehen.«

»Das ist skandalös!«

»Ja, aber es ist die Wirklichkeit. Flora?«

»Ja?«

»Es wäre mir lieber, du würdest meine Verfassung diesen Nachmittag gegenüber Prue nicht erwähnen. Sie hat schon genug um die Ohren.«

»Okay.«

»Danke.« Und er fügte widerstrebend hinzu: »Sie freut sich sehr, dass du gekommen bist, weißt du. Du hast ihr Erinnerungen an ihre Schwester wiedergebracht. Die letzten Jahre sind für sie sehr hart gewesen.«

»Ich weiß.« Flo wollte ihm eigentlich die Hand drücken, doch ihr Onkel richtete erneut seine Mauer um sich auf und drehte sich abrupt um. Aber immerhin war das hier ein Anfang, ein kleiner Riss in seinem peinigenden Schutzwall. »Danke, dass du es mir gesagt hast.«

Flo fielen die Pastetchen ein, und sie raste in die Küche zurück, wo India-Jane sie gerade noch rechtzeitig aus dem Backofen geholt hatte. Ivy hatte keinerlei Anstalten gemacht, sich darum zu kümmern.

»Wer kommt überhaupt zu ihrer so genannten Party?«, erkundigte sich Ivy.

»Adam und Hugo natürlich und deren Mutter Pamela, Onkel Kingsley, Joan aus dem Schuhgeschäft, wahrscheinlich der Pfarrer, wir alle und Flos Freundin aus London.«

»Und wer bleibt zum Mittagessen?«

Nur die englische Landgemeinde konnte ein so sadistisches System ersinnen, dachte Flo. Einige der Gäste eines Stehempfangs wurden zum Mittagessen eingeladen und andere nicht. Kein Mensch wusste vorher, zu welcher Gruppe er gehörte. Der Zweck des Ganzen war, massive Verlegenheit zu erzeugen, was auch fast immer gelang.

Wenn Flos Haar dem der Heiligen Johanna ähnelte, als sie vom Friseur kam, dann sah das von Veronica aus wie der Helm der Heiligen Johanna. Es war von massiver, steifer Qualität und wirkte, als wäre es aus Kunstharz. »Sind die Pastetchen gut geraten?«, fragte sie, als sie eine Stunde später nach ihrer Verschönerung zur Tür hereinkam. Flo, die gerade auf dem Weg nach oben war, um Miranda anzurufen, blieb stehen, um zu lauschen.

»Ja«, antwortete India-Jane mit gespielter Bescheidenheit, »aber das hast du nicht Flora zu verdanken. Ich musste sie aus dem Ofen nehmen, während sie draußen war und die Kühe angeglotzt hat.«

»Typisch«, bemerkte Veronica giftig. »Sie wird aufhören müssen, das Landleben wie eine hochwohlgeborene Marie Antoinette zu betrachten. Tiere auf Bauernhöfen sind dazu da, dem Menschen zu nützen, nicht, weil sie süß aussehen. Ein Glück, dass sie nicht vorhat, einen Landwirt zu heiraten. Sie würde sich keine fünf Minuten halten.«

»Während du dagegen die ideale Kandidatin bist?«, fragte India-Jane sacharinsüß. »Ein Jammer, dass Adam ganz anders denkt. Ich glaube, er mag Flo recht gern. Obwohl ich das Gefühl habe, dass sie mit den blonden Haaren und dem Wonderbra mehr sein Typ war.«

»Was quasselst du denn da?«, schalt Vee. »Selbst wenn Flo einen Wonderbra hat, kann Adam ihn wohl kaum gesehen haben. Nicht einmal Adam Moreton kommt *so* schnell zur Sache.«

»Da wäre ich mir nicht so sicher.« India kostete es voll aus. »Ziemlich viele Leute haben Flos Wonderbra gesehen. Tausende. Ja, Millionen.«

»Ach, komm, India. Flora ist eventuell ein bisschen salopp, aber ich bin mir sicher, dass sie auch ihre Grundsätze hat. Schließlich ist sie unsere Cousine.«

Vielen Dank, Veronica, hätte Flo am liebsten geflötet.

»Du würdest dich wundern«, erwiderte India mit boshaftem Grinsen. »Und möglicherweise zeige ich dir eines Tages sogar den Beweis dafür.«

Aber Vee war zu sehr von den Vorbereitungen für ihre Party beansprucht, um den Hinweis aufzugreifen.

»Also«, sagte Vee und begann erneut geschäftig umherzuschwirren, »hat vielleicht jemand die hübschen Servietten gesehen, die ich für die Party gekauft habe?«

»Müssen wir unbedingt zur Kirche gehen?«, stöhnte India-Jane am Sonntagmorgen. »Mein Lehrer sagt, Religion sei eine Form der organisierten Unterdrückung, und die Leute sollen gefälligst selber denken.«

»Du kannst deinem dämlichen Lehrer ausrichten, dass du jetzt schon zu viel selber denkst«, schimpfte Onkel Francis.

Nur ein Hauch von Stolz dämpfte seine Wut. »Und jetzt zieh deinen Mantel an. Wir kommen zu spät. Wie üblich.«

Flo vermutete, dass der Kirchgang, genau wie das auf die Sekunde pünktliche Servieren der Mahlzeiten, Fixpunkte waren, mit deren Hilfe sich ihr Onkel an der vagen Vorstellung festklammerte, dass das Leben auf der Hunting Farm sicher und berechenbar war.

Flo überlegte, ob sie sich entschuldigen und im Bett bleiben sollte, aber dann würde nur Veronica sie aufscheuchen und sie noch mehr widerliche Canapés machen lassen. Also schloss sie sich zögernd den anderen an.

Die Kirche von Maiden Moreton entpuppte sich als Kleinod. Sie war winzig – eigentlich eher eine Kapelle –, und in jeder Nische gab es in Stein gehauene alte Ritter, zweifellos ausschließlich Moretons. Die Blumen, Veronicas Werk, waren herrlich. Weiße Tulpen und blassrosa Rosen, geschmückt mit Geißblatt. Flo hätte Vee gar nicht so viel Einfallsreichtum zugetraut. Die Buketts auf Altar und Taufbecken, so kam es ihr in den Sinn, wirkten entfernt bräutlich. Vielleicht, so mutmaßte Flo gehässig, wollte Vee Adam eine unterschwellige Botschaft senden.

Wenn ja, so hatte Adam den Empfang leider vermasselt. Er saß mit seiner Mutter und Hugo in der ersten Reihe, die ausschließlich den Moretons vorbehalten war. Er ignorierte Vee und drehte sich stattdessen zu Flo um, die er mit auffälligem Zwinkern begrüßte. Zu Veronicas großem Ärger verließ er dann auch noch seine Bank, um dafür zu sorgen, dass Flo ein Gesangbuch bekam. Seine Mutter Pamela blickte starr geradeaus, doch Flo vermutete, dass sie jede Einzelheit mit fotografischem Gedächtnis wahrnahm. Sie war eine große, elegante Frau und trug ein dezentes, aber schickes Seidenkostüm. Sie erinnerte Flo an die Direktorin eines teuren Mädchenpensionats, die mehr an guten Manieren interessiert ist als an Verstand oder Individualität. Sie besaß nichts von der Wärme Tante Prues. Ja, so stellte Flo fest, sie wirkte eher wie die Sorte von Frau, die ständig das Gefühl vermittelte, man benutze das falsche Messer. Sie wünschte Veronica viel Spaß mit ihr als Schwiegermutter. Zum Glück hatte Vee gefühlsmäßig die Haut eines Nashorns, eine Eigenschaft, die ihr noch zugute kommen würde, falls sie Adam eines Tages tatsächlich an Land zog. Joan saß direkt hinter Flo, und ein ironisches Lächeln hellte ihren gewohnten lavendelfarbenen Look auf. »Die Leute geben vor, zu Gott zu beten«, flüsterte sie Flo zu, »aber in Wirklichkeit kommen sie doch nur, um nach dem anderen Geschlecht zu gaffen, wie immer.«

Der Gottesdienst wirkte erstaunlich feudal. Harry und Bill, die Landarbeiter der Rawlings, saßen mit ihren Kollegen Dickey und Ted vom Moreton-Hof hinten. Ivy und Alf, die auf der sozialen Skala eine Stufe höher standen, weil Ivy auf der Hunting Farm Köchin war, saßen zwei Reihen weiter vorn. Die nächsten Reihen nahmen die Bewohner der Hunting Farm ein, dann folgte die Familie des Arztes und ein paar eifrige Zugezogene, während die beiden ersten Reihen für die Moretons reserviert waren. Onkel Kingsley trug den Bibeltext vor und Pamela las aus den Episteln.

Hugo Moreton ging mit der Kollekte herum. Voller Schrecken stellte Flo fest, dass er auf sie zukam und sie keinerlei Kleingeld hatte. Sie durchsuchte sämtliche Taschen, doch nirgends ertönte ein Klingeln.

India-Jane erbot sich, ihr zehn Pence zu leihen. Ihr blieb keine andere Wahl, als nach ihrer Brieftasche zu greifen. Typischerweise hatte der Bankautomat in Witch Beauchamp, der eindeutig mit der Kirche im Bunde stand, nur Zwanzig-Pfund-Scheine ausgespuckt. Zögernd reichte sie einen hinüber.

Hugo zog eine Augenbraue hoch. »Der Fonds für bedürftige Landwirte wird sicher dankbar sein.«

Woran lag es nur, so fragte sich Flo, dass Adam ihr mit

unverhohlener Bewunderung begegnete, während sie Hugo stets Anlass zu leichter Belustigung zu geben schien, als wäre sie eine Lachnummer oder eine Zirkusattraktion?

Nach der Kirche schüttelte Veronica dem Pfarrer endlos die Hand und eilte mit unziemlicher Hast davon, um die Frischhaltefolie von den Canapés zu nehmen, während die anderen ihr plaudernd über die schmale Straße folgten, die die Kirche von der Hunting Farm trennte.

Flo ertappte sich dabei, wie sie sich nach Hugo umsah, doch schließlich war es Adam, der sich an ihre Seite gesellte. Hugo stand noch am Kirchentor und war ins Gespräch mit dem Pfarrer vertieft.

»Hallo Flora.« Adam sah in einem Anzug ungewöhnlich attraktiv aus, fand Flo. Seine schlanke, gebräunte Gestalt hätte ohne weiteres Reklame für Hugo Boss machen können. »Und, was hältst du nun von uns? Langweilig wie eine der Predigten unseres Pfarrers? Auf jeden Fall ein bisschen anders als die Leute, die dir in deinem turbulenten Leben in London begegnen, nehme ich an.«

Flo schüttelte den Kopf. »Meine Freunde sind nicht so aufregend. Die Geschichten über mein Leben werden maßlos übertrieben.«

Adam zog ein enttäuschtes Gesicht. Flo musterte ihn kurz. Er sah wirklich phänomenal gut aus. Sein helles Haar wirkte in der schon überraschend starken Mittagssonne noch blonder, und die Haut an seinem Hals bekam langsam Farbe.

»Du wirst braun«, bemerkte sie.

»Das macht das Traktorfahren. Ist zum Sonnenbaden besser als Marbella.«

»Ich werd's mir merken.«

»Hugo hat mir erzählt, dass du Bücher über Ackerbau und Viehzucht studierst.«

Flo warf Adam einen scharfen Blick zu. Hatte Hugo sich bei seinem Bruder über sie lustig gemacht? »Ich nehme an, er fand es zum Totlachen. Das Mädchen, das einen harmlosen Ochsen nicht von einem wilden Stier unterscheiden konnte, macht sich über Landwirtschaft schlau.«

»Er war sogar ziemlich beeindruckt. Es war Ma, die sich gefragt hat, woher dein plötzliches Interesse kommt.« Adams Miene war ernst und beflissen, doch Flo konnte sich Pamelas sarkastischen Ton vorstellen. Pamela hatte bestimmt eine ganz simple Theorie entwickelt. Sie würde vermutlich in überaus freundlichem Ton fragen, ob Flo schon bei dem Kapitel »Wie man einen Mann pflückt« angelangt war. Auf einmal sehnte sich Flo nach ihrer frechen Londoner Clique zurück, in der sich nicht jeder so benahm, als stammte er aus einem Roman von Jane Austen.

»Flo! Hier drüben!«, kreischte jemand von der anderen Seite der Hecke. Nur einen Meter entfernt stand Miranda in einem weißen Overall aus Fallschirmseide, einer dazu passenden Weste und einer dunklen Sonnenbrille und winkte ihr zu – eine wunderbar willkommene Erinnerung aus Flos früherem Leben.

»Mein Gott, hast du mir gefehlt!«, rief Flo, rannte Miranda auf halbem Weg entgegen und schloss sie überglücklich in die Arme.

»Donnerlittchen, du hast dich aber verändert!«, staunte Miranda und fixierte ihre Freundin mit viel sagendem Blick. »Ach, apropos Überraschungen – da hätte ich auch eine für dich …«

Hinter der Hecke tauchte ein dunkelhaariger Mann auf, der lässig über die hölzerne Brücke schlenderte. Er trug einen violetten Anzug, Stiefeletten aus Ponyfell und ein gefährliches Grinsen im Gesicht.

»Hallo allerseits«, verkündete Miranda munter. »Ich bin Miranda Stapleton, und das ist Flos alter Freund Miles.«

6. Kapitel

»Hallo Flora. Na, wie bekommt dir das Landleben?«

Miles bemühte sich um einen freundlichen Ton, der aber eher nach bösem Wolf klang als nach liebem Rotkäppchen. »Ich bin begeistert von deinem neuen Image. Täuschend verletzlich.«

Flora war hin und her gerissen zwischen dem Wunsch davonzulaufen oder ihn zu ohrfeigen. Wie konnte Miranda, ihre beste Freundin auf der ganzen Welt, ihr das an-tun?

»Danke, bestens, Miles. Ehrlich gesagt finde ich es herrlich.«

»Seltsam.« Miles' Augen glitzerten boshaft. »Du hast doch immer gesagt, du seist froh, dass es das Land gibt, möchtest aber lieber nie hinfahren.«

»Das kommt daher, dass ich extrem unwissend war.« Flo spürte förmlich, wie India-Janes Blick ihr ein Loch in den Rücken brannte. Dem Gör entginge nicht die kleinste Einzelheit. »Ich mache euch gleich mit allen bekannt.« Flo führte Miles und Miranda durch den Garten und auf die Terrasse hinter dem Haus, wo Vee einen Tisch mit einer weißen Tischdecke gedeckt und Getränke sowie Häppchen darauf gestellt hatte. »Das ist meine Tante, Prue Rawlings. Onkel Francis, India-Jane, meine Cousine ...« Zum Glück waren bisher weder Adam noch Hugo eingetroffen, und so waren keine weiteren peinlichen Vorstellungen nötig. Abgesehen von Vee, die Miles beäugte, als wäre er ein Kaviar-Blini auf einem Teller voller frittiertem Büchsenfleisch. »Und das ist meine Cousine Veronica Rawlings.«

Miles ergriff ihre Hand. »Was für köstlich aussehende Canapés.«

Zu Flos Erstaunen lief Veronica tatsächlich rot an.

Miranda musterte die Auswahl an Drinks. »Mein Gott, ist das Pimm's? Wie schick, ich bin kurz vorm Verdursten. Ich wollte ja unterwegs einen Kaffee trinken, aber Miles konnte es gar nicht erwarten, hier rauszukommen und dich wieder zu sehen.« Sie nahm sich ein großes Glas Pimm's. »Und dann haben wir uns auch noch verfahren. Wir haben es am falschen Haus versucht. Ein absolut herrliches Anwesen, nur ein Stück die Straße runter, eines der schönsten Häuser, die ich je gesehen habe. Es war genau wie das Puppenhaus, das ich als Kind hatte, nur halt riesig.«

»Das ist Moreton House«, erklärte India. »Es gehört Onkel Kingsley. Er übergibt es dem von seinen beiden Neffen, der bis zum Michaelitag verheiratet ist.«

»Interessant«, bemerkte Miles gedehnt und mit gefährlichem Unterton. Dabei sah er Flo an. »Ob das wohl irgendwas mit dieser plötzlichen Bekehrung zum Landleben zu tun hat?«

»Der glückliche Neffe!«, seufzte Miranda. »Es muss Millionen wert sein. Vielleicht sollte ich ja tatsächlich mein Glück versuchen.«

»Da kommt deine Chance«, lenkte Flo von sich ab und ignorierte Miles' Frage. »Adam und Hugo sind gerade eingetroffen.«

Miranda fummelte an ihren Ponyfransen herum, die so lang waren, dass sie sich andauernd in ihren getuschten Wimpern verfingen, und richtete ihre geballte Aufmerksamkeit auf die beiden jungen Männer, die durch den Garten auf sie zukamen. Begleitet wurden sie von einer eleganten Frau mittleren Alters und einem merkwürdig aussehenden Herrn in Tweedanzug und Turnschuhen, einer Art Salvador Dalí in Joggingschuhen.

»Miranda und Miles, ich möchte euch Pamela Moreton und ihren Bruder Kingsley Moreton aus Moreton House vorstellen. Und das hier sind Pamelas Söhne Adam und Hugo. Ich fürchte, Miranda hat sich in Ihr Haus verliebt, Mr. Moreton.«

»Nennen Sie mich Kingsley«, forderte er verschmitzt. »Ist das wahr? Tja, Sie müssen nur einen dieser beiden Jungspunde dazu bringen, Ihnen einen Heiratsantrag zu machen, dann gehört es Ihnen.«

Flo wurde Zeugin des ungewohnten Anblicks, dass Miranda rot wurde. »Flo hat uns schon von der Wette erzählt. Das ist doch nicht ernst gemeint, oder?«

»Hundertprozentig ernst. Der Immobilienfritze kann es gar nicht erwarten, alles in die Finger zu kriegen, wenn die zwei mich enttäuschen. Er sitzt in Witch Beauchamp, reibt sich die Hände und zählt die Tage bis Michaeli.«

»Wann ist der Michaelitag denn genau?«, erkundigte sich Miranda. Als Bauerntochter hatte sie das zwar einmal gewusst, doch sie hatte es mitsamt den ständig in der Küche liegenden Traktorteilen, den der Ernte zum Opfer gefallenen Sommerferien und dem ständigen Geldmangel aus ihrem Gedächtnis gestrichen.

»Am neunundzwanzigsten September«, beruhigte sie Onkel Kingsley. »Damit haben Sie noch fünf Monate. Einer hübschen jungen Frau wie Ihnen sollte es nicht allzu schwer fallen, sich in dieser Zeit Adam oder Hugo zu schnappen. Ich kann Ihnen allerdings nicht sagen, wer von beiden den besseren Ehemann abgibt. Adam sieht blendend aus, und Hugo hat Köpfchen. Keine Ahnung, wie die beiden im Bett sind.«

»Na, da bin ich aber erleichtert!«, kicherte Miranda. »Wir haben schon gehört, was das Landvolk in den langen Winternächten so treibt.«

Onkel Kingsley brüllte vor Lachen. »Ich halte mich an Schafe, meine Liebe. Die verlangen keine Geschenke und strengen auch keine Vaterschaftsklagen an. Allerdings gab es da letztes Jahr so ein hübsches, kleines schwarzgesichtiges Lämmchen...« Er schüttete sich über seinen eigenen Witz vor Lachen aus. »Vielleicht sollte ich dem Moreton House vermachen.«

»Also wirklich, Kingsley«, schaltete Pamela sich ein. »Hör mit diesem vulgären Unsinn auf und besorg mir einen Drink.«

»Selbstverständlich.« Onkel Kingsley feixte ungerührt. »Einen schönen trockenen Sherry, oder?«

Während sie noch sprachen, entfernte sich Flo so weit wie möglich von Miles. Sie hätte Miranda dafür, dass sie ihn hergeschleust hatte, den Hals umdrehen können. Aber Miles schaffte es trotzdem, sich in ihre Nähe zu manövrieren. Schließlich packte er sie mit festem Griff am Ellbogen und dirigierte sie ein Stück von den anderen weg.

»Miles«, fauchte sie und zerrte an ihrem Arm, um seine Hand abzuschütteln. »Das tut weh.«

»Gut. Das sollte es auch.« Aus Miles' klugen Augen strahlte nicht nur Bosheit, sondern auch ein kleiner Funken Freude über den Gedanken, dass er ihr echte Schmerzen verursachte. »Mir hat es auch weh getan, als du mich einfach sitzen lassen und einen dämlichen Blumenverkäufer geschickt hast, um dich zu entschuldigen.«

»Tut mir Leid. Ich weiß, dass ich mich schlecht benommen habe.«

»Warum hast du das getan?« Er senkte die Stimme, damit die anderen nicht mithören konnten.

»Ich musste einfach weg. Ich kam mir billig vor. Ich hatte zu viel getrunken und war mit dir ins Bett gegangen. Dann habe ich das Bild in der Zeitung gesehen und konnte mich nicht mal mehr daran erinnern, dass ich die Bluse ausgezogen hatte. Ich musste einfach verschwinden.«

»Und deshalb hast du dir die Haare geschnitten, dich in

Sack und Asche geworfen und dich in der hintersten Provinz vergraben. Bist du je auf den Gedanken gekommen, dass du mich vielleicht verletzt haben könntest?«

Flo spürte, wie das vertraute Gefühl von Scham und Reue durch ihre Lunge nach oben stieg wie Säure. »Doch, schon. Es tut mir Leid, Miles.«

»Sowohl persönlich als auch privat. Blackmills war von dem ganzen Wirbel hellauf begeistert. Sie wollten, dass du noch mehr Werbung für sie machst, aber kein Mensch konnte dich finden. Nicht einmal ich.«

Flo war erleichtert. Miles' Wunden hatten eher sein Ego getroffen als irgendwelche empfindlicheren Teile. »Das war ja der Sinn der Sache. Nenn es eine Sinnkrise oder einen Mini-Zusammenbruch, wenn dir das lieber ist, aber ich musste einfach aus allem raus.«

»Wollt ihr noch einen Drink, ihr zwei?« Adam tauchte mit einem Krug in der Hand neben ihnen auf.

Neben Miles' blassem Teint und seinen schwarzen Locken wirkte der vor Gesundheit strotzende Adam, dessen blonde Haare in der Sonne glänzten, wie der Erzengel Gabriel neben einem verruchten Luzifer – obwohl es, so dachte Flo bei sich, reine Spekulation war, ob Gabriel Luzifer je einen Pimm's angeboten hatte. »Was halten Sie von der neuen, umgestylten Flora?«, fragte Adam.

»Sie meinen die neue un-gestylte Flora«, verbesserte Miles, und seine Stimme klang samtweich und besitzergreifend. »Hübsch wie immer und dazu ein gewisser geschrubbter, nonnenartiger Reiz. Vielleicht eine noch größere Herausforderung, was ja immer aufregend ist.«

»Du meinst, dass ich vorher wie ein Flittchen ausgesehen habe.«

»Ach, aber genau wie alle anderen Männer habe ich eine Schwäche für Flittchen.«

»Dann ist es ja gut, dass ich es nicht dir zuliebe getan habe«, säuselte Flo mit schneidendem Unterton. Hinter Miles' Schulter entdeckte sie Hugo, der mit Joan aus dem Schuhgeschäft plauderte. Sie hatte den Eindruck, dass er ihr hingebungsvoll zuhörte.

»Psst«, zischte auf einmal Miranda hinter der Hecke hervor. Flo entschuldigte sich, ging zu ihr und ließ die beiden Männer stehen, die einander beäugten wie misstrauische Urwaldtiere. Hier, hinter der Holunderhecke verborgen, konnte sie ihre Ex-Freundin wenigstens unbeobachtet erwürgen.

»Miranda, was zum Teufel hast du dir dabei gedacht...«, begann sie.

Miranda legte sich einen Finger auf die Lippen. »Ich weiß, glaub mir, ich weiß! Ich wusste, du würdest mich umbringen, in kleine Stückchen hacken und in der Pfanne braten, aber ich konnte nichts dagegen tun. Er ist einfach aufgetaucht, und als er erraten hat, wohin ich fahre, hat er darauf bestanden, mitzukommen. Ich hatte ehrlich gesagt ziemliche Angst. Ich dachte, er fasst mir womöglich ins Lenkrad und jagt uns frontal in einen Lastwagen, nur um dir eine Lektion zu erteilen!«

»Ach komm, *so* unheimlich ist er nun auch wieder nicht.«

»Nein? Miles hat etwas an sich, das mich fertig macht. Er ist kein harmloses Kätzchen. Ich muss sagen, Flo, wenn du jemanden demütigen wolltest, hast du dir einen total schrägen Typen dafür rausgesucht.«

»Ich hatte nicht vor, ihn zu demütigen. Aber als ich mit Miles im Bett aufgewacht bin und dann erfahren habe, dass ich mich am Abend zuvor in aller Öffentlichkeit ausgezogen habe, habe ich mich selbst und mein Leben gehasst. Ich brauchte einfach eine Dosis Normalität, sonst wäre ich völlig entgleist.«

»Und hast du sie gefunden?«

»Da bin ich mir noch nicht sicher. Das Komische ist, dass ich hierher gekommen bin, weil ich es als glückliches Haus in Erinnerung hatte, doch aus allen möglichen Gründen ist es das nicht mehr.«

»Warum kommst du dann nicht zurück nach London?«

Flo zuckte die Achseln. »Vielleicht fühle ich mich verpflichtet, es wieder glücklicher zu machen. Zu meinem Wohl ebenso wie zu ihrem.«

»Klingt gefährlich. Du hast nicht zufällig vor, dich ins Leben anderer Leute einzumischen, oder?«

»Wer, ich?«, fragte Flo unschuldig. »Ich bin ein wandelndes Katastrophengebiet. Ein emotionales schwarzes Loch. Ich kriege ja nicht mal mein eigenes Leben auf die Reihe. Aber genug von mir. Was hältst du von Adam? Meine Cousine Veronica ist scharf auf ihn wie Nachbars Lumpi, aber ich dachte, du gäbst eine wesentlich bessere Gutsherrin ab. Du wüsstest, wie man das Personal herumkommandiert und den Gärtner verschreckt, ganz zu schweigen von Pamela, der eisigen Schwiegermutter. Sie macht mir eine Heidenangst.«

»Dein kleines Märchen hat nur einen Schönheitsfehler.« Miranda schlang ihren Arm unter den von Flo. »Ich habe beobachtet, wie er dich ansieht – als würde er dich gern auf Toast verspeisen. Du bist diejenige, auf die er steht, Flo. Ich hätte nicht den Schatten einer Chance.« Sie führte Flo hinter der Hecke hervor und auf die Gruppe zu, die sich im Innenhof versammelt hatte. »Aber erzähl mir doch von dem anderen Bruder, dem dunklen, stillen. Wesentlich interessanter. Er kleidet sich wie ein englischer Landedelmann, aber irgendetwas sagt mir, dass er darunter alles andere als das ist.«

»Das mit dem Land oder das mit dem Edelmann?«

»Vielleicht sollte ich das selbst herausfinden.« Miranda warf ihrer Freundin einen taxierenden Blick zu. »Wenigstens ist er nicht völlig besessen von dir.«

Flo musste dagegen ankämpfen, sich nicht zu ärgern. Das lief ja überhaupt nicht nach Plan. Miranda sollte sich in Adam vergucken, nicht in Hugo. »Ich hätte nicht gedacht, dass er dein Typ ist. Ernst und ablehnend. Glaubt, Londoner sollten mit DDT besprüht werden und von alleine verrotten.«

»Da bin ich ganz seiner Meinung. Und jetzt führ mich rüber und stell mich ihm vor.«

»Also, Leute«, befahl Veronica im Generalston, bevor Flo der Bitte von Miranda nachkommen konnte. »Zeit zum Mittagessen.«

Ohne ihnen eine Möglichkeit zum Protestieren zu lassen oder dafür, sich noch einen Drink zu schnappen, scheuchte sie alle ins Esszimmer, wo der Tisch derart aufwändig gedeckt war, dass sich sogar ein Fürst wie zu Hause gefühlt hätte.

»Wenigstens sieht Vee glücklich aus«, sagte Flo zu India-Jane, die sich auf dem Weg nach drinnen neben sie geschmuggelt hatte.

»Nicht mehr lange«, meinte India. »Sie hat den ganzen Vormittag damit zugebracht, einen Sitzplan auszuarbeiten, nach dem sie neben Adam sitzt, aber ich fürchte, sie wird einen Schock erleben.«

»India, du hast doch nicht!« Flo kicherte. »Du würdest doch nicht …«

»Adam hat mich mit einer Toblerone bestochen, damit ich ihn neben dich setze. Er hat es zuerst mit einem Mars versucht, aber ich habe den Einsatz in die Höhe getrieben.«

»Okay. Alle setzen sich an ihren zugewiesenen Platz«, verkündete Veronica strahlend. Ihre Miene veränderte sich so kläglich, als sie merkte, dass die Sitzordnung torpediert worden war, dass sie Flo Leid tat und sie den Tausch diskret wieder aufhob.

»Gut«, sagte Adam grinsend zu Flo, da er nicht bemerkt hatte, dass sie die Platzkarten wieder verschoben hatte. »Ich glaube, ich sitze hier.«

»Wie schön«, sagte Miles gedehnt, »gleich neben mir.«

Nachdem Veronica den ihr zustehenden Platz neben Adam endlich rechtmäßig geentert hatte, wurde das Mittagessen ein großer Erfolg. Im Kapitel »Die perfekte Gastgeberin auf dem Lande« hatte Veronicas Kochbuch zu Einfachheit geraten, und so hatte sie sich für Lachs mit Kressesoße und zum Nachtisch Sommerpudding entschieden.

»Absolut gelungen!«, gratulierte Miranda, als sie den letzten Löffel ihres Desserts verspeist hatte. »Dein Sommerpudding ist einfarbig rot. Wenn ich einen koche, bleiben jedes Mal weiße Flecken darin.«

»Das war bei dem hier auch so«, erläuterte India-Jane hilfsbereit. »Vee hat ihn mit dem Essig aus den eingelegten Roten Beten angepinselt.«

Miranda hätte fast gespuckt.

»So«, begann Joan, indem sie versuchte, das Thema zu wechseln. »Wer besucht denn diesen Sommer den Jungbauernball? Ich hoffe, niemand von euch hat vor, sich das größte gesellschaftliche Ereignis in Witch Beauchamp entgehen zu lassen.«

»Ich gehe auf jeden Fall hin«, sagte Adam begeistert. »Offen gestanden wollte ich dich fragen, ob du mitkommen würdest, Flora. Ich weiß, allein das Wort klingt schon öde, aber die Bälle sind recht amüsant.«

Flo wagte es nicht, Veronica auch nur anzusehen. »Ich bin mir nicht sicher, ob das mein Fall ist. Ich habe ja nicht einmal ein Ballkleid.«

»Ich leihe dir eines«, bot Miranda an. »Vor allem, wenn sich Hugo dazu überreden lässt, mich ebenfalls einzuladen.«

Hugo warf ihr ein halbherziges Lächeln zu.

Später, als sie alle draußen im Garten Kaffee tranken, beugte Joan sich vor und flüsterte Kingsley zu: »Mit deinem verrückten Plan hast du wirklich alle aufgescheucht. Veronica ist entschlossen, mit Adam vor den Traualtar zu treten, selbst wenn sie ihn hinzerren muss.«

»Ich weiß, aber ich bezweifle, dass sie das schafft. Flora dagegen …« Onkel Kingsley grinste breit.

»Du magst sie, stimmt's?«, fragte Joan.

»Schlimme Mädchen mag ich immer. Veronica hat nicht einmal genug Fantasie, um sich schlecht zu benehmen.«

»Ich habe eigentlich gedacht, das sei etwas Positives an einer Ehefrau«, entgegnete Joan augenzwinkernd.

»Aber nur, wenn der Ehemann auch keine Fantasie hat.«

»Warum hast du nie geheiratet, Kingsley?«

»Weil ich nur ein wunderbar schlimmes Mädchen kennen gelernt habe, und die wollte mich nicht.« Unter dem Schutz der Tischdecke ließ er eine Hand auf Joans Knie gleiten.

»Wahrscheinlich hast du dich nicht genug um sie bemüht. Schließlich war deine Familie nicht mit ihr einverstanden.«

Von ihrem Stuhl unter dem Fliederbusch sah seine Schwester Pamela zu ihnen herüber. »Ich würde gern bald heimgehen, Kingsley«, rief sie in gequältem und gleichzeitig herrischem Tonfall. »Ich fürchte, ich bekomme meine Migräne.«

Joan zuckte die Achseln. Seit sie sie kannte, hatte Pamela Moreton stets praktisch nutzbare Leiden gehabt. Vor allem dann, wenn Kingsley Joan seine besondere Aufmerksamkeit widmete. Aber warum ließ sich Kingsley das in seinem Alter noch gefallen?

Flo staunte, dass es bereits vier Uhr war. »Gibt's hier irgendwo ein Klo?«, fragte Miranda auf einmal und packte Flo am Arm. Entweder hatte sie akuten Durchfall bekommen, oder sie musste ihr etwas Privates mitteilen.

Sobald sie oben waren, versperrte sie die Tür und lehnte sich verschwörerisch dagegen. »Ich will, dass du mir restlos alles erzählst, was du über Hugo Moreton weißt. Er ist absolut fünfhundertprozentig sagenhaft. Ich glaube, ich habe mich verliebt!«

Flo zog eine Augenbraue hoch. Sie kannte Miranda. Bei Miranda war alles fünfhundertprozentig sagenhaft.

»Tja, viel weiß ich auch nicht. Er ist der jüngere Bruder, der Planer von den beiden, und er hat anscheinend einen Teilzeitjob, bei dem er Banken in landwirtschaftlichen Angelegenheiten berät.« Sie fügte nicht hinzu, dass er eine äußerst trockene Art hatte, mit BH-losen fremden Frauen umzugehen, die sich auf Heuhaufen geflüchtet hatten. »Er steht ein bisschen im Schatten seines Bruders, da Adam offenbar der Goldjunge ist.«

»Adam ihm vorzuziehen wäre, wie wenn man Coca-Cola über einen Bordeaux stellt.«

»Mein Gott, der hat aber Eindruck auf dich gemacht!«

»Pass auf, Flo, da ist noch eine Sache.« Miranda hörte auf, mörderisch roten Lippenstift aufzutragen, und musterte ihre Freundin im Badezimmerspiegel. »Hugo hat mir erzählt, dass die Rawlings finanziell in massiven Schwierigkeiten stecken.«

»Das habe *ich* ihm erzählt«, entgegnete Flo gereizt.

»Sie stehen am Rande des Bankrotts, meint er.«

»Ich weiß. Ihre Tochter Mattie hat mich aufgeklärt. Sie macht sich große Sorgen um die ganze Familie, vor allem um ihren Vater.«

»Tja, dann tut es mir zwar Leid, wenn ich dir den Spaß versaue – aber findest du es wirklich fair von dir, mit einem Koffer und Snowy vor ihrer Tür zu stehen und zu erwarten, dass sie dich für unbestimmte Zeit aufnehmen?«

Mirandas unerwartetes Mitgefühl für Flos geplagte Verwandtschaft klang in Flos Ohren sehr merkwürdig. »Ich persönlich finde, du solltest aufhören, ihre Freundlichkeit auszunutzen und zurück nach London kommen.«

»Damit du hier bei Hugo leichteres Spiel hast?«, spöttelte Flo. »Keine Sorge. Liebe ist das Letzte, was ich hier suche. Und jetzt, wo du es erwähnst – ich wollte ohnehin schon mit Tante Prue darüber sprechen, wie ich mich nützlich machen kann. Um mir meinen Aufenthalt zu verdienen.«

»Nette Idee, aber wie soll sich denn eine Londonerin nützlich machen, die Heu nicht von Gras unterscheiden kann und zahme Ochsen für wilde Stiere hält?«

Die Frage saß. Sie barg eine offenkundige Wahrheit, die Flo kaum leugnen konnte. Vielleicht war sie ja nur im Weg und machte es durch ihre Anwesenheit der Familie noch schwerer, indem sie deren ohnehin schon schwerer Last eine weitere Bürde hinzufügte.

Unten rüsteten sich alle zum Aufbruch. Mattie, die ziemlich abwesend, aber beim Mittagessen zumindest körperlich anwesend gewesen war, warf sich in Flos Arme. »Können wir jetzt zum Schafzoo fahren? Du hast es versprochen, Flo. Du hast gestern gesagt, es ginge nicht, aber heute könnten wir fahren!«

»Und was ist mit dem ganzen Geschirr?«, wollte Flo wissen. »Wir müssen deiner Mutter helfen.«

»Nicht nötig«, wandte Tante Prue strahlend ein. »Es nimmt mir sogar eine große Last von der Seele«, fügte sie leise hinzu, »Mattie so glücklich zu sehen. Du hast diesem Kind wirklich geholfen.«

Flo hoffte, Miranda hatte mitgehört. Das könnte sie davon überzeugen, dass Flo nicht nur eine widerliche Schmarotzerin war.

»Komm bald nach London zurück«, sagte Miles und drückte Flos Hand viel zu fest, während er ihr einen Abschiedskuss gab. »Die Leute von Blackmills wollen dich wirklich noch mal einsetzen. Geld spielt keine Rolle. Du hast offenbar genau das Image, das sie suchen.«

»Aha – laut, exhibitionistisch und betrunken?«

Miles lächelte maliziös. »Freut mich, dass du nach wie vor eine spitze Zunge hast. Wir möchten ja nicht, dass du zu einer stillen, kleinen Landmaus verkommst, was?«

»Adieu, ihr zwei.« Veronica quoll über wie ein Geysir in Laura-Ashley-Klamotten. Flo war aufgefallen, dass sie sich erstaunlich gut mit Miles verstanden hatte. »Und vergiss nicht, vorbeizuschauen, wenn dir nach ein bisschen Ruhe und Erholung zumute ist.«

»Es kann gut sein, dass ich das tue«, antwortete Miles gedehnt und führte Floras unwillige Hand an die Lippen. »Es interessiert mich brennend, wie weit Floras sauberes neues Image reicht. Würde es auch eine halbe Flasche Whiskey und die Versuchung durch einen Haufen Geld überstehen?«

»Adieu, Miles«, sagte Flo bestimmt und ohne sich provozieren zu lassen. »Mattie und ich fahren jetzt zum Schaf-zoo.«

»Viel Spaß«, erwiderte Miles. »Und heb mir ein hübsches auf. Wenn du dich hier draußen vergräbst, brauche ich es womöglich noch.«

Flo errötete wie ein Tequila Sunrise. Niemand hätte die Anspielung in Miles' Tonfall überhören können. Selbst eine Fünfjährige hätte sie begriffen. India-Jane druckte wahrscheinlich schon Kopien davon aus.

»Vergiss nicht, mich anzurufen, wenn du in London bist«, sagte Miranda zum zehnten Mal zu Hugo. Sie hatte, so bemerkte Flo, auf volle Anmache geschaltet – warf die Haare nach hinten, zog einen verführerischen Schmollmund und beschrieb sich mit ihrer Körpersprache als absolut willig. Was auch außerordentlich gut zu funktionieren schien.

»Ich bin nächsten Mittwoch in der Stadt«, erwiderte Hugo, während er Miranda mit – in Flos Augen – total unnötigem Engagement in den Mantel half. »Sollen wir dann zusammen etwas trinken gehen?«

Herrgott, er ließ sie nicht mal neben dem Telefon sitzen und warten.

»Gerne«, schnurrte Miranda. »Sagen wir, um sieben im Bluebird.«

Flo gegenüber war Miranda nie so selbstsicher und entschlossen gewesen. Da hieß es immer: »Ach du Scheiße, wo sollen wir uns nur treffen?«

Flo machte sich langsam so ihre Gedanken über Miranda.

»Tja, das war ein großer Erfolg«, sagte Flo zu Mattie, als sie zum Schafzoo fuhren.

»Ja. Ma war zwar ganz bang wegen der Kosten, aber Mr. Dawson von der Fischzucht hat uns den Lachs für eines unserer Kälber gegeben, und der Weinhändler wollte ein paar Fasane, und so hat Ma alles eingetauscht.«

»Ein richtiger Naturalienhandel?«

»Das macht man bei uns in der Gegend so. Kein einziger Landwirt hat Geld übrig, also tauschen sie stattdessen ihre Waren. Es funktioniert aber nur bei kleineren Dingen. Niemand würde Ma und Dad um die Hypothek für den Hof handeln lassen.«

»Wann ist sie denn fällig?«

»Wann *war* sie fällig, meinst du. An Mariä Verkündigung.« Matties Miene nahm einen gequälten Ausdruck an, der das Elend der gesamten Welt in sich trug.

»Und wann ist das, entschuldige, wann war das?« Flo gewöhnte sich langsam an diese merkwürdigen Namen im ländlichen Kalender. Petri Kettenfeier. Michaelitag. Mariä Verkündigung.

»Im März. Sie haben neunzig Tage Aufschub bekommen. Ich habe sie gestern Abend darüber reden hören.« Matties Stimme klang belegt, während sie krampfhaft aus dem Fenster schaute. »Dad meint, wir könnten zwangsgeräumt werden.«

Mein Gott, dachte Flo, und da habe ich mir eingebildet, das Land sei voller Blumen und glücklicher Bauern. Genau wie Marie Antoinette.

Sie musste sich dringend etwas einfallen lassen, womit sie ihrer Tante und ihrem Onkel helfen konnte.

»Hier ist der Schafzoo.« Mattie deutete aufgeregt hinaus. Flo musste zugeben, dass die Lage der Zucht einmalig war. Sie parkten in der Nähe des Wohnhauses und genossen erst einmal die Umgebung. In einer sanften Talsenke der Hügellandschaft, die eine wildromantische Aussicht auf das nur anderthalb Kilometer weit entfernte Meer bot, erstreckte sich die Zucht um ein Bauernhaus mit einer wetterfesten Scheune aus Naturstein und einer Reihe aus Ruten geflochtener Lammgehege auf der anderen. Ein Schild versprach »Die größte Auswahl an seltenen Rassen in ganz Großbritannien«.

»Darf ich eines der neu geborenen Lämmer füttern?«, bettelte Mattie.

»Gibt's denn um die Zeit noch welche? Ich dachte, Lämmer würden viel früher geboren.«

»Nein, hier nicht«, erklärte eine Dame mit eisengrauen Haaren, die plötzlich hinter ihnen stand. Sie trug einen zerdrückten Hut, eine abgenutzte Cordjacke und schmutzige Reitstiefel. »Unsere kommen bis Ende Juni zur Welt. Wir überlisten sie dazu, ihren Eisprung dann zu bekommen, wenn wir es wollen, damit wir für euch glückliche Besucher die Lämmersaison ausdehnen können.«

»Wie machen Sie das denn?«, fragte Flo, nicht ohne zu fürchten, dass sie diese Frage noch bereuen könnte.

»Wir bringen diesen Knaben ins Spiel. Rowley der Widder. Bekannt in fünf Grafschaften.« Sie wies auf ein imposantes Tier mit gewaltigen schwarzen Hörnern und einem wissenden Funkeln in den Augen. »Na los, schauen Sie ihn sich ruhig genauer an.«

Flo war sich zwar jetzt noch sicherer, dass sie das bereuen würde, bückte sich aber und inspizierte sein Fahrgestell. »Heiliger Strohsack!«, rief sie unwillkürlich aus.

»Na, aus Stroh ist der nicht, das kann ich Ihnen garantieren«, versicherte seine Besitzerin. »Jedenfalls beglückt er Weibchen aller Art.«

»Vielen Dank«, entgegnete Flo.

»Ich meine, er beschränkt sich nicht mal auf eine Spezies.« Der Widder bewegte sich zielsicher auf Flo zu. Flo ergriff Matties Hand und zog sie auf eines der Gehege zu, wo zu ihrem großen Entzücken gerade ein Lamm zur Welt kam.

»Das ist ein Grayfaced Dartmoor«, erklärte die Besitzerin, die sich wieder zu ihnen gesellt hatte. »Schöne Rasse.«

»Sie haben wirklich ein umwerfendes Anwesen«, staunte Flo. »Die Kinder müssen begeistert sein.«

»Allerdings. Die Schulen kommen aus der ganzen Umgebung hierher. Wir haben es prima hingekriegt, in den landesweiten Lehrplan eingebunden zu werden.«

»Verraten Sie nichts. Der Widder läuft unter Biologie.«

Die eisengraue Dame lachte amüsiert. »Er wäre ein hervorragender Lehrer. Es ist ein echter Jammer, dass wir schließen müssen. Sie kennen nicht vielleicht jemanden, der siebenundvierzig verschiedenen seltenen Rassen ein Zuhause geben würde, oder? Auf dem Markt sind sie keinen roten Heller wert. Die armen Viecher, ich hoffe, sie enden nicht wie das sprichwörtliche Lamm auf der Schlachtbank. Auf alle Fälle hatte Rowley ein erfülltes und aktives Leben. Hat einen bedeutenden Beitrag zum Genpool geleistet, könnte man sagen.«

»Das ist offensichtlich.« Aus unerfindlichen Gründen musste sie an Adam denken. »Und warum schließen Sie? Sind Sie zu sehr an die Saison gebunden?«

»Überhaupt nicht. Bei uns ist das ganze Jahr über etwas los. Die kommerzielle Seite läuft gut – man verdient zwar kein Vermögen, aber genug, um ohne weiteres über die Runden zu kommen. Jedenfalls besser als mit gewöhnlicher Landwirtschaft. Aber meine Kinder haben alle einen guten Job in London. Die kämen nie auf die Idee, einen Schafstall auszumisten, und ich bin zu alt, also muss ich verkaufen. Vermutlich zu einem lächerlichen Preis.« Flo spürte die Emotionalität hinter den Worten der alten Dame, die ihr ländlicher Gleichmut nicht ganz verdecken konnte. »Anderenfalls müssen sie alle ins Schlachthaus.«

»Das ist aber sehr traurig. Ich helfe Ihnen, wenn Sie Freiwillige brauchen«, erbot sich Mattie. Flo hatte sie kaum je so gesprächig erlebt. »Mein Vater würde Ihnen sicher auch helfen. Er sagt immer, Schafe seien sein Leben gewesen. Dann ist er ins Milchgeschäft eingestiegen, weil er gehört hat, dass man damit Geld verdienen könnte. Aber dann ist auch da der Markt auf einen Tiefststand abgesackt.«

Flo verkniff sich die Bemerkung, dass Matties Vater vermutlich andere Sorgen hatte, als ohne Bezahlung in einem Schafzoo auszuhelfen.

»Höchste Zeit, den Laden zu schließen. Das Lamm hier muss jede Nacht zweimal gefüttert werden.« Die Besitzerin lächelte müde, und auf ihrem wettergegerbten Gesicht breiteten sich tausend Fältchen aus, wie bei einem Tonklumpen, der zu schnell getrocknet ist. »Lämmer sind schlimmer als Babys. Babys kann man wenigstens einen Schnuller geben. Ich muss wieder an die Arbeit. War nett, Sie kennen gelernt zu haben.«

Auf dem Heimweg schien sich Matties Fröhlichkeit in Luft aufzulösen.

»Was ist los, Matilda? Du bist ja so still.«

»Ich habe über das nachgedacht, was die Dame gesagt hat. Dass all diese niedlichen Schafe geschlachtet werden müssen.« Sie stieß einen jammervollen Seufzer aus. »Sogar Rowley der Widder. Glaubst du, Dad würde erlauben, dass wir ein paar bei uns aufnehmen?«

»Dein Vater hat schon genug um die Ohren, auch ohne dass er noch mehr Mäuler stopfen muss, oder nicht?«, gab Flo sanft zu bedenken.

»Wohl schon. Ja, das war egoistisch von mir.« Flo war über die Maßen gerührt von der Antwort des Mädchens. Mit ihren zwölf Jahren hatte Mattie bereits gelernt, dass das Leben hart war. Wenigstens waren Flo ein paar Jahre mehr vergönnt gewesen, bevor sie in die raue Wirklichkeit katapultiert wurde.

Zurück auf der Hunting Farm, suchte Flo ihre Tante und fand sie in der Küche.

»Komm, ich mache dir eine Tasse Tee«, erbot sich Flo. »Du siehst abgekämpft aus.«

Tante Prue lächelte dankbar und setzte sich an den riesigen Küchentisch. Der Raum erinnerte Flo an ihre Küche zu Hause, als sie noch ein Kind gewesen war. Eines Tages hatte sie den würzigen Duft von Zimt und Äpfeln erschnuppert und war nach unten geeilt, begierig darauf, ihrer Mutter zu helfen. Doch ihre Mutter hatte da gesessen, gelesen und müde ausgesehen, während die Haushaltshilfe einen Kuchen buk. Und die Haushaltshilfe war an ihrer Unterstützung ganz und gar nicht interessiert gewesen.

Nachdenklich musterte ihre Tante sie. »Ich habe dir noch gar nicht gesagt, Flora, wie sehr du mich an Mary erinnerst, jetzt, wo du die Haare kurz trägst.«

»Tatsächlich?« Flo hatte die Sehnsucht in ihrer eigenen Stimme gar nicht wahrgenommen, aber ihre Tante schon.

»Es ist ziemlich verblüffend. Unter der blonden Mähne habe ich es zuerst nicht erkannt, aber jetzt, wo die Knochenstruktur sichtbar ist, hat es mir schier die Sprache verschlagen. Sie hat dich so sehr geliebt. Du warst ihre einzige Errungenschaft, hat sie gesagt.«

»Keine besonders großartige Errungenschaft.«

Prue wunderte es, dass ihre Nichte sich selbst so vehement ablehnte. Schließlich war sie ein bildhübsches Mädchen. »Das fand sie absolut nicht. Dass sie dich bekommen hat, hieß, dass ihr Leben nicht verschwendet war. Es hat ihr über ihre Krankheit hinweggeholfen.«

»Und meinen Vater gegen mich aufgebracht.«

»Dein Vater wusste nicht, wie er mit dem Schmerz umgehen sollte. Er hatte nie zuvor welchen erlebt. Er war ein erfolgreicher Geschäftsmann und glaubte, er könnte alles kontrollieren, aber über den Krebs deiner Mutter hatte er keine Kontrolle. Oder über seine Gefühle.«

»Also ist er weggelaufen.«

»Ja. Oder vielmehr, er bekam einen Job in Amerika angeboten und hat ihn angenommen. Und du wolltest nicht mit.«

»Mein ganzes Leben war hier. Meine Freundinnen. Mums Grab. Ich habe mich nicht stark genug gefühlt, um völlig von vorne anzufangen. Aber ich habe ihn gebraucht. Er mich allerdings nicht.«

Tante Prue fasste über den Tisch und ergriff Flos Hand. »Armes Kind. Ich bin so froh, dass du dich entschlossen hast, zu uns zu kommen, auch wenn es lange gedauert hat.«

»Aber es ist eine so schwierige Zeit für euch. Es war völlig gedankenlos von mir, aus heiterem Himmel bei euch hereinzuschneien und nicht einmal vorher zu fragen, wie es euch wirklich geht.«

»Wenn du das getan hättest, hättest du dich womöglich gegen einen Besuch entschieden. Und das wäre ein Verlust für uns gewesen.«

Die Zärtlichkeit in der Stimme ihrer Tante war zu viel für Flo. Ihre Augen füllten sich mit Tränen und sie spürte nur noch den tröstlichen Druck der Hand ihrer Tante. Den Bruchteil einer Sekunde schloss Flo die Augen und stellte sich vor, es sei die Hand ihrer Mutter. Schließlich atmete sie tief durch, zwinkerte mit großer Selbstbeherrschung die Tränen weg und wandte sich dann wieder ihrer Tante zu.

»Entschuldige bitte. Aber Mattie hat mir erzählt, wie schlimm die Lage für dich und Onkel Francis ist.«

»Ja. Obwohl man es kaum glauben sollte, solange Vee große Einladungen zum Mittagessen gibt. Egal, ob wir die meisten Zutaten durch Tauschhandel besorgen.« Prue seufzte. »Und dann sind da noch Ivy und Alf und Harry und Bill auf dem Hof. Wir müssten sie eigentlich entlassen, aber sie sind alle älter als wir. Keiner von ihnen würde vermutlich neue Arbeit finden. Das Leben auf dem Land wandelt sich komplett – früher waren hundert Kühe genug, um davon einigermaßen leben zu können. Heute jedoch braucht man zweihundertfünfzig, und die können wir uns nicht leisten. Ehrlich gesagt weiß ich nicht, wie lange wir noch so weitermachen können.«

Diesmal war es ihre Tante, die ihren Kummer zu verbergen suchte. »Der Hof ist schon seit dreihundert Jahren in der Familie. Wenn wir verkaufen müssen, wird sicher irgendein reicher Börsenmakler einziehen, der eine Sauna einbaut.«

»Gibt es irgendwas, was ihr veräußern könntet? Eine Scheune, die man umbauen kann? Ein Feld oder zwei?«

»Das haben wir ja schon getan. Long Meadow hat für die Schulgebühren herhalten müssen. Das Häuschen, in dem Alf und Ivy leben, mussten wir vor Jahren schon abstoßen, um landwirtschaftliches Gerät zu kaufen. Ich fürchte, jetzt ist nichts mehr übrig außer den Stallungen und diesem Haus. Flo, die größten Sorgen mache ich mir um Francis.«

Flo fragte sich, ob das der geeignete Moment war, um die Stippvisiten ihres Onkel im Angel zu verraten, aber was würde das schon nützen? Vermutlich musste er sich einfach mal all seine Sorgen die Kehle runterspülen.

Wenn sie doch nur irgendwie helfen könnte. Nie zuvor hatte sie sich mehr als nutzlose Zuschauerin gefühlt. Offenbar bestand ihr einziges Talent darin, sich zu betrinken und sich auszuziehen.

Und jetzt fiel ihr das Einzige ein, das sie tun konnte: aufhören, ihnen zur Last zu fallen und ihnen zusätzlich zu ihren Schuldenbergen auch noch die Verpflegung für sie aufzubürden. »Tante Prue, du warst unendlich großzügig mir gegenüber, und die letzte Woche hat mir wirklich gut gefallen. Aber ich glaube, ich muss jetzt wieder zurück nach London.«

»Ja?« Die Trauer in der Stimme ihrer Tante versetzte ihr einen heftigen Stich. »Natürlich musst du, du kannst dich ja nicht hier draußen vergraben. Es muss unglaublich langweilig für dich sein. Aber es ist so schön, dich hier zu haben. Veronica ist mir ungefähr so viel Hilfe wie ein preisgekrönter Pudel, da sie nur daran interessiert ist, einen Mann zu finden. Und India ist nicht so robust, wie sie wirkt. Aber Mattie ist aufgeblüht, seit du hier bist...«

»Du meinst, du hast mich tatsächlich gern hier?« Die Ungläubigkeit in Flos Ton löste in ihrer Tante den Wunsch aus, sie zu umarmen wie ein kleines Kind. Für Flo war es etwas derart Neues, um ihrer selbst willen geschätzt zu werden, dass es einem fast das Herz brach.

»Flora Parker, du verrücktes Kind! Aber natürlich. Du bist wie eine frische Brise. Doppelt so hilfreich wie meine Kinder. Außerdem ist es zwar schwer zu erklären, aber es ist ein bisschen so, als wäre Mary wieder da.«

Freude durchflutete Flo. Sie war erwünscht. Sogar nützlich. »Ich weiß nicht, was ich sagen soll«, stotterte sie überwältigt. »Aber ich frage noch mal: Kann ich euch irgendwie helfen? Fürs Erste bestehe ich auf jeden Fall darauf, Miete zu bezahlen.«

»Ein Tropfen auf dem heißen Stein«, entgegnete ihre Tante tapfer lächelnd. »Aber tu es unbedingt, wenn du dich dann besser fühlst. Wichtig wäre vor allem, dass du Mattie eine Freundin bist und dich eventuell um sie kümmerst, wenn sie aus der Schule kommt. Das würde mir eine große Last abnehmen.«

»Aber gern. Ab morgen hole ich sie von der Schule ab.«

Flora sprang auf, um ihrer Tante endlich die versprochene Tasse Tee zu brühen. Ganz egal, was Miranda sagte, hier war sie erwünscht. Zum ersten Mal seit dem Tod ihrer Mutter hatte sie das Gefühl, zu einer Familie zu gehören.

Der nächste Tag war so schön, dass Flo ihn einfach im Freien verbringen musste. Sie klappte das Verdeck ihres Käfers herunter und fuhr Mattie zur Schule, während Snowy begeistert den Kopf seitlich heraushängen ließ. Auf dem Rückweg unternahm sie einen Spaziergang am Fluss. Der Himmel war von einem klaren, strahlenden Blau, und die Sonne schien schon heiß, obwohl es noch früh war und Dunst über dem Tal hing wie der Rauch einer exotischen Zigarette. Flo setzte sich auf die kleine Holzbrücke, ließ die Beine baumeln und seufzte. Auf der anderen Seite des Flusses konnte sie die Umrisse eines Pferdes erkennen, das in den Kalkstein der Anhöhe geritzt war. Diese Zeichnungen von weißen Pferden gab es überall in Westshire, doch kein Mensch wusste etwas über ihre Entstehung. Doch sie verliehen der Umgebung ein Flair von Zeitlosigkeit und das Gefühl, dass es im Dasein nicht nur um reines Überleben ging, sondern darum, das Leben zu füllen. Sie wünschte, Onkel Francis könnte das nachempfinden. Aber es schien ihr unmöglich, an einem Tag wie diesem deprimiert zu sein. Ein paar Felder weiter, auf dem Land der Moretons, mähte jemand auf einem Traktor in der Ferne Gras für Silage. Meine Güte, dachte Flo mit aufwallender Genugtuung, das habe ich sogar erkannt, ohne dass es mir irgendwer gesagt hat.

Flo freute sich diebisch darüber, dass sie nach der kurzen Zeit, die sie erst auf dem Land verbracht hatte, langsam so einiges über das Landleben und dessen Funktionsweise zu begreifen begann. Jetzt müsste sie auf keinen Heuhaufen mehr flüchten, weil sie einen Stier nicht von einem Ochsen unterscheiden konnte. Sie fragte sich, wer auf dem Traktor saß – Adam, Hugo oder einer ihrer Landarbeiter.

Was kümmert es dich, fragte sie sich selbst, gab sich aber keine Antwort. Stattdessen legte sie sich in das weiche Gras und ließ sich die Sonne ins Gesicht scheinen. Hoch oben im Wipfel eines Baumes sang ein Vogel, der aufflog und wieder herabstieß, aber nie in Sichtweite kam. Eine Feldlerche. Erneut empfand sie Freude über die Ursprünglichkeit und zeitlose Schönheit der Landschaft. Doch seit gestern kam noch etwas anderes hinzu: ein Gefühl der Zugehörigkeit.

Aber dann überfiel sie wieder die Realität. Hinter der Schönheit lag eine brutalere Wahrheit. Ihre Tante war krank vor Sorge, und ihr Onkel betrank sich bis zur Besinnungslosigkeit, um die grausame Tatsache zu vergessen, dass sie vermutlich den Hof und somit ihre gesamte Lebensgrundlage verlieren würden.

Um halb vier fuhr sie zu Matties Schule. Flo fiel auf, dass das Mädchen alleine herauskam, nicht wie die anderen in kichernden Grüppchen, die sich »Tschüss« und »Bis morgen« zuriefen.

Mattie strahlte, als sie sah, dass Flo sie erwartete. »Hast du Hausaufgaben?«, fragte Flo, als Mattie ins Auto kletterte.

Mattie genoss die neidischen Blicke ihrer Klassenkameradinnen. Sie waren zwar allesamt alt genug, um den Heimweg alleine anzutreten, doch es war herrlich, wenn man abgeholt wurde. Vor allem von jemandem, der so viel Spaß versprach wie Flo.

»Nein. Ich glaube, Miss Prescott war heute nicht in Form. Sie hat uns nichts aufgegeben. Dabei hätten wir doch Dezimalbrüche rechnen sollen.«

»Was möchtest du dann machen?«, fragte Flo, als sie die Einfahrt zur Hunting Farm erreichten. India-Jane spähte schon erwartungsvoll mit der Flöte in der Hand aus dem offenen Wohnzimmerfenster.

»Sie soll üben und uns ja nicht in unser Programm spucken. Momentan kämpft sie nämlich mit der sechsten Stufe. Sicher ist sie verstimmt, bis sie durchkommt.«

»Was«, flüsterte Flo, »noch verstimmter, als sie jetzt schon klingt?« Sie kicherten, was India veranlasste, sie stirnrunzelnd anzufunkeln. Als die beiden aus dem Wagen stiegen, jaulte hinter ihnen ein Motor auf.

»Oooh«, rief Mattie begeistert. »Das ist Adam auf dem Quad Bike.«

Adam winkte fröhlich. Flo fiel auf, dass sich seine blonden Haare über dem Kragen kringelten und seine Sonnenbräune täglich intensiver wurde. Er war wirklich ein Bild von einem Mann.

»Na los, junge Frau«, brüllte er zu Flo und Mattie herüber. »Das Wetter war so gut, dass wir schon früh mit dem Heumachen angefangen haben. Wollt ihr mitkommen?«

Mattie warf ihre Schultasche durch das offene Fenster ins Haus. »An dir ist er doch gar nicht interessiert«, zischte ihr India gehässig zu. »Er will lediglich Flo beeindrucken.«

»Dann hat er einen guten Geschmack!«, konterte Mattie, und ihre Zahnspange blitzte beim Lächeln auf.

»Können wir Snowy mitnehmen?«

»Warum nicht«, meinte Adam und zuckte die Achseln. »Sie kann Kaninchen jagen.«

»Was ist denn der Unterschied zwischen Heumachen und Ernten?«, rief Flo Adam über das Motorengeräusch hinweg zu, als sie über die Felder in Richtung des Moreton-Hofes rumpelten.

»Heu wird viel früher gemacht. Aber viele Bauern machen es überhaupt nicht mehr, sondern verwenden stattdessen Silage. Wir schneiden Gras statt Mais.« In seinem Ton lag kein Sarkasmus, wie es bei Hugo der Fall hätte sein können, wenn sie ihm dieselbe Frage gestellt hätte. Kein Seitenhieb auf *Dämliche Städter, die »Lasst uns das idyllische Landleben erkunden« spielen.*

Auf der großen Wiese hinter Moreton House stand ein Traktor bereit, auf dem gerade genug Platz für drei war. Es war eine heiße und staubige Arbeit. Nachdem drei Viertel davon erledigt waren, hielt Adam an und wandte sich zu Flo und Mattie. »Habt ihr Mädels was dagegen, wenn ich mein Oberteil ausziehe?«

Mattie sah Flo an und kicherte. Flo kam sich vor, als sei sie auf dem Drehort der Coca-Cola-Werbung gelandet, wo die weiblichen Angestellten sich alle versammeln, um den gut gebauten Fensterputzer zu bestaunen. Nur dass Adam einen noch tolleren Körper hatte: schlank, lang und glänzend wie ein frisch ausgepacktes Toffee.

Ein plötzliches Verlangen durchfuhr Flo, und sie sah erschrocken weg. Es war nicht zu leugnen, dass Adam Moreton ein perfektes Exemplar von Mann war. Und an diesem schönen Frühlingstag in dieser goldenen, einladenden Landschaft hatte seine unkomplizierte Art etwas an sich, das sie sehr stark anzog. Sie fühlte sich immer noch angeschlagen von ihrem Desaster mit dem hinterhältigen Miles. Bei Adam war das, was man sah, das, was man bekam. Und offen gestanden, so befand Flo, als sie erneut einen Blick auf seinen schlanken, goldenen Körper riskierte, war das eine ganze Menge.

Wie durch übersinnliche Wahrnehmung erwiderte Adam ihren Blick. Dabei bemerkte Flo die verräterische Beule in seinen Safari-Shorts. Ein Glück, dass Mattie als Anstandsdame mit von der Partie war, sonst hätte Flo nicht mehr für sich selbst garantieren können.

»Flora!«, unterbrach Adam ihre lüsternen Gedanken. »Meinst du, du könntest das Tor aufmachen?«

Dankbar dafür, dass man Frauen ihre sexuelle Erregung wenigstens nicht ebenso ansah wie Männern oder beispielsweise Rowley dem Widder, sprang Flo herunter.

Adam parkte den Traktor auf dem Hof neben dem Heuschober und flüsterte dann Mattie etwas zu. Auf der Stelle hüpfte Mattie herunter und rannte mit Snowy in Richtung Haus davon.

»Komm doch mal kurz her. Ich muss dir etwas zeigen.«

Nervös blickte Flo ihrer davonhopsenden Anstandsdame hinterher, doch Mattie und Snowy waren bereits um die Ecke verschwunden. Flo war ganz allein mit Adam.

Flo verspürte eine plötzliche Hitzewallung, die nichts mit der Sonne zu tun hatte, und folgte Adam hinein.

7. Kapitel

In der Scheune herrschten Dämmerlicht, ein lieblicher Duft und atemberaubende Hitze.

Plötzlich war Adam verschwunden. Flo malte sich aus, wie er sich bereits mit nacktem Oberkörper aufreizend im Heu räkelte wie der Wildhüter aus *Lady Chatterley*.

»Hier oben«, lockte seine Stimme. »Dort steht eine Leiter.«

Zaghaft und bei jedem Schritt grübelnd, ob sie das später bereuen würde, stieg Flo die Leiter hinauf. »Hör mal, Adam, ich weiß nicht, ob das eine so gute Idee ist…«, begann sie, wobei sie versuchte, streng zu sein.

»Ssshhh!«, flüsterte Adam. »Schau mal da rauf.«

Flo reagierte verständnislos und enttäuscht zugleich. Er wollte ihr also wirklich etwas zeigen, aber nicht das, was sie sich vorgestellt hatte.

»Da hat sich eine junge Schleiereule einen Schlafplatz in den Dachsparren gesucht«, sagte er und beugte sich zu ihr.

Sie konnte seinen heißen Atem auf ihrem Hals spüren, als er sich herunterbeugte, um ihr ins Ohr zu raunen, und sie erschauerte, wobei sie hoffte, dass er es nicht bemerkt hatte. Es hieß ja, dass nur Männer reine, unverfälschte Lust empfänden, aber Flo hatte keine andere Erklärung für ihre Reaktion auf Adams glänzenden, makellosen Körper.

»Ich versuche mal, sie dir runterzuholen«, erbot er sich, und bevor sie ihn davon abhalten konnte, reckte er sich nach dem höchsten Sparren.

»Auuuu!«, schrie er plötzlich auf und fasste sich an die Seite. »Ich glaube, ich habe mir einen Muskel gezerrt.«

Flo streckte besorgt eine Hand aus, um die betroffene Stelle zu erkunden. Stattdessen packte Adam ihre Hand und führte sie gekonnt nach unten. »Vergiss meine Seite«, sagte er und riss Flo so schnell an sich, dass ihr keine Zeit für Einwände blieb. »Der Schmerz sitzt hier. Und zwar seit dem ersten Moment, als ich dich gesehen habe, da oben auf diesem Heuhaufen in nichts als einem Regenmantel und ohne Höschen.«

»Ohne BH«, korrigierte ihn Flo mit rauchiger Stimme und versuchte, sich an ein paar Gehirnzellen festzuhalten, die noch nicht von Adams animalischer Anziehungskraft eingeschmolzen worden waren. »Ich hatte ein absolut untadeliges Höschen an.«

»Es gibt nur ein Heilmittel für einen solchen Schmerz«, drängte Adam, vor Verlangen ganz heiser.

»Tatsächlich?« Flo versuchte, sämtliche Gründe aufzulisten, warum das keine gute Idee war, angefangen von der möglichen Rückkehr Matties und Snowys bis hin zu all den katastrophalen Beziehungen, die sie bereits hinter sich hatte. Doch es hatte keinen Sinn: Die Natur triumphierte.

Ineinander verschlungen fielen sie zu Boden, während Adam mit beunruhigender Routine ihre Knöpfe aufmachte.

»Das hast du schon öfter gemacht«, sagte Flo vorwurfsvoll und biss ihn ins Ohr.

»Was soll ein Bauer in den langen Winternächten denn schon anderes tun?«

Es war zwecklos. Ihr Verstand mochte ja Widerstand leisten, doch ihre Brustwarzen standen bereits schamlos aufrecht, und kam da nicht ein lustvolles Stöhnen aus ihrem Mund? Aaaaaaaah … Das klang nicht einmal in ihren eigenen Ohren wie eine Bitte aufzuhören.

Danach dachte Flo an überhaupt nichts mehr, außer an die herrlichen Gefühle, die Adams Lippen und Finger auslösten. Es schien Jahre her zu sein, seit sie so empfunden hatte.

Ein plötzliches Geräusch ließ sie sich aufsetzen. »Mein Gott! Mattie! Was denken wir uns eigentlich hierbei?«

»Schon gut«, beruhigte sie Adam. »Ich habe Mattie auf einen Besorgungsgang geschickt. Vermutlich ist es nur Dickey, der vom Säen zurückkommt. Der geht gleich wieder.«

Doch es war nicht Dickey.

Flo kam blitzartig zur Besinnung und versuchte die Knöpfe wieder zu schließen, die erst vor wenigen Minuten so gekonnt aufgeknöpft worden waren, spähte über die Kante der Empore und sah sich urplötzlich dem wütenden Gesicht von Hugo Moreton gegenüber.

»Ich bin nur gekommen, um dir mitzuteilen«, begann er in einem Ton, der ebenso erbarmungslos war wie das Stahlblau seiner Augen, »dass dein Terrier gerade den preisgekrönten Dackel unserer Mutter verführt hat.« Er schnaubte verächtlich. »Aber wie ich sehe, ahmt das Tier ja nur seine Besitzerin nach.«

Die Verlegenheit schoss heiß über Flos Gesicht, rasch gefolgt von lodernder Wut. »Und, hat's dem Dackel Spaß gemacht?«, zischte sie und versetzte der Leiter, auf der er stand, einen Stoß, sodass sie in einer Art komischer Zeitlupe nach hinten kippte. »Dann solltest du der Natur vielleicht lieber ihren Lauf lassen.« Elegant sprang Hugo von der Leiter, fing sie auf, legte sie auf den Boden und verschwand.

»Dem hast du's aber gegeben.« Die Genugtuung des rivalisierenden Bruders in Adams Stimme war nicht zu überhören.

»Na, komm schon«, sagte Flo und zog ihn unsanft in die Höhe. »Wir müssen ja wohl völlig durchgeknallt gewesen sein.«

»Gut Ding will Weile haben – und schlimme Dinge auch.« Er warf Flo das Lächeln eines tief gefallenen Engels zu und begann vorsichtig seine Shorts zuzumachen.

»Du hast anscheinend Schwierigkeiten mit dem Reißverschluss«, erwiderte Flo unsentimental, ohne zu wissen, auf wen sie wütender war: auf sich selbst oder auf den scheinheiligen Hugo. »Komm, ich helfe dir.«

»Auuuuuu!«, kreischte Adam zum zweiten Mal an diesem Nachmittag. »Pass doch auf. Das da unten ist eine so genannte gemeinsame Investition.« Er lachte über seinen eigenen Scherz und rieb sachte seine malträtierte Männlichkeit. »Obwohl ja eigentlich Hugo derjenige ist, der sich mit diesem ganzen Zeug auskennt.«

»Da kann ich dir nicht folgen.« Flo hüpfte auf einem Bein herum und suchte nach ihrem Schuh, der sich hinter einem Strohballen versteckt hatte.

»Investitionen. Er verbringt die halbe Woche am Computer und studiert die Börsenkurse.«

»Tja, schön für ihn. Sollte er nicht eigentlich draußen auf dem Feld sein und pfeilgerade Furchen pflügen oder wie das heißt?«

Snowys aufgeregtes Bellen sagte ihnen, dass sie die schamlose Handlung, mit der sie sich vergnügt hatte, hinter sich gebracht hatte und sie und Mattie zurück waren. Flo fand ihren fehlenden Schuh und begriff erst dann, dass sie nicht mehr hinunter konnten, da sie die Leiter mitsamt Hugo davongestoßen hatte. Es waren zwei oder zweieinhalb Meter zum Boden der Scheune. »Mattie!«, brüllte sie. »Könntest du die Leiter wieder hierher stellen?«

Mattie starrte mit Stielaugen zum Heuboden hinauf. »Was in aller Welt habt ihr denn da oben gewollt?«

»Adam hat mir eine junge Schleiereule gezeigt.«

Ein leichtes Lächeln zog über Matties ernstes Gesichtchen. »Solange er sich nicht benommen hat wie Fritz.«

»Sag nichts. Fritz ist der preisgekrönte Dackel.« Auf einmal schnürte es Flo die Kehle zu. »Hugo hat gesagt, Snowy sei diejenige gewesen, die damit angefangen hat.«

»Ja, aber Fritz hätte nicht so teutonisch und gründlich sein müssen. Es gibt bestimmt Welpen, weißt du. Kann ich einen haben?« Sie holte die Leiter und lehnte sie an die Empore. »Übrigens«, fuhr Mattie nicht ganz ohne Hintergedanken fort, »was war denn eigentlich mit Hugo los? Ich habe ihn noch nie so wütend gesehen.«

»Mach dir seinetwegen keine Gedanken«, sagte Adam mit einem Augenzwinkern. »Er bildet sich bloß ein, ich hätte ein größeres Geschenk vom Weihnachtsmann gekriegt als er.«

Bevor Adam weitersprechen konnte, stieg Flo die Leiter hinunter und zog sie dann schnell weg. »Darauf würde ich mich nicht verlassen«, rief sie hinauf, wegen seiner Arroganz fast ebenso wütend auf ihn wie auf seinen Bruder. »Bis Weihnachten ist es noch lange hin.«

Verdutzt, aber trotzdem voller Bewunderung trottete Mattie hinter ihr her, als sie sich auf den Heimweg zur Hunting Farm machten. »Mensch, Flo«, gratulierte Mattie ihr, »du weißt wirklich, wie man Männern zeigt, wohin sie gehören!«

Ja, dachte Flo voller Zorn, *nur dass sie meistens auf mir drauf landen.*

»Und was dich angeht …«, sie bückte sich zu Snowy herab, die auf der Stelle begann, sich herumzurollen und sich in eindeutiger Weise an der Erde zu reiben, »du bist ein schlechtes Beispiel für Weibchen aller Art.«

»Also genau wie ihre Besitzerin«, bemerkte eine sarkastische Stimme hinter ihnen.

Hugo, dessen Würde, abgesehen von einem Strohhalm, der hinter dem einen Ohr hervorlugte, wiederhergestellt war, war gerade dabei, in sein Auto zu steigen. »Soll ich euch mitnehmen?«, fragte er mit übertriebener Höflichkeit.

»Da würde ich mich lieber von einer giftigen Tarantel fahren lassen.«

»Taranteln sind nicht giftig«, belehrte Hugo sie wichtigtuerisch.

»Doch, das sind sie schon«, widersprach Mattie. »Deshalb lösen sie ja angeblich diese wilden Zigeunertänze aus.«

»Tja«, sagte Hugo, während er um Haltung rang und sich insgeheim dafür verfluchte, dass er sich eingebildet hatte, mehr zu wissen als Mattie. »Auto fahren können sie jedenfalls nicht.«

Doch Flo, die Mattie hinter sich herzerrte, hörte gar nicht mehr zu. Für heute hatte sie genug von den Moreton-Brüdern. Also überhörte sie sowohl Hugos als auch Adams Rufe und stolzierte hocherhobenen Hauptes mit Mattie den Feldweg entlang.

Während Hugo ihnen noch nachsah, vernahm er ein plötzliches Geräusch und drehte sich um. Adam war graziös vom Heuboden herabgesprungen – oder zumindest so graziös, wie man eben zweieinhalb Meter tief springen kann.

»So, Brüderchen«, sagte Adam und knöpfte sich dabei demonstrativ den obersten Hosenknopf zu. »Wie steht's denn bei dir im Wettlauf um die Eheschließung?«

»Ach, Herrgott noch mal, Adam«, fauchte Hugo und kämpfte gegen den plötzlichen Drang an, seinen Bruder in dessen selbstgefälliges hübsches Gesicht zu schlagen. »Das ist doch eine einzige Farce.«

»Ja?« Träge schüttelte sich Adam das Stroh aus den blonden Haaren. »Nur glaube ich, dass ich vielleicht gerade den ersten, fast gelungenen Schritt getan habe.«

Auf der Hunting Farm hielt Tante Prue schon nach ihnen Ausschau. »Ihr habt Besuch. Sie sitzt in der Küche und plaudert mit Ivy.«

Obwohl sie nur wenige Zentimeter vom glühend heißen Herd entfernt war, saß die Dame vom Schafzoo in ihrer uralten Barbour-Jacke auf einem mit Zeitungen abgedeckten Lehnstuhl, vor sich eine Tasse Tee und einen Teller mit Ivys grässlichen Scones.

»Köstlich«, log die Besucherin tapfer.

Mattie kicherte. Ivys Scones, das wusste die ganze Familie, hatten Konsistenz und Geschmack von Granaten.

»Mattie! Miss Parker!« Dankbar stellte die Frau ihren Teller beiseite und sprang auf. »Könnte ich Sie vielleicht kurz unter vier Augen sprechen? Mein Name ist übrigens Dorothy Williams.«

Ivy, der so das Wichtigste an diesem Gespräch vorenthalten wurde, werkelte lautstark in der Küche herum und plante als Rache ein besonders »gelungenes« Abendessen.

»Sie haben so interessiert an meinem Schafzoo gewirkt«, begann Mrs. Williams, sobald sie außerhalb Ivys Hörweite waren, »und Sie haben erwähnt, dass Ihr Onkel Landwirt ist. Deshalb wollte ich Sie fragen, ob er eventuell in Erwägung ziehen würde, meine Herde zu übernehmen. Ich würde sie ihm natürlich gratis geben«, fügte sie hastig hinzu. »Und Rowley den Widder obendrein. Ich habe mir Ihre Wirtschaftsgebäude angesehen, und meiner Meinung nach könnten Sie dort ohne weiteres Gehege aufstellen. Außerdem gäbe es jede Menge Parkplätze für Besucher.« Sie machte eine ausholende Handbewegung über das üppige, wellige Ackerland unter dem Schatten von Firmingham Beacon. »Das ist ein herrliches Fleckchen.« Mrs. Williams erkannte die Unsicherheit auf Flos Miene.

»Anderenfalls sind die Tiere wertlos. Selbst Rowley hat seine besten Zeiten hinter sich – nur dass ihm das noch niemand gesagt hat. Und ein Schafzoo ist eine attraktive Angelegenheit. Er wird Ihren Onkel zwar nicht reich machen, aber heutzutage, wo die Landwirtschaft dermaßen im Argen liegt, wäre es zumindest eine Alternative.«

»Oh, Flo, komm, das machen wir!«, bettelte Mattie.

»Mattie, sei doch vernünftig. Es ist der Hof deiner Eltern. Wahrscheinlich finden sie die Idee hirnrissig.«

»Mum nicht. Sie ist bestimmt begeistert. Sie kann toll mit

Menschen umgehen. Und Ivy würde sicher leidenschaftlich gerne ihre Scones backen.«

Flo und die Dame vom Schafzoo wechselten einen nachdenklichen Blick.

»Wir reden mit deinen Eltern, das verspreche ich«, willigte Flo ein.

»Auf eines muss ich allerdings noch hinweisen«, fuhr ihr Gast fort. »Ich will bestimmt nicht drängen, aber die Bedenkzeit ist verhältnismäßig kurz. Mein Sohn hat bereits einen Käufer für das Land gefunden.«

»Frisch gewagt ist halb gewonnen«, machte Flo sich selbst Mut. »Ich suche gleich meine Tante.«

Mattie hatte Recht. Ihre Mutter war begeistert von der Idee.

»Für Francis wäre das ideal«, freute sich Tante Prue, und die Beklommenheit, die sich schon fast dauerhaft auf ihrem Gesicht niedergelassen zu haben schien, lüftete sich wie Nebel über einer lieblichen Landschaft. »Das wäre wesentlich weniger anstrengend für ihn. Er liebt Schafe, und wir könnten alle mithelfen.« Der Nebel senkte sich erneut herab. »Aber einen Schafzoo aufzubauen kostet sicher eine Menge Geld. Wer würde uns schon etwas leihen?«

»Ich weiß nicht.« Flo wünschte, sie könnte es positiver sehen. »Hugo hat erwähnt, dass man die Milchquote verkaufen könnte.« Die Erwähnung von Hugos Namen ließ sie rot anlaufen. »Aber wäre der Erlös daraus hoch genug für einen Schafzoo?«

»Francis spricht nie mit mir über Geldangelegenheiten. Ich muss leider zugeben, dass ich keine Ahnung habe.«

Flo war entsetzt. Als Bauersfrau arbeitete Prue genauso hart für den Hof wie ihr Mann. Es war unvorstellbar für Flo, dass Prue nicht einmal gefragt wurde, wie man ihn führen sollte.

»Hugo weiß bestimmt, was sie wert ist«, warf Mattie

hilfsbereit ein. »Er ist der Fachmann fürs Geschäftliche auf Moreton. Das sagt Adam doch immer. Warum fragst du ihn nicht?«

Flo warf ihr einen warnenden Blick zu. Der letzte Mensch, mit dem sie etwas diskutieren wollte, war Hugo.

»Flora, Liebes.« Flo konnte es nicht ertragen, den kurz aufgeflackerten Optimismus wieder aus den Augen ihrer Tante schwinden zu sehen. »Ich halte den Schafzoo für einen phänomenalen Plan, aber wir brauchen noch ein paar Fakten, wenn wir Francis überzeugen wollen. Meinst du, du könntest Hugo eventuell um Rat fragen?«

Es gab keine andere Wahl. Flo wusste, wann sie sich geschlagen geben musste. Die ganze Sache hatte nichts mit ihr zu tun, sondern nur mit ihrer Tante und ihrem Onkel. Also zwang sie sich, ihren Stolz hinunterzuschlucken.

Am Mittwoch ging sie nach Moreton House hinüber.

Als sie auf der Suche nach Hugo über das Anwesen schlenderte, erkannte Flo zum ersten Mal, wie perfekt es war. Kein Wunder, dass sich Miranda in das Haus verliebt hatte. Es erinnerte Flo an eine Stickerei, an der sich Damen des siebzehnten Jahrhunderts abgemüht hatten. Acht Fenster schmückten das oberste Stockwerk, acht das mittlere und sechs das Erdgeschoss. Ein weißer, stuckverzierter Bogen mit Kugel schwang sich über die weiß lackierte Haustür in der Mitte. Fast erwartete sie, dass ein Geist in raschelndem Satin und mit Ringellocken erschien.

Stattdessen kam eine höchst lebendige Pamela heraus, einen Blumenkorb in der Hand und ihren wertvollen Dackel im Schlepptau. »Ich hoffe, Sie haben Ihre abscheuliche kleine Hündin nicht mitgebracht«, rief sie Flo gereizt zu. »Sie sollten sie einsperren, wenn sie läufig ist, oder wenigstens ihr Hinterteil bedecken. Der arme Fritz wusste ja gar nicht mehr, wohin.«

»Soweit ich gehört habe«, erwiderte Flo eisig, »ist er ziemlich bald dahinter gekommen.« Sie hatte sich eigentlich entschuldigen wollen, aber Pamelas Ton war ihr zu hochnäsig und überheblich. Außerdem war schließlich sie, Flo, diejenige, die sich später um eventuelle Welpen kümmern musste.

»Suchen Sie Adam?« Neuigkeiten verbreiteten sich in der Gegend offenbar schnell.

»Nein. Eigentlich Hugo.«

Pamela zog eine perfekt gezupfte Augenbraue in die Höhe. »Heute ist sein Beratungstag in London.«

»Wann kommt er denn wieder – wissen Sie das?«

Pamelas Lächeln ging in Selbstgefälligkeit über. »Erst spät. Oder womöglich überhaupt nicht. Er trifft sich mit Ihrer Freundin Miranda auf einen Drink und zum Abendessen. Ich fand, sie ist ein enorm hübsches Mädchen.«

Flo verdrängte einen Anflug von Ärger. Pamela schien über die Vorhaben ihres Sohnes erstaunlich gut informiert zu sein. Vielleicht war sie eine dieser schrecklichen Mütter, die ihren Söhnen und deren Geliebten am Morgen nach der Nacht, die sie mit lautstarkem Gebumse verbracht haben, eine Tasse Tee ans Bett servieren.

Außerdem würde niemand im Vollbesitz seiner geistigen Kräfte Miranda als »enorm hübsch« bezeichnen. Enorm modisch, ja, oder enorm dünn. Ihre Ablehnung gegenüber Flo hatte Pamela diesbezüglich offenbar zu einer rosa Brille verholfen.

Nachdem sie sich kurz und nicht besonders höflich von Pamela verabschiedet hatte, drückte Flo Mirandas Nummer auf ihrem Handy, bekam aber nur eine abgehoben klingende Ansage zu hören, die ihr mitteilte, dass Miranda beschäftigt war.

»Vermutlich mit Hugo«, murmelte Flo düster vor sich hin und beschloss, den Versuch zu unternehmen, Adam zum Mittagessen einzuladen.

Sie fand ihn, wie er auf dem vier Hektar großen Feld unter dem Schatten des Beacon noch mehr seiner unglaublich geraden Furchen pflügte.

»Was machst du denn hier oben?«, rief er ihr zu und lächelte verführerisch. »Kannst nicht ohne mich sein, was?«

»Offen gestanden«, stutzte Flo ihn zurecht, »war ich auf der Suche nach Hugo, aber er ist in London.«

»Warum Hugo?« Adam sah rührend geknickt drein, wie ein junges Vögelchen, das keinen Wurm abkriegt.

Flo erbarmte sich seiner. Er war ja so leicht zu durchschauen. »Ich brauche nur einen geschäftlichen Ratschlag für einen Plan, zu dem ich Onkel Francis überreden möchte.«

»Versuch's doch stattdessen mit mir«, erbot sich Adam, sah dabei aber aus, als hätte er alles andere als Geschäfte im Sinn.

»Nachdem du offenbar schwer arbeitest, dachte ich, du könntest vielleicht Appetit auf einen Ploughman's Lunch haben«, schlug Flo vor.

»Lass mich nur noch hier fertig machen. Zwanzig Minuten, und dann gehen wir ins Angel. Dort gibt's den besten Ploughman's Lunch der ganzen Grafschaft.«

Flo lehnte sich gegen das Tor, wartete auf Adam und spürte, wie ihr die Sonne das Gesicht wärmte. Es war so heiß für Anfang Mai, dass sie sich bis aufs Hemdchen auszog. Nach zehn Minuten merkte sie, dass ihre Haut sich gerötet hatte und zu glühen anfing.

»Du siehst ja aus wie Rudolph Rotnase.« Adams Lippen fuhren sachte über ihre Nasenspitze und glitten dann zu der kleinen Kuhle unten an ihrem Hals, wo sich der Schweiß gesammelt hatte. Seine flinke Zunge leckte alles auf. Die Wirkung war elektrisierend. Flo musste ihre ganze Konzentration auf ihre Essenspläne lenken.

Das schöne Wetter war allen zu Kopf gestiegen, und die Tische unter den grünweißen Heineken-Schirmen vor dem Pub waren bereits besetzt.

»Sieht so aus, als müssten wir nach drinnen gehen.« Adam schob sie sanft auf die Düsternis der Gaststube zu. »Wirklich ein Jammer an einem Tag wie heute. Aber noch zehn Minuten in der Sonne, und du würdest dich häuten.« Er lehnte sie gegen den leeren Tresen. »Anscheinend haben wir das ganze Lokal für uns allein.« Er schob ihr eine Hand ins Oberteil. Flo schnappte entgeistert nach Luft.

»Lasst euch von mir nicht stören, Leute«, sagte eine rauchige Stimme mit Westshire-Akzent gedehnt. »Ich bin nur ein Teil der Einrichtung.«

Flo kniff die Augen zusammen und erkannte Donna, die katzenäugige Kellnerin, wie sie im Dämmerlicht versteckt ein Glas polierte. »In der guten alten Zeit«, fuhr Donna fort, »hatten sie hier noch Zimmer, in denen Pärchen ihren Durst unter vier Augen stillen konnten.« Ihr Tonfall legte keinerlei Zusammenhang mit Getränken nahe. »Ein Jammer, dass damit Schluss ist. Betten sind dermaßen langweilig, finde ich. Aber es gibt ja immer noch Heuschober. Hat er Sie da bereits hingeführt, Flora?«

Flo war so wütend, dass sie den Ploughman's Lunch ganz vergaß. »Gehen wir, Adam. Hier drin pfeift ein garstiger Wind.«

»Wie geht's denn Ihrem Onkel?«, rief Donna ihr gehässig nach. »Säuft er sich immer noch jeden Donnerstag die Hucke voll?«

Donna fasste nach Adams Arm, als er Anstalten machte, Flo zu folgen. Ihre Hand war kalt, und er erschauerte unwillkürlich. »Du weißt ja, was man so sagt«, flüsterte Donna. »Kalte Hände, warme Möse. Ich wette, ihre Hände sind glutheiß.« Sie zog ihn an ihren Körper, und ihre Brustwarzen pressten sich gegen ihn. Adam stöhnte auf.

»Du hast die Qual der Wahl, nicht wahr, Adam?« Ihre Stimme war Verführung pur. »Warum auch nicht? Es spricht schließlich nichts dagegen, sich die Hörner abzustoßen. Jedenfalls solange du nicht irgendwo hängen bleibst. An deiner Stelle würde ich diese Flora Parker im Auge behalten. Ich schätze nämlich, dass sie nicht nur auf deinen Körper scharf ist.«

»Komm doch rein und schau dich um.« Mirandas Lächeln war der reinste Zuckerguss. »Es heißt, wie jemand wohnt, sagt alles über ihn. Das ist mein kleines Boudoir.«

Hugo sah sich erstaunt um. In seinem ganzen Leben hatte er noch nichts gesehen, das mit Mirandas Wohnung vergleichbar gewesen wäre. Das Wohnzimmer wurde von einem fuchsienfarbenen Samtsofa mit extravaganten weißen Füßen aus Gusseisen sowie einem dazu passenden Couchtisch aus weißem Gusseisen und Glas beherrscht. Beide Möbelstücke sahen aus, als stammten sie von der Veranda eines rumänischen Zigeuners. Die Wände waren zwar dezenter, aber dennoch pinkfarben gestrichen und extravaganterweise mit einer Reihe von Schwarzweißfotografien hochmütig wirkender Vogue-Models aus den vierziger Jahren geschmückt.

»Es ist sehr …« Ausnahmsweise war Hugo einmal um Worte verlegen.

»Kitschig? Girliemäßig? Ich weiß. Aber ich bin eben ein Mädchen, das zu Pink nicht nein sagen kann.«

»Das sehe ich.«

Erleichtert ließ er den Blick auf dem einzigen normalen Gegenstand im Raum ruhen, einer kleinen gerahmten Fotografie von zwei jungen Mädchen in gestreiften Badeanzügen. Miranda und Flo. »Wie lang kennt ihr euch schon?«

»Eine halbe Ewigkeit. Aber genau genommen, seit wir Teenager sind. Flos Vater und meine Eltern fanden die Vorstellung, ihre Töchter den Sommer über zu Hause zu haben, ziemlich beängstigend, und so sind wir in Camp Cerne gelandet. Flo und ich haben uns vom ersten Tag an zusammengetan und die nächsten sechs Wochen damit verbracht, es soweit wie möglich zu vermeiden, ins Freie zu gehen, außer zum Sonnenbaden auf dem Flachdach über der Turnhalle. Dort konnte man sich nahtlos bräunen, ohne dass es einer von den Blödmännern mitgekriegt hat.«

»Hat sie sich sehr verändert?«

»Eigentlich nicht. Flo war schon immer ein wilder Feger. Sie hat die Jungen entdeckt, während ich noch mit *Hanni und Nanni* beschäftigt war.«

»Das kann ich mir vorstellen«, sagte Hugo sarkastisch.

»Und seitdem hat sie ihre Kenntnisse vervollkommnet.«

Die Wahrheit lag ganz anders, doch Miranda fand, dass Hugo das nicht zu wissen brauchte. In Wirklichkeit war Miranda der wilde Feger gewesen und Flo diejenige, die lieber ein Buch las.

»Dann war sie also keine große Leuchte, unsere Flo?«

»Viel zu wirr.« Miranda tätschelte einladend den Platz neben sich auf dem Sofa. »Sie wollte möglichst schnell die Schule hinter sich bringen und dann ins pralle Leben einsteigen.«

Klitzekleine Schuldgefühle befielen Miranda. Flo war eine ausgesprochen gute Schülerin gewesen, der man ein brillantes Abitur und eine strahlende Laufbahn an der Universität prophezeit hatte. Dann war ihre Mutter gestorben, sie hatte sich mit ihrem Vater überworfen und ihre Ausbildung von einem Tag auf den anderen abgebrochen.

Aber im Krieg und in der Verführung war schließlich alles erlaubt. Außerdem hatte Flo, seit dieses Foto gemacht worden war, Männer en masse gehabt. Sie hatte seit jeher etwas ausgestrahlt, das Sex versprach, und die Jungs zwischen neun und neunzehn hatten das auf der Stelle erfasst. Selbst jetzt konnte Flo zwischen Adam und Miles wählen.

»Was für Jobs hat sie denn gehabt?«

»*Jobs?*« Miranda fand, dass sie mittlerweile schon viel zu lang über Flo geredet hatten. »Ach, Flo hat noch nie einen richtigen Job gehabt. Sie flattert einfach von hier nach da. Partys. Jachten. Männer. Ihr Freund Miles hatte hervorragende Kontakte.«

Es war Miranda vage bewusst, dass sie Flo wie ein Luxuscallgirl hinstellte, als dessen Zuhälter Miles agierte.

»Ich wusste gar nicht, dass Miles ihr fester Freund ist.«

»O doch. Es war auch Miles, der die Zeitungsgeschichte für Blackmills Whiskey eingefädelt hat, die so viel Aufsehen erregt hat.«

»Was war denn das für eine Zeitungsgeschichte?«

Miranda konnte ihr Glück kaum fassen. »Du meinst, du hast das noch nicht gesehen?« Sie hatte das Gefühl, dass sich Hugo seine Freundinnen nicht auf der Titelseite der *Daily Post* suchte. Eher auf der Titelseite des *Tatler* oder von *Harpers & Queen*.

Miranda durchwühlte die nierenförmige Frisierkommode mit den pinkfarbenen Rüschenvolants und zog die anstößige Zeitung hervor. »Im Grunde hat das Flo fast zu einem Star gemacht.«

Hugo riss die Augen auf. Dort, über den größten Teil der Titelseite ausgebreitet, war Flora, mit einer Flasche Whiskey in der Hand und einem winzigen Push-up-BH, aus dem üppig ihre Brüste quollen, sodass sogar der Hof der Brustwarze sichtbar war.

Er starrte das Foto länger an als unbedingt nötig. »Sie sieht aus, als ob sie sich prächtig amüsiert.«

Nun hätte Miranda sagen können: »Nein. Sie hat sich dermaßen geschämt, dass sie nach Westshire ausgebüxt ist.« Doch stattdessen zuckte sie die Achseln und sagte: »So ist eben unsere Flo. Das ewige Partygirl.« Miranda fand, es war allerhöchste Zeit, dass sie aufhörten, über Flo zu quasseln. Flo hatte bereits den attraktiven Adam und den mysteriösen

Miles zur Auswahl. Das Letzte, was Miranda täte, wäre, ihr auch noch Hugo zuzuschanzen.

»Also.« Miranda vergaß einen Moment lang, dass sie ja angeblich die schüchterne Leseratte war. »Sollen wir gehen? Wie wär's zuerst mit der K Bar und dann später ins Coast?« Hugos kurzes Schweigen sagte ihr, dass sie vielleicht etwas zu hoch gegriffen hatte. Schließlich war er ein Bauer aus Westshire. »Oder wir könnten in einen Bus mit offenem Oberdeck steigen und uns die Sehenswürdigkeiten ansehen, wenn du Lust hast. Buckingham Palace, den Tower und dann in ein Pub am Fluss.« Vielleicht war das eher sein Niveau.

»Offen gestanden«, erwiderte Hugo mit lässigem Schmunzeln, »habe ich schon etwas reserviert. Im Pont de la Tour um Viertel nach neun.«

Das Pont de la Tour, eine von Terence Conrans luxuriösen Lokalitäten, war teuer und von Medienleuten aus Canary Wharf dermaßen überlaufen, dass es schwer war, einen Tisch zu ergattern. »Wenn ich schon den Tower anstaune, dann tue ich das lieber mit einem Glas Champagner in der Hand als vom Oberdeck eines Touristenbusses aus.«

Miranda, die derart daran gewöhnt war, den Ton anzugeben, dass sie kaum je zuhörte, lief zum ersten Mal, seit sie denken konnte, knallrot an.

Es war der erste Abend, seit sie bei ihrer Tante war, dass Flo London tatsächlich vermisste. Ivys Abendessen war extrem grauenhaft gewesen: Hasenpfeffer, bei dem die Schrotkugeln noch in den einzelnen Fleischfetzen steckten, wodurch sich Veronica hörbar ein Stückchen vom Zahn abbrach und lautstark verkündete, dass ihre Eltern, wenn sie schon zu weichherzig waren, um Ivy rauszuwerfen, diese wenigstens in den Vorruhestand schicken sollten. »Alf und sie haben ein einwandfreies Häuschen drüben auf dem Moreton-Hof. Sie könnten auch dort wohnen.«

»Aber Vee«, erklärte India-Jane zuckersüß, »wenn du eines Tages Gutsherrin wirst, wäre sie dir doch wieder viel zu nahe, oder nicht?«

Veronica schnaubte. »Offen gestanden glaube ich nicht, dass Adam Moreton Sinn für die Ehe hat. Er braucht sie ja auch nicht, solange Frauen für ihn die Beine breit machen wie …« Veronica hielt inne, unfähig, den passenden Vergleich zu finden.

»Läufige Hündinnen?«, bot Mattie unschuldig an.

Matties Eltern starrten sie an. Mattie hatte noch nie Witze gemacht. Und schon gar keine schlüpfrigen.

»Genau.«

»Also wirklich, Veronica«, schimpfte ihre Mutter. »Ich glaube nicht, dass das ein geeignetes Thema für den Esstisch ist, erst recht nicht vor deinen jüngeren Schwestern.«

»Jedenfalls«, sprang Mattie zur Verteidigung ihrer Heldin ein, »hat Flo nicht die Beine breit gemacht, wie du es so charmant formulierst. Adam hat sie nur auf den Heuboden geholt, um ihr eine junge Schleiereule zu zeigen.«

Wie ein Falke, der eine Feldmaus erspäht hat, stürzte sich Vee erneut auf Flo. Es war anscheinend das erste Mal, dass sie von Flos Begegnung mit Adam hörte. »Ich wusste gar nicht, dass du Vogelliebhaberin bist, Flora«, sagte sie beißend.

»O doch«, erwiderte Flo. »Und Adam ist ein wunderbarer Lehrer. Es gibt kaum etwas, das Adam Moreton nicht von Vögeln weiß.«

»Soweit ich gehört hab«, warf Ivy ein, die gerade mit dem Nachtisch hereingekommen war, »hat ihm diese Donna aus dem Pub ein paar Nachhilfestunden gegeben. Zitronenbaiser.« Sie knallte den Kuchen so heftig vor Veronica auf den Tisch, dass er fast vom Teller hüpfte. »Genau das Richtige für Sauertöpfe.«

»Vater«, wollte Vee wissen, »du lässt es doch nicht zu, dass Ivy so mit mir spricht, oder?«

Doch Onkel Francis war hinter einer dicken grauen Wolke aus Sorgen verschwunden, die nicht einmal die unsensible Vee durchdringen konnte.

Als Flo am nächsten Tag erneut versuchte, Hugo zu erreichen, hatte sie mehr Glück. Sie fand ihn in einem umgebauten Nebengebäude, wo er vor einem Computerbildschirm saß. Die dunklen Haare fielen ihm so weit über ein Auge, dass Flo sich fragte, wie er überhaupt etwas sehen konnte.

»Hallo«, sagte er, ohne den Blick vom Monitor abzuwenden. »Suchst du Adam?«

Flo wusste nicht, was sie mehr ärgerte. Die Tatsache, dass alle sie und Adam für siamesische Zwillinge (oder etwas noch Intimeres) zu halten schienen, oder dass Pamela zu erwähnen vergessen hatte, dass sie auf der Suche nach Hugo gewesen war.

»Nein, ich suche dich.«

»Ah.« Er musterte sie jetzt und versuchte dabei nicht an das Foto aus der Zeitung zu denken. Jetzt sah sie natürlich anders aus, aber durchaus wiederzuerkennen. Es war, als würde Pamela Anderson für die Rolle der Maria in *Die Trapp-Familie* vorsprechen. Es war zwar nicht ganz überzeugend, aber immerhin eine rührende Idee. »Was kann ich für dich tun?«

Flo sah sich um. Obwohl das Büro, in dem sie sich befanden, früher einmal eine Scheune gewesen sein musste, konnte man sich nur schwer vorstellen, dass Schafe in diesem Raum gelammt hatten. Helles Holz, geschmackvolles Mauerwerk und dazu eine Klimaanlage, um extreme Temperaturen abzuhalten, ließen es mehr wie ein teures Reisebüro wirken. »Was hat es dich gekostet, das alles umzubauen?«, fragte sie.

»Warum willst du das wissen?«

»Mrs. Williams vom Schafzoo in Firmingham hat meinem

Onkel gerade ihre Herde angeboten, einschließlich des Widders. Onkel Francis hat Schafe lieber als die Milchwirtschaft, und außerdem deckt er mit den Milchkühen nicht einmal seine Unkosten. Ich brauche eine ungefähre Vorstellung davon, was es kosten würde, ihre Nebengebäude zu einem Besucherzentrum umzubauen.«

Hugo kämpfte mit der Versuchung zu lachen. Francis Rawlings hasste normalerweise jegliche Art von Öffentlichkeit. Es fiel ihm schwer, ihn sich in der Rolle von Old Farmer Giles vorzustellen.

Flo kam ihm zuvor. »Tante Prue würde sich um die Besucher kümmern«, sagte sie rasch.

»Warum setzt du dich nicht? Du machst mich nervös, wenn du dastehst wie eine junge Eule, die nicht weiß, ob sie losfliegen soll.«

Flo errötete leicht. War das eine Anspielung auf die Geschichte mit Adam neulich?

»Es gibt da so ein Sprichwort, das ich bei meinem Wirtschaftsstudium gelernt habe...«, begann er.

»Ich wusste nicht, dass du Wirtschaft studiert hast.« Flo hatte eigentlich nicht dermaßen erstaunt klingen wollen. »Na ja, ich dachte, ein Wirtschaftsstudium sei etwas für Leute, die in Großunternehmen Karriere machen...«

»...und nichts für Trottel aus der finstersten Provinz? Ich habe es als Aufbaustudium nach der Landwirtschaftsschule angehängt. Willst du jetzt das Sprichwort hören oder nicht?«

»Sicher.« Das lief ja nicht gerade blendend.

»Wenn du Publikum anlocken willst, musst du drei Dinge bieten: etwas zu sehen, etwas zu essen und etwas zu kaufen.«

»Und etwas zu stehlen.« Adam war wie aus dem Nichts aufgetaucht und legte besitzergreifend den Arm um Flo. »Jeder kriegt gern etwas gratis, sei es nun ein Aschenbecher oder ein Bademantel oder auch nur eine Streichholzschachtel aus dem Plough & Ferret.«

»Adam, wir sprechen hier über einen Schafzoo, kein Hilton-Hotel«, wandte Hugo gereizt ein.

»Na, egal«, nahm Flo den Faden wieder auf. »Sagen wir, wir haben das alles geschafft. Haben ein Café, einen Laden und Gehege zum Lammen und dazu vielleicht im Jahreslauf noch ein paar andere Attraktionen. Und Klos. Die brauchen wir auf jeden Fall. Habt ihr irgendeine Ahnung, was das kosten würde?«

»Vierzigtausend oder so? Ohne einen richtigen Unternehmensplan ist das schwer zu sagen. Eventuell sogar weniger, wenn die Familie es selbst betreibt, ohne Angestellte.«

Flos Mut sank. Es war völlig ausgeschlossen, dass ihre Tante und ihr Onkel im Stande wären, diese Summe aufzubringen. Doch auf einmal sah sie einen Lichtblick. »Was ist, wenn sie die Milchquote verkaufen?«

»Das sind Peanuts, fürchte ich«, mischte Adam sich erneut ein.

»Du kriegst eventuell ein paar Subventionen«, versuchte Hugo sie aufzumuntern, »aber du müsstest selbst die gleiche Summe aufbringen.«

»Würde irgendwer Onkel Francis einen Kredit geben – was meinst du?«

Hugo zuckte die Achseln, da er sie nicht enttäuschen wollte. »Ich glaube nicht.«

»Deshalb ist das ja alles ein solcher Quatsch«, meinte Adam. »Die Regierung weigert sich, den Bauern aus der Patsche zu helfen und sagt ihnen, sie sollen diversifizieren. *Womit* denn?« Flo wirkte so niedergeschlagen, dass er tröstend ihren Arm drückte. Sie sah hübsch und verletzlich aus – Adams zwei liebste Eigenschaften an einer Frau. »Komm, ich fahre dich wieder rüber.«

Flo schüttelte den Kopf. »Nicht nötig. Ich bin mit dem Käfer da. Tante Prue ist sicher schon gespannt, was ich zu berichten habe. Ich fahre jetzt lieber und enttäusche sie gleich.«

Doch es war nicht ihre Tante, die in Stiefeletten aus Pony-fell und einem violetten Anzug lässig an die Bruchsteinmauer gelehnt vor der Hunting Farm stand und auf sie wartete.

»Hallo Flora«, sagte Miles mit wölfischem Grinsen. »Du bist sicher überrascht, mich zu sehen.«

»Überrascht ist nicht das Wort, das ich wählen würde.« Flo fragte sich, was zum Teufel er hier wollte. »Argwöhnisch träfe es eher. Du bist nicht der Typ, der hundertsechzig Kilometer weit fährt, wenn er nicht hofft, etwas davon zu haben.«

»Schrecklich, von einem so jungen Menschen derartigen Zynismus zu hören. Aber ich habe dir tatsächlich einen sehr interessanten Vorschlag zu machen. Einen höchst interessanten Vorschlag sogar.«

Flo sah zu ihrem Schlafzimmerfenster hinauf, wo India-Jane scheinbar in eine Kreuzstickarbeit vertieft auf Flos Fensterbrett saß, aber in Wirklichkeit jedes Wort aufsog.

»India? Würde es dir etwas ausmachen, rauszugehen und das im Zimmer von jemand anderem fortzusetzen?«

»Warum?«, fragte das Mädchen ärgerlich. »Das ist das beste Schlafzimmer, und du zahlst nicht mal Miete.«

Flo hätte India am liebsten mit ihrem eigenen Stickgarn erwürgt.

»Kinder und Narren...«, bemerkte Miles selbstgefällig.

»So ein Schwachsinn«, schimpfte Flo erbost. »Ich habe meiner Tante öfter Geld angeboten als ein Tory-Minister einer Prostituierten.«

»Sei nicht so empfindlich«, besänftigte sie Miles mit dem beruhigenden Zischen der Schlange aus dem Garten Eden. »Wenn du meinen Vorschlag annimmst, könntest du ihnen sämtliche Schulden abnehmen. Oder zumindest die drängendsten.«

Normalerweise hätte sie ihm gesagt, er solle sich vom Acker machen, aber heute war kein normaler Tag. »Wir beide unternehmen jetzt mal eine kleine Spazierfahrt.« Sie sah zum Fenster hinauf. India war vermutlich immer noch da, nur im Verborgenen.

Sie fuhren in ein anderes Dorfpub, etwa sechs Kilometer weiter. Sie hatte keine Lust, ins Angel zu gehen, wo Donna im Dämmerlicht lauerte, zweifellos mit einem Tanga mit offenem Schritt unter ihren DKNY-Jeans, um die Arglosen zu verführen. Im White Horse konnte Flo dagegen zufrieden feststellen, dass ihr kein einziges Gesicht bekannt vorkam.

»So, und worin besteht nun dieser famose Vorschlag?«

»Er stammt von Blackmills. Sie wollten jemanden als Zugpferd für ihre neue Werbekampagne engagieren, aber sie haben das richtige Gesicht nicht gefunden. Sogar diejenigen, die aussehen wie du, waren offenbar die Falschen.«

»Hallo Miles, wach auf und sieh genau hin. Nicht mal *ich* sehe noch aus wie ich. Das Mädchen in der Zeitung hatte lange blonde Haare.« Sie wies auf ihren dunklen Kurzhaarschnitt.

»Kein Problem. Du könntest eine blonde Perücke tragen. Ich würde eine Stylistin engagieren. Das früher unter dem Namen Flora Parker bekannte Supergirl wäre in null Komma nichts wieder da.«

»Von einem Punkt mal abgesehen.«

Miles trank einen großen Schluck Rotwein. »Und der wäre?«

»Dass ich es nicht mache. Ich bin hierher gefahren, um von dem ganzen Zeug wegzukommen. Ich hatte nie vor, meine Brüste vor einer Kamera zu schwenken, und ich tue es mit Sicherheit nicht wieder. Freiwillig. Für Geld.«

Miles grinste verschlagen. »Du weißt noch nicht, wie viel sie bieten.«

»Wie viel denn?«

»Wenn du bereit bist, für die Dauer der Werbekampagne

das Gesicht oder vielmehr den Busen von Blackmills Whiskey abzugeben, zahlen sie fünfzigtausend Pfund.«

Flo schnappte nach Luft und merkte, wie ihr schwindlig wurde. Das würde die Summe, die ihre Tante und ihr Onkel benötigten, um den Schafzoo zu gründen, mehr als abdecken.

8. Kapitel

Als sie den Fußweg zur Hunting Farm hinauftrottete, wünschte sie, sie hätte Miles nie nach der Summe gefragt. Ein Teil ihres Verstandes sagte: *Warum nicht? Du hast schon jede Menge billige, dumme Sachen gemacht. Das hier wäre wenigstens eine billige, dumme Sache, die einen Nutzen hätte.*

Doch das war gewesen, bevor sie nach Maiden Moreton gekommen war. In der Zeit, seit sie hier war, hatte sie begonnen, sich wie ein anderer Mensch zu fühlen. Sich die Haare schneiden zu lassen war nur ein Teil davon gewesen. Zum ersten Mal seit langer Zeit fühlte sie sich akzeptiert. Von Tante Prue. Von Mattie. Sogar von Onkel Kingsley. Man hielt sie nicht mehr für eine dumme Partymieze, die nicht tiefgründiger war als eine Regenpfütze – oder zumindest hoffte sie das. Sie wurde langsam zu einer von ihnen. Diese Werbekampagne und die Aufmerksamkeit, die sie hervorriefe, würde die Wand zwischen ihr und normalen Leuten wieder aufbauen. Dann wäre sie nicht mehr die hilfsbereite, unkomplizierte Flo, sondern wieder die blitzeblaue Flo, die ihr Oberteil nicht anbehalten konnte.

Es war früher Abend, und Tante Prue enthülste auf der Veranda Erbsen. Mattie saß neben ihr, die Nase in ein Buch gesteckt, während India-Jane auf dem Rasen saß und Ketten aus Gänseblümchen flocht. Wenn man nichts von den drückenden finanziellen Problemen wusste, die auf dem Hof lasteten, sah es aus wie eine idyllische Familienszene.

»Hallo, Flora, Liebes«, sagte Tante Prue mit der gepressten, kontrollierten Stimme, die Flo verriet, dass ihre Tante den ganzen Tag über ihre Geldsorgen nachgedacht hatte. »Was hat Hugo denn gesagt?«

Flo sah sich um, für den Fall, dass Onkel Francis in der Nähe war. Sie wusste, dass Tante Prue ihm keine falschen Hoffnungen machen wollte, wenn sie das Geld dafür dann doch nicht aufbrächten.

»Keine Sorge«, beruhigte sie Prue. »Ich habe beschlossen, ihm reinen Wein einzuschenken. Und weißt du was?« Prue strahlte jetzt. »Er ist echt angetan davon. Er glaubt, es könnte das Ende für viele unserer Probleme bedeuten. Er hat eben erst gehört, dass die Preise für Milchprodukte schon wieder nach unten gehen, und den ganzen Nachmittag im Pub verbracht.«

Flo berührte den Arm ihrer Tante. Prue wusste also, dass ihr Mann trank. »Es war, weil er heute Nachmittag die Kälber erschießen muss«, fügte Prue zur Verteidigung ihres Mannes hinzu. »Das ist ihm ein solcher Gräuel.«

Flo war entsetzt. »Warum erschießt ihr denn Kälber?«

»Die männlichen haben keinen Wert, seit die Rindfleischpreise in den Keller gefallen sind. Die Kosten für den Schlachthof sind hoch, also machen wir sogar noch *Verlust*, wenn wir sie dorthin schicken. Deshalb müssen die Bauern die Kälber selbst erschießen, manchmal obwohl sie eine ganze Nacht auf den Beinen gewesen sind und bei ihrer Geburt geholfen haben. Es ist ein Gefühl, als ermorde man Babys, ich weiß. Ich kann dir gar nicht sagen, wie sehr das Francis zuwider ist, aber jetzt müssen wir es ja vielleicht nicht mehr tun.«

Onkel Francis kam heraus, ein Tablett mit Gläsern in der Hand. Zum ersten Mal seit Flos Ankunft wirkte er entspannt, und sein sonst so gefurchtes Gesicht hatte sich zu etwas geglättet, das einem Lächeln ähnelte. Er hatte sogar einen Hauch jungenhafter Begeisterung an sich, was Flo verblüffte. Zum ersten Mal konnte sie sehen, warum sich Tante Prue wohl einst in ihn verliebt hatte.

»Es tut mir Leid, dass ich die ganze Zeit, seit du hier bist, so missmutig und bärbeißig gewesen bin«, entschuldigte sich ihr Onkel. »Das war unverzeihlich. Es grenzt zwar an Selbstmitleid, wenn ich sage, dass es nur die Sorgen waren, aber sie waren schon sehr belastend. Dieser Hof ist seit Generationen in meiner Familie, und es sah ganz danach aus, als wäre ich derjenige, der ihn verliert.« Er stellte das Tablett ab und machte sich daran, eine Flasche zu öffnen. »Dein Plan könnte uns womöglich retten. Wir verlangen ja schließlich nicht, reich zu werden, sondern nur auf unserem Grund und Boden bleiben zu können.«

Er reichte ihr ein Glas. »Da, trink einen Schluck von Kingsleys Holunderblütensekt. Uns ist nicht oft nach Feiern zumute. Stoßen wir auf den Hunting-Farm-Schafzoo an.«

Flo wäre am liebsten davongelaufen. Sie brachte es nicht über sich, ihnen zu sagen, was Hugo kalkuliert hatte: dass sie für die Gründung vierzigtausend Pfund bräuchten und keine Möglichkeit hatten, diese zu beschaffen.

Doch das war auch nicht nötig. Die grässliche India-Jane hatte ihr Zögern bereits bemerkt. »Was ist los, Cousine Flo? Hat Hugo kaltes Wasser auf die Idee gekippt? Ich fand sie ja von vornherein bescheuert. Ich hätte jedenfalls keine Lust, mir einen Haufen eklig stinkender Schafe anzuschauen, und ich bin schließlich eure Zielgruppe.«

Wenn irgendjemand bei der Geburt erschossen gehört hätte, hätte Flo am liebsten geknurrt, dann waren es nicht die Kälber, sondern India-Jane.

»Ehrlich gesagt«, begann Flo stattdessen, »fand er die Idee ausgezeichnet. Er meinte nur, dass es eine Stange Geld kosten würde, die Sache ins Rollen zu bringen. Wisst ihr, damit es wirklich funktioniert, bräuchte man ein Café, einen Laden und wegen der Hygienevorschriften Klos für die Besucher.«

Sie spürte, wie sich Matties ängstlicher Blick in sie bohrte, und wünschte, sie hätte die Idee nie vorgeschlagen.

»Was glaubt Hugo denn, wie viel wir brauchen werden?«, fragte Prue.

Flo zögerte, da sie wusste, dass sie die frisch erwachte Begeisterung ihrer Tante und ihres Onkels im Keim ersticken würde. »Ich fürchte, etwa vierzigtausend Pfund.«

Tante Prue ließ abrupt den Kopf hängen. »Ach, Francis, wo sollen wir nur so viel Geld hernehmen?«

Angesichts der Enttäuschung seiner Frau erstarrte Onkel Francis, das Glas auf halbem Weg zum Mund, wie ein Reh im Scheinwerferlicht. »Das können wir nicht. Wir schulden der Bank bereits zwanzig. Sie werden uns nichts mehr leihen.« Er stellte sein Glas wieder auf das Tablett und reckte die Schultern gerade. Dieser sichtbare Versuch der Selbstkontrolle rührte Flo zutiefst. »Ich glaube, ich gehe jetzt und kümmere mich um die Kälber. Ist ja zwecklos, es aufzuschieben, nur weil es unangenehm ist.«

Er ging davon und schob sachte Tante Prues Hand beiseite, als sie versuchte, ihn zu trösten. »In einer halben Stunde gibt's Abendessen«, erinnerte sie ihn liebevoll. »Lancashire Hot Pot, deine Leibspeise.«

Onkel Francis antwortete darauf mit einem verkniffenen Lächeln und ging ins Haus, gerade als Veronica, die sich die Haare gewaschen hatte, herauskam. »Was in aller Welt ist denn mit Dad los?«, fragte sie besorgt. »Er sieht ja drein, als hätte man ihn zu seiner eigenen Beerdigung eingeladen.« India-Jane klärte sie eifrig auf.

Nachdem eine Stunde später das Essen vorbei war, verschwand Onkel Francis, der sich den Kälbern nach wie vor nicht genähert hatte, nach draußen. »Bin bald wieder da«, verkündete er und wich den beklommenen Blicken aus. Sowohl Flo als auch ihre Tante hörten eine Autotür ins Schloss fallen, gefolgt von einem startenden Motor.

»O Gott«, murmelte Prue. »Er geht nicht in den Kälberstall. Er fährt zum Angel Pub.«

»Tut ihm das denn gut?«, fragte Flo, wobei sie die Antwort bereits kannte.

»Das bezweifle ich sehr. Es sei denn, sie weigern sich, ihn zu bedienen, was schwer vorstellbar ist, oder? Der arme Francis, er ist besessen davon, dass er derjenige sein wird, der den Hof verliert. Es tut mir Leid, Flo, aber wir sind viel zu überstürzt auf deinen Vorschlag eingegangen. Wir sind selbst schuld.« Flo streckte die Hand aus und drückte liebevoll die ihrer Tante. »Wir haben uns solche Hoffnungen gemacht, als wir jung hier angefangen haben«, sagte Prue ruhig. »Wir mögen unseren Lebensstil. Es geht nicht nur ums Geld. Wenn du deine Arbeit als Bauer gut machst, hast du das Gefühl, etwas zurückzugeben – dass du ein Bewahrer bist, kein Besitzer. Ach Flora, es wird einfach nichts. Wir werden verkaufen müssen, ganz egal, wie hart es für Francis ist. Es gibt einfach keine Alternative.«

Neben sich hörten sie plötzlich Mattie schniefen, die aus dem Zimmer stürzte und die Treppe hinaufpolterte. Sie wussten beide, wohin sie wollte. »Das arme Kind. Du hast ihr so gut getan, weißt du. Sie hat sich verändert, seit du da bist.«

»Ich mich auch«, seufzte Flo.

Es dauerte zwei Stunden, bis sie das Auto zurückkehren hörten. Flo und Prue saßen beide stocksteif da, warteten und horchten. Doch Francis kam nicht ins Haus.

Kurz darauf, gerade als Flo sich anerbieten wollte, nach ihm zu suchen, hallte eine Reihe von Schüssen aus den Ställen auf der anderen Seite des Hofes. Mit angsterfüllter Miene packte ihre Tante Flos Hand. Vees Kommentar von vorhin, dass Onkel Francis dreinsähe, als hätte man ihn auf seine eigene Beerdigung eingeladen, kam ihr wieder in den Sinn.

»Ich gehe.« Flo sprang auf, lief aus dem Esszimmer und über den Hof.

Die Szene im Milchwirtschaftsgebäude war grausig. Fünf oder sechs goldbraune Kälber lagen erschossen auf der Erde, ein weiteres strampelte noch hilflos. Blut bedeckte das antiseptische Weiß der Wände.

Onkel Francis' Schrotflinte war in den Griff eines Spatens geklemmt, den ein zweiter stützte. Am Abzug war ein Stück Schnur befestigt. Die Sicherung war gelöst, und der Lauf zeigte direkt auf seine Stirn.

Er hatte beide Augen geschlossen.

9. Kapitel

Flo trat mit aller Kraft gegen den Spaten, sodass die ganze Konstruktion zusammenfiel. Das bewirkte, dass sich noch eine Kugel löste, die sirrend in die Wand hinter ihnen einschlug. Flo spürte den Luftzug, als sie an ihr vorbeizischte, und hätte sich vor Schreck fast übergeben müssen.

»Daddy!«, kreischte eine aufgeregte Stimme hinter ihnen. Mattie warf ihren kleinen Körper gegen den ihres Vaters und klammerte sich an ihn, als wäre er das Kind und sie die Erwachsene, die ihn beschützen konnte.

»Es tut mir Leid, Schätzchen«, schluchzte Francis heiser und hielt seine Tochter ganz fest. »Ich hatte das Gefühl, alles verloren zu haben, nicht mehr weitermachen zu können. Das war ein großer Fehler von mir.«

Flo beobachtete die beiden schwer atmend und fasste einen endgültigen Entschluss. Sie würde ihnen das Geld für den Aufbau des Schafzoos besorgen.

Was würde es sie schon groß kosten?

Und den Rawlings würde es eine letzte Chance auf das Glück bieten, das sie sich so sehr für sie erhoffte. Allerdings wollte sie nicht gerne auf die Frage antworten, ob sie es ihnen ganz selbstlos oder doch aus einem gewissen Eigeninteresse wünschte.

»Müssen wir das Prue verraten?«, fragte Francis schließlich. Seine Augen lagen verhärmt in seinem bleichen Gesicht.

»Ja«, antwortete Flo sanft und legte ihm eine Hand auf den Arm, um ihn zurück zum Bauernhaus zu führen. »Sie würde es uns nie verzeihen, wenn wir ihr das verschwiegen.

Sie liebt dich, Onkel Francis, und außerdem ist Tante Prue eine Frau, die deine Lasten mit dir teilen will.«

»Aber es ist meine Aufgabe, sie vor Geldsorgen zu bewahren. Sie hat ein sicheres Leben erwartet, als sie mich geheiratet hat.«

»Tante Prue ist keine zerbrechliche Blüte, die vor der Realität beschützt werden muss. Sie ist stärker, als du glaubst. Ihre schlimmste Angst ist nicht, den Hof zu verlieren, sondern sich von dir isoliert zu fühlen. Sie hat mir neulich gestanden, dass sie wünschte, du würdest ihr mehr von deinen Sorgen anvertrauen.«

»Flo hat Recht, Dad.« Der erwachsene Ton in Matties Stimme schmerzte Flo zutiefst. Mattie wurde mit Dingen konfrontiert, von denen sie mit ihren zwölf Jahren nicht einmal etwas ahnen sollte.

»Meine arme kleine Mattie«, murmelte Francis, fast als bemerkte er seine Tochter erst jetzt. »Du bist so unglücklich gewesen, dass du dich die ganze Zeit versteckt hast.«

»Das mache ich nicht mehr. Ich verspreche, dass ich es nicht mehr tun werde.« Sie nahm seine Hand. »Wir haben dich alle lieb, weißt du.«

Francis schluckte angesichts der unverdienten Zärtlichkeit in Matties Stimme. »Aber ich habe euch alle enttäuscht.«

»Es ist nicht deine Schuld, Onkel Francis«, sagte Flo leise. »Du hast dich redlich bemüht. Das weiß deine ganze Familie.«

Prue wartete in der Küche. Ihre Miene war vor Sorge ganz starr. Ein Blick ins Gesicht ihres Mannes sagte ihr alles. »Francis! Du siehst ja aus wie ein Geist. Was um alles in der Welt ist passiert?«

»O mein Gott, Prue, ich bin ja so fürchterlich dumm gewesen.« Die eiserne, ablehnende Haltung ihres Onkels zerbröckelte vor ihren Augen. »Ich war mit der Schrotflinte da

draußen, und es kam mir so sinnlos vor, weiterzumachen ...«
Er verstummte und ließ sich schwer auf einen der eichenen
Küchenstühle sinken. »Zum Glück ist Flora rausgekommen
und ...«

»... hat dich davon abgehalten, eine schreckliche Dummheit zu begehen«, ergänzte ihre Tante und warf Flo einen
dankbaren Blick zu.

Es war, als hätte dieses Ereignis alles verdrängte Unglück
und Leid in Tante Prue an die Oberfläche geschwemmt. »Wir
brauchen dich, Francis. Der einzige Fehler, den du begangen
hast, war, dir einzubilden, du könntest das alleine durchstehen.«

»Aber ich habe euch alle im Stich gelassen. Als Ehemann.
Als Vater. Ja, sogar als blöder Bauer!«

»Es war doch nicht deine Schuld, dass die Preise für
Milchprodukte in den Keller gesackt sind. Oder die Rinder
BSE bekommen haben. Du bist ein braver Mann, und du
hast dein Bestes getan. Keine Frau könnte mehr verlangen als
das. Und jetzt versprich mir, dass wir, egal, was wir auch tun,
egal wie immer wir versuchen, aus diesem Tief herauszukommen, alles gemeinsam anpacken werden.«

»Weißt du, Prue«, Onkel Francis streckte die Arme aus
und Tante Prue schmiegte sich hinein, »ich habe deine Loyalität gar nicht verdient. Ich bin ein egoistisches Ekel von Ehemann gewesen. Aber du hast ja keine Ahnung, wie erleichtert ich nun bin.«

Mattie und Flo zwinkerten sich verständnisvoll zu und
schlichen nach oben. »Aber nicht wieder in die Wäschekammer?«, raunte Flo ihrer kleinen Gefährtin ins Ohr.

»Nicht, nachdem ich es Dad versprochen habe. Nicht jetzt,
wo du hier bist.« Doch dann flog ein Schatten über das blasse
Gesichtchen. »Du fährst doch nicht wieder weg, oder?«

»Jedenfalls nicht freiwillig. Aber irgendwann muss ich
nach London verschwinden, um etwas zu regeln.«

»Solange du versprichst, zurückzukommen, ist das okay. Glaubst du, mit Dad ist jetzt alles in Ordnung?«

Flo nahm sie in die Arme. Matties Körper war so feingliedrig, als könnte er unter dem leichtesten Druck zerbrechen. »Weißt du was, Mattie? Das Leben ist wirklich reichlich komisch. Aber manchmal, wenn alles total verfahren aussieht, ist genau das der Moment, ab dem es bergauf geht. Genau wie heute Abend. Etliche Jahre haben sich deine Mum und dein Dad ziemlich weit voneinander entfernt, aber jetzt sind sie wieder zusammen.«

»Es wäre mir allerdings lieber gewesen«, begann Mattie und setzte wieder diesen schiefen, altklugen Blick auf, den Flo mittlerweile kannte, »wenn er sich dafür nicht fast hätte erschießen müssen.«

Flo lachte und umarmte sie noch fester. »Du bist ein wunderbares Mädchen, weißt du das?«

»Gute Nacht, Flo«, nuschelte Mattie und löste sich aus ihren Armen.

»Bist du sicher, dass alles okay ist? Du kannst auch bei mir schlafen, wenn du willst.«

»Nein danke. Du schnarchst.«

»Wie bitte…?« Flo war empört.

»Ich nehme dich eines Tages auf Band auf«, drohte Mattie lachend, »…und, ähm, Flo?«

»Was noch? Erzähl mir bloß nicht, dass ich auch noch mit den Zähnen knirsche und pupse.«

»Ich wollte nur sagen… es ist alles viel besser geworden, seit du hier bist.«

Flo winkte und ging auf ihr Zimmer zu. Sie drängte die Emotionen zurück, die sie zu überschwemmen drohten. Durch eine Art Wunder hatte sie begonnen, sich als Teil der Familie Rawlings zu fühlen. Hier war sie nützlich – sie brauchten und wollten sie tatsächlich. »Ach übrigens«, fügte sie hinzu, »eventuell sollten wir die heutigen Ereignisse gegenüber Veronica oder India-Jane lieber nicht erwähnen.«

»Nein«, stimmte Mattie ernst zu. »Da hast du sicher Recht. Es sei denn, wir wollen, dass die ganze Grafschaft davon erfährt.«

»Hallo, Miles.« Flo versuchte, in gelassenem und freundlichem Tonfall zu sprechen. Sie wollte nicht, dass Miles ihr den wahren Grund für ihren Sinneswandel entlockte. »Bist du heute den ganzen Tag ausgelastet?« Die Worte waren draußen, bevor sie deren Doppelsinn begriff. »Ich dachte nur, wenn nicht, könnte ich nach London kommen und dich zum Mittagessen einladen.«

»Aha«, sagte Miles gedehnt und seine Stimme troff vor Sarkasmus. »Du möchtest also zweieinhalb Stunden fahren, sämtliche Feldlerchen und Moriskentänzer im Stich lassen, die du so liebst, dich durch den Londoner Verkehr kämpfen und eine Parkkralle riskieren – und das alles nur wegen des Vergnügens, mich zu sehen? Das finde ich wirklich rührend. Vielleicht sollte ich jetzt, nachdem ich dein Interesse wieder entfacht habe, verlangen, dass wir den Tag zusammen im Bett verbringen und dort weitermachen, wo wir aufgehört haben.«

»Tut mir Leid, Miles, aber es geht um Arbeit, nicht um Vergnügen.«

»Es ist durchaus möglich, beides zu kombinieren, weißt du. Ich verdiene mein Geld damit.«

»Der Punkt ist, ich habe beschlossen, für Blackmills zu arbeiten, wenn die Bedingungen stimmen.«

Miles setzte sich gerade hin und hörte auf, die beiden kleinen Silberkugeln seines Luxusspielzeugs herumzuwirbeln. »Ich dachte mir schon, dass eine kleine Denkpause dich dazu bewegen würde, deine Meinung zu ändern. Fünfzigtausend sind zu verführerisch, selbst für eine frisch gebackene Jüngerin des einfachen Lebens.« Sein Ton machte sie wütend. Er strotzte vor Genugtuung darüber, dass Flo so bestechlich war, wie sie eben war.

»Sagen wir einfach, ich hab's mir anders überlegt. Um eins in Julie's Restaurant? Da gibt's ein kleines Nebenzimmer, wo uns niemand belauschen kann.«

»Ich kann's kaum erwarten.«

Flo fiel ein, dass sie sich im Grunde seit Wochen keine Gedanken mehr über ihr Aussehen gemacht hatte. Statt des mühsamen Rituals, sich die Haare erst zu waschen und sie dann mit einer Spülung zu behandeln, sich das Gesicht zu peelen und die Zehennägel zu lackieren (selbst wenn es metallicblau war), Eyeliner aufzutragen und die umfangreiche Körperpflege zu betreiben, die ihr in London im Lauf der Jahre in Fleisch und Blut übergegangen war, benutzte sie jetzt nur noch einen Lippenbalsam. Den Rest überließ sie der Natur. Zugegeben, in ihrem früheren Leben hatte sie die Wimperntusche oft tagelang drangelassen und dadurch einen umflorten Blick à la Bardot erworben, von dem andere nur träumen konnten, doch selbst ihr Schlampenlook hatte eine gewisse Mühe erfordert. Ihr momentanes Aussehen verlangte überhaupt keine.

Flo angelte unter dem Bett nach der Cargohose, die sie im Sommerschlussverkauf bei Etam ergattert hatte, einer khakifarbenen Strickjacke, die aussah, als wäre sie für Mattie angefertigt worden, und einem roten Kutschertuch mit weißen Tupfen, das sie sich um den Hals band. Die lehmbespritzten Turnschuhe rundeten ihren Kuhstallschick ab. Vielleicht würde sie ja jemand von der Modelagentur Storm entdecken, und sie könnte einen neuen Trend kreieren.

Mattie musterte Flo ängstlich, als sie ihr Frühstück hinuntermümmelte. »Du kommst doch wieder zurück, oder?«

»Auf jeden Fall.«

»Du brauchst dich nicht zu hetzen«, gurrte Veronica. »Du verpasst ja nichts, weil hier eh nie was passiert.«

Es war ein herrlicher Tag, und als sie mit heruntergeklapptem Verdeck in ihrem Käfer die schmale Straße von Maiden Moreton entlangknatterte, merkte Flo, dass sie eigentlich ungern nach London zurückfuhr. Sie blickte rasch in den Rückspiegel, um ihr Aussehen zu überprüfen, und vergaß dabei ganz, dass sie immer noch auf dem Land und es durchaus möglich war, dass ein landwirtschaftliches Fahrzeug aus der Gegenrichtung kam.

Und genau das war der Fall. Flo bog gerade mit überhöhter Geschwindigkeit um die letzte Kurve vor der Abzweigung zur Hauptstraße, während Disco-Musik aus ihrem Radio dröhnte, als sie direkt vor sich einen mächtigen Traktor auf dem schmalen Weg sah, der ihr entgegenkam.

Fluchend scherte sie nach rechts aus und schaffte es gerade rechtzeitig auf einen Feldweg, sodass sie den Traktor um wenige Zentimeter verfehlte.

»Was zum Teufel ist denn das für eine bescheuerte Fahrerei?«, brüllte der Fahrer, sicherte sein Ungetüm von Gefährt, sprang herunter und marschierte auf sie zu. Wie Gott es gefügt hatte, war es ausgerechnet Hugo. »Du hättest uns beide umbringen können!«, wetterte er.

»Es tut mir ehrlich Leid. Ich hätte mehr auf die Straße achten sollen. Ich fürchte, ich war in Gedanken bereits bei dem Termin in London, zu dem ich fahre.« Einen unbedachten Moment lang war sie drauf und dran, ihm vom gestrigen Abend zu erzählen. Sie hatte das Gefühl, dass er Verständnis dafür aufbrächte.

»Und was für ein wichtiger Termin ist das?«, fragte er und musterte die etwa zehn Zentimeter nackten Bauch, die zwischen Flos Jäckchen und ihrer Cargohose sichtbar waren. »Eine Bewerbung beim Table-Dance?«

In Flo regte sich die Wut. Unfassbar, dass sie ihn noch vor wenigen Momenten als verständnisvoll eingeschätzt hatte. Wofür zum Teufel hielt er sich?

»Hör mal, ich weiß, dass du glaubst, ich stünde nur eine Stufe über einer Hure, aber es geht um etwas sehr Dringendes. Und ich werde den Termin nie schaffen, wenn du nicht freundlicherweise diesen Traktor von der Straße bewegst.«

Schnaubend stapfte Hugo zurück zu seinem Vehikel, knallte den Rückwärtsgang rein und knatterte, wie Flo fand, mit beträchtlichem Risiko für jeden, der hinter ihm aufgetaucht wäre, zehn Meter weiter zu einer Ausweichstelle. Dann beugte er sich aus dem Führerhäuschen und zog den Hut. »Nennen Sie mich einfach Mellors, Mylady. Stehe jederzeit zu Ihren Diensten.«

»Wenn ich Lady Chatterley wäre«, brüllte Flo aufgebracht, »dann würde ich mir einen neuen Wildhüter suchen. Dem momentanen Kandidaten mangelt es an der nötigen Ausstattung.« Dann ritt sie der Teufel, und sie fügte gehässig hinzu: »Im Gegensatz zu seinem Bruder.« Daraufhin drückte sie aufs Gas und ließ einen wutschnaubenden Hugo am Straßenrand zurück. Der grübelte zähneknirschend darüber nach, was es eigentlich war, das ihn jedes Mal überkam, wenn er Flora Parker nur von ferne sah.

Der Verkehr, der von Westen nach London hineinfloss, war erstaunlich dünn, und nachdem sie den Zusammenstoß mit Hugo ad acta gelegt hatte, verlief die Fahrt angenehm. Sie fand sogar einen Parkplatz vor Julie's Restaurant.

Die meisten Leute aßen am liebsten in der gut besuchten Brasserie, und so war das Restaurant im Obergeschoss fast leer – abgesehen von einem anderen Paar, das jedoch dermaßen ineinander vertieft war, dass sich Flo fragte, ob sie jetzt gleich unter den Tisch rutschen und zur Sache kommen würden. Wahrscheinlich dachte Hugo, sie würde dasselbe tun. Angesichts seiner niedrigen Meinung von ihrer Moral allerdings gleich mit einer deutschen Dogge.

»Was für eine reizende Überraschung«, sagte eine vertraute Stimme, und sie wandte schnell den Blick von dem schon fast kopulierenden Paar ab. Miles trug einen Anzug in dezent leuchtendem Hellrot mit dazu passender Krawatte sowie seine unverkennbaren Ponyfellstiefeletten und folgte ihrer vorherigen Blickrichtung. »Kriegst du davon auf dem Land nicht genug?«, fragte er zuckersüß. »Dem kann leicht abgeholfen werden.«

»Sag mal«, fragte sie genervt, »was habe ich eigentlich an mir, dass selbst wenn ich mir die Haare abrasiere und mich in einen Sack hülle, die Männer immer noch hinter mir her sind? Ströme ich irgendeinen Geruch aus? Falls ja, sollte ich ihn vielleicht vermarkten und an Leute verkaufen, die das wirklich wollen. Im Gegensatz zu mir.«

»Flora, Flora, red doch nicht so geschwollen daher. Neun Zehntel aller Frauen in England hätten gern dein Problem. Nenn es Sex-Appeal oder animalische Anziehungskraft, aber wenn Männer dich ansehen – selbst nette, intelligente, schüchterne Männer, die Gott sei Dank ganz anders sind als ich –, regt sich in ihnen das Tier.«

Miles winkte der Kellnerin und bestellte Champagner. »Was glaubst du, warum Blackmills dir dieses Schweinegeld anbietet? Weil du aussiehst wie Mary Poppins? Dieses anziehende Kreuz wirst du schon tragen müssen.«

Flo nippte an ihrem Champagner. Er hatte Recht. Sie redete dummes Zeug. »Dann werde ich wohl damit leben müssen, dass ich ein universelles Lustobjekt bin. Vermutlich gibt es Schlimmeres.« Sie musterte ihn stirnrunzelnd. »Du bist ja so ungemein charmant. Warum eigentlich? Ich dachte, du würdest mich am liebsten erwürgen?«

»Würde ich auch. Aber ich bin fast genauso scharf auf Geld wie auf Sex, also passen unsere Interessen ausnahmsweise einmal zusammen. Außerdem«, fügte er mit einem hässlichen Feixen hinzu, »kann ich dich ja später immer noch umbringen.« Er griff nach seinem Champagnerglas. »Also, das letzte Mal, als wir uns gesehen haben, schienst du felsenfest davon überzeugt zu sein, dass du nicht das Gesicht von Blackmills sein willst. Was hat denn deinen Sinneswandel herbeigeführt?«

»Ich brauche das Geld.« Das war ein Argument, für das Miles Verständnis hätte. »Um genau zu sein – ich brauche es sofort.«

Miles' Augenbraue hob sich kaum wahrnehmbar. »Warum denn das? Willst du etwa ein Haus in der Pampa kaufen? Ist wohl eher Zeitverschwendung, wenn du gut im Rennen darum liegst, Gutsherrin zu werden. Außerdem ist das Zukunftsmusik, Schätzchen. Sie geben dir eventuell die Hälfte, wenn du den Vertrag unterschreibst, aber zuerst müssen wir sie überzeugen. Womöglich«, sagte er und nippte an seinem Glas, während er den Blick über ihren Körper schweifen ließ, »sind sie ja inzwischen von der Idee abgekommen und haben ein Mädchen gefunden, dem es sogar gefällt, wenn die halbe Nation sie vögeln will. Weißt du was? Ich rufe gleich mal dort an.«

»Klingt das nicht ein bisschen zu eifrig?«

»Wenn wir uns Zeit lassen, finden sie womöglich eine andere einzigartige Ikone unserer Zeit.« Miles zog sein Handy heraus und drückte die Tasten. Fünf Minuten später war der Termin vereinbart.

»Morgen nachmittag. Es sieht ganz danach aus, als müsstest du über Nacht bleiben. Warum kommst du nicht mit zu mir? Dann könnten wir uns noch ein paar Ideen durch den Kopf gehen lassen.«

»Und ich kann mir lebhaft vorstellen, was das für Ideen sein werden. Miranda hat zwar eine Untermieterin für meine Wohnung organisiert, aber ich kann jederzeit bei ihr wohnen. Um wie viel Uhr wollen sie uns denn treffen?«

»Um halb vier in ihrer Werbeagentur. Sie haben betont, dass es nur ein vorläufiges Treffen sein soll, um zu sehen, wie wir alle miteinander auskommen.«

»Was glaubst du, was sie von meinem leicht geänderten Image halten werden? Sie stellen sich *Baywatch* vor, und ich sehe aus wie Demi Moore in *GI Jane*.«

»Jetzt schon, aber morgen Nachmittag wird die alte Flo wieder aus dem Grab auferstehen.«

Nach dem Essen fuhr Miles mit ihr zu einem extravaganten Geschäft namens The Phoenix im tiefsten Nord-Kensington. Es war ein verschwiegener kleiner Laden, in dem es reihenweise glitterbesetzte Eartha-Kitt-Fummel und wattierte BHs gab. Ein hünenhafter, glänzender Äthiopier mit einer Stimme, die um einiges unter der von Amanda Lear lag, ließ sie ein. Flo versuchte, sich von seinem blauen Satinmieder und den spitzenbesetzten Strapsen ebenso wenig irritieren zu lassen wie von seiner offensichtlichen Vertrautheit mit Miles. »Komm rein, Mann«, brummte er verlockend. »Ist dir endlich die Erleuchtung gekommen? Ich sehe dich schon in diesem Etuikleid aus scharlachroter Seide vor mir.«

»Tut mir Leid, Deirdre«, erwiderte Miles und ergänzte unter Missachtung der Grellheit des Anzugs, in dem er steckte, »aber ich hasse leuchtende Farben.« Damit schob er Flo in die Mitte des Ladens. »Ich hätte gern eine blonde Perücke für meine Freundin hier. Aber nichts von deinem billigen Schrott; es muss überzeugend aussehen.«

Deirdre verschwand im Hinterzimmer und überließ Flo ihren Fantasien von Stilettos in Größe sechsundvierzig und Glitzertangas in XXXXL. Sie wollte lieber gar nicht erst daran denken, wozu die Reitpeitschen und die strassbesetzten Hämmer gedacht waren.

Kurz darauf kehrte Deirdre mit drei Perücken zurück. Mit der einen sah Flo aus wie Dolly Parton an einem schlechten Tag, die zweite bewirkte eine verblüffende Ähnlichkeit mit Dusty Springfield, doch die dritte war ideal. Es war ziemlich seltsam, binnen Sekunden von einer Novizin in eine Bewohnerin des Rotlichtbezirks verwandelt zu werden. »Sagenhaft«, gratulierte Miles, der die alte Flo wundersamerweise wiederhergestellt sah. »Deirdre, du bist ein Prachtstück.«

»Du kannst jederzeit vorbeikommen und mich vernaschen.«

»Glutheißen Dank«, sagte Miles und reichte ihm seine Kreditkarte, »aber ich fürchte, ich bin unheilbar hetero.«

»Du weißt ja gar nicht, was dir entgeht«, schalt Deirdre. »Im Finstern sehen eh alle gleich aus.«

»Aber sie fühlen sich nicht gleich an.« Er fuhr mit der Hand über Flos runden Po. Flo funkelte ihn an. »Irgendwie regt sich in mir nicht das gleiche Verlangen, die Zähne in männliches Fleisch zu versenken.«

»Wie steht's mit Klamotten?«, wollte Miles auf dem Gehsteig vor The Phoenix wissen. »Du hast ja wohl hoffentlich nicht vor, so zu kommen.«

»Miranda leiht mir was. Wir haben dieselbe Größe.«

Der Gedanke an Matties ängstliches Gesichtchen stahl sich in ihre Überlegungen, und sie hätte fast den Entschluss gefasst, sofort zurückzufahren. Aber es wäre auch toll, Miranda zu sehen, und außerdem käme sie ja morgen zurück. Sie beschloss, Mattie stattdessen kurz anzurufen. Sie bat Miles um sein Handy und wählte die schon vertraute Nummer.

Mattie war gerade von der Schule nach Hause gekommen.

»Ich wollte dir nur sagen, dass ich über Nacht in London bleibe, aber morgen Abend bin ich wieder da.«

»Versprochen?« Mattie versuchte, sich nicht anmerken zu lassen, wie groß ihre Angst war. »Ich denke die ganze Zeit, wenn du erst wieder an den Londoner Fleischtöpfen schnupperst, kommst du nicht mehr zu uns zurück.«

Flo betrachtete Miles. Fleischtopf war ein derart treffender Name für ihn, dass sie kichern musste. »Keine Sorge. Ich kann mich beherrschen. Versprochen.«

»Worum ging es denn gerade?« Miles' Augen waren schmal geworden und hatten einen boshaften Glanz angenommen.

»Wie kommt es, dass du die einzige Frau auf dem ganzen Planeten bist, die sich über mich lustig macht?«

»Aber Miles«, versuchte Flo die Atmosphäre aufzulockern, »*irgend*eine Konkurrentin muss ich doch haben.«

»Na ja, schon«, eröffnete ihr Miles, »aber du warst die erste Frau, die mich je abgewiesen hat.«

»Das bezweifle ich. Bist du sicher, dass du bei den anderen nicht einfach nur die Signale falsch verstanden hast?«

Miles packte ihr Handgelenk und bog es nach hinten, während er ihr eisig in die Augen starrte. »Glaub mir, ich fasse die Signale nie falsch auf. Daher weiß ich auch, im Gegensatz zu dir, dass es dir mit mir im Bett gefallen hat.«

»Miles«, entgegnete Flo kühl, »ich kann mich nicht mal daran *erinnern*, mit dir im Bett gewesen zu sein. Und jetzt lass bitte mein Handgelenk los, sonst schreie ich. Eine Verhaftung würde Blackmills in diesem Stadium der Verhandlungen sicher nicht beeindrucken.«

Das Verrückte ist, so dachte Flo, als sie ihren Arm rieb, dass das Blackmills womöglich sogar gefallen könnte. Ein schlechter Ruf war ein begehrter Aktivposten in der verkehrten Welt, die sie beide bevölkerten. Ein weiterer Grund, warum sie da raus wollte.

»Flora!«, kreischte Miranda, als Flo vor ihrer Tür stand. »Ich wusste doch, dass du irgendwann die Schnauze voll davon hättest, Marie Antoinette in Maiden Sowieso zu spielen. Willkommen zurück im richtigen Leben!«

»Offen gestanden«, erwiderte Flo und löste sich aus Mirandas knochiger Umarmung, »bin ich nur über Nacht hier. Ich habe morgen einen Termin, den Miles arrangiert hat.«

»Wie aufregend.« Miranda hob einen Stapel Hochglanzmagazine vom Sofa, damit Flo sich setzen konnte. Nagellack, Wattebällchen und ein seltsames lila Schaumstoffteil lagen herum. Flo fragte nicht, was es war – womöglich stammte es ja aus dem Ann-Summers-Katalog.

»Ich dachte, du wolltest Miles unter keinen Umständen mehr in deine Nähe lassen«, sagte Miranda. »Irgendwie erinnere ich mich dunkel an die Worte ›Wie kannst du es wagen, ihn hierher zu bringen, du bescheuerte, unsensible Kuh?‹ Also, was hat dich zum Umdenken bewogen?«

»Die Leute von Blackmills wollen mich als Gesicht für ihre Werbekampagne, und ich brauche zufälligerweise das Geld. Miles hat alles eingefädelt.«

Mirandas dunkle Augenbrauen hoben sich ein Stückchen. »Ich dachte, die neue Flora wollte all das hinter sich lassen?«

»Habe ich wirklich derart doof dahergeredet?«

»Ein bisschen schon. Du hast mich leicht an die alte Schlampe erinnert, die vor den Traualtar tritt und zu einem Pfeiler missbilligender Tugendhaftigkeit wird, bevor man das Wort ›Ehering‹ aussprechen kann.«

Flo kicherte. »Tut mir Leid. Da muss ich aufpassen. Im Grunde steckt nur dahinter, dass meine Tante und mein Onkel massive Geldprobleme haben. Sie wollen die Milchwirtschaft aufgeben und einen Schafzoo eröffnen, aber sie können das Geld dafür nicht aufbringen. Ich kann es – mit Hilfe von Blackmills. Zumindest hoffe ich das. Vielleicht haben die es sich ja auch mittlerweile anders überlegt und jemanden engagiert, der so tiefgründig und ernsthaft ist wie Zoe Ball. Ach, übrigens, kannst du mir etwas zum Anziehen leihen?«

»Mein Kleiderschrank gehört dir. Obwohl ich mir nicht sicher bin, ob ich etwas typisch Flora-Parker-Mäßiges habe. Kleider aus Schlangenleder und Bustiers aus Vinyl sind nicht so ganz mein Fall. Mein Stil ist eher…« Sie hielt inne und suchte nach dem Wort, das ihre persönlichen Modevorstellungen ausdrückte.

»Pink?« schlug Flo vor. »Wir finden bestimmt etwas. Darf ich mal schauen?«

»Greif nur zu. Aber lass die Finger von meiner neuen Joseph-Jeans. Die sieht vielleicht billig aus, aber das liegt nur daran, dass sie sehr, sehr teuer war.«

Mirandas Schlafzimmer war ebenso wie Miranda selbst völlig überkandidelt. In ihrem fuchsienfarbenen Boudoir quollen die Kleider aus dem Schrank und ergossen sich wie ein farbenfroher Fluss auf den Teppich. Unzählige wild verstreute hochhackige Schuhe bildeten auf dem Fußboden Fallen für Unachtsame.

Neben Mirandas Bett wiesen zwei Betty-Boop-Becher auf erst kürzlich erfolgte Doppelbelegung hin. Flo verbot sich, darüber nachzudenken, wer der Gast gewesen sein könnte.

Schließlich fand sie etwas halbwegs Passendes – eine schwarze Motorradlederjacke mit einem extrem engen Minirock –, sodass sie sich mit Miranda und einer Flasche aufs Sofa zurückziehen konnte.

»So«, wollte Miranda wissen, »was macht der gut gebaute Landwirt? Steckt er dir bald einen Ring an den Finger?«

»Miranda, eines möchte ich gleich klarstellen: Ich bin nicht daran interessiert, Gutsherrin zu werden. Zum einen gibt es da bereits eine Bewohnerin, und die beißt massiv um sich. Jede Frau, die Adam oder Hugo heiratet, wird sich mit deren Mutter Pamela auseinander setzen müssen. Und außerdem«, schloss Flo grinsend, »bin ich nicht davon überzeugt, dass Adam unbedingt aufs Heiraten aus ist.«

»Hat er etwa versucht, dich ins Kornfeld zu ziehen, um sich mit dir zu verlustieren?«

»Ins Kornfeld nicht, nein. Aber er hat mir etwas Interessantes im Heuschober gezeigt. Und ich muss gestehen, er sah so sexy und braun gebrannt aus, als er voller Staub und Schweiß dasaß, dass ich fast darauf reingefallen wäre. Wenn Hugo nicht in letzter Minute aufgetaucht wäre, wäre ich jetzt die nächste Kerbe auf seinem Traktor.«

Mirandas Gesichtsausdruck veränderte sich bei der Nennung von Hugos Namen ein wenig, doch Flo, die noch in der

Erinnerung an ihre jüngste Begegnung mit Adam schwelgte, bemerkte es nicht.

»Ich glaube nicht, dass Traktoren Kerben haben«, erklärte Miranda. »Und überhaupt, ist das nicht eine ziemlich altmodische Art, die Sache zu sehen? Ich hätte eigentlich gedacht, dass du darüber hinaus wärst.«

»Auf dem Land ist das anders. Jeder weiß, was du tust, ganz zu schweigen davon, wen du vögelst, und das, noch bevor du dazu gekommen bist, auseinander zu krabbeln. Außerdem«, erklärte Flo und setzte sich geziert in Pose, »habe ich nicht mit *so* vielen Leuten geschlafen.«

»Nur mit dem halben Telefonbuch«, korrigierte Miranda.

Flo verschluckte sich an ihrem Wein. »Vielleicht Band A–D. Und du mit dem Rest.«

Die nächsten Stunden verstrichen in einem angenehmen Geplätscher aus Wein und Klatsch. Miranda legte eine Unmenge von Kissen auf dem Boden aus, damit Flo darauf schlafen konnte. »Übrigens«, begann sie, und ihr Tonfall wandelte sich von leicht nuschelnd zu messerscharf, »Adam hin oder her, aber bist du sicher, dass du dich nicht für den anderen interessierst?«

»Was, für Onkel Kingsley?«, spöttelte Flo. »Der ist überzeugter Junggeselle. Obwohl ich mir habe sagen lassen, dass er durchaus Gefallen an hübschen Mädchen findet.«

»Du weißt genau, wen ich meine. Hugo.«

»Ach, *Hugo*. Nein, Hugo hat etwas gegen mich. Er hält mich für flatterhaft.«

»Was hat ihn nur auf diese Idee gebracht?«

»Du, nehme ich an.«

»Es hat also nichts damit zu tun, dass du in Unterwäsche auf der Titelseite der *Post* erschienen bist?«

»Ich glaube nicht mal, dass er das gesehen hat. Er ist ja wohl kaum *Post*-Leser, oder?«

Miranda fingerte nervös herum. »Nein. *The Economist* ist

vermutlich eher seine Richtung. Wusstest du eigentlich, dass er Londoner Banken bei landwirtschaftlichen Investitionen berät?«

Flo schnaubte auf höchst undamenhafte Weise. »Das kann aber nicht besonders zeitaufwändig sein. Die Großbanken würden nicht einmal im Traum in landwirtschaftliche Betriebe investieren, und sonst auch niemand. Wo du hinschaust, geben Bauern ihre Höfe auf – Bauernhöfe, die ihnen seit Generationen gehört haben.« Sie überlegte kurz, ob sie Miranda von Onkel Francis' Selbstmordversuch erzählen sollte, aber das wäre ihr wie ein Verrat erschienen. »Die Regierung rät den Bauern, zu diversifizieren. Aber womit? Zum Diversifizieren braucht man Geld. Es ist grotesk, dass ich in einer Woche mehr Geld verdienen kann als Onkel Francis in einem Jahr, nur indem ich für eine dämliche Whiskeywerbung posiere.«

»Mann, du wirst ja wirklich zur Philosophin da draußen in der Pampa. Früher hast du dir höchstens darüber den Kopf zerbrochen, wo du dein nächstes Gratis-Mittagessen herkriegst. Und, wie du weißt, gibt's im Grunde nicht das Geringste gratis. Ich nehme an, dass auch deine Whiskeywerbung irgendeinen Haken hat, wart's nur ab.«

»Ja. Sie könnten jemand anders gefunden haben. O Gott, hoffentlich nicht! Ich könnte es nicht ertragen, wenn ich Onkel Francis noch einmal enttäuschen müsste.«

»Dieses Schafding liegt dir wirklich am Herzen, was?«, fragte Miranda neugierig.

»Ja, schon.« Auf einmal sah sie beiseite. Miranda würde den Grund dafür ohnehin nicht verstehen.

»Dann sollten wir mal zusehen, dass wir unseren Schönheitsschlaf kriegen«, sagte ihre Freundin eine Spur freundlicher. »Sonst schreckst du noch die netten Männer aus der Marketingabteilung ab.«

Am nächsten Morgen wachte Flo sogar ohne Wecker auf.

Sie musste noch ein paar Restaurierungsarbeiten vornehmen.

Als Miranda erschien, saß eine langbeinige, in schwarzes Leder gekleidete blonde Sirene auf der anderen Seite der Frühstückstheke, die mit der Flo vom Vorabend nichts gemeinsam hatte.

»Wow!«, gratulierte Miranda. »Du siehst umwerfend aus. Hoffen wir nur, dass eine Mischung aus Donatella Versace und Honor Blackman das ist, was sie sich vorgestellt haben.«

Flo nippte schwarzen Kaffee – das Einzige, was ihre strapazierten Nerven zuließen. Es war merkwürdig. Normalerweise hätte sie die ganze Angelegenheit entweder grotesk oder witzig gefunden, doch jetzt, wo etwas auf dem Spiel stand, war sie einfach krank vor Angst, dass es aus irgendeinem Grund doch nicht klappen würde.

Sie wusste, dass sie sich das nicht anmerken lassen durfte. »Leck mich« war der Stil, auf den sie abgefahren waren, nicht »Bitte gebt mir den Job«.

Miles wartete im Café Italia gegenüber von Blackmills' Werbeagentur auf sie und war hoffnungslos übertrieben gekleidet.

»Ganz Oscar Wilde«, bemerkte sie, während sie Miles' Pelzmantel und den auffälligen violetten Anzug musterte. »Aber ist das nicht ein bisschen warm für Juni?«

»Ich bin ein kaltblütiger Mistkerl, wie du ja weißt. Das hier hält mich warm.« Er erwiderte das Kompliment, nachdem er ihre Aufmachung taxiert hatte. »Ganz Reeperbahnhure. Sollen wir gehen?«

Man führte sie zu einem futuristischen Aufzug, der sie in die oberste Etage des Gebäudes schoss und Flos Gefühl der Unwirklichkeit verstärkte.

Eine schicke Sekretärin nahm sie in Empfang. Sie war von Kopf bis Fuß naturfarben gekleidet, was der Farbe des Teppichs derart ähnelte, dass man sicher, ohne es zu merken, auf sie gestiegen wäre, wenn sie sich darauf gelegt hätte.

Sie brachte sie in einen kleinen Konferenzraum mit strahlend heller Beleuchtung, wo sie vom Duft frischen Kaffees begrüßt wurden. Offenbar waren sie die Ersten.

»Verhandlungstaktik«, murmelte Miles. »Sie zeigen uns, wer das Sagen hat.«

Kurz darauf kamen vier Personen herein und nahmen auf der anderen Seite des Tisches Platz. »Zuerst möchte ich alle miteinander bekannt machen«, erbot sich ein eifriger junger Mann in einem schicken Anzug. »Ich bin Jack, der Kundenbetreuer der Agentur, und das ist meine kreative Kollegin Buzz Henderson.« Die Frau setzte ein verhaltenes Lächeln auf. »Und das sind Peter Harrison, der Marketingdirektor von Blackmills, und Tony Williams, sein Stellvertreter. Gut. Möchten alle Kaffee? Carolyn«, sagte er an die naturfarbene Sekretärin gerichtet, »könnten Sie vielleicht?«

Die Sekretärin und Buzz wechselten einen Blick. Flo musterte sie. Sie war älter als die Männer, vermutlich Ende dreißig, und trug einen Hosenanzug aus braunem Leinen, der einen teuren Glanz an sich hatte und auch ohne plakatives Designer-Etikett edel wirkte. Sie hatte kurze blonde Haare, die sie hinter die Ohren gekämmt trug, und dazu einen langen Pony, den sie ab und zu nach hinten strich. Am Revers ihres Jacketts blinkte eine Brosche aus Alufolie und Büroklammern im Sonnenlicht.

»Hat Ihnen die Ihre Tochter gemacht?«, fragte Flo, als sie ihre zweite Tasse schwarzen Kaffee an diesem Tag entgegennahm.

Buzz sah verblüfft drein. »Woher wissen Sie das? Alle glauben, sie sei von einem teuren, genialen Juwelier, nicht aus dem Werkunterricht der fünften Klasse.«

»Meine Cousine Mattie hat mir auch so eine gemacht und mir fünf Pfund dafür abgeknöpft.«

Buzz lachte. »Profitgierige kleine Fratzen, was?«

Flo merkte, dass aller Augen auf sie gerichtet waren und sie nicht das Image des verruchten Amüsiermädchens ausstrahlte, das man von ihr erwartete. Sie ließ sich auf dem Stuhl herabsinken und griff nach ihrer Sonnenbrille.

»Gut.« Der Mann von der Agentur ergriff die Initiative. »Peter, vielleicht würden Sie als Marketing-Boss von Blackmills gern die Besprechung einleiten.«

»Sicher. Wir haben Flo vor ein paar Monaten aus einem ganz bestimmten Grund gebeten, bei unserer neuen Werbekampagne mitzumachen. Blackmills und Whiskey haben im Allgemeinen ein reichlich verstaubtes Image. Ein männliches Image. Entweder denkt man an einen Herrenclub oder an junge Banker in Dallas. Wir wollten modern sein. Verwegen. Zeigen, dass man Blackmills trinken und trotzdem anderen eine lange Nase drehen kann. Das haben Sie wunderbar rübergebracht, Flora. Deshalb wollten wir das Aufsehen ausnutzen, das Sie in der Zeitung erregt haben. Diese Wirkung hätten wir nicht kaufen können.«

Es lag Flora auf der Zunge, schnippisch einzuwerfen: »So, Sie wollen also Biernasen aus Essex auf Ihr Produkt aufmerksam machen, was?« Stattdessen hielt sie den Mund und dachte an den Schafzoo.

»Und deshalb«, ergänzte sein Stellvertreter, »wollten wir darüber sprechen, Sie zum Gesicht von Blackmills zu machen und eine ganze Werbekampagne um Sie herum aufzubauen. Wir möchten Frauen ansprechen, nicht nur Männer. Whiskey ist seit jeher das Getränk der tonangebenden Elite gewesen, und heute gehören auch Frauen zur tonangebenden Elite. Wir wollen, dass sie das beweisen, indem sie Blackmills trinken.«

»Und welche Art von Frauen möchten Sie ansprechen?« Flos Worte rutschten ihr trotz eines warnenden Blicks von Miles einfach heraus. Anscheinend wäre es ihm am liebsten gewesen, wenn sie den Mund gehalten und lediglich dekorativ ausgesehen hätte. »Karrierefrauen? Oder Mädchen, die Cola-Rum mögen? Ich hätte gedacht, das wären verschiedene Märkte.«

Buzz setzte sich auf und stützte die Ellbogen auf den Tisch. Die anderen wandten sich ihr nervös zu. Offensichtlich zählte ihre Meinung hier etwas. »Flora hat den wunden Punkt entdeckt«, stimmte Buzz zu. »Ich glaube, wir verzetteln uns hier. Wollen wir aussagen, dass Whiskey schick und kultiviert ist oder frech und verwegen?«

»Frech und verwegen natürlich«, erklärte der stellvertretende Marketingdirektor und musterte Flo sehnsüchtig. Bestimmt hatte er eine Schwäche für billige Blondinen in Leder.

»Aber Ihre Marktforschung hat ergeben«, fuhr Buzz fort, »dass es das Marktsegment der schicken Karrierefrau ist, die bereit wäre, Ihr Produkt zu probieren – und es zu kaufen. Die Frauen, die besser sein wollen als die Männer und das auch zeigen möchten.«

»Wollen Sie damit etwa sagen«, fragte der Marketingdirektor mit lauter, nervöser Stimme, »dass Flo, als sie auf dem Zeitungsfoto ihren BH gezeigt hat, von vornherein nicht das richtige Image für Blackmills war?«

»Das ist doch Unsinn«, warf Miles zornig ein. »Kein Mensch unter vierzig hatte je etwas von Blackmills gehört, bevor Flo die Marke bekannt gemacht hat. Sie haben die beste Werbung bekommen, die Sie je hatten. Das haben Sie selbst gesagt.«

»Das Ganze hat ziemlich Furore gemacht«, gab Buzz skeptisch zu, »aber nicht bei den richtigen Leuten.«

Schweigen hallte von den Wänden wider und verblüffte jeden außer Buzz und Flo selbst. Es war typisch, dass sie es hier mit einer Firma zu tun hatten, die mit ihrer Werbung Frauen ansprechen wollte, aber Männerfantasien bediente.

Flo schloss einen Sekundenbruchteil die Augen und

kämpfte gegen den bitteren Geschmack der Enttäuschung an. Es war alles der reine Wahnsinn gewesen, zu schön, um wahr zu sein. Wie hatte sie nur glauben können, dass sie genug zusammenkratzen könnte, um ohne weiteres den Schaf-zoo einzurichten? Miranda hatte Recht damit gehabt, dass der Teufel im Detail steckte. Auf einmal wollte sie nur noch weg, zurück nach Maiden Moreton, zu Mattie und Tante Prue, zum klaren Himmel und der vom Summen der Insekten und Vögel erfüllten Luft. Sie stand auf und kämpfte gegen das Gefühl an, versagt zu haben, weil sie nun doch nicht die Retterin des Hunting-Hofs und der Zukunft ihrer Tante und ihres Onkel sein konnte.

»Danke, dass Sie mich hierher gebeten haben. Aber mir ist jetzt klar, dass ich doch nicht das bin, wonach Sie gesucht haben.« Mit einer hastigen, ungeduldigen Geste riss sie sich die juckende blonde Perücke vom Kopf, warf sie auf den Tisch und fuhr sich mit den Fingern durch das kurze braune Haar. »Offen gestanden war das gar nicht ich. Jetzt erst sehe ich mir ähnlich.« Während die Versammelten entsetzt nach Luft rangen, gönnte Flo ihrem sprachlosen Publikum noch ein vergnügtes Grinsen. »Überhaupt nicht das, was Sie sich vor-gestellt haben.«

Einen Augenblick lang fürchtete sie, Miles werde die Pe-rücke nehmen und nach ihr werfen. Seine Augen waren hass-erfüllt, weil sie ihn erneut zum Narren gehalten hatte, dies-mal noch dazu in aller Öffentlichkeit.

»Einen Moment bitte«, verlangte Buzz und unterbrach das Schweigen mit erregtem Kommandoton. »Tun Sie das noch mal.«

»Was?« fragte Flo.

»Die Perücke so abnehmen, mit dieser schwungvollen Geste, und dann grinsen.«

Ebenso verwirrt wie die restlichen Anwesenden tat Flo, was von ihr verlangt wurde.

»Meine Herren.« Diesmal war es Buzz, die von einem Ohr zum anderen grinste. »Ich glaube, wir haben Ihre Kampagne. Und sie wird sowohl beide Frauentypen ansprechen als auch die Männergesellschaft. Unser Blackmills-Mädchen sucht irgendeine bescheuerte Männerdomäne auf – ein überfülltes Pub, einen Rugbyverein, den Reform-Club, was Sie wollen – und sieht dabei aus wie eine Stripperin, die niemand bestellt hat. Alle johlen und brüllen. Sie verlangt einen Blackmills, reißt sich die Perücke vom Kopf, und schon steht sie als Frau von heute da, ist schick, unbekümmert und hat ihr Leben total im Griff! Verstehen Sie – das kehrt die Erwartungen um. Anstelle der Bibliothekarin, die zur Sexbombe mutiert, ist es die Sexbombe, die zur emanzipierten Frau wird!«

Der Marketingdirektor von Blackmills Whiskey entknotete seine verschränkten Arme und musterte seinen Stellvertreter. »Weißt du was, Tony? Es könnte tatsächlich funktionieren.«

»*Es könnte tatsächlich funktionieren*«, wiederholte Buzz mit der ganzen Verachtung einer Frau von heute, die es mit begriffsstutzigen Männern von gestern zu tun hat. »Es wird absolut phänomenal gigantisch!«

10. Kapitel

»Womöglich sollte ich dir zu diesem kleinen Auftritt gratulieren«, sagte Miles leise, als sie nach der Besprechung hinausgeführt wurden. »Du bist immer für eine Überraschung gut, was? Aber schließlich müsste ja gerade ich das wissen.«

»Ja«, bestätigte Flo leichthin. »Aber es hat mich ebenso verblüfft wie dich, dass sie sich dafür erwärmt haben. Ich war eigentlich aufgestanden, um zu gehen.«

»Die Frau mochte dich«, gab Miles unwillig zu. »Bei den Männern ist noch mehr Überzeugungsarbeit nötig.«

»Sie kann sie bestimmt überzeugen.«

Miles winkte einem Taxi, und mit gewissem Unbehagen stieg Flo ein. Der große Nachteil an der Sache war, dass Miles nach wie vor daran beteiligt war.

Als sie im Wagen saßen, drückte Miles' Körper auf einmal den ihren gegen das klebrige Plastik der Sitze. Ohne Vorwarnung schob er ihr eine Hand in die Jacke und griff nach ihren Brüsten. »Komm doch mit zu mir«, bettelte er mit belegter Stimme, und sein frischer Teint war bereits vor Hitze und Erregung gerötet. »Schließlich bist du mit jedem zweiten Mann in London im Bett gewesen. Warum soll ausgerechnet ich die Ausnahme sein?«

Flo schob ihn so heftig weg, dass der Taxifahrer sich umsah. »Oder magst du vielleicht lieber Frauen?«, fragte Miles gehässig. »Diese Schwanz-ab-Schnepfe da oben schien dir ja unheimlich imponiert zu haben.«

»Ach, Herrgott noch mal, Miles! Du bist erbärmlich!« Flo zog Mirandas Jacke enger um sich und bemerkte dank des

Rückspiegels ein rotes Mal an ihrem Hals, wo Miles' Hände zugepackt hatten. »Bitte halten Sie hier!«, wies sie den Fahrer an. Sie warf Miles einen Fünf-Pfund-Schein hin, obwohl ihr Anteil an der Fahrt viel weniger ausgemacht hätte. »Ich rufe Blackmills gleich an, wenn ich nach Hause komme, und sage ihnen, dass sie in Zukunft mit mir direkt verhandeln sollen, oder ich bin nicht interessiert. Ich will deine fiese Fresse nie wieder sehen!«

»Das wird sich weisen«, brüllte Miles. »Ich habe dir diesen Vertrag besorgt. Und ich lasse mich von dir garantiert nicht einfach so ausbooten.«

»Wart's ab.«

»Du brauchst meine Kontakte. Ich war derjenige, der dir überhaupt erst die ganze Publicity beschafft hat.«

»Jetzt stehe ich auf eigenen Beinen. Ich schaffe das schon.«

Miles sah ihr wutschnaubend hinterher. Die Augen in seiner anmaßenden Miene hatten sich zu zwei wütenden Schlitzen verengt. Damit würde sie bei ihm nicht durchkommen. Sie hatte ihn im Bett auflaufen lassen, und jetzt bildete sie sich ein, sie könnte ihn auf geschäftlicher Ebene genauso abservieren. Tja, sie würde noch früh genug erkennen, was für ein gewaltiger Fehler das war. Dafür würde er sorgen.

»Mein Gott, Flo!«, kreischte Miranda, als ihr Flo von Blackmills' Vorschlag erzählte. »Ein Fernseh-Werbespot! Da wirst du ja so berühmt wie Wie-heißt-sie-noch aus der Boddington's-Werbung!«

»Also, wenn ich so berühmt werde, dass Leute wie du sich nicht an meinen Namen erinnern können, muss ich wirklich anfangen, mir Sorgen zu machen.«

»Wann wollen sie den Spot denn drehen?«

»So rasch wie möglich. In drei oder vier Wochen.« Flo war erleichtert gewesen, als sie das hörte, weil das hieß, sie würde das Geld bald bekommen.

»Wow! Glaubst du, sie brauchen eine Stylistin? Jemanden, der dich in Sachen Image berät?«

»Falls ja, werden sie schon eine finden«, erwiderte Flo sanft. »Aber es wäre mir lieber, wenn du es nicht wärst – auch wenn du die stilbewussteste Frau bist, die ich kenne.« Miranda sah lächerlich enttäuscht drein. »Das Problem ist nur, dass Miles mich am liebsten killen würde, weil ich gesagt habe, ich mache es nur, wenn er seine Finger nicht mehr im Spiel hat. Aus ist's mit der Freundschaft.«

»Aber er hat doch alles eingefädelt.«

»Ich weiß. Ich werde auch dafür sorgen, dass er seinen Anteil bekommt. Ich will ihn nicht um sein Geld bringen, aber das Schwein ist im Taxi plötzlich über mich hergefallen. Schau mal.« Sie zog den Pulli herunter und enthüllte den leuchtend roten Fleck. »Und das war am helllichten Tag in einem Londoner Taxi. Er ist gefährlich.«

»Natürlich ist er das. Deshalb mögen ihn ja all die kleinen Mädchen. Er sagt nicht erst bitte, wenn er etwas haben will. Vor allem eine von ihnen.«

»Nenn mich ruhig altmodisch, aber ich habe Sex lieber auf freiwilliger Basis.«

»Ach, ich weiß nicht...«

»Sei vorsichtig, Miranda, sonst zeige ich dich beim Ausschuss für politische Korrektheit an.«

Auf einmal verspürte sie Sehnsucht, zur Hunting Farm zurückzufahren, weit weg von Miles. Der Schafzoo konnte gegründet werden. Sie konnte es gar nicht erwarten, es Tante Prue zu erzählen, obwohl sie sich genau überlegen musste, wie sie dies taktvoll vermittelte. Onkel Francis war ein stolzer Mann.

»Da bist du ja ganz schön beschäftigt. Erst das und dann vergiss bloß nicht diesen Jungbauern-Ringelpiez.«

»Ich hoffe nur, die Klatschkolumnisten sind darüber informiert.«

»Hugo hat mich eingeladen, hinterher im Gutshaus zu übernachten.«

»Tatsächlich? Wie lauschig. Dann fang lieber gleich an, Pamela Honig ums Maul zu schmieren. Dich mag sie garantiert lieber als mich. Seit Snowy ihren Dackel verführt hat, glaubt sie, dass ich ungefähr das gleiche Niveau habe.«

Als Flo auf der Farm anlangte, stand Mattie mit der in Ungnade gefallenen Snowy schon am Ende der Einfahrt. Zuhause! Das Wort hatte sich mit wunderbarer Leichtigkeit in ihr Bewusstsein geschlichen. Alle beide stürzten sich auf sie, als sie aus dem Käfer stieg. »Flo! Flo! Du bist wieder da!«

»Natürlich bin ich wieder da, Dummerchen.« Flo hielt das zierliche Mädchen fest, zutiefst gerührt davon, wie sehr Mattie sie offenbar vermisst hatte. »London ist schrecklich. Schmutzig und voller Bettler, die alle denselben Hund zu haben scheinen. Vielleicht reichen sie ihn herum, oder er gehört zu ihrer Masche.« Sie tätschelte Snowys weiche, weiße Ohren. »Und ständig schläft der Hund. Womöglich ist er ausgestopft.«

»Snowy hat dich auch vermisst.«

»Da habe ich meine Zweifel. Ich wette, sie hat auf deinem Bett geschlafen.«

Mattie lächelte schüchtern. »Sie hat in einem fort gejault und alle wach gehalten. Und Adam hat gesagt, der beste Ort für sie sei im Bett. Wie für ihr Frauchen.«

»So, hat er das gesagt? Was hat Adam denn hier gewollt?«

»Er wollte dich besuchen.« Sie schmunzelte spitzbübisch, und ihr schmales Gesichtchen leuchtete auf. Jegliche Spur des ängstlichen Kindes aus der Wäschekammer war verflogen. »Keine Sorge. Vee hat sich um ihn gekümmert.«

»Das kann ich mir vorstellen. Wie lang hat es denn gedauert, bis er entwischen konnte?«

»Ach, Stunden. Sie hat ihm ein Abendessen gekocht. Steak-und-Nieren-Pastete.«

»Aber dauert das denn nicht ewig?«

»Sie hatte eine in petto, seit sie wusste, dass du wegfährst. Nur für den Fall, dass er vorbeikommt. Damit sie ihn mit ihren hausfraulichen Qualitäten beeindrucken kann.«

»Und, war er beeindruckt?«

»Hinterher konnte er sich nicht mehr rühren, wenn du das beeindruckt nennst.«

Flo hakte sich bei Mattie ein, und zusammen spazierten sie durch den sonnigen Vorgarten auf das Bauernhaus zu. Es war herrlich warm und die Luft duftete, Bienen summten um die Glockenblumen herum. Auf einmal konnte sie es gar nicht mehr erwarten, ihre Citykluft auszuziehen und in ihre alten Jeans zu schlüpfen. Dann würde sie ihre Tante und ihren Onkel suchen und ihnen die gute Neuigkeit mitteilen.

Veronica stand im Flur und arrangierte kunstvoll einen Krug im Laden gekaufter Nelken in einem besonders hässlichen Blauton. Flo kam es verrückt vor, dass jemand loszog und Nelken kaufte, wenn der Garten von Rosen, Geißblatt und Narzissen überquoll, die einen herrlichen Strauß abgegeben hätten. Taktvoll verkniff sie sich einen entsprechenden Kommentar.

»Übrigens«, gackerte Ivy, die wie ein Gnom mit Schürze aus der Küche herausspähte und anscheinend ihre Gedanken gelesen hatte, »die sind für Sie. Von Mr. Adam. Er meinte, sie seien originell wie Sie, und Sie sollen den Jungbauernball nicht vergessen, der vor der Tür steht. War's nicht so, Miss Veronica?«

Veronica hätte sich beinahe verschluckt vor lauter Frust.

»Mensch, Flo«, kicherte Mattie und ignorierte die steinerne Miene ihrer großen Schwester. »Für Adam ist das eine große Leistung. Du bringst offenbar seine romantische Ader zum Pochen.«

Veronica rammte die letzte Blüte in den Krug und stampfte zu ihrem Zimmer hinauf.

»Solange es nur die romantische Ader ist«, bemerkte Ivy grinsend.

Hinter ihr kam Tante Prue mit einem Korb voller Hühnereier heraus. »Hallo, Flora-Schätzchen. Ich wusste gar nicht, dass du wieder da bist. Wie war es in London?«

»Grässlich. Heiß und stickig und höllisch im Vergleich dazu, wie herrlich es hier ist. Ich kann überhaupt nicht begreifen, dass irgendjemand freiwillig in London wohnt.«

»Vermutlich haben die die gleiche Meinung vom Land. So wie du selbst noch vor kurzem. Was ist denn mit Veronica los?«

»Eifersüchtig«, erklärte Mattie glucksend. »Adam hat Flo Blumen gebracht.«

»Aber die sind ja schauderhaft«, entrüstete sich Prue. »Für einen so gut aussehenden jungen Mann hat er einen grässlichen Geschmack.«

»Außer bei Frauen«, ergänzte Mattie loyal.

»Da wäre ich mir nicht so sicher«, warf India-Jane ein, die mit der Flöte in der Hand aufgetaucht war. »Donna, die Schankkellnerin, sieht aus wie eine billige Mieze, und laut Joan aus dem Schuhgeschäft ist er ziemlich scharf auf sie.«

»Was weißt du denn von billigen Miezen?«, wunderte sich Tante Prue.

»Gar nichts. Das hat Joan gesagt. Ich habe mir Winnie-the-Pooh-Hausschuhe angesehen und sie das sagen hören. Sie meinte, wenn Adam mit dieser billigen Mieze daherkäme, dann geschähe es Onkel Kingsley ganz recht.«

»Aber Adam mag doch Flo.« Mattie war ganz verwirrt von der Vorstellung einer solchen erwachsenen Doppelzüngigkeit.

»Mr. Adam mag einfach Frauen«, warf Ivy vieldeutig ein.

»In allen Formen und Größen. Aber meistens kauft er ihnen keine Blumen.« Sie grinste erneut und fuhr dann mit leiser Stimme fort: »Aber dahinter ist er ja meistens auch gar nich her. Sogar als er erst vierzehn war, hat mir dieses Dienstmädchen namens Lucy erzählt...«

»Vielen Dank, Ivy.« Tante Prue griff durch, bevor weitere Enthüllungen über das frühreife Sexualleben des jungen Adam erfolgten. »Es ist mal wieder höchste Zeit, das gute Silber zu polieren.«

»Warum denn? Sie planen doch nicht etwa eine Hochzeit, oder? Es sind noch drei Monate bis Michaeli. In drei Monaten kann eine ganze Menge passieren.« Kopfschüttelnd verschwand Ivy in der Küche.

»Tante Prue«, begann Flo ruhig, während sie sich vergewisserte, dass sie außerhalb von Ivys scharfen Ohren waren. »Ich hatte unheimliches Glück. Man hat mich engagiert, damit ich Werbung für einen Whiskey mache. Sie zahlen mir eine abartig hohe Summe, und ich weiß gar nicht, was ich damit anfangen soll. Also habe ich mir überlegt, ob du und Onkel Francis mir erlauben würdet, es in euren Schafzoo zu investieren.«

In Prues Augen glomm ein plötzlicher Hoffnungsschimmer auf, der gleich wieder ernstem Grau wich. »Flo, Kindchen, das können wir nicht zulassen. Der Schafzoo wird nie einen nennenswerten Profit abwerfen. Du könntest bedeutend bessere Investitionen finden.«

»Aber keine, die Rowley den Widder rettet. Und ich könnte es nicht ertragen, wenn diese wolligen Southdowns wie Schafe zur Schlachtbank geführt würden, wenn du das Wortspiel entschuldigst. Und Mattie wünscht sich sehnlichst ein eigenes Lämmchen, und du hast doch auch schon gesagt, dass es ihr viel besser geht als früher und...«

»Na gut, Flora«, sagte ihre Tante lächelnd. »Ich habe verstanden. Du willst uns das Geld leihen, und du suchst einen

Weg, wie du uns dazu überreden kannst, ohne dass wir unsere Würde verlieren.«

Flo ließ die Schultern sinken. »Ein bisschen«, gestand sie. »Aber das mit Rowley und Mattie ist mein Ernst. Bitte, Tante Prue. Ich könnte es nicht aushalten, wenn du und Onkel Francis den Hof verlieren würdet. Von hier stammen meine glücklichsten Kindheitserinnerungen. All die anderen habe ich verloren. Und in letzter Zeit habe ich den Hunting-Hof wieder als glückliches Haus erlebt.«

Tante Prue lächelte sie an, und aus ihren Augen leuchtete die Dankbarkeit. »Das verdanken wir alles dir, Flora. Du warst es, die die Läden wieder aufgestoßen hat.« Auf einmal erfasste sie heftige, lodernde Wut auf ihren Schwager Martin, Flos Vater, weil er sich aus dem Staub gemacht und dieses liebenswerte Mädchen allein gelassen hatte, ganz egal, wie schmerzhaft seine eigenen Verletzungen gewesen waren. Kein Wunder, dass sie ein ausschweifendes Leben geführt hatte, immer im Mittelpunkt hatte stehen wollen und die Liebe in den Betten anderer Leute gesucht hatte, statt in deren Herzen. Martin musste für einiges gerade stehen.

Prue fragte sich, wohin ihn seine dynamische Flucht wohl mittlerweile geführt hatte. So schwer konnte es nicht herauszufinden sein, wenn sie ein bisschen listig war. »Na gut«, räumte sie schließlich ein. »Wir lassen dich in uns investieren, und wir werden uns nach Leibeskräften darum bemühen, dass es ein Erfolg wird. Aber nur unter einer Bedingung: dass du es mir überlässt, Francis zu überreden.«

Glücklich umarmten sich die beiden und fröhlich verschwand Tante Prue auf dem Hof.

Flo packte ihre Autoschlüssel und ging hinaus zu ihrem Käfer. »Wohin fährst du denn?«, wollte India-Jane wissen, dankbar für einen weiteren Vorwand, um die Flöte beiseite zu legen.

»Nach Witch Beauchamp, Champagner kaufen. Ich glaube, wir haben heute Abend etwas zu feiern.«

Zu Flos Pech hatte die Victoria-Weinhandlung in Witch Beauchamp gerade zugemacht, als Flo mit quietschenden Reifen davor zum Stehen kam. »Verdammt!«, fluchte sie. Dann fiel ihr das Pub ein. Es würde zwar Unsummen kosten, aber zumindest bekäme sie dort eine Flasche.

»Haben Sie Lanson Black Label?«, fragte sie den Wirt, ohne den Aufruhr zu bemerken, den ein so ausgefallener Wunsch im Angel Pub auslöste, wo das meistverlangte Getränk ein Pint Old Red Hen war.

Er schüttelte den Kopf.

»Moët & Chandon?«

»Nee.«

»Irgendeinen Champagner?«

»Wir haben den hier«, sagte eine vertraute Stimme, zu der ein schwarzes Spitzenhemdchen über einem wattierten BH gehörte, aus dem zwei betörende Kugeln spähten. »Das ist Marke Krug. Und ich fürchte, es ist ein Spitzenjahrgang.«

Flora wappnete sich. »Was kostet er?«

»Sechzig Pfund.«

Flo bemühte sich, nicht nach Luft zu schnappen. Schließlich war das auch nicht mehr, als man in einem miesen Londoner Nachtclub für eine Flasche Champagner bezahlen würde. »Gut. Wenn das der Einzige ist, den Sie haben, muss ich ihn wohl oder übel nehmen.«

Als Flo gegangen war, gefolgt von den neugierigen Blicken sämtlicher Gäste des Pubs, wandte sich die Frau des Wirts an Donna, die in ihren Augen eine faule Schlampe war. »Warum hast du ihr nicht den Mumm angeboten? Der kostet nur zweiundzwanzig Pfund.«

Donna setzte ein träges Grinsen auf. Der Krug hatte schon so lange im Keller des Pubs gelegen, dass er mit ein bisschen Glück sämtliche Kohlensäure verloren hatte und wie irrsinnig teurer Essig schmecken würde. »Ich wüsste ja zu gern«, sagte Donna, stemmte die Hände in die Hüften und reckte ihre erkleckliche Oberweite, »was sie zu feiern hat, dass sie bereit ist, sechzig Pfund dafür springen zu lassen.«

»Vielleicht eine Verlobung«, mutmaßte die Wirtin gehässig. »Das geschähe dir recht, was?«

Donna wandte sich ab und zog still und unbemerkt die Muskeln im tiefsten Inneren ihrer Vagina zusammen. Andere Frauen bekamen die Männer vielleicht dadurch, dass sie sich ihr Doppelkinn und die schwammige Taille abtrainierten, doch Donna wusste etwas Besseres. Die Beckenmuskeln waren der Schlüssel dazu, einen Liebhaber zu befriedigen. Und Donnas Beckenmuskeln waren derart trainiert, dass sie damit wie ein Staubsauger Fusseln hätte aufsammeln können.

Am nächsten Tag rief Flo Buzz in der Werbeagentur an und erklärte ihr, dass sie Miles vergessen solle, weil sie sich in Zukunft selbst vertreten werde.

»Prima«, unterstützte sie Buzz. »Miles hat auf mich ohnehin etwas zwielichtig gewirkt. Ich fand es verrückt, ihm einen Anteil zu geben, aber ich kann Ihnen verraten, dass selbst die umwerfendsten Models mit einem billigen Taschenspieler im Schlepptau bei uns auftauchen, der sich ihr ›Manager‹ schimpft und oft auch noch ihr Liebhaber ist. Miles war hoffentlich nicht Ihrer, oder?«

»Weiß Gott nicht«, erwiderte Flo, indem sie ihre unselige gemeinsame Nacht verdrängte.

»Ich vermute, sie nutzen die Unsicherheit dieser Mädchen aus. Die ganze Welt bewundert ihre Schönheit außer diesem einen Idioten, und auf den fallen sie rein. Von wegen Girlpower. Na, jedenfalls gut für Sie. Und ich werde unsere Vertragsabteilung anweisen, ab sofort mit Ihnen direkt zu verhandeln.« Sie machte eine kurze Pause. »Wird er Ärger machen?«

»Keine Sorge.« Flo hoffte, sie klang optimistischer, als ihr zumute war. »Mit dem werde ich schon fertig.«

»Gut. Wir bereiten gerade die Dreharbeiten vor. Wir haben ein tolles Lokal gefunden, das genau wie ein Herrenclub aussieht – voller grün bezogener Tische und verknöcherter alter Knacker, die glauben, Frauen sollten Kinder kriegen und in der Küche am Herd stehen, am liebsten mit zugeklebtem Mund. In drei bis vier Wochen sind wir so weit. Würde Ihnen das passen?«

Je früher Flo das Geld in die Finger bekam, desto besser. »Wunderbar«, sagte sie und vertiefte auf der Stelle ihr Vertrauen zu Buzz.

»Ich lasse Ihnen einen Vertrag ausstellen. Haben Sie eigentlich Schauspielerfahrung, wenn auch nur aus der Schule?«

»Bestenfalls kann ich eine Schau abziehen. In der Schule war ich nicht sonderlich beliebt und bekam daher nie eine Rolle angeboten.«

»Sie schaffen das schon«, beruhigte sie Buzz. »Das ist etwas, was man entweder hat oder nicht. Bei solchen Sachen kann auch noch so viel Schulung nicht helfen. Ich würde darauf wetten, dass Sie es sofort hinkriegen.«

»Weil ich ein schamloses, extrovertiertes Großmaul bin, das zu viel trinkt und keine Beziehung länger als fünf Minuten aufrechterhalten kann?«

»Bei uns in der Branche«, lachte Buzz, »heißt es, dass schamlose, extrovertierte Großmäuler, die zu viel trinken, die besten Schauspieler sind.«

Flo wollte das Gespräch schon beenden, doch sie fühlte sich mit Buzz vertraut genug, um ihr noch eine Frage zu stellen. »Ich weiß, das klingt komisch, aber was glauben Sie, wann ich das erste Geld bekomme?«

»Warum?« Buzz' Tonfall wurde leicht argwöhnisch. »Sie nehmen doch hoffentlich keine Drogen? Oder haben eine dicke Rechnung in der Nervenklinik offen?«

»Ich nehme ganz bestimmt keine Drogen, und trotz mancher Anzeichen für das Gegenteil bin ich einigermaßen zurechnungsfähig.« Flo lachte nervös auf. »Ich weiß nicht, ob Sie mir die Antwort abnehmen werden. Ich will eine Schafherde kaufen.«

»Wie Little Bo Peep aus dem Kinderlied?«

»Sie ist für meinen Onkel. Er will einen Schafzoo gründen und hat nicht viel Geld. Die Schafe werden geschlachtet, wenn wir sie nicht aufnehmen können.«

»Mal sehen, was ich tun kann. Das ist jedenfalls besser als weißes Pulver oder spielsüchtige Liebhaber, finde ich.«

Zu Flos unendlicher Dankbarkeit hielt Buzz Wort. Am nächsten Tag kam ein Vertrag, gefolgt von einem Scheck über zehntausend Pfund mit einem Schreiben von Buzz, in dem sie erklärte, dass sie zwar normalerweise nicht im Voraus bezahlten, ihr jedoch der Gedanke an die vielen unschuldigen Lammkoteletts auf der Seele gelastet hätte.

Flo hatte Onkel Francis noch nie so glücklich gesehen. Im Laufe der nächsten Wochen verkaufte er seine Milchquote, womit das Milchvieh verschwunden und er von der Pflicht befreit war, zweimal täglich zu melken und die unzähligen Hygienevorschriften zu befolgen, die ihn den lieben langen Tag auf Trab gehalten hatten. Er, Harry und gelegentlich sogar Alf, den er sich in Moreton House auslieh, räumten das Melkhaus aus und bauten stattdessen Schafsgehege.

India-Jane und Mattie zerrten Strohballen, die fast so groß waren wie sie selbst, vom Anhänger. Tante Prue stapelte gelbe Tüten mit Futterkonzentrat für die Neuankömmlinge, und Vee zeichnete in groben Umrissen auf, wohin das Café kommen sollte.

Es herrschte ein derart munteres Treiben, dass niemand bemerkte, wie Adam und Hugo auf ihrem Traktor eintrafen.

»Was ist denn hier los?«, wollte Adam wissen.

Flo überließ es ihrem Onkel, ihm zu antworten; schließlich war das sein Projekt, nicht ihres. Zu ihrer großen Freude lachte er – ein so ungewohntes Geräusch, dass Harry und Alf vor Verblüffung die Arbeit einstellten. »Wir diversifizieren«, erklärte Francis mit breitem Grinsen. »Genau wie gute Landwirte es der Regierung zufolge tun sollen, wenn sie der konventionellen Landwirtschaft keinen roten Heller mehr abringen können.«

»Wir machen einen Schafzoo auf«, jubelte Mattie, »und ich darf dabei helfen, kleine Lämmer zur Welt zu bringen.«

»Alle Wetter!«, rief Adam. »Wie seid ihr denn darauf gekommen?«

Es entstand ein kurzer Moment der Spannung. »Entweder war es ein radikaler Richtungswechsel, oder ich habe mich selbst übertroffen«, erwiderte Onkel Francis und zwinkerte dabei heimlich Flo zu. »Mit ein bisschen Unterstützung bin ich darauf gekommen, dass ein Richtungswechsel von Vorteil wäre. Und auf jeden Fall nicht so endgültig.«

Zum Glück entging den meisten Anwesenden der tiefere Sinn hinter diesem sybillinischen Witz. Adam war zu perplex, um die Nuancen wahrzunehmen, Veronica zu unsensibel, und Tante Prue befand sich außer Hörweite, da sie die Futtertüten aufstapelte. Nur Hugo bemerkte Matties kurzes Stöhnen und ihren verstohlenen Blick auf Flo. Ihm war klar, dass dies nicht der richtige Moment war, um nachzubohren, woher sie das Geld hatten.

»Ich habe die Milchquote verkauft«, sagte Francis, der Hugos Gedanken erraten hatte.

»Gut gemacht«, gratulierte Hugo, der wusste, dass das niemals dafür ausreichen würde, die Investition abzudecken. »Und was soll das hier werden?«

Flo spürte, wie Hugos dunkle Augen in ihre Richtung wanderten, doch als sie aufsah, lauschte er mit höflicher Aufmerksamkeit ihrem Onkel. Gott sei Dank war er so einfühlsam, nicht von Geld zu sprechen.

»Wir haben große Pläne«, begeisterte sich Francis. »Schafgehege hier, Geräteschuppen dort drüben, Ställe für die Shetlands, auf denen die Schulkinder reiten können, ein Schweinestall für ein paar seltene Arten und dann, zu guter Letzt, ein Souvenirshop – ach, und ein Café.« Onkel Francis wandte sich seinem bewundernden Publikum zu, verkörpert von Harry und Alf. »Wisst ihr, Leute«, erklärte er mit dem Auftreten eines gewieften Experten, »drei Dinge braucht man nämlich, wenn man eine Besucherattraktion zum Laufen bringen will: etwas zu sehen, etwas zu essen und etwas zu kaufen.«

Harry und Alf nickten zustimmend, als sei das etwas, was sie schon immer geahnt hatten. Diesmal konnte Flo Hugos Blick nicht ausweichen. Er schmunzelte. Leider war Onkel Francis entfallen, dass es Hugo gewesen war, der ursprünglich diese Perle an unternehmerischer Weisheit zum Besten gegeben hatte.

»Na«, wandte sich Adam an Flo. Sein Hemd stand offen bis zur Taille und enthüllte noch mehr von seiner goldenen Bräune als sonst. »Hoffentlich hast du den Jungbauernball nicht vergessen. Du hast versprochen, mitzukommen.«

»Ich hab's mir unauslöschlich eingeprägt. Was trägt man denn zu einem Jungbauernball?«

»Gummistiefel und ein Höschen mit Leopardenmuster würden's schon tun«, alberte Adam.

»Aber üblicher ist ein langes Kleid oder ein Cocktailkleid«, empfahl Hugo.

»Hast du Flos Freundin Miranda schon angerufen, Huge?«, winkte Adam mit dem Zaunpfahl, da er hoffte, Hugo werde möglichst sofort zum Telefonieren verschwinden. »Du hast doch versprochen, mit ihr hinzugehen, weißt du noch?«

»Aber sicher.« Allerdings, so fiel Flo auf, erwähnte er nicht, dass er Miranda bereits eingeladen hatte, über Nacht zu bleiben. Vielleicht glaubte er, Adam würde ihn sonst verdächtigen, er wolle ihn im Wettlauf darum, wer bis Michaeli verheiratet war, ausschalten.

»Wann sollen die Schafe denn ankommen?«, wollte Adam wissen.

»Sobald wir einen Schaftransporter bekommen und nach Firmingham rüberfahren können«, antwortete Onkel Francis. »Die obere Weide ist fertig, und für den Anfang können wir sie dort lassen. Aber erst müssen wir uns den Transporter leihen.«

»Zerbrechen Sie sich darüber nicht den Kopf. Ich hole sie in unserem«, bot Adam an. »Unter einer Bedingung: dass Flo zum Helfen mitkommt. Wann wollt ihr denn loslegen?«

»Tja...« Onkel Francis zuckte die Achseln. »Wir wären jetzt so weit.«

»Dann lieber gleich als später«, meinte Adam grinsend. »Ich habe zufällig heute Abend frei. Bist du bereit, Flo?«

»Nein. Ja. Ich glaub schon.« Flo wusste nicht genau, wozu sie in Adams Augen bereit sein sollte. Obwohl sie es sich unschwer vorstellen konnte. »Ja. Natürlich. Das ist nett von dir.«

»Nett ist nicht gerade das Wort, das mir als Erstes einfallen würde«, murmelte Hugo, als er Adam und Flo den Weg nach Moreton antreten sah, um den Transporter zu holen.

Es war eine halbstündige Fahrt über kurvenreiche Straßen, bis sie an Mrs. Williams' Anwesen am Firmingham Beacon angelangt waren. Sie war erstaunt und dankbar zugleich, sie zu sehen. »Der neue Inhaber kommt nächste Woche. Ich habe mich schon gefragt, wann Sie die Schafe holen würden.«

Sie mussten mehrmals fahren, um all die nervösen Schafe auf die Hunting Farm zu verfrachten. »Wenn Sie fertig sind, habe ich noch eine Überraschung für Sie«, verkündete Mrs. Williams lächelnd.

»Verraten Sie's nicht«, flüsterte Adam laut. »Einen lebenslangen Vorrat an Minzsoße.«

Es wurde schon langsam dunkel, als sie zum letzten Mal zu Mrs. Williams kamen. Die alte Dame führte sie zu der riesigen Zehentscheuer und zog die Tore auf. Drinnen stand eine frisch lackierte Schäferhütte auf Rädern. »Der Schäfer meines Vaters hat den ganzen Winter über da drinnen gewohnt. Sie hat einen guten Holzofen, ein Bett und alles Lebensnotwendige.« Adam und Flo musterten respektvoll den kahlen, hölzernen Raum. »Sie dürfen nicht vergessen«, meinte Mrs. Williams, »dass die Leute damals abgehärteter waren.«

»Wollen Sie damit etwa sagen, dass ich ein Weichei bin und nur mit Zentralheizung und Teppichboden überleben kann?«, fragte Adam lachend. »Ich könnte locker ein paar Nächte hier drin zurechtkommen.« Sein Blick wanderte zu Flo. »Vor allem, wenn ich nicht ganz allein wäre.«

»Na, Sie sind gut.« Mrs. Williams versetzte ihm mit ihrem uralten Tweedhut einen Klaps. »Sie wären sowieso nicht allein gewesen. Sie hätten fünfhundert Schafe als Gesprächspartner gehabt. So, wollen Sie den Karren jetzt mit dem Traktor abschleppen, oder soll ich ein Pferd anschirren?«

»Pferde, bitte. Ich finde, wir sollten es auf die stilvolle Art machen«, erwiderte Adam wie aus der Pistole geschossen. »Über die Hügel und dann durchs Bredden Valley.«

»Das ist aber ein langer Weg«, meinte Mrs. Williams schmunzelnd, als sie Paddy anschirrte, ihre betagte, aber noch sehr kräftige Stute. »Sind Sie sicher, dass Sie sich unterwegs nicht verirren werden?«

»Garantiert nicht. Ich bin in diesen Hügeln aufgewachsen. Na komm, Paddy.« Er schnalzte mit der Zunge, und der alte Gaul setzte sich gehorsam in Bewegung und zog den Schäferkarren mühelos hinter sich her.

»Vielen Dank für alles, Mrs. Williams«, rief Flo.

»Ich schicke morgen einen unserer Landarbeiter, um das Pferd zurückzubringen und den Transporter zu holen«, fügte Adam hinzu.

Mrs. Williams winkte ihnen nach, bis sie nicht mehr zu sehen waren. Einen Moment lang malte sie sich aus, wie es wäre, mit jemandem, der so sagenhaft gut aussah wie Adam, im Mondlicht über die Hügel zu zuckeln. Dann dachte sie an die unzähligen Romanheldinnen, von Hardys Tess bis hin zu der schwierigen Hetty Sorrel in *Adam Bede*, die sich mehr oder weniger willig den Reizen gut aussehender junger Männer wie Adam Moreton ergeben hatten.

Wenigstens endeten sie heutzutage nicht mehr am Galgen wie die arme Tess, sondern im schlimmsten Fall in einer Sozialwohnung. Das war doch mal wirklich eine erfreuliche Entwicklung.

In der Ferne konnte Mrs. Williams das Klappern von Paddys Hufen hören, die sich auf der gepflasterten Straße entfernten.

Ach, wäre man doch noch mal jung und voller Erwartung und außerdem im Stande, sich selbst einzureden, dass Leidenschaft wichtiger sei als Vernunft.

11. Kapitel

Es war eine traumhaft schöne Nacht. Sogar jetzt, um kurz vor zehn, herrschte eher Dämmerung als völlige Dunkelheit und hüllte sie in ihren samtigen Schleier, während sie gemächlich dahinzuckelten.

»Es ist ein unheimlich zeitloses Gefühl«, sagte Flo leise. Sie waren nun schon beinahe eine Stunde unterwegs und dabei keiner Menschenseele begegnet. »Fast als könnten wir zu jedem beliebigen Zeitpunkt der Vergangenheit hier in diesem kleinen Karren über die Hügel fahren.«

Sachte zog Adam an den Zügeln, und Paddy kam auf der Hügelkuppe zum Stehen. Unter ihnen erstreckte sich das Tal, in dem nur hier und da ein Lichtschein zu sehen war und sie daran erinnerte, dass sie nicht die einzigen Menschen auf der Welt waren. Adam wandte sich zu ihr. »Dann sollten wir es vielleicht lieber ausnutzen.«

»Was ausnutzen?«, fragte Flo, obwohl sie die Antwort bereits kannte.

»Das Hier und Jetzt. Das Lebendigsein.« Über ihnen kam eine Mondsichel hinter einer Wolke hervor und leuchtete auf sie herab. Während das Mondlicht Adams unglaublich attraktive Gesichtszüge mit silbernem Glanz überzog, begann er ihr langsam die Bluse aufzuknöpfen.

Flo sah ihm in die Augen, und alle Sicherheit der Großstadtfrau verließ sie. War nach so vielen Katastrophen er nun endlich der Richtige für sie?

Adam streckte die Hand aus und glättete die Fältchen der Ungewissheit auf ihrer Stirn. »›Hätten wir Welt genug und

Zeit‹«, flüsterte er an ihrem Hals, »›wärst, Spröde, du von Schuld befreit…‹«

»Marvell«, flüsterte sie erstaunt zurück und musste an ihre abgebrochenen Abiturvorbereitungen denken. »Ich wusste gar nicht, dass du Gedichte magst.«

Adam knöpfte ihr den letzten Knopf auf. Ein flüchtiges Lächeln huschte über seine Lippen. »Vielleicht habe ich ja verborgene Tiefen. Oder Höhen.« Er nahm ihre Hand und legte sie auf seine Brust – und gemeinsam fielen sie japsend nach hinten um und vergaßen alles außer dem uralten Verlangen, ob es nun Lust oder Hoffnung hieß, das schon ihren Vorfahren so viele Scherereien gemacht hatte; möglicherweise sogar auf demselben Hügel.

Hinterher blickte Flo in Adams Augen, und er fuhr ihr mit der Hand durch das zerzauste, dunkle Haar. »So, Miss Flora Parker«, sagte er auf einmal und drehte sich so herum, dass er auf sie herabsehen konnte. »Ich weiß, das klingt etwas überstürzt, aber ich möchte dich fragen, ob du mir die Ehre erweisen würdest, meine Frau zu werden.«

Flo lachte, bis sie den verletzten Ausdruck in seinen herrlichen grünen Augen wahrnahm. »Du meinst das ernst, oder?«

»Natürlich, das meine ich verdammt ernst.« Er klang wie ein verwundetes Vögelchen.

Flo streichelte ihm das zerzauste Gefieder. »Sag mal, Adam, bist du dir sicher, dass es nicht nur um die Wette geht?«

Der verletzte Blick kehrte zurück. »Glaubst du das wirklich? Dass ich versuche, dich an Land zu ziehen, bevor mein Bruder jemanden findet und das Gut bekommt?«

»Geschwisterrivalität ist nicht zu unterschätzen. Und du liebst Moreton House.«

»Und die Tatsache, dass du frech und sexy und nett und schlau bist, würde allein nicht ausreichen?«

Flo begriff, dass sie so unsicher war wie eh und je, also

nicht wusste, ob sie um ihrer selbst willen geliebt wurde.
»Wohl schon«, sagte sie zweifelnd.

»Gut. Das ist nämlich der Grund, aus dem ich dich frage, nicht wegen irgendeiner dämlichen Wette.«

»Ich wäre eine katastrophale Bauersfrau. Ich kann nicht einmal kochen, geschweige denn backen oder einmachen.«

»Einmachen gehört nicht zur Stellenbeschreibung.« Er grinste lasziv. »Wie gut bist du denn im Blasen? Eine wesentlich nützlichere Fertigkeit, wenn du mich fragst.«

Flo versetzte ihm einen Klaps. »In puncto Blasen wirst du schon die Katze im Sack kaufen müssen. Außerdem dachte ich, du wolltest dir noch die Hörner abstoßen. Dafür bist du schließlich bekannt.«

»Pass mal auf.« Adam wurde auf einmal ganz ernst, ja sogar schroff. »Ich habe mir die Hörner schon abgestoßen. Und jetzt wünsche ich mir eine Frau, die lächelt, wenn sie mich sieht. Und ich möchte zurücklächeln, wenn mir der Gedanke an sie in den Kopf kommt.« Zärtlich strich er Flo über die Haare. »Und ich will eine Schar Kinder mit Namen wie Reuben und Hepzibah, die meistens ohne Widerrede das tun, was ich sage, und mich gelegentlich – wohlgemerkt, nur ganz gelegentlich – kräftig verarschen. Könnte dir das gefallen?«

Flo war baff, wie absolut, vollkommen und beglückenderweise ihr das Bild zusagte, das er von ihrem gemeinsamen Leben zeichnete. Endlich würde sie zu jemandem gehören. Sie wäre kein Gast, keine Außenseiterin mehr, die einem unerreichbaren Traum nachjagte. »Könnten wir auch einen Ethan haben?«

»Klingt in meinen Ohren eher nach Hollywood als nach Neuem Testament. Aber ein Ethan unter den Balthasars müsste gehen.«

Nun war es so weit. Der Moment der Entscheidung war gekommen. Sie könnte Adam heiraten und sich hier ein Leben aufbauen, Horden von flachshaarigen Kindern bekommen und ein eigenes Heim haben, anstatt das ihrer Tante und ihres Onkels zu teilen.

Flo schloss die Augen. Ihre Vergangenheit hatte sie nicht unbedingt darauf vorbereitet. Sie hatte zu viele unglückliche Ehen gesehen, um zu unterschätzen, wie wichtig es war, die richtige Entscheidung zu treffen.

Adam war amüsant, unbeschwert und locker, aber war er auch jemand, mit dem sie bis ans Ende ihrer Tage zusammen bleiben wollte?

Die Erinnerung daran, wie Adam Mattie auf sein Quad Bike gehoben hatte, kam ihr in den Sinn. Er war nett zu Mattie gewesen, als alle anderen sie ignoriert hatten. Es war Adam gewesen, der noch vor Flos Ankunft als Erster ein Lächeln auf das sorgenvolle, verhärmte Gesichtchen gezaubert hatte. Es war seit jeher Flos Theorie gewesen, dass Menschen, die nett zu Kindern waren, vertrauenswürdig waren.

Aber was, wenn sie Adam falsch eingeschätzt hatte? Was, wenn er ihr den Antrag trotz seiner gegenteiligen Behauptungen doch zum Teil aus Eigennutz gemacht hatte? Und dann waren da noch die anderen Frauen in Adams Leben. Wäre er dazu bereit, sie alle zu vergessen?

»Adam«, sagte sie schließlich. »Vergiss nicht, dass ich allen Grund hatte, der Liebe zu misstrauen. Könntest du Geduld haben und mich darüber nachdenken lassen? Lass uns einfach ein wenig Zeit zusammen verbringen. Schließlich kennen wir uns wirklich noch nicht lang. In unser beider Interesse.«

Ein Ausdruck, den Flo nicht enträtseln konnte, zog über Adams Gesicht.

»Natürlich. Ohnehin sollte eine Frau nicht splitternackt in den heiligen Stand der Ehe einwilligen müssen. Komm, wir ziehen uns an, fahren nach Hause und lassen dir Zeit, über meine Fehler nachzudenken, bevor du dich bindest.« Zart berührte er ihr Gesicht. »Und wenn du eine wirklich ausgeglichene Perspektive willst, dann frag meine Mutter.«

Flo kicherte. »Kämen da vielleicht Worte wie perfekt, himmlisch und göttlich vor?«

»Das trifft es in etwa. Gut. Sollen wir heimfahren? Je eher du mich besser kennen lernst, desto eher bekomme ich eine Antwort. Wann sollen wir anfangen?«

Während sie sich anzogen, kam eine leichte Verlegenheit zwischen ihnen auf, und sie fühlten sich wie Adam und Eva nach dem Sündenfall. Auf dem weiteren Weg sprachen sie nicht viel, sondern betrachteten nur die Sterne und lehnten sich aneinander. Als sie endlich am Hunting-Hof angekommen waren, sprang Adam als Erster herunter. »Eines noch«, sagte er, auf einmal ganz ernst. »Wenn du mich heiratest, verspreche ich, dass ich versuchen würde, ein wirklich guter Ehemann zu sein.«

Flo spürte, wie ihr Herz einen kleinen Satz machte. Mit federleichten Fingern streichelte sie sein Gesicht. »Und ich würde versuchen, eine richtig gute Ehefrau zu sein.«

Am nächsten Morgen wachte Flo früh auf, noch bevor der Rest des Haushalts auf den Beinen war. Sie sprang aus dem Bett, tappte über die hellen Kiefernbretter und genoss das Gefühl von Sonne auf altem Holz.

Drüben am Fenster kitzelte sie der Stoff eines alten Flickenteppichs an den Zehen. Sie bückte sich und musterte ihn. Auch wenn es ein schlichter Gegenstand war, so war er doch vermutlich vor über hundert Jahren angefertigt worden. Vielleicht hatten ihn Prues Tante oder Großmutter gemacht, indem sie in kleine Fetzen geschnittene Kleidungsstücke aneinander genäht hatten. Wahrscheinlich waren die Sachen vorher so lange von einem Kind nach dem anderen getragen worden, bis die Dinger ausrangiert wurden und ihre letzte Pflicht als Lumpen taten.

»Das wäre der Anfang eines völlig neuen Lebens«, sagte sie zu sich selbst. »Ich wäre hier, in der Nähe meiner Verwandten, und ich hätte eine eigene Familie.« Das Gefühl der Wehmut war fast überwältigend, die Sehnsucht danach, irgendwo dazuzugehören, die so lange Jahre nicht gestillt worden war. »Ach, wenn du doch nur hier wärst, Mum, und mir helfen könntest, eine Entscheidung zu treffen.«

Doch es war Matties schmales Gesichtchen, das an der Tür auftauchte.

»Du bist aber früh wach«, sagte Mattie schmunzelnd, hopste über den Fußboden und in Flos schönes Eisenbett.

»Wenn du auf der Suche nach einem Ehemann wärst«, fragte sie Mattie, »natürlich nur rein theoretisch...«

»Das müsste schon sehr theoretisch sein, weil ich erst zwölf bin.«

»Welche Eigenschaften würdest du von ihm erwarten?«

»Drei Dinge«, antwortete Mattie wie aus der Pistole geschossen. »Er müsste nett sein. Und er müsste nett sein. Ach, und habe ich das schon erwähnt – er müsste nett sein.«

»Warum ist Nettsein so wichtig?«

»Weil alles andere daraus folgt.«

»Was ist mit Aussehen, Charme, Witz und Leidenschaft?«

»Nichts als Oberflächenglanz.«

»Und weißt du zufällig jemanden, der diese hohen Ansprüche erfüllen kann?«

Mattie grinste Flo an. »Adam Moreton. Er ist der netteste Mensch, den ich kenne.«

Flo beugte sich hinab und gab ihr einen Kuss auf die Nasenspitze. »Danke, Matilda. Du warst mir eine große Hilfe.«

Sie war unerklärlich nervös, als sie Adam später am Tag begegnete, doch er hatte klugerweise den Entschluss gefasst, die Angelegenheit der Obhut der Götter zu überlassen und sich stattdessen bei ihrem Onkel nützlich zu machen.

»Kann ich Ihnen irgendwie helfen, Mr. Rawlings?«, fragte

er so oft, dass Onkel Francis schon einen ganz unsteten Blick bekam.

»Was ist denn auf einmal in Adam Moreton gefahren?«, fragte er ein paar Tage später. »Jedes Mal, wenn ich mich umdrehe, steht er da. Anscheinend hat er die Landwirtschaft auf der Moreton Farm komplett aufgegeben.«

»Die Macht der Liebe«, witzelte Mattie. »Er will in Flos Nähe sein.«

Nach ein paar weiteren Tagen hörte Francis auf, Adams Motive zu hinterfragen und nahm seine Angebote an.

»Sollen wir nicht schon mal mit dem Café anfangen?«, schlug Adam eines Tages vor. »Die Fundamente sind doch bereits gelegt, oder?«

»Hervorragende Idee, wenn man davon absieht, dass unser Maurer erst in einigen Wochen anfangen kann.«

»Dann mache ich es eben. Flo kann mir den Mörteltrog tragen. Na komm, Flo, es ist höchste Zeit, dass du ein paar Fertigkeiten lernst, die du in London *nicht* mitgekriegt hast.«

Das Erstaunliche war, wie viel Spaß es ihr machte. Zuerst riss sie am laufenden Band Witze über ihre eigene Unfähigkeit, doch dann, als sie begriffen hatte, wie nervtötend das war, ließ sie es sein, hörte zu und tat das, was Adam tat. So fand sie heraus, dass in ihr die Begabung dafür schlummerte, Estrichverschalungen zu legen. Sie wollte es sich zwar nicht eingestehen, doch es erinnerte sie daran, wie sie als Kind oft Sandkuchen gebacken hatte. Als Einzelkind hatte sie häufig allein gespielt.

Sie konnte es kaum glauben, als Ivy zum Mittagessen rief. Vier Stunden waren wie im Fluge vergangen. Und der Nachmittag war genauso schnell vorüber. Außerdem rührte es sie, dass Adam bereit war, so viel Zeit zu opfern. »Vermissen sie dich denn nicht bei euch auf dem Hof?«

»Hugo kommt schon klar. Höchste Zeit, dass er mal seinen Anzug ablegt und richtig arbeitet. Außerdem gefällt es ihm ganz gut, wenn er alles für sich hat. Er steht auf Kontrolle, mein Bruderherz.«

Flo malte sich aus, wie anders die Atmosphäre wäre, wenn sie mit Hugo am Aufbau des Cafés arbeiten würde. Seine sardonischen Blicke würden sie tollpatschig werden lassen, dann würde sie seine Ungeduld spüren und noch ungeschickter werden. Adam dagegen war ein Ausbund an Hilfsbereitschaft. Am Abend hatten sie eine ganze Wand fertig. Flo trat ein paar Schritte zurück und bewunderte ihr Werk, voller Staunen darüber, dass Adam und sie etwas derart Solides zustande gebracht hatten.

»Morgen machen wir die nächste Wand«, versprach Adam. »Es sei denn, du hast etwas Besseres vor.«

»Es wäre mir ein Vergnügen.«

Am Ende der Woche stand der Rohbau des Cafés. Für den Fachmann mochte es ja ein simpler Betonbau sein, der aus aneinander zementierten Steinen aus Löschbeton bestand und eher wie ein Bunker aussah als wie ein Werk von Charles Rennie Mackintosh, doch in Flos Augen war er unbeschreiblich schön. Sie konnte sich nicht erinnern, je eine so umfassende innere Befriedigung empfunden zu haben.

»Und das könnte erst der Anfang sein...«, flüsterte Adam ihr ins Ohr. Dann entschuldigte er sich und sah drein wie ein ungezogener Schuljunge. »Tut mir Leid. Ich wollte nicht davon anfangen. Ich will dich nicht unter Druck setzen.«

Doch Flo wusste, dass im Laufe dieser Woche mehr verbunden worden war als nur Löschbeton. In dieser Nacht schlief sie besser als in all den Wochen zuvor. Am nächsten Morgen nahm sie ihn gleich beiseite, noch bevor irgendjemand anders auftauchte. »Adam Moreton, wenn du mich immer noch willst, dann wäre es mir eine Ehre, deine Frau zu werden.«

Adam ließ seine Maurerkelle sinken und schwenkte Flo

vor Glück in einem perfekten Bogen herum. »Gott sei Dank«, jubelte er. »Jetzt müssen wir nicht auch noch mit der Sanitärabteilung anfangen. Wann sollen wir es den anderen erzählen?«

»Behalten wir es vorerst noch ein paar Tage für uns, damit wir uns daran freuen können, ohne dass es jemand anders weiß. Wie wär's mit nächster Woche?«

»Einverstanden«, sagte er mit unverhohlener Enttäuschung. »Wenn ich es so lange für mich behalten kann.«

Während er India-Janes scharfen Blick aus dem Küchenfenster ignorierte, hob er Flo hoch und küsste sie, bis sie keine Luft mehr bekam und ihr vor Erleichterung und Glück ganz schwindlig wurde.

»Flora! Flora!«, rief Mattie ein paar Tage später. »Vee sagt, du hättest versprochen, den Gemeindesaal für den Jungbauernball heute Abend zu dekorieren. Darf ich dir helfen?«

In der Aufregung über Adams Heiratsantrag hatte Flo dieses etwas übereilte Versprechen – das sie gegeben hatte, um Veronica nicht mit den unzähligen Blechen voller Würstchen im Schlafrock helfen zu müssen – und überhaupt die gesamte Veranstaltung komplett vergessen.

»Ehrlich gesagt«, verriet ihr Mattie, »glaube ich, dass Vee dich nur gefragt hat, weil sie denkt, dass du es nicht so gut hinkriegen würdest wie sie letztes Jahr. Sie hat den Saal in einen Heuschober aus Kansas verwandelt.«

»Tatsächlich? Weißt du was?«, sagte Flo. »Ich bin heute in ziemlich romantischer Stimmung. Mal sehen, was uns gemeinsam alles einfällt.«

Es war ein Glück, dass der Garten des Hunting-Hofs von allen Arten von Sommerblumen überquoll und Tante Prue nur allzu gern erlaubte, dass Flo sich für einen so guten Zweck darin bediente. »Wir haben ja doch nie Zeit, uns hinzusetzen und sie zu bewundern«, erklärte sie, als Flo mit der dritten Schubkarre voll Blumen verschwand. »Aber was machst du eigentlich genau? Willst du ein Konkurrenzunternehmen zum Blumenmarkt von Covent Garden aufbauen?«

»Komm um sechs vorbei und sieh's dir an«, sagte Flo, tippte sich an die Nase und eilte mit Mattie in Richtung des kleinen Gemeindesaals davon.

»Gut«, sinnierte Flo und musterte den leeren Raum, der kahl und weiß gestrichen war. An den Wänden hingen zwar Bilder von Pflügern und ihren Helfern, doch war die Atmosphäre reichlich nüchtern. »Als ich noch klein war, habe ich mit meinen Eltern in Frankreich eine *Fête champêtre* besucht, und es war ganz wunderhübsch. Wir stellen außen herum Heuballen als Sitzgelegenheiten auf und garnieren alles hier und da mit einem Sträußchen. Du fängst mit den Blumengebinden an, und ich hole die Heuballen.«

Gehorsam setzte Mattie sich hin und wickelte Raffiabast um Gartenwicken und Kornblumen.

»Und was sollen wir auf die Tische tun? Tante Prue hat nicht vielleicht«, sagte Flo zwinkernd zu Mattie, indem sie auf deren ungewöhnliche Vertrautheit mit der Wäschekammer anspielte, »irgendetwas versteckt, das wir brauchen könnten?«

Mattie kicherte. Es war ein herrliches Geräusch. »Sechs weiße Tischdecken. Hochzeitsgeschenke. Praktisch wie neu.«

»Sagenhaft! Mattie, du bist die Größte. Wie wär's, wenn du zu ihr gehen und versuchen würdest, sie ihr abzuschwatzen? Sag ihr, die Blumen aus ihrem Garten würden vor dem strahlenden Weiß ihrer Tischwäsche umwerfend aussehen.«

Eine halbe Stunde später kam Mattie derart beladen zurück, dass sie gerade noch über den riesigen Berg Tischdecken, der fast so hoch, aber genauso weiß war wie der Mont Blanc, spähen konnte. Hilfsbereit kam hinter ihr Snowy mit einer weißen Serviette im Maul angetänzelt.

»Fantastisch«, freute sich Flo und nahm Mattie den Stapel ab, bevor sie ihn fallen ließ.

»Soll ich eine auflegen?«, fragte Mattie.

Flo griff in einen Haufen hässlicher alter Betttücher, die sie im Keller gefunden und auf Tischgröße zugeschnitten hatte. »Ein alter Familientipp der Parkers: Leg unter jede Tischdecke erst ein Stück Betttuch.« Sie strich das Betttuch glatt und breitete mit Matties Hilfe die strahlend weiße Tischdecke darauf aus. Etwas an dieser Handlung rief Erinnerungen in Flo wach. So hatte es ihre Mutter immer vor Essenseinladungen gemacht, vor vielen Jahren, als sie noch gesund gewesen war. Es war Flos Aufgabe gewesen, beim Tischdecken zu helfen. Auf einmal sah sie sich selbst im Alter von fünf oder sechs Jahren, in ihrem Häschenschlafanzug, wie sie ein Brötchen auf den Teller jedes Gastes legte und vor Stolz und Aufregung fast geplatzt wäre. Später durfte sie Chips und Oliven herumreichen. War dieses Glück bereits wie alter Essig getrübt gewesen, als ihre Mutter krank wurde?

Sie wandte sich ab und spürte, wie es ihr die Brust so schmerzlich zuschnürte, als hätte man ein Gewicht darauf gelegt. Warum hielten die Menschen hartnäckig an der Überzeugung fest, dass sich im Leben alles zum Guten wenden würde, wenn die Wirklichkeit doch so eindeutig dagegen sprach?

»Alles in Ordnung, Flo?« Matties kleine Hand schlüpfte in ihre und Flo drückte sie.

»Es geht schon wieder. War nur eine traurige Erinnerung.«

Mattie nahm eines der kleinen Sträußchen mit Gartenwicken, die sie gebunden hatte. »Sollen wir das hier deiner Mum widmen?«

Flo war unsagbar gerührt. Sie stellte den Strauß blassrosa- und lilafarbener Wicken – ein unglaublich glücklicher Zufall fügte es, dass genau dies die Lieblingsblumen ihrer Mutter gewesen waren – mitten auf den Tisch. »Die hätten ihr wunderbar gefallen. Vielen Dank, Mattie.«

»Bestimmt hat sie dich unheimlich lieb gehabt«, meinte Mattie. »Wie wir alle.«

Flo musste sich eine Träne aus dem Augenwinkel wischen, diesmal jedoch aus einem anderen Grund. Endlich bedeutete sie jemandem etwas. »Jetzt aber los, Mattie, die Zeit rast. Wir werden eine Deko auf die Beine stellen, dass es ihnen die Gummistiefel auszieht.«

Gemeinsam legten sie rasch Decken auf die restlichen Tische und stellten in die Mitte jeweils eine Vase mit Blumen. Dann verkündete Flo, dass sie Matties totale Konzentration für ihr Prunkstück brauchte.

»Mensch, Flo,« staunte Mattie ein paar Stunden später und trat ein Stück zurück, um ihr gemeinsames Werk zu bewundern. »Das ist ja phänomenal!«

Vor ihnen stand ein zwei Meter hoher Bogen aus Sommerblumen, der geschickt um mit Floristenschaumstoff verkleideten Blumendraht gewickelt war und von einem Gartenspalier gehalten wurde.

»Nicht schlecht, was? Wir kriegen sie garantiert dazu, den Floral Dance zu tanzen, bevor der Abend zu Ende ist, pass nur auf.«

Schließlich blieben Flo nur zehn Minuten, um sich umzuziehen, was ihr ganz recht war. Abgesehen davon, dass ein Partykleid das Einzige war, was sie aus London mitzubringen vergessen hatte.

»Du könntest dir ja etwas von Vee borgen…«, bot Mattie zögerlich an, »wenn sie nicht…« – sie hielt inne und suchte nach dem richtigen Wort – »…gebaut wäre wie ein Brauereigaul.«

»Mattie!«

»Schon gut«, beruhigte sie Mattie. »India ist zu klein, Mum ist zu altmodisch, also musst du dir aus der Verkleidungskiste etwas aussuchen.«

Flo sah zwar zugegebenermaßen etwas gewöhnungsbedürftig aus, nachdem sie sich mit dem Kostüm aus einer Aufführung des Bauerntheaters als Schäferin verkleidet hatte, doch das würde genügen müssen.

»Sehr ländlich«, erklärte sie, während sie sich selbst im Spiegel beäugte. »Weißt du was? Wir borgen uns noch ein paar Schafe. Dann sieht es wenigstens so aus, als sei die Verkleidung Absicht.«

Zusammen wählten sie Rowley und drei besonders hübsche Mutterschafe aus, deren Äußeres Mattie mit rosafarbenen Bändern verschönerte. »Lass sie einfach im Gehege, bis wir auf den Ball gehen«, empfahl Flo. »Und jetzt sehen wir mal nach, wer schon fertig ist.«

Zu beider Erstaunen nahm Veronica Flos merkwürdige Aufmachung überhaupt nicht zur Kenntnis. Sie blickte immer wieder nervös auf die Uhr und spähte aus dem Fenster.

»Deine Freundin Miranda ist eben eingetroffen«, verkündete India-Jane. »Sie zieht sich in Mums Zimmer um.« Indias zehnjähriges Stimmchen wurde vor Verachtung ganz schrill. »Sie trägt ein total *abartiges* Teil aus Jeansstoff und Patchwork, das überall Fransen hat, und dazu Gänseblümchen in den Haaren.«

Genau diesen Moment wählte Miranda für ihren Auftritt. Ihre Erscheinung war ganz Woodstock, späte sechziger Jahre, mit dem ungewöhnlichen Extra, dass sie eine schwarze Perücke trug, die in zwei Rattenschwänze geteilt und mit riesigen Blumen verziert war.

»Tolles Outfit«, lobte Flo. Zumindest sah daneben ihr eigenes normaler aus. »Stellst du ein neues Gartenprogramm vor?«

»Na ja«, erwiderte Miranda, »es ist von Stella McCartney. Der neue Hippie-Schick.« Neugierig musterte sie Flos Kluft. »Und woher stammt deines?«

»Aus der Verkleidungskiste.«

»Nie gehört.« Miranda sah verstimmt drein. Sie legte Wert

darauf, über modische Trends und angesagte Läden stets auf dem Laufenden zu sein. »Muss wohl neu sein.«

Mattie und Flo unterdrückten ein Kichern.

»Eigentlich dachte ich, du würdest drüben bei den besseren Leuten wohnen.«

»Tu ich auch. Ich wollte nur mein Outfit geheim halten.«

»Ich kann mir unschwer vorstellen, warum.«

»Bis zum Ball. Um die größtmögliche Wirkung zu erzielen.«

Es klingelte an der Tür, und Veronica rannte hin, um zu öffnen. Doch Tante Prue kam ihr zuvor. »Hugo«, sagte sie, »wie schön, Sie zu sehen.«

Veronica zog ein enttäuschtes Gesicht.

»Guter Gott.« Hugos Augenbrauen schossen beim Anblick der beiden jungen Frauen in die Höhe. »Soll das ein Kostümfest werden?«

»Offensichtlich hast du keine Ahnung, Hugo«, informierte ihn India mit vernichtendem Tonfall. »Mirandas Outfit stammt von Stella McCartney, und das von Flo ist aus einem coolen Laden namens ›Die Verkleidungskiste‹. Du bist hoffnungslos out.«

»Tatsächlich?« Hugo fing Flos Blick auf. »Und ich dachte, ich würde es aus dem Bauerntheater vom letzten Jahr kennen.«

Flo zwang sich, nicht darauf einzugehen. Herrgott, man brauchte ja nur mal ihn anzusehen. Sein dunkles Haar war so lang wie das eines Fußballers, und seine Blue Jeans sahen aus, als wären sie gebügelt. Welches Weichei bügelte denn seine Jeans?

»Schicke Jeans«, bemerkte sie, bevor sie es sich verkneifen konnte.

»Ja. Wenn meine Mutter sie nur nicht immer bügeln würde.«

Wenn dem so war, so fügte Flo in Gedanken hinzu, dann hieß die Frage eben, was für ein Weichei eine *Mutter* hatte, die ihm die Jeans bügelte. Schließlich war es ganz schön jämmerlich, noch zu Hause zu leben, wenn man schon fast achtundzwanzig war.

Die Tatsache, dass Adam mit knapp dreißig auch noch zu Hause lebte, entging Flos Aufmerksamkeit vorübergehend. Gereizt musterte sie Hugo. Du lieber Himmel, sein Hemd hatte zudem noch die gleiche Farbe wie seine Augen. Eitel war gar kein Ausdruck für ihn.

»Sollen wir dann losgehen?«, fragte Hugo, der bedauerlicherweise keine Ahnung davon hatte, dass die Farbe seines Hemdes einer derart gnadenlosen Musterung unterzogen worden war. »Es sind ja nur zwei Minuten zu Fuß.«

»Und was ist mit Adam?«, fragte Flo loyal.

»Ist mit Onkel Kingsley nach Witch Beauchamp gefahren. Joan hat angerufen und ihn informiert, dass ein neues Paar Asics MC Plus eingetroffen ist.«

»Warum konnte Onkel Kingsley denn nicht selbst fahren?«

»Er hat den ganzen Nachmittag Alfs Nesselsekt zugesprochen. Adam meinte, er käme nach.«

Hugo und die drei Frauen machten sich gemeinsam mit Tante Prue auf den Weg. Mattie und India winkten ihnen vom Gartentor aus begeistert nach.

Ein paar Ballbesucher schlossen sich ihnen an, als sie den sonnenbeschienenen Weg auf den Gemeindesaal zugingen, und sie konnten hören, wie sich drinnen die Band einspielte. »Wenigstens sind sie da«, meinte Vee. »Letztes Jahr sind sie im Pub versackt und erst sehr spät am Abend hier eingetrudelt.« Sie verschwand in Richtung der kleinen Küche hinter dem Saal, um nachzusehen, wie weit die Würstchen im Schlafrock waren.

»Großer Gott«, rief Hugo aus, als sie hineinmarschierten. »Hier sieht's ja aus wie auf der Chelsea Flower Show. Wo kommen denn die ganzen Blumen her?«

»Aus Tante Prues Garten«, gestand Flo. »Ich habe so viele geklaut, dass es dort jetzt aussieht wie auf dem Kopf von Telly Savalas.«

»Hast du das alles dekoriert?«, fragte Hugo erstaunt.

Flo zuckte die Achseln. »Es ist ein bisschen übertrieben, ich weiß.«

»Es ist fantastisch. Jetzt fehlt nur noch eine Fragonard-Schaukel. Ein Jammer, dass niemand heiratet.«

Flo fiel auf, dass die Band sich von der Umgebung inspirieren ließ und eine Folk-Rock-Version von »As I Walked Out One Midsummer Morning« angestimmt hatte.

»Wie kommt es nur«, begann Miranda, als sie sich auf die beiden gestürzt hatte, da sie fand, dass Flo und Hugo sich nun schon lang genug unterhalten hatten, »wie kommt es nur, dass es in neunundneunzig Prozent aller Volkslieder um Kerle geht, die sich aus dem Staub machen und junge Mägdelein in der Patsche sitzen lassen?«

»Ich vermute«, sinnierte Hugo, während seine blauen Augen schmaler wurden, »dass die jungen Mägdelein im goldenen Zeitalter des englischen Volkslieds noch nicht genug Wirtschaftskraft errungen hatten, um sich ihrerseits aus dem Staub zu machen.«

»Gott sei Dank ist das heute anders«, zischte Miranda.

Der Saal füllte sich schnell. Kräftige junge Männer kämpften sich zur Theke durch, während sich ihre Freundinnen auf Heuballen setzten und eifrig Klatsch austauschten. Veronica ging mit den Würstchen im Schlafrock herum und sah immer noch ständig auf die Uhr.

Auf einmal unterbrach plötzliche Unruhe am anderen Ende des Saals das Stimmengewirr. Als Flo sah, wie Adam Rowley den Widder und seine drei Mutterschafe hereinführte, brach sie in schallendes Gelächter aus. »Schäferin Bo Peep hat offenbar ihre Schafe vergessen. Mattie hat darauf bestanden, dass ich sie herbringe. Und da sind sie jetzt.«

»Ehrlich gesagt«, flüsterte Flo, »hat Bo Peep es sich anders überlegt und sie absichtlich zurückgelassen. Trotzdem danke. Ich bringe sie hinter die Bühne. Dann stolpert niemand über sie.«

Sie führte die Schafe an der verblüfften Folkband vorbei auf die Bühne und baute ein provisorisches Gehege aus übrigen Heuballen. »Dann müsst ihr wenigstens nicht hungern«, sagte sie tröstend. »Und wenn ihr brave Schafe seid, stecke ich euch nachher ein paar Würstchen im Schlafrock zu.«

Rowley der Widder funkelte sie an, als wäre das eher eine Drohung als ein Versprechen.

»Trink doch ein Glas Punsch, Flora«, bot ihr Veronica an und wich ihrem Blick aus, als sie sich wieder unter die Menge mischte, »er ist so harmlos wie Muttermilch.« Vee unterstrich ihre Aussage, indem sie selbst einen großen Schluck trank. Ihre bretthart gesprayte Frisur verrutschte ein wenig.

»Auf wen wartet Veronica eigentlich?«, wollte India-Jane wissen, die sich irgendwie in den Saal geschmuggelt hatte. »Sie schaut alle zehn Sekunden auf die Uhr.«

»Keine Ahnung. Vielleicht auf einen strammen Jungbauern, den sie sich warm halten will.«

»Komm schon«, drängte Adam und packte Flo am Handgelenk. »Jetzt, wo du deine Schafe geparkt hast, können wir doch endlich tanzen.« Er wirbelte sie zu dem immer hektischer werdenden Gefiedel auf der Tanzfläche herum. Obwohl der Ball bereits unüberhörbar in vollem Gange war, strömten ständig noch neue Besucher an. »Schau mal, da ist deine Mutter mit Onkel Kingsley und Joan.«

Onkel Kingsley rieb sich die Hände und ging schnurstracks auf den Bartresen zu. Entweder aufgrund seiner Position im Dorf oder infolge der Tatsache, dass er ein weißes Dinnerjackett, ein seidenes Halstuch und seine neuen Turnschuhe trug und dadurch aussah wie ein entflohener Geisteskranker, der auf Noel Coward macht, öffnete sich eine Gasse vor ihm, und er erreichte sein Ziel, nämlich ein Pint Theakston's Old Peculiar, in glatt dreißig Sekunden.

Pamela, in so viel Kaschmir gehüllt, dass dafür Unmengen der seltenen Ziegen ihre Wolle hatten spendieren müssen, blieb stehen, um sie zu begrüßen. Als sie merkte, wer Adams Aufmerksamkeit auf sich gezogen hatte, hätte ihr Lächeln das Mittelmeer gefrieren lassen können.

»Die Dekoration ist ja sehr gelungen«, rang sie sich schließlich mit höchst aristokratischem Tonfall ab. »Ihre Tante hat mir erzählt, dass Sie den Blumenschmuck arrangiert haben. Sind die echt oder künstlich?«

Flo spürte, dass dies eine Fangfrage war, wusste aber nicht, wie sie der Falle entkommen konnte. »Echt. Sie stammen aus dem Garten meiner Tante.«

»Ich finde ja Seidenblumen immer viel vernünftiger. Dann können die echten in der Erde bleiben, wo alle ihre Freude daran haben.«

»Ach, komm, Ma«, erinnerte Adam sie, »du sagst doch sonst, dass dich Seidenblumen an Pensionen in Bournemouth erinnern.«

»Das liegt daran, dass Pamela so ungemein snobistisch ist, stimmt's, Pam?«, warf Joan ein und zwinkerte ihr verschmitzt zu.

Adam lachte. Er wusste, dass es seiner Mutter extrem zuwider war, wenn man sie Pam nannte. Das reimte sich nämlich zu gut auf Spam, das Dosenfleisch, und besaß etwa genauso viel Klasse und Kultiviertheit.

»Besorgen wir uns mal lieber etwas zu trinken, oder?«, sagte Pamela, ohne darauf einzugehen.

Die Band stimmte »Strip the Willow« an, und Adam zog Flo gleich wieder auf die Tanzfläche, wo alle anderen schon reichlich betrunken herumschwankten und sich gegenseitig anrempelten.

»Ich liebe diese traditionellen Stücke. Du nicht auch?«, brüllte Adam im selben Moment, als Miranda und Hugo Pirouetten drehend an ihnen vorbeiwalzten und es Hugo gelang, Flo auf den Fuß zu treten.

»Autsch!«, kreischte Flo auf. »Na prima. Wenn die Leute nur wüssten, was sie tun.«

Die Musik hielt inne, und ohne jede Vorwarnung sprang Adam auf die Bühne. Er strich sich die blonden Haare aus den Augen, setzte ein breites Grinsen auf und nahm dem verblüfften Sänger das Mikrofon aus der Hand.

Auf einmal bekam Flo unergründliches Herzklopfen, und es schnürte ihr die Kehle zu.

»Bevor wir uns zum Essen setzen«, begann Adam, »habe ich eine richtig romantische Ankündigung zu machen. Ich weiß, dass sie mich umbringen wird, weil sie es noch ein paar Tage geheim halten wollte, aber das schaffe ich einfach nicht. Ich muss unbedingt euch allen hier heute Abend eine sagenhafte Neuigkeit mitteilen. Nachdem wir gestern gemeinsam einen Betonbau hochgezogen haben …«

»Genau, lass sie arbeiten!«, rief jemand aus der Menge.

Adam ignorierte ihn. »Gestern Abend habe ich mich unter dem scharfen Blick von Miss India-Jane Rawlings im Hof der Hunting Farm mit der hinreißenden Flora Parker verlobt!« Er zerrte Flo neben sich auf die Bühne und hielt sie eng umschlungen an seiner Seite. »Mit der ich hoffentlich ein langes und glückliches Leben verbringen und noch viele weitere haltbare Bauwerke errichten werde!«

Noch bevor Flo dazu kam, den Mund aufzumachen, brachte heftiges Quieken und Schnauben hinter ihnen Adam dazu, seine Ansprache abzubrechen und den Vorhang beiseite zu ziehen.

Dahinter, direkt vor den Augen von zweihundert versammelten Ballgästen, begattete Rowley der Widder gerade das hübscheste der drei Mutterschafe.

Am anderen Ende des Saales ging die Tür auf, und ein plötzlicher Windstoß veranlasste die Anwesenden, sich umzudrehen.

Von der offenen Tür eingerahmt, die Augen in seinem fleischigen, genusssüchtigen Gesicht drohend zusammengekniffen, stand dort Miles.

12. Kapitel

»Das hoffe ich allerdings auch!«, ertönte ein hoch erfreutes Grölen aus Richtung der Bar. »Zeit genug hast du dir ja gelassen!« Onkel Kingsleys Schnurrbart schien derart gut aufgelegt zu sein, dass er schon fast tanzte. »Sogar noch zwei Monate vor Ablauf der Frist! Ich hatte schon fast gefürchtet, ich hätte aufs falsche Pferd gesetzt. Gut gemacht, Adam, mein Junge!« Er wandte sich an seine Schwester. »Na los, Pamela, komm von deinem hohen Ross herunter, bevor dir der Hintern weh tut, und begrüße deine zukünftige Schwiegertochter.«

Flo stieg von der Bühne, umgeben von Leuten, die klatschten, brüllten und jubelten, ganz zu schweigen von der Band, die »For She's A Jolly Good Fellow« angestimmt hatte. Pamela lächelte andeutungsweise und streckte eine Hand aus, die sich anfühlte, als sei sie gerade in der Antarktis ausgegraben worden. »Herzlichen Glückwunsch, Flora. Sie müssen einmal rüberkommen, dann führe ich Sie durchs Haus. Schließlich wird es bald Ihres sein.«

»Keine Sorge, Ma«, meinte Adam grinsend, »wir finden ein hübsches Häuschen für dich, das nahe genug liegt, dass du dich in alles einmischen kannst.« Als er ihren Gesichtsausdruck sah, fügte er rasch hinzu: »Aber eigentlich erwarten wir überhaupt nicht, dass du ausziehst, oder, Flo?«

Flo, die nie über irgendeine dieser Konsequenzen nachgedacht hatte, lächelte angespannt.

Sie wurde von Miranda gerettet, die im selben Moment zu ihr hergeflattert kam und sie in eine überschwängliche Umarmung schloss. »Ich finde es herrlich! So traumhaft romantisch! Du und Adam werdet ein Baby nach dem anderen bekommen, wie Stangenbohnen!«

Und dir freie Bahn lassen, damit du dir Hugo schnappen kannst, dachte Flo, bevor sie es sich verkneifen konnte.

»Ich hoffe, ihr seid beide überglücklich«, meldete Vee sich ganz unerwartet zu Wort. Zu Flos Erstaunen wirkten Veronicas Glückwünsche völlig aufrichtig, und das trotz der Tatsache, dass sie selbst darauf aus gewesen war, Adam an Land zu ziehen, seit Flo in Maiden Moreton eingetroffen war. Stattdessen quoll Vee vor Begeisterung über. Sie schien geradezu von innen heraus zu leuchten. Das glückliche Strahlen wanderte über Flo und Adam hinweg zu einer direkt hinter ihnen gelegenen Stelle.

Flo wandte sich um, um dessen wahre Bestimmung zu sehen. Und entdeckte Miles, der sie finster anstarrte.

»Er ist gekommen!«, hauchte Vee hingerissen. »Ich hätte nie gedacht, dass er sich daran erinnert.«

»Trotz der vierzehn Nachrichten, die du auf meinem Anrufbeantworter hinterlassen hast?« Flo fiel auf, dass sein Tonfall bemerkenswert sanft für Miles war. Fuhr er womöglich auf Vees herrische Landfrauenart ab?

Irgendwie schaffte es Pamela, ihren Augenstern von Flos Arm zu lösen und wegzuführen.

»Du wirst dich zu Tode langweilen.« Flo kannte diese boshaften Töne und drehte sich zu Miles um.

»Ehrlich gesagt habe ich mich in meinem ganzen Leben nie weniger gelangweilt. Das Landleben entspricht mir.«

»Ich habe nicht das Landleben gemeint«, ergänzte Miles leise, »sondern deinen Verlobten. Keinerlei Zartgefühl. Action Man ohne Batterien.«

»Im Gegensatz zu dir, meinst du? Wenn du zartfühlend bist, möchte ich erst mal sehen, was grob ist. Da weiß ich wenigstens, woran ich bin.«

»In maximal drei Monaten wirst du mich anrufen, ausgehungert nach ein bisschen Aufregung.« Er blickte auf die andere Seite des Saals, wo Onkel Kingsley mit einem Riesenbier auf Adams Wohl anstieß. »Oder vielmehr schon in zwei Monaten.«

»Du bist so unbeschreiblich eitel, dass es mir die Sprache verschlägt«, erwiderte Flo.

»Weiß dein Gatte in spe eigentlich über die bevorstehende Werbekampagne Bescheid? Dass du bald landauf, landab auf Tausenden von Anschlagtafeln zu sehen sein wirst?«

Flo war einen Moment lang verunsichert. Es war alles so plötzlich gekommen, dass sie Adam tatsächlich nichts davon gesagt hatte. »Ich wette, er ist unheimlich stolz auf mich.«

Miles folgte ihrem Blick. »Darauf würde ich mich nicht verlassen. Vielleicht gibt es doch Dinge, hinter denen er nicht stehen würde.« Sein Tonfall klang derart bedrohlich, dass Flo einen Schritt zurücktrat, da sie nicht dieselbe Luft atmen wollte. »Worauf willst du eigentlich hinaus?«

»Alles zu seiner Zeit«, zierte er sich und genoss die Situation offensichtlich.

»Verzieh dich gefälligst, Miles«, erklärte Flora mit stählerner Härte, und zwar genau in dem Moment, den sich die Folkband ausgesucht hatte, um ihre spezielle Version von »Greensleeves« zu beenden, sodass man sie durch den ganzen Saal hörte. »Ich lasse nicht zu, dass du zum zweiten Mal versuchst, mein Leben zu ruinieren. Du warst schließlich der Grund dafür, dass ich überhaupt hier gelandet bin.«

Sie sah sich um und blickte auf einmal in die kühl taxierenden blauen Augen Hugos.

»Offenbar sind Glückwünsche angebracht«, sagte Hugo in einem Ton, der merkwürdig emotionslos war. »Mein Bruder kann sich äußerst glücklich schätzen. Darf ich davon ausgehen, dass die Hochzeit noch vor Michaeli stattfinden wird?«

Flora stockte der Atem. Gerade hatte sie sich erst von Miles' Bosheit erholt, und nun kam Hugo mit der ihm eigenen Art der Missbilligung. Sie hielt einen Moment die Luft an, um sicherzugehen, dass er das tatsächlich gesagt, allen Ernstes die plumpe Anspielung gemacht hatte, dass sie Adams Heiratsantrag angenommen hatte, um dafür zu sorgen, dass sie das Haus bekamen. Und dann, ohne nur noch einmal nachzudenken, kippte sie Hugo den Inhalt ihres Glases ins Gesicht.

Am nächsten Morgen wachte Flo auf, als es an ihrer Tür klopfte und gleich darauf Mattie mit Snowy im Schlepptau hereinkam, ein Tablett mit Tee und Toast in der Hand. »Sogar Ivy findet, dass man dich jetzt verwöhnen darf, wo du offiziell verlobt bist!«, verkündete sie stolz und stellte klappernd das Tablett ab.

Flo lachte und setzte sich in den Kissen auf. »Ich muss wirklich sagen, ich fühle mich wie Scarlett O'Hara, wenn ich von vorn bis hinten bedient werde.«

Nach Mattie erschien India-Jane mit der Morgenzeitung. »Und Donna aus dem Pub fühlt sich vermutlich wie Melanie Wilkes, nachdem du ihr den Verehrer vor der Nase oder vielmehr unter der Bettdecke weggeschnappt hast.«

Flo ignorierte sie.

»Ach, übrigens, Mattie«, fügte India gehässig hinzu, »du hast die Milch und die Butter vergessen.«

Mattie sah geknickt drein.

»Keine Sorge, Mattie«, versicherte ihr Flo. »Butter macht wahnsinnig dick, und meinen Tee trinke ich auch lieber schwarz.«

Zaghaft setzte sich Mattie auf den Bettrand. »Magst du den Tee wirklich schwarz?«, fragte sie, als India verschwunden war, um sich jemand anderen zu suchen, den sie ärgern konnte.

»Ehrenwort«, bekräftigte Flo nickend.

»Das mit dir und Adam freut mich wirklich. Er ist immer nett zu mir.«

»Das habe ich schon gemerkt. Ja, das war sogar eines der ersten Dinge, die mir an Adam gefallen haben. Er besitzt offenbar eine gute Menschenkenntnis.« Mattie erstrahlte so rosig und froh wie die Rosen auf Flos Kissenbezug.

»Und ich würde gar nicht auf irgendwelchen Klatsch hören. Das sind nur Leute, die eifersüchtig sind, weil Adam nicht auf *sie* steht.«

»Ach, da fällt mir etwas ein«, sagte Flo rasch und fragte absichtlich nicht nach, woraus der Klatsch bestand. Dieses Thema behagte ihr nicht besonders. Irgendwie erwähnten alle Adam und Sex in einem Atemzug. »Wie nimmt es denn Vee auf?«

»Sie scheint es kaum wahrgenommen zu haben.«

Flo fragte sich, ob das an Miles lag und ob sie es Vee schuldig war, ihr zu erklären, wie er wirklich war. Das Problem war nur, dass Vee ihn dann womöglich doppelt so gern mögen würde.

Mattie war gerade erst gegangen, und Flo stand vor der schwierigen Wahl, entweder ein Hochglanzmagazin zu lesen oder ein Bad zu nehmen, als Tante Prue den Kopf zur Tür hereinsteckte. Ihre Augen leuchteten vor Glück.

»Flora! Du bist wach! Ich wollte dich außerdem allein erwischen. Das ist eine wunderbare Neuigkeit. Ich kenne Adam, seit er ein Baby war.«

»Sag nichts. Sämtliche weiblichen Babys waren auch in ihn verliebt!«

Prue nahm einen gewissen Argwohn in der Stimme ihrer Nichte wahr, wenn es um dieses Thema ging. »Ich denke, so etwas kommt mehr aus der Fantasie der Eltern, oder nicht?«

Gott sei's gedankt, hier war endlich die Stimme der Vernunft. »Tante Prue, bist du etwa die einzige Frau auf der Welt, die gegen Adams Charme immun ist?«

»Ich glaube, da bin ich nicht die Einzige. Adam ist ein sehr netter junger Mann. Obwohl es mich schon ein bisschen überrascht hat, dass deine Wahl auf ihn gefallen ist.«

»Warum denn das?«, fragte Flo verdutzt und mit einem Anflug von Angst. Sie wünschte sich so sehr, dass Prue einverstanden war.

»Na ja, weil Adam eben mehr an der Oberfläche lebt, während du in meinen Augen einige sehr tiefe Abgründe hast.«

»Deshalb mag ich ihn ja! Ich denke genug für uns beide. Wenn ich jemand Tiefgründigen heiraten würde, würden wir es nicht mal schaffen, uns morgens übers Aufstehen zu einigen.«

»Ich hätte gedacht, dass es auch einen Mittelweg gibt, aber vergiss das einfach alles. Bist du wirklich glücklich?« Ihre Tante setzte sich aufs Bett und nahm ihre Hand.

»Ja. Ich bin ehrlich rundum glücklich. Zuerst war ich mir ein bisschen unsicher. Wie in aller Welt soll man denn wissen, ob jemand der Richtige ist und ob man ihn für immer und ewig lieben wird? Aber diese Woche – ich weiß, das klingt verrückt –, als wir zusammen das Café gebaut haben, das war – lach bitte nicht...«

»Ich würde dich nie auslachen, Flora. Niemals.«

»Na ja, es kam mir so vor, als würden wir das Fundament für etwas sehr Wichtiges legen. Es wirkte irgendwie symbolisch auf mich.«

»Ich bin ja so froh.« Die Stimme ihrer Tante klang belegt, als sie Flos Hand drückte. »Du bist ein wirklich wertvoller Mensch, weißt du das? Du brauchst jemanden, der zu schätzen weiß, wie wertvoll du bist. Bis jetzt hast du es nicht leicht gehabt. Ich wünsche mir so sehr jemanden für dich, der das erkennt und sich liebevoll um dich kümmert.«

»Das tut Adam bestimmt, keine Sorge.«

»Habt ihr schon einen Termin festgesetzt?«

»Nein. Noch nicht. Darüber muss ich noch mit Adam sprechen.«

»Und wir müssen uns mit deinem Vater in Verbindung setzen.« Sie drückte erneut Flos Hand. »Damit er dich zum Altar führt.«

Flo schnürte es die Brust zusammen. Sie war daran gewohnt, ihr Leben eigenständig zu führen und ihre Entscheidungen selbst zu treffen, ohne je ihren Vater um irgendetwas zu bitten. Würde er überhaupt kommen wollen?

»Natürlich kommt er«, sagte Tante Prue, die wohl ihre Gedanken gelesen hatte. »Alles wird gut. Ich spüre es.«

»Glaubst du wirklich?« Flos Stimme war auf einmal so leise geworden, dass Prue sie kaum mehr verstehen konnte. In Flos ausdrucksvollen Augen glitzerten ungeweinte Tränen.

»Ja. Da bin ich mir sicher. Ich spüre es in meinen Knochen.« Tante Prue schmunzelte. »Entweder ist es das oder Osteoporose.«

Ein Lächeln erhellte Flos Gesicht. Noch nie zuvor hatte sie ihre Tante einen Scherz machen hören. Es klang wie ein gutes Omen.

»Ich glaube, es ist langsam Zeit, dass ich aufstehe«, verkündete Flo, »und aufhöre, mich wie eine Gutsherrin zu benehmen – zumindest so lange, bis ich eine bin!«

Flo war erst halb angezogen, als unten das Telefon klingelte und Ivy nach oben rief, dass jemand namens Fizz sie sprechen wolle. Sie hüpfte die Treppen hinunter und auf die kalten Steinplatten des Flurs. Sogar jetzt, im Juli, waren die Platten eiskalt. Sie zog ihre nackten Füße im Schneidersitz auf den Stuhl neben dem Telefon, damit sie nicht erfroren.

»Hallo Flora, hier ist Buzz von der Agentur. Ich habe gute Neuigkeiten.« Flo fragte sich, ob sie Buzz auch von ihren eigenen guten Neuigkeiten berichten sollte. Eigentlich hatte sie erwartet, dass sie sich ein bisschen blöd vorkäme, wenn sie von ihrer Verlobung erzählte, doch dann stellte sie fest, dass sie es am liebsten allen und jedem mitgeteilt hätte. »Sie wollen in zehn Tagen drehen. Können Sie sich darauf einstellen?«

Ihr kamen Miles' Worte in den Sinn, wie Adam wohl darauf reagieren würde, dass sie so plötzlich in der Öffentlichkeit stand, doch sie war sich sicher, dass Adam das nichts ausmachen würde. Sie würde ihm einfach sagen, dass sie es für Rowley den Widder tat. Und Rowley war praktisch so was wie ein Seelenverwandter.

Zum Glück fügte es sich, dass sich die ideale Gelegenheit bot, als Adam am späten Vormittag vorbeikam, um ihr sowohl eine Abendessenseinladung von seiner Mutter zu überbringen als auch das Angebot, sie in den Ort mitzunehmen. Flo hatte ihn durch ihr offenes Fenster im ersten Stock begrüßt und genoss es, wie sein blondes Haar in der Sommersonne schimmerte. Er blieb auf dem Hof stehen, um für Snowy ein Stöckchen zu werfen. Dann hielt er es vor dem kleinen Hund in die Höhe, immer höher und höher, bis Snowy das Zweifache ihrer Größe in die Luft sprang. Adam hatte etwas gewinnend Jungenhaftes an sich. Nach wie vor besaß er die Fähigkeit, die so vielen Erwachsenen fehlt, nämlich ganz in dem aufzugehen, was er gerade tat. Er belastete sich nicht damit, voraus- oder zurückzuschauen. Flo beneidete ihn.

Er ertappte sie dabei, wie sie ihn beobachtete, und rief zu ihr hinauf: »Na, wie fühlt sich meine frisch gebackene Verlobte heute Morgen?«

»Wunschlos glücklich«, erwiderte sie lächelnd und meinte es auch so.

»Du bereust es also nicht, einem Dorftrottel das Jawort gegeben zu haben und dich demnächst in der Provinz vergraben zu müssen, wo du doch stattdessen zu den Lichtern der

Großstadt zurückkehren könntest?«, fragte er, als sie heruntergekommen war.

Sie schüttelte den Kopf. »Die Provinz ist mir bedeutend lieber.« Sie dachte an Buzz' Anruf und daran, dass sie ihm von der Werbekampagne berichten musste. »Allerdings muss ich nächste Woche für ein paar Tage nach London.«

»Gut.« Er zog sie an sich. »Da kannst du dir Brautkleider ansehen. Aber diesmal nicht aus der Verkleidungskiste.« Auf einmal wurde er leicht rosa und steckte die Hand in die Tasche seines Overalls. »Vielleicht etwas in der Richtung.« Es war eine zerknitterte Seite aus dem *Farmer's Weekly*, auf der eine Braut in einem durchsichtigen schulterfreien Kleid abgebildet war, das ihre üppigen Kurven zu voller Geltung brachte. Das Model lehnte an einem Heuhaufen und kaute an einem Strohhalm. Der Begriff »aufreizend« wäre noch untertrieben gewesen.

»Sehr hübsch«, murmelte Flo. »Aber ich bin mir nicht sicher, ob deine Mutter damit einverstanden wäre.« Obwohl das vermutlich einen Teil des Reizes ausmachte. Langsam erkannte sie, dass es Adam Spaß machte, seine Mutter zu schockieren.

Er half ihr neben sich auf das Quad Bike, das er in der Einfahrt hatte stehen lassen. »Und warum musst du nach London? Hugo könnte dich mitnehmen. Er fährt nach wie vor einmal die Woche rein.«

»Nein danke.« Sie hatte keine Lust, Hugo zu erklären, was sie genau machte. »Man hat mich gebeten, in einer Werbekampagne für Blackmills Whiskey aufzutreten, und sie zahlen mir einen ziemlichen Batzen Geld dafür.«

»Schön für dich«, gratulierte ihr Adam, als hätte sie ihm soeben erzählt, sie hätte an der Tankstelle einen Kaffeebecher geschenkt bekommen.

»Es wird im Fernsehen und auf mehreren Plakaten verbreitet. Ich muss ein paar Tage zu Dreharbeiten nach London.«

»Wow«, staunte Adam. »Ich wusste nicht mal, dass du Whiskey überhaupt magst.«

»Ich kann das Zeug nicht ausstehen.«

»Ist es dann nicht ein bisschen unehrlich?«

Flo legte den Kopf auf seine Schulter, als sie so dahinzuckelten, und schloss die Augen. Er war in vieler Hinsicht so unschuldig. »Ich glaube nicht, dass es sie ernsthaft interessiert, ob ich Whiskey mag oder nicht – solange ich nicht rumlaufe und ihn schlecht mache. Es ist mein verwegenes Image, das sie haben wollen, sagen sie. Dir macht es doch nichts aus, wenn ich ein Weilchen überall auf den Reklametafeln klebe, oder?«

»Warum denn? Ich bin stolz auf dich.« Sie hatte Lust, ihn zu küssen. Er war schon fast zu lieb und großzügig.

»Was meinst du, was Pamela sagen wird?«

»Wen juckt's?«, lachte Adam und drehte den Gashebel auf, während sie sich einer schmalen, buckligen Brücke näherten. Das Quad Bike fuhr röhrend darüber und hüpfte dabei einen halben Meter in die Luft. Ein Trupp Wanderer sprang vor ihnen von der Straße in Sicherheit und musterte sie ärgerlich. »Verdammte Landeier«, rief einer.

»Verdammte Stadtpflanzen!«, brüllte Adam zurück.

»Woher willst du wissen, dass das Städter sind?«, wollte Flo wissen.

»Echte Landbewohner sind viel zu beschäftigt, um wandern zu gehen. Sie rackern bis zur Erschöpfung und hängen dann vor der Glotze. Sie spazieren nicht mit kleinen Landkarten in Plastikhüllen herum. Sie kennen ihre Umgebung.« Adam bremste das Quad Bike ab, als sie nach Witch Beauchamp kamen. »Ist es dir hier recht?«

»Ich würde lieber ganz in den Ort fahren. Vielleicht bis zum Pub oder so?«

Flo hatte das Gefühl, als sähe er ein bisschen beklommen drein.

»Willst du mitkommen und mir bei der Ernte helfen?« Es rührte Flo, dass er sie in seine Arbeit einbeziehen wollte. Sie hatte ja gesehen, was mit ihrer Tante und ihrem Onkel passiert war, nachdem die Frau ständig aus allem herausgehalten wurde.

»Unbedingt.«

»Gut. Aber denk dran, Hosen mit Gummizug am unteren Ende anzuziehen. Du willst sicher nicht, dass dir Ratten innen die Hosenbeine hochklettern.«

»Es gibt doch nicht wirklich Ratten, oder?«

»Eigentlich nicht. Aber früher haben sich die Landarbeiter tatsächlich Schnüre um die Beine gebunden, um sie abzuhalten. Heutzutage sind die Ratten verwöhnt. Sie halten sich an Mülltonnen. Mäuse gibt es aber. Und Kaninchen. Ich hoffe, du bist nicht zimperlich. Wir wollen ja hier keine Londoner Macken einführen, wie Ivy sagen würde. Du willst also nicht mit Hugo reinfahren?«

»Nein danke. Ich nehme an, sie schicken ein Taxi.«

»Den ganzen Weg nach Westshire?« Er hielt vor dem Pub und vermied es, zum Fenster im ersten Stock hinaufzublicken.

Flo gab ihm einen raschen Kuss. »Tja, es sind eben Städter.«

»Wohl eher Blödmänner. Sehen wir uns später bei uns?«

»Ich werde versuchen, mich der Rolle entsprechend zu kleiden.«

»Gib dir keine Mühe. Im Grunde möchte meine Mutter, dass ich eine Frau heirate, die sich so kleidet wie sie.«

»Dafür gibt es vermutlich auf dem ganzen Planeten nicht genug Ziegen.«

Adam sah verständnislos drein.

»Um das viele Kaschmir zu erzeugen.«

Hinter ihnen knarrte ein Fensterrahmen, doch keiner von beiden bemerkte es. Oben, hinter zugezogenen Vorhängen, griff Donna nach ihrem Next-Katalog. Irgendwo ganz hinten war ihr ein Kleid aufgefallen. Es war kurz, fuchsienrot und hatte einen tiefen, runden Ausschnitt. Und es war aus Kaschmir.

»Was hast du denn, Ma?«, fragte Hugo. Als ob er es nicht gewusst hätte. Adam war seit jeher Pamelas Lieblingssohn gewesen. Obwohl sie so tat, als missbillige sie sein freizügiges Sexualleben, ergötzte sie sich in Wirklichkeit daran. Es hätte Hugo nicht überrascht, wenn seine Mutter irgendwo oben, in den Tiefen ihres Schranks, zwischen den Pringle-Pullovern und den Hermès-Tüchern Adams gebrauchte Kondome aufbewahrt hätte.

Außerdem wurde ihm klar, warum die Neuigkeit von Adams Verlobung seine Mutter ganz besonders bestürzen musste. Trotz Flos Verletzlichkeit und ihrer schwierigen Kindheit oder vielleicht gerade deswegen besaß Flo eine innere Kraft, die Pamela fehlte. Pamela musste Zucht und Ordnung um sich verbreiten. Am liebsten war ihr, wenn die Leute Angst vor ihr hatten. Doch Flo hatte keine Angst vor ihr. Es hatte den Anschein, dass kleinere oder größere Gemeinheiten, wie sie einem Pamela zufügen konnte, keine Wirkung hatten, wenn man so tief verletzt worden war wie Flo. Und das wusste Pamela. Deshalb bezeichnete sie Flo als hart.

»Welche Frau hätte er sich denn deiner Meinung nach aussuchen sollen?«, fragte Hugo sie. »Veronica Rawlings etwa? Sie würde das Haus mit Linoleum auslegen und mehr Seidenblumen aufstellen als Interflora. Die Tochter des Pfarrers? Die würde ihre ganze Familie fröhlicher Christenmenschen mitschleppen. Flo lässt das Haus so, wie du es gewohnt bist. Sie hat andere Interessen, um die sie sich kümmern muss.«

»Wie zum Beispiel?« Pamela ließ sich nicht dabei unterbrechen, Küchengarn fest um kleine Lammkoteletts zu wickeln, nachdem sie in jedes einen Zweig frischen Rosmarin und eine Füllung aus Aprikosen und frisch geriebenen Brotbröseln gesteckt hatte. Es erstaunte Hugo immer wieder, dass seine Mutter, wenn ihr danach war, köstliche Mahlzeiten kochen konnte, dabei teure Stricksachen trug und anscheinend nicht einmal die Küche in Unordnung brachte. Dagegen sah die Küche nach seinen Kochversuchen stets wie nach einem Bombenangriff aus.

»Ihrem Onkel dabei helfen, diesen Schafzoo zu leiten. Sie kann sehr gut mit Menschen umgehen und hat jede Menge Designideen.«

»Wenn sie ein solcher Ausbund an Tugend ist«, fauchte Pamela wütend, weil sie sich darüber ärgerte, dass ihr aristokratisches Gehabe als aufgesetzt entlarvt worden war, »warum schnappst du sie dir dann nicht selbst? Dann wärst du derjenige, der das Haus bekommt.«

Pamela bereute ihre Worte auf der Stelle. Echter Schmerz zog über Hugos Gesicht wie eine Wolke über sonniges Hügelland. Guter Gott, Hugo mochte dieses entsetzliche Mädchen auch!

»Da bist du ja, Pamela!« Onkel Kingsley schien mittlerweile nur noch zu strahlen, seit die Verlobung verkündet worden war. »Weißt du, wo meine Brooks Radius IV hingekommen sind?«

»Wo sie hingehören, in dein Ankleidezimmer. Ich habe die Schnürsenkel gewaschen. Du hast sie offensichtlich durch einen Sumpf gezogen.«

»Bin ich nicht ein Glückspilz, dass ich eure Mutter habe, die mich umsorgt?«, schmunzelte Onkel Kingsley.

Hugo zwinkerte ihm zu und versuchte von seiner Miene abzulesen, ob er das ironisch meinte, doch Ironie gehörte nicht unbedingt zu den Stärken seines Onkels.

»Dann hast du aber eine komische Art, es zu zeigen«, schnaubte Pamela. »Wenn du unser Haus Adam und Flora übergibst.«

»Es ist viel zu groß für uns. Es muss mit Kindern und Hunden und Gummistiefeln gefüllt werden.«

Hinter ihnen rutschte Hugo das Messer aus, als er Roastbeef für ein Sandwich schnitt. »Mist!«, schimpfte er, als die Klinge ihm in den Finger fuhr. »Na, was soll's«, lachte er und wich dem forschenden Blick seiner Mutter aus, »ich mochte mein Roastbeef ja schon immer blutig.«

Das Abendessen an diesem Tag war nicht gerade eine entspannte Angelegenheit. Pamela hatte hemmungslos alles aufgefahren, was sie in Sachen »Grandeur« zu bieten hatte. Eine schneeweiße Tischdecke mit Spitzenservietten, das beste Porzellan, Kristallgläser und einen riesigen Tafelaufsatz voller exotischer Früchte, der so hoch war, dass man die Person gegenüber nur mit diversen Halsverrenkungen sehen konnte. Ivy war abkommandiert worden, um beim Servieren zu helfen.

»Bist du dir sicher, dass das eine gute Idee ist, Mum?«, hatte Hugo gefragt, als er merkte, wie viel Aufwand seine Mutter trieb. »Du erwartest deine zukünftige Schwiegertochter, nicht die Queen Mum. Flo könnte sich ein wenig eingeschüchtert fühlen. Es hat fast den Anschein, als möchtest du sie verschrecken.«

Pamela wich seinem Blick aus. »Ich möchte ihr nur zeigen, was für ein wunderbares Haus das ist. Mit seinen perfekten georgianischen Proportionen. Ideal für Partys.«

»Wenn man davon absieht, dass wir seit zwanzig Jahren keine mehr gegeben haben«, bemerkte Hugo. »Du hattest immer viel zu viel Angst, dass Porzellan zerbrechen oder ein Glas herunterfallen könnte.«

Als Flo ins festlich beleuchtete Esszimmer geführt wurde, war ihr klar, dass sie bei weitem nicht elegant genug gekleidet war. Wie dumm von ihr, zu glauben, dass es ein zwangloses Essen am Küchentisch wäre, nur weil es ein ganz gewöhnlicher Montag war.

»Ich habe gerade zu Hugo gesagt«, verkündete Pamela, noch bevor Flo Platz genommen hatte, »wie wunderbar sich das Haus für Partys eignet. Ideal für eure Hochzeit. Die müsst ihr natürlich hier feiern.« Die Tatsache, dass in Pamelas Ton keinerlei Frage mitschwang, wurmte Flo. »Ich dachte, vielleicht Mitte September, sagen wir am fünfzehnten«, fuhr Pamela fort und schien absolut uninteressiert an Flos Reaktion. »Das ließe uns genug Zeit zum Organisieren.«

»Gerade rechtzeitig für Michaeli«, warf Hugo ein.

Flo ignorierte ihn.

»Also, Flora«, wandte Pamela sich strahlend Flo zu, »wir kennen selbstverständlich Ihre Tante und Ihren Onkel, aber erzählen Sie uns doch vom Rest Ihrer Familie.«

»Da gibt's nicht viel zu erzählen. Meine Mutter war Hausfrau und ist an Krebs gestorben, als ich achtzehn war. Mein Vater ist Geschäftsmann, Banker, und jettet um die ganze Welt. Ich sehe ihn nicht oft. Zur Zeit lebt er vorwiegend in Amerika.«

»Hat er wieder geheiratet?«

»Nicht dass ich wüsste«, erwiderte Flo ironisch, bis sie zu spät merkte, wie seltsam sich das anhören musste.

»Aber er fliegt doch sicher zur Hochzeit herüber? Um Sie zum Traualtar zu führen?«

Flo hätte vor Scham im Boden versinken mögen, als ihre Antwort statt in Worten als eine Mischung aus Würgen und Schluchzen herauskam.

Adam tätschelte sie und führte sie hinaus, damit sie ein Glas Wasser trinken konnte, während Hugo wütend den Tisch abräumte. »Herzlichen Glückwunsch, Ma. Das war der Inbegriff von Takt.«

»Woher hätte ich denn wissen sollen, dass ihre Mutter tot ist und ihr Vater sich nach Amerika abgesetzt hat? Es klingt, als ob sie ihn überhaupt nie sähe. Vermutlich wird er nicht viel zu der Hochzeit beitragen, Banker hin oder her. Und die Rawlings haben sowieso keinen roten Heller.«

Flo kam gerade rechtzeitig ins Zimmer zurück, um Pamelas Kommentar zu hören. Demonstrativ schob sie ihren Stuhl an seinen Platz, anstatt sich wieder hinzusetzen. »Wissen Sie, Pamela, Sie brauchen sich nicht den Kopf darüber zu zerbrechen, wer für die Kosten aufkommt. Ich bezahle meine Hochzeit selbst.«

»Aber das wäre für Sie doch sicher zu viel?«, erwiderte Pamela honigsüß. »Das Gartenzelt, Musik, Essen und Tanz, die Kleider für die Brautjungfern, ganz zu schweigen von den Blumen…«

»Das werde ich schon aufbringen. Außerdem will ich gar kein Gartenzelt. Nur eine Feier im Gemeindesaal, so wie neulich. Bis dahin blühen die Sonnenblumen, dann kann ich ihn mit welchen aus dem Garten meiner Tante dekorieren. Und ein Kleid finde ich bestimmt bei Oxfam in Witch Beauchamp. Ein richtiges Menü brauchen wir auch nicht. Meine Cousine Veronica macht wunderbare Würstchen im Schlafrock.« Flos Augen verschossen Blitze. »Schließlich habe ich praktisch keine Familie, wie Sie soeben selbst bemerkt haben.«

Sie griff nach ihrer Handtasche. Im selben Moment kam Onkel Kingsley hereingestolpert.

»Es war kein Champagner da«, verkündete er, ohne zu ahnen, in welch gespannte Atmosphäre er hineinplatzte, »also habe ich ein paar Flaschen von Alfs Holundersirup mitgebracht. Sehr praktisch und hilfreich, wenn man noch Auto fahren muss. Außerdem sagt Alf, hilft er gegen Verstopfung, Blähungen, Schlafstörungen und Taktlosigkeit oder war es Tachykardie?«

»Falls es Taktlosigkeit ist«, knurrte Hugo, »dann gib Ma gleich einen kräftigen Schluck. Sie hat ihn dringend nötig.«

»Komm, ich bringe dich nach Hause«, bot Adam Flo an,

obwohl Moreton House nur ein paar Minuten von der Hunting Farm entfernt lag.

»Nein danke«, wehrte Flo ab. »Ich wäre gern ein Weilchen allein. Ich gehe ein bisschen am Bach entlang und schnappe frische Luft.«

»Das mit Ma tut mir wirklich Leid«, flüsterte Adam, als er sie hinausbrachte. »Wenn es dir irgendein Trost ist, kann ich dir versichern, dass sie es nicht böse gemeint hat.«

»Du hast sicher Recht. Aber ich möchte nicht die Zielscheibe sein, wenn sie es mal wirklich böse meint.«

Es war ein herrlicher Abend. Die Hitze des Tages war gewichen und hatte kühler Luft mit einem klaren Himmel Platz gemacht, der aussah wie mitternachtsblauer Samt und mit Millionen von Sternen geschmückt war. Es war komisch, dass sie, solange sie in der Stadt lebte, die Sterne nie wahrgenommen hatte, und doch mussten sie da gewesen sein, funkelnd wie Diamanten, während Flo und sämtliche anderen Stadtbewohner sie meist ignorierten.

Sie blieb einen Moment lang stehen und lehnte sich an das fünfstrebige Gatter zur Long Meadow. Warum musste eigentlich, sobald sie das Gefühl hatte, endlich doch irgendwo dazuzugehören, etwas passieren, das alles ruinierte?

»Flora...«

Die ruhige Stimme hinter ihr ließ sie zusammenzucken. Es war ausgerechnet Hugo.

»Entschuldige, wenn ich in deine Gedanken einbreche. Ich habe dich am Gatter lehnen sehen, als ich gerade schlafen gehen wollte. Ich möchte mich für meine Mutter entschuldigen. Sie müsste den Kummer über abwesende Väter eigentlich am allerbesten verstehen. Vielleicht ist sie deshalb so grob.«

Flo wollte eigentlich nicht unbedingt über ihren Vater reden, doch Hugos Tonfall hatte etwas so Aufrichtiges an sich, dass sie ihn nicht einfach abweisen konnte. »Wieso, was ist denn in eurer Familie passiert?«

»Meine Eltern haben eine schlimme Scheidung hinter sich. Mein Vater ist mit einer anderen Frau davongelaufen, und von da an hat meine Mutter alles getan, um ihn daran zu hindern, uns zu sehen, obwohl er sich redlich bemüht hat.«

Flo vernahm tiefen Schmerz in Hugos Stimme.

»Wie alt wart ihr da?«

»Adam war neun und ich sieben.«

»Konnten die Gerichte ihm denn nicht helfen?«

Hugo lachte bitter. »Im Prinzip schon. Aber meine Mutter ist, wie du vermutlich schon bemerkt hast, eine Expertin für emotionale Erpressung. Sie hat alles derart erschwert, dass er schließlich aufgegeben hat.«

»Seht ihr ihn überhaupt je?«

Hugo wandte den Blick ab. »Er hat noch mal eine Familie gegründet, die natürlich viel jünger ist als wir. Ich nehme an, es reicht ihm, nur ihnen seine Liebe zu schenken.«

Flo streckte in der Dunkelheit eine Hand aus. »Es tut mir ja so Leid. Das muss schrecklich gewesen sein.«

»Ja.« Hugos Stimme stockte leicht. »Ja, allerdings. Deshalb war es mir wichtig, mich zu entschuldigen. Und es erklären. Aber wie war es bei dir?«

Nun war es an Flo, in die dunkle Nacht zu starren. »Mein Vater war ewig unterwegs. Er ist geschäftlich um die ganze Welt geflogen. Das war eigentlich nicht das Schlimmste – bis meine Mutter krank geworden ist. Und dann, nach ihrem Tod, ist er komplett verschwunden. Oh, nein. Ich vergaß, er schickt pünktlich eine Weihnachtskarte.«

»Wie alt warst du?«

»Achtzehn. Alt genug, um den Schmerz zu verkraften. Nicht wie du und Adam. Zumindest hat es mein Vater vermutlich so gesehen.«

»Nur dass man nie alt genug ist, um einen solchen Schmerz zu verkraften, oder?«

Sie betrachteten beide einen Moment lang die Sterne, gefangen in ihren jeweiligen schmerzlichen Erinnerungen. Auf einmal wünschte Flo, dass es Adam wäre, der neben ihr stand, aber Adam würde mit Verlusten nicht auf diese Art umgehen. Er würde alles wegwedeln und fröhlich weiterleben. Deshalb fühlte sie sich ja zu ihm hingezogen, oder nicht?

»Wie heißt er denn?«

»Martin.« Das Wort blieb ihr im Hals stecken, sodass sie es kaum rausbrachte. »Martin Parker.«

»Er fehlt dir wirklich, stimmt's?«, fragte Hugo leise. »Meinst du, dass er zur Hochzeit kommt?«

Flo versuchte, ihr Leid und ihren Verlust wieder in sich zu versenken; all die Nähe, nach der sie sich sehnte, das Gefühl der Zugehörigkeit, das sie nie empfunden hatte, ihre Liebe zu ihrer Mutter und den Vater, der sie trotz all ihrer Anstrengungen nie geliebt hatte. Wenn sie nicht aufpasste, würden die Gefühle sie überwältigen und sie mit sich fortschwemmen. »Ja, er fehlt mir, aber leider fehle ich ihm nicht.«

»Du hast ihn aber eingeladen, oder?«

Flo schloss die Augen. »Noch nicht, nein.«

»Das musst du aber, weißt du. Sonst würdest du es immer bereuen.« Flo erkannte, dass Hugo sie verstanden hatte. Er wusste, dass sie versucht war, ihren Vater ganz herauszulassen, ihn zu verletzen und zurückzuweisen, genau wie er sie zurückgewiesen hatte. Nur dass es nicht funktionieren würde, weil es ihm wahrscheinlich ohnehin egal war, und sie diejenige wäre, die sich im Nachhinein quälen würde.

»Ja«, sagte sie ruhig. »Da hast du sicher Recht.«

Ihre Blicke trafen sich einen ganz kurzen Moment, bevor Hugo sich abrupt abwandte. »Zeit, reinzugehen, glaube ich.«

»Ja«, antwortete Flo ausdruckslos. »Ja, es wird langsam kalt.« Sie erschauerte leicht. »Danke, dass du mir das alles erzählt hast.«

Hugo zögerte. »Es wird dir zwar kein Trost sein: Aber es ist dein Vater, der den Verlust hat, weil er dich nicht kennt.«

Flo rang sich ein Lächeln ab. Dies war eine Seite von Hugo, die sie noch nicht kannte. »Ja. Also dann gute Nacht, Huge.« Dass sie den Spitznamen verwendete, mit dem sein Bruder ihn nannte, rief ihr fast mit einem Schock Adam wieder in Erinnerung.

Flo ging in Richtung Hunting Farm davon, während Hugo noch ein paar Minuten ans Gatter gelehnt stehen blieb und zu den Sternen hinaufsah, als könnten sie ihm womöglich einen Rat geben.

Flo betrat das Bauernhaus auf Zehenspitzen, weil sie nicht von ihrer Tante abgefangen werden wollte, die bestimmt eine minuziöse Schilderung dieses bahnbrechenden Abends von ihr erwarten würde. Sie zog die Schuhe aus und tappte auf Strümpfen nach oben.

Endlich allein in ihrem Zimmer, holte sie einen Schreibblock und ihren Lieblingsfüller heraus, den sie seit der Schulzeit hatte.

»Lieber Dad«, schrieb sie, »es wird dich vielleicht ein bisschen überraschen (*obwohl es dich eigentlich massiv überraschen sollte, du Mistkerl,* hätte sie am liebsten hinzugefügt), aber ich heirate endlich. Am 15. September in der Dorfkirche von Maiden Moreton. Und ich würde mich ehrlich freuen, wenn du mich zum Traualtar führen könntest. Ich weiß, dass du viel zu tun hast, aber das ist das Einzige, worum ich dich je bitten werde. Viele Grüße, Flora.«

Sie klebte den Umschlag zu und suchte nach einer Briefmarke.

Es hatte keinen Sinn; er würde es nie tun. Er war weggezogen, weil er hier nicht mehr leben wollte. Er hatte ein neues Leben anfangen müssen. Und sie gehörte nicht dazu.

Schlagartig kam ihr die Erkenntnis, dass sie nicht einmal seine Privatadresse besaß. Sie würde ihrem eigenen Vater an die Anschrift seiner Firma schreiben müssen. Die Tränen begannen zu fließen, und sie wischte sich die Augen mit dem Ärmel ihres Sweatshirts – aber nicht schnell genug, bevor eine Träne auf den Umschlag fiel und die Buchstaben ihrer kühnen Handschrift verwischte.

13. Kapitel

»Ich habe dir eine heiße Tasse Tee gebracht.«

Die Worte ihrer Tante durchdrangen die ruhelosen Tiefen von Flos Schlaf. Wie kam ihre Tante dazu, ihr eine Tasse Tee zu bringen, dieses großartige britische Allheilmittel für alles von Schnupfen bis Scheidung – noch dazu mitten in der Nacht?

Tante Prue zog die Vorhänge zurück und ließ einen strahlend sonnigen Morgen herein. »Halb zwölf. Ich dachte, du möchtest eventuell deinem Onkel dabei helfen, die Schafe in ihre Gehege zu lassen, weil ja schließlich das ganze aufregende Unterfangen dein Verdienst ist. Ich habe Francis seit Jahren nicht mehr so motiviert gesehen.«

Flo setzte sich auf, lehnte sich gegen die Kissen in ihren geblümten Baumwollbezügen, während sie sich zwang, den gestrigen Abend und die verführerische Umarmung des Selbstmitleids abzuschütteln.

»Hier ist dein Tee. Schön stark, nicht so ein lascher Earl Grey, wie deine Mutter manchmal gemault hat.«

Die Erwähnung ihrer Mutter gab Flo den Rest. Die schon ergriffene Teetasse rutschte ihr aus der Hand und sie stieß einen qualvollen Schluchzer aus.

»Flo, gutes Kind...« Prue nahm die umgekippte Teetasse von der Tagesdecke und zwang sich, den dunkelbraunen See zu ignorieren. Dies war nicht der richtige Moment, um an Flecken zu denken. »Was quält dich denn? Hat es etwas mit der Verlobung zu tun?« Da kam ihr ein plötzlicher Verdacht. »Diese snobistische Pamela ist doch nicht etwa auf dich losgegangen, oder? Was ich dir über die nicht alles erzählen könnte! Ihr Mann hat sie verlassen, weil sie so ein kalter Fisch ist. Er hat ihre hochnäsige Art nicht mehr ertragen. Kingsley hält es bloß aus, weil er so bequem ist. Sie hat nicht das Recht, dich zu traktieren.«

Die urplötzliche, tigerartige Kampfeslust ihrer Tante nötigte Flo ein Lächeln ab. Prue hätte eine tolle Memsahib abgegeben, die die Kolonien auf Vordermann gebracht und die Eingeborenen mit ihrem unbeugsamen Beschützerinstinkt verschreckt hätte.

»Nein, das war es nicht. Damit komme ich schon zurecht. Ich bin ziemlich stark, weißt du. Ihre Bemerkungen über meinen Mangel an Familie haben mir nichts ausgemacht.«

»Mangel an Familie? Wo sie selbst nicht mal ihren Ehemann halten konnte?« Flo ertappte sich dabei, dass sie die Attacke gegen die piekfeine Pamela genoss. Sie hatte ihre Tante nie zuvor ein boshaftes Wort äußern hören.

»Und was ist mit uns?«, fuhr Prue fort. »Sind wir etwa keine Familie, ganz zu schweigen davon, dass wir ihre nächsten Nachbarn sind? Außerdem ist das ganz schön unsensibel, wenn man bedenkt, was mit meiner lieben Mary passiert ist. Ich könnte dem grässlichen Weib den Hals umdrehen – ja, am besten jetzt gleich!«

»Tu's nicht, Tante Prue, obwohl ich mich gleich um hundert Prozent besser fühle. Es war gar nicht unbedingt das, was sie gesagt hat, was mich gekränkt hat – sie führt eben ein recht leeres Leben und ist völlig besessen von Adam. Er kann schlicht nichts falsch machen – außer dass er mich zu seiner Ehefrau erkoren hat. Es war der Punkt, dass sie mich gefragt hat, ob mein Vater mich zum Traualtar führen würde.«

Diesmal war es zwecklos. Egal, wie viel Willenskraft Flo auch aufzubringen versuchte, es gelang ihr nicht, die Flutwelle der Tränen aufzuhalten.

»Warum hasst er mich so sehr? Es war nicht meine Schuld, dass Mum gestorben ist. Ich habe sie auch geliebt.«

Der Kummer ihrer Nichte erschütterte Prue. »Das habe ich mich selbst schon tausendmal gefragt.« Rhythmisch strich sie über Flos Haar und wiegte sich mit ihr vor und zurück, als bräuchte sie selbst Trost. »Die einzige Antwort, die mir einfällt, ist, dass Martin nicht zum Vater geboren war. Er wollte das noble Leben. Dicke Geschäfte. Dicke Autos. Flüge in der ersten Klasse und Fünf-Sterne-Hotels. Kinder hatten in diesen Vorstellungen keinen Platz.«

»Aber Mum war überhaupt nicht so. Sie ist nicht mal gern geflogen, wenn unser Urlaub anstand.«

»Mary hätte nicht gegensätzlicher sein können als er. Es heißt doch, dass man sich einen Partner sucht, der die Eigenschaften hat, die einem selbst fehlen, und auf Martin traf das ganz massiv zu. Martin kannte sich allerdings selbst ganz gut. Er wusste, dass sein Leben das eines Getriebenen und daher potenziell leer war. Mary hat die tiefen Gefühle und die Emotionalität beigesteuert. Dafür hat er sie sehr geliebt.«

»Ein besonders schönes Leben kann sie nicht gehabt haben, wenn er ständig irgendwohin gejettet ist. Auch wenn es erster Klasse war.«

»Ich glaube, sie hoffte, dich zu bekommen würde ihn verändern.« Prue sah auf, und vor ihrem geistigen Auge erschien auf einmal Martins Gesicht, an das sie seit Jahren nicht mehr gedacht hatte. Attraktiv. Fordernd. Entschlossen, seinen Willen durchzusetzen.

Zuerst war Prue eifersüchtig auf ihre Schwester gewesen. Mary war seit jeher die Hübschere gewesen, die mit den gesellschaftlichen Erfolgen. Und nach dem ersten Taumel der Glückseligkeit war ihr Francis alles andere als ein einfacher Ehemann gewesen.

»Warum in aller Welt hat er mich nur gezeugt, wenn er Kinder so hasst?«, wollte Flo wissen, plötzlich wütend auf die Tatsachen, die ihr Leben achtundzwanzig Jahre später immer noch beeinflussten.

»Weil Mary dich haben wollte. Sie hat Jahre gebraucht, um ihn zu einem Kind zu überreden. Er war einer dieser Männer, die ihre Frau ganz alleine für sich haben wollen.«

»Und letztlich war es dann der Krebs, der sie ihm genommen hat.« Der hohle Ton von Flos Stimme klang erschreckend. »Aber warum wirft er *mir* das vor?«

»Er kam auf die alberne Idee, dass die späte Schwangerschaft den Brustkrebs ausgelöst hätte.«

»Und, war das der Grund?«

»Keine Ahnung. Brustkrebs kann tausend Ursachen haben, und wir kennen nicht die Hälfte davon. Ich glaube, er war nicht stark genug, um mit seinem Kummer fertig zu werden. Du hast ihn zu sehr an Mary erinnert, also hat er einfach sein altes Leben wieder aufgenommen, als gäbe es dich nicht. Immerhin hat er deine Rechnungen bezahlt.«

»Reine Gewissensberuhigung!«, schimpfte Flo jetzt. »Dann konnte er sich nämlich einreden, dass er sich seiner Verantwortung nicht ganz entzogen hat.« Sie wandte den Kopf ab und vergrub ihn im Kissen. »Ich habe ihm geschrieben, um ihn von der Hochzeit zu verständigen«, murmelte sie in die Federberge. »Ich habe ihn außerdem gebeten, mich zum Traualtar zu führen. Wird sowieso nichts.«

Prue Rawlings war in ihrem ganzen Leben noch nie so ratlos gewesen. Sie hasste ihren Schwager dafür, was er diesem armen Mädchen angetan hatte, und doch tat er ihr auch selbst in gewissem Maße Leid. Noch nie hatte sie jemanden gesehen, der von einem Todesfall dermaßen erschüttert war, wie es Martin Parker gewesen war. Aber wenn Trauer egoistisch sein konnte, dann war es die von Martin gewesen.

Draußen, in der hellen Sommersonne, ertönte empörtes Mähen. »Na komm. Steh auf und hilf mit. Schafe sind wesentlich leichter zu verstehen als Menschen.«

»Da hast du sicher Recht.« Sie griff nach der Hand ihrer Tante. »Es ist alles so viel besser, seit ich hierher gekommen bin. Ich weiß, es klingt albern, aber ich habe endlich das Gefühl dazuzugehören. Und ich gehöre noch mehr dazu, wenn ich Adam heirate. Denk doch nur, Tante Prue, dann wohne ich nebenan! Dann kann ich euch immer besuchen und zusehen, wie Mattie und India groß werden. Ach, das wird herrlich.«

Ihre Tante lächelte und fragte sich, inwieweit dieser Traum Flo dazu bewogen haben mochte, Adams Antrag anzunehmen.

Rasch schlüpfte Flo in ihre ausgefransten Jeans und ein uraltes T-Shirt und hopste mit noch offenen Schuhbändern die Treppe hinunter.

Jede Menge Schafe in verschiedensten Formen und Größen standen da, als warteten sie alle mehr oder weniger geduldig auf denselben Zug.

»Was sind das für Rassen?«, fragte Flo ihren Onkel. »Ach, ich weiß!« Aufgeregt zeigte sie auf ein massiv aussehendes Schaf mit schwerem Knochenbau und einem breiten, eckigen Kopf, das sich von den anderen abhob. Es sah aus, als wäre es halb Schaf, halb Stofftier. »Das ist ein Southdown, stimmt's?«

»Hundert Pro«, bestätigte ihr Onkel strahlend. »Die gab es überall in Sussex, wo ich aufgewachsen bin. Sie haben vorzugsweise die Schnecken aus den Hügeln mitgefressen und dadurch einen ganz eigenen Geschmack angenommen. Heutzutage finden die Leute sie zu fett.«

»Und was ist das für eines?«

»Ein britisches Milchschaf.«

»Bis vor kurzem wusste ich nicht mal, dass man Schafe melken kann.«

»Aber sicher. Das hast du nur verdrängt. Früher hat man den Wensleydale-Käse beispielsweise aus Schafsmilch gemacht. Aber diese Rasse hat ein Problem: Sie bekommen vier Junge und haben nur zwei Zitzen. Also muss man die Lämmer mit der Flasche aufziehen oder andere Mutterschafe, die ihre Lämmer verloren haben, dazu bringen, sie zu säugen.«

»Und wie macht man das?« Flo spürte, dass sie etwas ans Hinterteil stupste, und als sie sich umdrehte, stand Rowley der Widder da und steckte den Kopf aus dem Gehege hinter ihr.

»Man muss das Fell eines toten Lamms um eines der lebenden wickeln, dann wird es adoptiert.«

»Klingt ziemlich biblisch.«

»Funktioniert aber.«

Flo blinzelte in die grelle Sonne. Ein Jammer, dass sie nicht bei ihrem Vater so etwas ausprobieren hatte können, um ihn dazu zu überlisten, sie zu akzeptieren.

»Da, nimm eine Hand voll Konzentrat.« Onkel Francis fasste in eine leuchtend gelbe Tüte. »Dann hast du bald Freunde.«

Auf einmal wurde Flo von einem Ansturm begeisterter Mutterschafe fast umgeworfen.

»Das da gefällt mir.« Sie zeigte auf eines weiter hinten.

»Mir auch. Dorset Horn. Das einzige Schaf, das das ganze Jahr fortpflanzungsfähig ist.«

»Wann pflanzen sich denn die anderen fort?«

»Früher war die Feuerwerksnacht Anfang November der Termin zum Begatten. Unser alter Rowley hier hat dann bestimmt um die hundert Schafe bedient. Es war ihm die liebste Nacht des ganzen Jahres.«

»Haben ihn die vielen Knaller denn nicht aus der Ruhe gebracht?«

»Rowley würde nicht mal ein Vulkanausbruch aus der Ruhe bringen. Ein Problem gab es aber.«

»Es wurde Rowley zu viel?«

Rowley machte beleidigt mäh. »Rowley würde auch zweihundert Schafe beglücken – stimmt's, du geiler Sack, wenn man dich ließe. Nein. Es hieß, dass alle Schafe am selben Tag zur Welt kamen. Kannst du dir vorstellen, in der Nacht aufzustehen und hundert Babys zu entbinden? Ist genau das Gleiche.«

Auf der anderen Seite des Innenhofs, in sicherer Entfernung zu den Schafen, stand India-Jane und rümpfte angewidert die Nase. »Mein Gott, stinken die«, erklärte sie. »Flora, da ist jemand am Telefon, der dich sprechen will. Ich *glaube*«, sagte India, und auf ihrer Miene zeichnete sich angesichts dieser Möglichkeit tiefe Verachtung ab, »sie hat gesagt, ihr Name sei Buzz.«

»Bin gleich wieder da«, versprach Flo. Sie merkte, dass der Umgang mit den Schafen ihre trüben Gedanken verscheucht hatte.

»Flora, tut mir Leid, wenn ich Sie vom Kuhfladenwerfen weghole oder was auch immer ihr lustigen Landbewohner so treibt«, entschuldigte sich Buzz.

»Ich glaube, das machen sie nur bei Feierlichkeiten. Und ich schwöre, dass die Kuhfladen getrocknet sind.«

»Na, Gott sei Dank. Ich fürchte, ich muss Ihnen einen kleinen Schock versetzen. Wir können den Drehort, den wir wollen, nur dieses Wochenende bekommen, und zwar ab Donnerstag. Wären Sie dazu bereit? Sie müssten allerdings gleich morgen zu einer Anprobe nach London kommen, aber bitte ohne Kuhfladen.«

Flo holte tief Atem. London schien von der Hunting Farm aus auf einem anderen Planeten zu liegen, und zwar nicht unbedingt einem freundlich gesinnten. »Ich nehme an, sie können mich hier entbehren.«

»Dann schicke ich Ihnen einen Wagen.«

Ein diabolisches Grinsen zog sich über Flos Miene. Sie würde es der piekfeinen Pamela schon zeigen. »Buzz, könnten Sie mir einen Gefallen tun? Schicken Sie mir eine Limousine.«

»Sie wollen mir doch jetzt nicht zickig werden? Betrunken und aufgelöst hier ankommen? Hohe Schulden bei Ihrem Koks-Dealer anhäufen?«

Flo lachte. »Ich bin bekehrt. Nein. Ich möchte nur gern jemanden beeindrucken.«

»Dann schicke ich wohl am besten gleich eine Stretch-Limousine. Aber sagen Sie das nicht dem männlichen Hauptdarsteller, sonst will er auch eine. Halten Sie sich um acht Uhr früh bereit. Und Sie sollten sich auf mehrere Tage einrichten. Womöglich drehen wir das ganze Wochenende und vielleicht noch in die nächste Woche hinein.«

Als Flo heraussuchte, was sie für den Aufenthalt brauchen würde, fiel ihr wieder ein, dass sie ja versprochen hatte, dieses Wochenende Adam bei der Ernte zu helfen. Sie bezweifelte zwar, dass er ihre Hilfe wirklich brauchte, doch die Geste hatte sie berührt. Sie wollte in sämtliche Bereiche seines Lebens einbezogen werden. Wenn sie Bäuerin wurde, dann wollte sie es nicht so haben wie bei Tante Prue, die für Essen und Haushalt sorgte, aber mit den landwirtschaftlichen Vorgängen an sich nichts zu tun hatte. Sie würde sich richtig engagieren.

Während sie die Wunder der modernen Technik pries, rief sie Adam auf seinem Handy an. Er meldete sich vom Traktor aus.

»Wir sind oben auf Long Meadow. Willst du nicht zu uns raufkommen? Dann zeige ich dir, wie die Ballenpresse funktioniert.«

Flo beschloss, den kurzen Weg zwischen der Hunting Farm und Long Meadow zu Fuß zu gehen. Es war ein herrlicher Tag. Jetzt, am frühen Nachmittag, hing ein zarter Dunst über dem Tal und verlieh ihm eine magische Wirkung. Sie überquerte mehrere Felder, von denen eines frisch mit Sämlingen bepflanzt war. Früher wäre sie womöglich mitten hindurchgelaufen, doch inzwischen hatte sie gelernt, die wachsenden Feldfrüchte zu respektieren. Ihr Weg führte sie über Snaws' Hill, eine steile Anhöhe, die von ihrem höchsten Punkt aus einen großartigen Ausblick über drei Grafschaften bot. Mit weit ausgestreckten Armen rannte Flo auf der anderen Seite des Hügels wie ein Kind bergab und lachte angesichts der unverfälschten Freude darüber, jung, lebendig und frisch mit einem Mann verlobt zu sein, der ihr ein solides und sicheres Leben unter Menschen, die sie liebte, in Aussicht stellte. Nachdem sie sich vergewissert hatte, dass niemand zusah, ließ sie sich auf den Rücken fallen und rollte die letzten fünfzehn Meter hinab. Die Welt wirbelte und drehte sich, blauer Himmel und grünes Gras in einem, bis sie völlig außer Atem als lachendes Bündel unten ankam.

»Du bist eine Spinnerin, Flora Parker«, begrüßte Adam sie. Er stand zwischen ihr und dem Himmel, und sein Gesicht war voller Sonnenschein und Zärtlichkeit.

»Ich dachte, du sitzt auf deinem Traktor«, sagte sie vorwurfsvoll.

»Da war ich auch, bis ich dich gesehen habe, wie du wie eine Sechsjährige den Hügel runterkullerst, und dann habe ich Dickey gebeten, mich abzulösen. Ich konnte mir ja den Spaß nicht entgehen lassen, oder?«

»Es ist so ein schöner Tag. Und ich bin so glücklich.«

»Du brauchst dich nicht zu entschuldigen. Du darfst dich wie eine Sechsjährige benehmen, wann immer du willst.«

»Danke. Aber ich möchte noch lieber lernen, wie man eine Ballenpresse bedient.«

»Na dann komm.« Er hielt ihr eine Hand hin, um ihr aufzuhelfen.

»Es ist mir zwar unangenehm, meine völlige Unwissenheit zuzugeben«, begann Flo, während sie auf Long Meadow zumarschierten, »aber was passiert eigentlich genau beim Ernten?«

Adam zuckte mit keiner Wimper. »Der Mähdrescher schneidet den Weizen und trennt die Körner heraus, die hier gespeichert werden.« Er zeigte auf den großen Metallaufsatz. »Dann wird das Stroh zu Ballen gerollt und mit Schnur zusammengebunden oder mit Plastikfolie geschützt. Und dann kommt der Traktor zum Einsatz, sammelt die Ballen auf und bringt sie zur Lagerung. Manchmal lässt man sie auch auf dem Feld liegen. Möchtest du mal die Ballenpresse bedienen?«

Flo stieg auf. Es war ein herrliches Gefühl, gigantische Biskuitrollen aus Stroh zu fabrizieren. Mit wachsender Begeisterung betätigte sie die Ballenpresse, während Adam schweigend neben ihr saß und das Gefährt lenkte.

»Schau mal«, lachte er dann. »Du bist ganz voller Staub, genau wie ich.« Sie blickte hinab und sah, dass ihre Arme mit einer dünnen Schicht Spreu überzogen waren.

»Ich weiß ja nicht, ob du mit diesem Aussehen Whiskey verkaufen kannst«, zog er sie auf. »Du siehst eher aus wie eine Vogelscheuche.«

Flo warf den Kopf in den Nacken und lachte. Irgendwie gefiel ihr dieses Image besser als das der alten Flo.

Sie verbrachten den Nachmittag damit, Ballen zu pressen und machten nur zu einem kurzen Imbiss im Schatten einer Ulme Pause. Es war schon fast sieben Uhr, als sie endlich sämtliche Ballen aufgesammelt und zum Moreton-Hof geschafft hatten. Flo konnte sich kaum erinnern, je müder gewesen zu sein, als sie endlich die Ballenpresse in der Scheune abstellten. Oder glücklicher. Es war genauso wie an den Tagen, als sie das Café gebaut hatten.

»Das ist unser Leben«, verkündete Adam. »Wenn wir verheiratet sind, verziehe ich mich einfach mit dem Sportteil in die Küche, und du kannst die ganze schwere Arbeit machen.«

»Eher unwahrscheinlich. Es sei denn, du kümmerst dich um Hepzibah und Ethan und all deren kleine Brüder und Schwestern.«

Adam zog sie an sich. »Ich hoffe, sie haben alle deinen Elan«, flüsterte er.

»Und dein Aussehen«, erwiderte Flo.

»Vielleicht sollten wir keine Zeit mehr verlieren.« In Adams grüne Augen trat ein anzügliches Funkeln. »Dickey und Ted sind schon gegangen. Wir sind ganz allein.«

Flo erinnerte sich an ihr letztes Tête-à-tête. »Und was ist mit Hugo?«

»Ist in London.«

»Tja, dann…« Zusammen sanken sie in die weichen Heuhaufen, die als Winterfutter für die Kühe bestimmt waren, aber zuvor noch anderen, dringenderen Zwecken dienen konnten. Flo war sicher, dass die Kühe ihnen das erlauben würden.

Als Flo ihre Tasche packte, merkte sie, wie sehr es ihr widerstrebte, nach London zu fahren. Nachdem sie sich mit Adam so gut amüsiert hatte, fiel es ihr doppelt schwer. Und auch wenn es noch so albern klang, sie hatte eine böse Vorahnung, was die Dreharbeiten betraf. Vielleicht war es der Bezug zu Miles, doch sie wusste, dass sie lieber hier bleiben wollte.

Aber, so sagte sie sich, es waren ja nur ein paar Tage, und der Schafzoo würde nicht zustande kommen, wenn Blackmills Whiskey nicht wäre. Sie sollte besser darauf anstoßen, statt sich zu beschweren.

»Darauf trinke ich«, sagte sie laut und schob ihr in den letzten Monaten nicht benutztes Schminktäschchen, ihren Ledermantel und die Jimmy-Choo-Stilettos mit den Zwölf-Zentimeter-Absätzen in die Reisetasche. »Höchste Zeit, dass die alte Flora Parker wieder aus der Versenkung auftaucht.«

Mattie riss die Augen auf und konnte es kaum fassen, als die endlose weiße Limousine am nächsten Morgen in ihre Einfahrt gerollt kam. »Vielleicht ist es Elvis Presley auf der Suche nach einem Haus auf dem Land«, hauchte sie.

»Du müsstest eigentlich wissen, dass er schon eines hat«, korrigierte India-Jane, die so tat, als sei sie von dem Wagen nicht beeindruckt. »Droben im Himmel. Für wen in aller Welt kann dieser Schlitten wohl gedacht sein?«

»Offen gestanden für mich«, sagte Flo grinsend. »Möchtet ihr bis zum Ende der Straße mitfahren? Allerdings werden wir einen kleinen Umweg über Moreton House machen, und dann müsst ihr ganz, ganz still sein.«

Flo gab dem Fahrer glucksend ihre Anweisungen und sie stiegen alle zusammen hinten ein. Majestätisch glitt die Monster-Limousine – von gelegentlichem erstickten Kichern im Inneren mal abgesehen – auf die elegante Queen-Anne-Fassade von Moreton House zu.

Pamela stand bereits draußen und tat so, als entfernte sie die abgeblühten Köpfe von den Rosen.

»Das ist Alfs Aufgabe«, flüsterte Mattie. »Pamela lässt sich normalerweise nie dazu herab.«

»Entschuldigen Sie«, sagte der Fahrer, nachdem er mit einem Knopfdruck sein getöntes Fenster hatte herabsinken lassen, »können Sie mir sagen, wo ich eine Miss Flora Parker finde?«

»Sie wohnt nebenan auf der Hunting Farm«, teilte ihm Pamela mit, während Frostigkeit und brennende Neugier in ihr im Widerstreit lagen.

Die Limousine fuhr geräuschlos davon, als sich noch jemand zu Pamela in den Vorgarten gesellte.

»Wer in aller Welt war das denn?«, fragte Hugo.

»Keine Ahnung«, log Pamela. »Hoffentlich nicht so ein grässlicher Pop-Star, der hier ins Dorf zieht und das Niveau senkt.«

»Hin und wieder solltest du dich selbst reden hören, Ma. Du klingst manchmal wie der ekelhafteste Snob.«

Am anderen Ende der Einfahrt, in direkter Sichtweite von Pamela und Hugo, hielt der Wagen an, und Mattie und India stiegen aus. Flo ließ das Fenster herab und winkte majestätisch.

»Tschüss, Flo«, rief Mattie, die so lange neben der Limousine herlief, wie ihre noch kurzen Beinchen es ihr erlaubten. »Wann kommst du wieder nach Hause?«

»Sobald ich kann. Ich rufe dich an.« Als der Fahrer Gas gab, entdeckte sie durchs Rückfenster, dass Pamela verschwunden war, aber Hugo nach wie vor draußen stand und breit vor sich hin schmunzelte. Hugo war echt viel sympathischer, als sie gedacht hatte. Darüber hinaus hatte Mattie den Begriff »zu Hause« verwendet. Und zum ersten Mal klang das in Flos Ohren absolut treffend.

Buzz erwartete sie in der Agentur, um mit ihr zur Kostümbildnerin und danach zum Perückenmacher zu gehen.

Flo hatte ganz vergessen, wie angenehm es war, wenn Leute um einen herumschwirrten, einen verwöhnten, einem die Haare wuschen und schnitten, einem einen Cappuccino nach dem anderen servierten und versuchten, einem jeden Wunsch von den Augen abzulesen.

»Kann ich Ihnen irgendwas bringen?«, fragte Buzz und zwinkerte ihr zu, als der Perückenmacher ihr kurzes Haar noch flacher an den Schädel kämmte, sodass sie aussah wie eine Kleiderpuppe in einem Schaufenster von Selfridge's. »Ein Sandwich? Einen knackigen Gespielen?«

Flo schüttelte den Kopf. »Weder noch, danke. Mein Liebesleben ist schon kompliziert genug.«

Auf einmal fiel ihr Blick auf ihr unheimliches Spiegelbild. Beängstigend. Warum hatte sie behauptet, dass ihr Liebesleben kompliziert sei? Das war es doch gar nicht, wenn man davon absah, dass Miles' Schatten sie noch gelegentlich verfolgte. Es war eigentlich ganz einfach. Sie war mit Adam verlobt. Bis Michaeli würde sie heiraten. Sie war glücklich.

In dieser Nacht brachten sie sie im Portobello Hotel unter. Flo fragte sich beiläufig, wo das Zimmer lag, in dem Johnny Depp ein Champagnerbad für Kate Moss eingelassen hatte, bevor das Zimmermädchen ahnungslos den Stöpsel herauszog. Die Bar war voll mit der Sorte von Leuten, mit denen sie früher verkehrt hatte. Komisch, wie falsch und oberflächlich sie ihr jetzt vorkamen.

Aus der Mitte der lautesten, schrillsten Gruppe löste sich eine schwarzhaarige Gestalt, die unübersehbar aufgeschwemmt und übergewichtig wirkte, und kam auf sie zu.

»Hallo, Flo. Ich wusste gar nicht, dass du wieder in London bist.«

»Hallo, Miles. Nur ganz kurz.«

Miles fixierte sie mit feindseligem Blick. Überfütterte Tiere sollten ja weniger gefährlich sein, doch es gab offenbar Ausnahmen. »Vielleicht gerade lang genug, um einen Werbespot abzudrehen?«

»Gute Nacht, Miles.« Flo verfluchte sich dafür, dass sie nicht darum gebeten hatte, in einer anonymen Hotelkette untergebracht zu werden. Miles würde sich wohl kaum in der Bar des Forte Post House aufhalten. Trotzdem würde sie sich seinetwegen nicht den Kopf zerbrechen. Vermutlich hatte er beschlossen, die Segel zu streichen und sein Leben ohne sie weiterzuführen.

Dummerweise neigte Miles aber nicht zum Vergessen.

Er sah Flo nach, wie sie auf den Aufzug zuschritt, es sich dann anders überlegte und die Treppe hinaufstieg. Unter so vielen Models und Filmleuten ging sie fast unter, stellte er zufrieden fest. Eine graue Landmaus.

Allerdings fiel sie dadurch auf, dass sie nicht auffiel. Ihre offenkundige Unbekümmertheit und die Tatsache, dass sie sich von ihrer Umgebung völlig unbeeindruckt zeigte, verlieh ihr einen Anstrich echter Starqualität. Verdammtes Weib.

Nachdem sie verschwunden war, tippte er eine Nummer in sein Handy ein und zog sich von seinen lauten Freunden hinter einen Pfeiler zurück, um ein kurzes Gespräch zu führen.

Fünf Minuten später war er im Besitz der genauen Einzelheiten darüber, wo die morgigen Dreharbeiten stattfinden würden.

Er grinste breit. »Herr Ober, bringen Sie noch eine Flasche, bitte. Ich bin in Feierlaune.«

Die Werbeagentur hatte beschlossen, den Herrenclub zugunsten einer in der Innenstadt gelegenen coolen Weinbar namens Fizz aufzugeben.

Das Erfolgsrezept von Fizz war einfach: Angesichts der florierenden Wirtschaftslage, in der jeder Aktienhändler alljährlich einen Bonus kassierte, der höher lag als das, was mancher in seinem ganzen Arbeitsleben verdient hatte, war die Klientel sicher bereit, für jeden Schrott ein Heidengeld hinzulegen, solange Champagner auf dem Etikett stand. Infolgedessen war Champagner das Einzige, was bei Fizz ausgeschenkt wurde. Wenn man etwas Ausgesuchteres wollte wie zum Beispiel Designerbier mit einem Limettenschnitz, dann musste man ins Puke and Parrot um die Ecke ziehen.

»Willkommen in der Hölle«, verkündete der Regieassistent, ein netter junger Mann mit Ziegenbart. »Wir wollten nur, dass Sie mal einen Blick darauf werfen, wie der Laden wirkt, wenn echte Gäste drin sind. Wir machen hier gleich dicht und holen die Schauspieler, während Sie geschminkt werden. Übrigens haben wir die Büroräume da drüben angemietet.« Er zeigte auf eine Glasfassade, hinter der eine Versicherungsgesellschaft residierte. »Garderobe und Maske sind zusammen mit Friseur und Perückenmacher im dritten

Stock. Wir holen Sie dann, wenn wir fertig sind. Ist Ihnen klar, was Sie zu tun haben?«

Flo hatte im Wagen eine Kopie des Drehbuchs erhalten. Sie hatte zwar nur einen Satz zu sprechen, doch sie musste ausgeklügelte Bewegungsabfolgen meistern. Der Regisseur hatte beschlossen, den ganzen Spot in einer Einstellung zu drehen, so wie er es einmal in einem Film gesehen hatte.

»Pech für Sie«, flüsterte der Assistent ihr zu, »dass Sie jemanden erwischt haben, der sich für Scorsese hält, wenn er eine dämliche Whiskeywerbung dreht. Trotzdem bin ich sicher, dass Sie super sein werden.«

Flo trottete im Schlepptau der Produktionsassistentin, einer hübschen Blondine in einem winzigen, taschentuchgroßen Hippy-Chick-Rock und einem engen schwarzen Top, das eindeutig die prähistorischen Instinkte der männlichen Trinker ansprach, durch die überfüllte Champagnerbar. Der Konkurrenzkampf darum, wer sie beide zu einem Drink einladen durfte, war so intensiv, dass Flo schon fürchtete, er werde jede Minute in eine Schlägerei ausarten.

»Ist das hier immer so?«, rief sie der Bardame zu, wobei sie versuchte, den Lärm aus genervtem Händeklatschen, knallenden Korken und lärmenden Ausbrüchen amüsierten Gelächters zu übertönen.

»Ja«, rief das Mädchen in selbstsicherem australischem Tonfall, »außer freitags. Da ist es noch schlimmer!«

Flo war zutiefst dankbar, als Ziegenbart zurückkam und sie in die Ruhe des Bürogebäudes führte, damit sie zurechtgemacht würde.

Ihre Verwandlung war erstaunlich. Als Flo eine Stunde später in den Spiegel sah, blickte ihr die ursprüngliche Version ihrer selbst entgegen, die sie schon endgültig hinter sich gelassen zu haben glaubte. Lange blonde Haare, eine hautenge Schlangenlederjacke und nuttige Schlangenlederschuhe. »Denken Sie bloß nicht darüber nach, wie viele Kobras dafür ihr Leben lassen mussten«, empfahl die Stylistin. »Bestimmt sind sie glücklich gestorben. Ich muss sagen«, erklärte sie und trat einen Schritt zurück, um ihr Werk zu bewundern, »Sie sehen sensationell aus. Bois-de-Boulogne-Flittchen mit einem Hauch Transsexualität. Wie in aller Welt sind die nur auf diesen Look gekommen?«

»Darf ich es Ihnen verraten?«, gluckste Flo. »Früher habe ich mich tatsächlich so gekleidet.« Zu ihrem Erstaunen hatte man sie unter der nuttigen Außenhülle in ein absolut schlichtes Etuikleid von Jasper Conran gesteckt, das ebenso nach Cocktails im Ritz roch wie die Klamotten darüber nach Sangría bei Stringfellows. Wenn sie Jacke und Perücke herunterriss, wäre die Verwandlung atemberaubend.

»Okay, Leute«, verkündete die Stylistin schließlich. »Ich glaube, wir können anfangen.«

Der Anblick, der Flo am Drehort erwartete, raubte ihr den Atem. Es war ein moderner Hogarth. Die echten Trinker waren durch Schauspieler ersetzt worden, die noch betrunkener und lüsterner wirkten als die Originale. Eine wahre Armee hektischer Leute umringte sie: Manche hatten Klemmbretter, andere trugen Geräte für Tonaufnahmen oder Film- und Videokameras herum. Dazu kamen ein Standfotograf mit einem riesigen verchromten Ausrüstungskoffer, der Regisseur und sein Assistent sowie mehrere Laufburschen mit Baseballmützen. Die ganze Szenerie war von gigantischen Scheinwerfern ausgeleuchtet, als fände ein Fußballmatch oder eine Eisrevue statt.

Die Straße war mit riesigen Fahrzeugen zugeparkt. Unmengen von Pendlern schoben ihre Heimfahrt auf, um das aufregende Treiben eines Filmteams miterleben zu können. Einige Polizisten taten so, als müssten sie aufpassen, während sie insgeheim jede Einzelheit begierig aufsogen, und zu guter Letzt verteilte ein Catering-Wagen Doughnuts und heiße Schokolade. »Das gibt's nur, weil wir die Nacht durch drehen«, flüsterte die Produktionsassistentin. »Ich kann Ihnen den Caffè latte mit Ahornsirup empfehlen. Und wenn Sie Appetit kriegen, sagen Sie's einfach.«

Appetit war das Letzte, was Flo hatte. Eher das kalte Grausen. Angesichts all dieser Menschen, die so viel Geld ausgaben und auf sie, Flora Parker, bauten, war ihr Magen langsam in Auflösung begriffen. Als sie sich bereit erklärt hatte, den Werbespot zu drehen, hatte sie die Tragweite des Vorhabens und dass dabei so viel Druck auf ihr lasten würde, nicht ermessen können.

Das Einzige, was sie wollte, war ein Glas Wasser, um ihre Nerven zu beruhigen, doch die Produktionsassistentin war verschwunden. Indem sie versuchte, nicht allzu viel Aufmerksamkeit auf sich zu ziehen, bahnte sich Flo den Weg zum Catering-Wagen.

»Hi«, begrüßte sie der Catering-Mann, ein rundlicher Mittfünfziger, mit freundlichem Lächeln. »Was kann ich für Sie tun? Cappuccino? Doppelter Espresso? Heiße Schokolade?«

»Nur ein Wasser bitte.«

»Still oder mit Kohlensäure?«

Flos Hirn wurde zu Brei. Wie in aller Welt sollte sie sich vor all diesen kritischen Blicken daran erinnern, was sie vor der Kamera zu tun hatte, wenn sie schon nicht einmal mehr entscheiden konnte, was für ein Wasser sie wollte? Und dann passierte etwas höchst Merkwürdiges: Sie, die von sich selber glaubte, die Konstitution von zehn Nashörnern zu besitzen, merkte, wie sich ihre Atmung beschleunigte, ihre Handflächen feucht wurden und ihre Knie nachzugeben begannen. Gerade als es ihr schwarz vor den Augen wurde, kam der Imbissmann aus seinem Wagen gestürzt und fing sie auf. »Hier«, beruhigte er sie, »ein Glas Leitungswasser. Wenn Sie sich mies fühlen, ist dieses Mineralzeugs nichts für Sie. Weiß Gott, was die da alles reinmischen.«

Flo trank drei Schlucke und fühlte sich gleich besser.

»Setzen Sie sich doch ein Weilchen hier auf die Stufen«, bot der Mann ihr an, »bis Sie sich wieder auf dem Damm fühlen.«

Neben ihr fielen zwei Beleuchter über einen Berg Doughnuts her, der dem K2 Konkurrenz hätte machen können. »Wie findest du die Verpflegung?«, fragte der eine.

»Nicht so gut wie beim Dreh mit der Toilettenente letzte Woche. Da hatten sie Bagels mit Räucherlachs. Und, was hältst du von der Tante, die sie für den Dreh angeheuert haben?«

»Ne ziemliche Amateurin, hab ich gehört. Bill sagt, sie hat ihren Busen schon in der Zeitung raushängen lassen. Das reicht ja heutzutage als Qualifikation. Wahrscheinlich kann sie nicht ums Verrecken schauspielern. Und nachdem der Regisseur unbedingt einen Oscar will, können wir uns auf eine lange Nacht gefasst machen.«

Wut wallte in Flo auf und zerstreute jegliche Angst vor einem Blackout. Sie sprang von den Stufen herunter und zog energisch ihre blonde Perücke zurecht. »Eines kann ich euch sagen«, fegte sie die erstaunten Männer an. »Wenn es eine lange Nacht wird, dann nicht meinetwegen, sondern wegen eurer beschissenen Beleuchtung.«

Während sie ihr mit offenen Mündern nachsahen, stolzierte Flo davon, wild entschlossen, zu beweisen, dass sie es mit einem einzigen Take schaffen würde.

Hinter ihr kicherte der Catering-Mann: »Noch ein paar Doughnuts, Jungs? Oder hat's euch auf einmal den Appetit verschlagen?«

Den Rest des Abends agierte Flo auf Autopilot. Der Regisseur ging ihre Bewegungen mit ihr durch, die ihr zuerst durchaus nachvollziehbar erschienen. Als der Abend immer länger wurde, erkannte sie allerdings, wie sehr sie sich getäuscht hatte. Zu ihrem Erstaunen war jedoch nicht sie diejenige, die Fehler machte, sondern die anderen Schauspieler. Als sie zum zwanzigsten Mal von vorn anfingen, wurde ihr langsam klar, weshalb es allen so gegen den Strich ging, dass der Regisseur die Szene in einer Einstellung drehen wollte. Normalerweise ist es bei Dreharbeiten so, dass man die entsprechende Szene noch einmal dreht, wenn jemand Mist baut, und sie hinterher hineinschneidet. Doch in diesem Fall mussten sie immer wieder von vorn anfangen.

Es war schon weit nach Mitternacht, als sie es endlich richtig hingekriegt hatten.

»Okay«, rief der Assistent, und auf seiner erschöpften Miene zeichnete sich Erleichterung ab, »das war gut.«

Leider nicht gut genug für den Regisseur. Er bestand auf drei weiteren Fassungen, bis er die Dreharbeiten für diesen Abend für beendet erklärte. »Morgen um dieselbe Zeit wieder hier«, erklärte er. »Und lernt eure verdammten Bewegungen.«

Flo und die Produktionsassistentin trotteten über die Straße zurück zum Bürogebäude.

»Sie waren toll«, gratulierte das Mädchen. »Ich habe schon berühmte Schauspieler gesehen, die zehnmal öfter gepatzt haben als Sie.«

Trotz ihrer Erschöpfung wallten Euphorie und Erleichterung in Flo auf. Sie hatte also niemanden enttäuscht.

In der Garderobe streifte sie rasch das Jasper-Conran-Kleid ab und reichte es der Stylistin, damit sie es verpacken und für morgen etikettieren konnte. »Was glauben Sie, wie vielmal wir es noch drehen müssen?«, fragte sie die Stylistin.

»Schwer zu sagen. Manche Regisseure sind pedantischer als andere, und Alan ist der Allerpedantischste. Entspannen Sie sich einfach und denken Sie an das Geld. Möchten Sie duschen? Der Generaldirektor hat sein eigenes Bad hier. Wir dürfen es benutzen, wenn wir wollen.«

Der Gedanke an heißes Wasser, das auf ihre Haut prasselte, hatte auf einmal etwas Unwiderstehliches an sich. »Wäre schön, ja. Ist noch jemand anders hier?«

»Nur Sie und ich. Die anderen sind alle schon verduftet, die Glücklichen. Keine Sorge, ich passe schon auf.« Sie begann die Kleidungsstücke der anderen Schauspieler zu verpacken und mit Etiketten zu versehen und pfiff dabei vor sich hin.

Die Dusche war herrlich. Der Generaldirektor der Goldsworth Versicherung verwöhnte sich zweifellos gern selbst. Flo bediente sich an seinem Herren-Duschgel von Crabtree & Evelyn und schäumte sich großzügig die Brüste ein, während sie den berauschenden, aromatischen Duft von Chypre und Gewürzen einatmete. Sie schloss die Augen und ließ alle Ängste und Anstrengungen des Tages an sich herunterspülen.

Auf einmal verspannte sich ihr Körper. Sie hatte ein Geräusch gehört, minimal, aber eindeutig. Wie das Klicken einer Kamera. Sie riss die Augen auf, doch es war niemand da.

Es musste wohl an der Müdigkeit liegen. Sie fing an, sich Dinge einzubilden. Sie schüttelte die Paranoia ab, stieg aus der Duschkabine und griff nach den mit Monogrammen bestickten Handtüchern des Generaldirektors, um sich abzutrocknen.

Wenig später verabschiedete sie sich von der Stylistin und ließ sich dankbar in das Taxi sinken, das unten auf sie wartete. Zurück im Hotel, fand sie die Bar kaum besucht vor, verlassen von Miles und seinen schmarotzenden Kumpanen.

Weitere zehn Minuten später lag sie im Bett und hatte das Licht ausgemacht. Ihre Glieder begannen vor Müdigkeit und den Nachwirkungen der Anspannung zu schmerzen. Sie versuchte sich an den Vortag zu erinnern, als sie mit Adam auf der Ballenpresse gesessen hatte, an das Mähgeschrei der Schafe auf der Hunting Farm und an Onkel Francis, der vor guter Laune nur so sprühte. Sie sagte sich, wie glücklich sie sich schätzen durfte, dass sie ihnen mit etwas helfen konnte, das ihr selbst so wenig abverlangte.

Doch die Bilder, die ihre Gedanken ausfüllten, als sie endlich in den Schlaf sank, waren alles andere als freundlich oder idyllisch. Sie zeigten Rowley den Widder in lustvoll erregter Glut, wie er eines der hübschesten Mutterschafe begattete. Und sein grausamer und gieriger Gesichtsausdruck ähnelte ganz massiv dem von Miles.

14. *Kapitel*

Am nächsten Abend um zehn waren sie endlich mit den Dreharbeiten fertig. Flo wollte nie wieder ein Glas Whiskey oder eine coole Weinbar von innen sehen. Sie sehnte sich danach, nach Maiden Moreton zurückzukehren, so schnell die gemietete Limousine sie fahren konnte. Sie lehnte das Angebot einer weiteren teuren Nacht im Hotel ab und ließ sich stattdessen durch die Dunkelheit chauffieren, damit sie in der vertrauten eisernen Bettstatt im Haus ihrer Tante und ihres Onkels schlafen konnte.

Am nächsten Morgen, als Snowy und Mattie sich wie immer auf sie stürzten, kam es ihr vor, als sei es nicht nur ein paar Tage, sondern Monate her, seit sie sie zuletzt gesehen hatte. »Ihr habt mir ja beide so gefehlt. Was war denn los, solange ich weg war?« Flo merkte, dass der Dorfklatsch sie wesentlich mehr fesselte als alles, was in der Zeitschrift *Hello!* stand.

»Ach, im Großen und Ganzen das Übliche, du weißt schon. Dad und Harry haben das Café eingerichtet, das du mit Adam gebaut hast, Ivy hat angefangen Scones zu backen, obwohl nach denen kein Hahn kräht. Mum summt vor sich hin und sieht glücklich aus. Sie hat sogar begonnen, Blumen zu pflücken, und das hat sie schon seit Jahren nicht mehr getan. Jeder Krug, jede Vase und sogar jeder Zahnputzbecher ist voller Blumen; kein Mensch kann sich mehr die Zähne putzen. Adam hat erzählt, dass Pamela über Joan hergefallen ist, weil Onkel Kingsley Joan zu viel Aufmerksamkeit widmet. Pamela hat den Verdacht, dass sein Turnschuhfimmel nur ein Vorwand für wesentlich finsterere Machenschaften ist. Zumindest behauptet das Adam.«

»Ich kann mir gut vorstellen, dass Pamela das ein Dorn im Auge ist. Die bodenständige Joan würde sich nie mit Pamelas Snobismus abfinden.« Flo musste grinsen. Jede Einzelheit faszinierte sie, ganz egal, wie banal sie auch war.

»India ist ganz schön gehässig, was deine Fahrt nach London angeht. Sie meint, Werbung sei der Ausdruck einer sterbenden kapitalistischen Gesellschaft. Aber das sagt sie nur, weil sie neidisch darauf ist, dass du so viel Geld damit verdienst.«

»Sie hat natürlich völlig Recht. Deshalb ist es ja so gut bezahlt.«

Der Klang einer durchdringenden Hupe holte Flo schließlich aus dem Bett. Unten im Hof, wo die Schafe inzwischen ordentlich nach Rassen aufgeteilt in ihren Pferchen untergebracht waren, saßen Adam und Hugo auf dem Quad Bike. Hugos dunkles Haar kontrastierte mit Adams blondem. »Komm schon, du faule Langschläferin«, rief Adam. »Zeit für den zweiten Teil des praktischen Landwirtschaftskurses.«

Er warf ihr eine Kusshand zu, und Flos Herz schlug höher, als ihr erneut aufging, wie attraktiv er aussah und wie lässig und charmant sein Lächeln war, das in jedem, den es in seinen Bann zog, seinerseits ein Lächeln auslöste.

»Ich bin gleich unten. Muss nur noch meine Gummistiefel suchen.«

Kurz darauf stand sie in Jeans, einem karierten Hemd und ihren Lady-Northampton-Gummistiefeln unten.

»Weißt du was?«, sagte Adam grinsend. »Du entsprichst der Rolle schon fast.«

Sie stieg hinten auf das Quad Bike und setzte sich neben Rory, den roten Setter. Dann fuhren sie über den Hügel hinter dem Hof davon, während Schafe rechts und links aus dem Weg sprangen. Snowy mühte sich redlich, ihnen zu folgen, bis Mattie sie einfing und aufklaubte und ihnen nachwinkte.

Es war ein herzerfrischender Anblick: wogende grüne Felder, die parallel zu einem kleinen Bächlein verliefen, wo mehrere Schwäne in den Rieselwiesen paddelten und ein Reiher träge die Fittiche hob, und dahinter eine Reihe Ulmen, die sich zum Horizont und den sanften Umrissen des dahinter gelegenen Hügellands hinzogen. Eine englische Ideallandschaft.

Sie hielten einen Moment lang in einer kleinen Senke an. »Mein Gott, ist das schön hier«, seufzte Flo.

»Nicht mehr lange«, entgegnete Hugo mit einer Spur Bitterkeit in der Stimme. »Das ist alles Ackerland. In zehn Jahren ist es verschwunden. Oder zu riesigen Agrarbetrieben umgewandelt worden. Seht euch nur mal den Unterschied zwischen hier und Nordfrankreich an. Genießt es, solange ihr noch könnt.«

»Unser guter, alter, pessimistischer Hugo«, spöttelte Adam. »Es ist nur Land, Mann. Wen kümmert es schon, ob es in kleine oder große Stücke aufgeteilt ist?«

Flo musterte die beiden. Sie waren total verschieden. Adam war unbeschwert und lässig wie ein Fluss, dessen glatte Oberfläche nie von wirbelnden Strömungen aufgewühlt wurde. Hugo, dunkler und tiefgründiger, durchbrach manchmal mit plötzlichen Wutaufwallungen seine sorgfältig polierte englische Fassade.

»Es spielt eine ganz gewaltige Rolle«, widersprach Hugo. »Es sind gerade die kleinen Höfe, die dazu beitragen, dass die Landschaft so aussieht, wie sie aussieht. Außerdem gehört jeder kleine Hof einem Kleinbauern. Es ist ein Lebensstil.«

»Und was soll so toll daran sein, wenn man Kleinbauer ist?«, fragte Adam nur halb im Spott. »Alle hassen einen. Alle glauben, man kurvt in einem Range Rover herum und verschleudert die Subventionen, während man in Wirklichkeit tierisch hart arbeitet und nichts dabei rumkommt. Erzähl mir ruhig noch mehr über die Vorzüge eines Lebens als Kleinbauer.«

»Wie kannst du das sagen?« Hugo strich sich verärgert die Haare zurück. »Dinge wachsen lassen. Dem Land nah sein. Den Lauf der Jahreszeiten beobachten. Etwas Wertvolles haben, das man seinen Kindern weitergeben kann.«

Unvermittelt lief Hugo so rot an wie die Mohnblumen auf dem Feld hinter ihnen. »Tja, ihr beiden seid es, die alles an ihre Kinder weiterreichen werden, da ihr ja schließlich diejenigen seid, die heiraten.« Grimmig fügte er hinzu: »Ich meine, falls ihr überhaupt Kinder wollt...«

»Eines Tages schon, glaube ich«, kam ihm Flo zu Hilfe. »Adam will reihenweise Kinder, stimmt's?« Sie streckte die Hand aus, um ihm übers Haar zu streichen.

Adam grinste wie eine Katze, die sich in der Sonne ausstreckt. »Von irgendjemandem brauche ich ja Respekt. Von meinem Bruder kriege ich jedenfalls keinen. In seinen Augen bin ich nur ein hübsches Gesicht.«

»Ich respektiere dich«, sagte Flo schmunzelnd.

»Schön.« Sein Lächeln war überaus einladend. »Erwähnen wir mal die hausfraulichen Qualitäten, ja?«

Wenn sie allein gewesen wären, hätte sie entgegnet, dass sie im Oralsex eine Könnerin war, keine Sorge. Doch gerade rechtzeitig fiel ihr Hugos Anwesenheit wieder ein. Er glaubte ohnehin schon, dass sie so viel Moralgefühl besaß wie eine läufige Hündin. »Und an welche hausfraulichen Qualitäten hattest du gedacht?«

»In der Erntezeit einen Getreidelader fahren«, fing Adam seine Liste an. »Von ihren Müttern verlassene Lämmer mit der Flasche aufziehen. Auf die Kälber aufpassen. Die Buchführung machen. Im Winter die Schafe füttern. Dafür sorgen, dass meine Latzhosen sauber sind. Du weißt schon, nichts besonders Anspruchsvolles.«

»Moment mal. Wie soll ich mich denn bei dem Programm um Ethan und Hepzibah und all ihre kleinen Brüder und Schwestern kümmern?«

»Ach, das machst du alles mit links, Frau. Das geht schon. Oh, und eines hab ich noch vergessen ...« Indem er Hugo ignorierte, zog er sie an sich, damit sie die Hitze seiner Haut an ihrer spüren konnte. »Die Frau des Bauern muss dem Ochsen die Eier abschneiden.«

»Wie bitte?«

»Ist Tradition. Sogar unsere Mutter hat es versucht. Man legt einen Ring um sie, und dann fallen sie ab. Nur leider ist Ma nach der ersten Seite aus den Latschen gekippt, und der arme Ochse musste mit halb gefülltem Sack rumlaufen.«

Flo wurde ausgesprochen mulmig zu Mute. Nicht einmal die Vorstellung, dass die piekfeine Pamela Ringe um die Geschlechtsteile eines Bullen gelegt hatte, konnte sie davon überzeugen, dass ihr solche Aspekte des bäuerlichen Lebens gefallen würden.

»Was waren das noch für Vorzüge, die du erwähnt hast, Hugo?«, fragte sie matt.

Doch Hugo war herabgesprungen und strebte zu einem Gatter, das offenbar einen Defekt hatte, obwohl es Flo tadellos erschien.

»Wir sehen uns später zu Hause«, rief er. »Kommt nicht zu spät zum Essen. Ma kocht heute etwas Besonderes. Und Flora, glaub Adam bloß nicht, wenn er dir erzählt, dass es nur eine Methode gibt, um festzustellen, ob das Getreide reif zum Schneiden ist.«

»Sag nichts«, erklärte sie mit liebevollem Kopfschütteln. »Muss man sich drauflegen und rubbeln?«

Adam lachte. »Früher hat das funktioniert.«

»Tja, in der Zukunft wird sich einiges ändern, mein Herz«, warnte sie ihn.

»Dann musst du mich eben zu Hause bei Laune halten,

was?« Der Blick, den er ihr zuwarf, hätte fast das Kornfeld in Brand gesetzt.

»Ich werde mein Bestes tun.«

Hinter ihnen knallte geräuschvoll das Gatter zu.

In der nächsten Stunde fuhren sie die Grenzen des Gutes ab. »Wann fängt die Ernte eigentlich genau an?«, fragte Flo, leicht beschämt, dass sie das nicht schon wusste. In ihren Kindheitserinnerungen waren die goldenen Getreidegarben und Mähdreschern doch im August gewesen, oder?

»Jeden Moment.«

»Aber es ist doch erst Juli. Ich dachte, die Ernte wäre im August.«

»Du hast zu viel Thomas Hardy gelesen. Sie beginnt früher als damals.«

»Und verrat mir noch etwas, das ich wissen möchte. Ich kann mich erinnern, dass in meiner Kinderzeit hinterher alle Felder in Brand gesteckt wurden, damit die Stoppeln abbrannten.«

»Ist nicht mehr erlaubt. Die Regierung hat beschlossen, dass es für die kleinen Vögel besser ist, wenn wir die Stoppeln den ganzen Winter über in der Erde lassen und sie erst Mitte Februar umpflügen. Also machen wir es so.«

»Das ist ja ornithologisch sehr korrekt von dir.« Sie hörte eine Feldlerche über ihnen schweben, und ihr herrlicher Gesang begleitete ihre Flugbahn wie ein musikalischer Kondensstreifen. »Ich wusste gar nicht, dass dir so viel an Naturschutz liegt.«

»Ehrlich gesagt«, gestand Adam, »tun wir es, weil wir dafür bezahlt werden. Und natürlich«, fügte er hinzu, als er ihre missbilligende Miene sah, »weil wir das Lied der Lerche so herrlich finden.«

»Lügner.«

»Ich muss gestehen, dass ich es über meine Meatloaf-CD eigentlich gar nicht hören kann.«

»Banause!«

Genau um fünf vor eins kamen sie vor Moreton House an. Flo war beeindruckt, dass Adam das schaffte, ohne auch nur einen Blick auf die Uhr zu werfen.

»Instinkt. Mittagessen – ein Uhr. Tee – fünf Uhr. Abendessen – acht Uhr, außer während der Erntezeit, da kann es irgendwann zwischen acht und Mitternacht sein.«

Flo empfand leise Beklemmung angesichts dessen, wie viel Struktur Adam gewohnt war.

»Schau nicht so nervös. Ma mag es so. Du kannst es halten, wie du willst.« Er zog sie an sich und küsste sie, gerade als Pamela aus dem Garten kam.

»Seid ihr zwei bereit zum Mittagessen, oder lebt ihr nur von Luft und Liebe?«

Wenigstens diesmal aßen sie in der Küche. Es war ein schöner Raum von der Art, die in Anzeigen für teure Küchen kopiert und auf der Stelle ruiniert werden, weil man all den Krimskrams des alltäglichen Lebens entfernte und ihn durch Kinder in Ballettröckchen, Gummistiefel, die nie echten Matsch gesehen hatten, und Berge von frischen Feigen sowie einschüchternd wirkenden Auberginen ersetzte, die man aufgrund ihrer glänzenden lila Färbung ausgewählt hatte.

Der Charme der Küche von Moreton House lag in deren geschrubbter Einfachheit. Ein großer, viereckiger Kieferntisch stand im Mittelpunkt des Geschehens vor einem riesigen Kamin, in dessen Nische ein uralter Kochherd in unmodernem Cremeweiß eingelassen war. Über der Nische verlief ein mit großteiligem, blauweiß bemaltem italienischen Porzellan geschmückter Kaminsims: Servierschüsseln, Bratenplatten und zwei riesige, schöne Suppenterrinen.

Auf der großen, eingebauten Anrichte stand ein flacher, abgenutzter Korb voller Obst und Gemüse, das Alf aus dem Garten geholt hatte: Karotten mit blassgrünem Kraut, reife

Tomaten, rosarote Himbeeren. Eine Schnur Zwiebeln und ein Zopf Knoblauch hingen von dem viktorianischen Kleiderlüfter an der Decke. Ein alter Kühlschrank, der fast wie ein Vorkriegsmodell aussah, brummte leise in der Ecke.

Obwohl der Raum einladend wirkte, hing in ihm ein seltsamer und nicht gerade appetitlicher Geruch, von dem Flo hoffte, dass er nichts mit dem Mittagessen zu tun hatte.

»Hallo, Ma«, sagte Adam und begrüßte seine Mutter mit einem Kuss. »Was ist denn das für ein fürchterlicher Gestank?«

»Sie hat so 'n affiges Fischwasser für die Katze gemacht«, verkündete Ivy düster, die heute in Moreton House aushalf.

»Das ist ein Tipp, den mir Mrs. Bourne letzte Woche beim Bridge gegeben hat«, erklärte Pamela. »Man kocht Reste und Gräten aus und gibt die Flüssigkeit in Eiswürfelschalen. Voilà. Dann kann man Jasper ein schönes Getränk auftauen.«

»Das glückliche Vieh«, murmelte Ivy. »Und was passiert, wenn irgendein armer Ahnungsloser 'nen Gin Tonic will und aus Versehen die Dinger erwischt, möcht ich wissen? Der kriegt ja 'nen bösen Schreck, was?«

»Dann sollte eben jeder, der einen Gin Tonic will, vorher mich fragen«, erwiderte Pamela viel sagend. Sie hatte schon oft erwogen, die Ginflasche zu markieren, da sie den Verdacht hatte, dass diese schneller leer wurde, wenn Ivy im Haus war.

»Hallo, Liebes«, begrüßte Pamela nun Adam, und ihre Stimme schmolz vor Zärtlichkeit. »Ivy ist gekommen, um uns zu helfen. Ist das nicht nett von ihr?«

Flo hatte nicht gewusst, dass das Wort »nett« derart lauwarm klingen konnte.

»Seien Sie ein Engel, Ivy«, bat Pamela, »und pflücken Sie ein paar Pflaumen von dem Baum im Obstgarten.«

»Sie meinen den Pflaumenbaum, von dem Sie letztes Jahr

alle runterfallen und an Ort und Stelle verrotten haben lassen?«, fragte Ivy spitz. Pamelas ihrer Meinung nach verschwenderische Art gegenüber der Natur missfiel ihr zutiefst. In Ivys Augen musste sämtliches Obst und Gemüse, ganz zu schweigen von Kräutern, Beeren und Schlehen, konserviert, eingelegt, getrocknet, eingemacht oder sofort gegessen werden.

»Genau den«, erwiderte Pamela, die auf Ivys Sticheleien schon lange nicht mehr reagierte.

Kurz darauf kehrte Ivy mit einer Puddingform voller reifer Früchte zurück.

»Schälen und schneiden Sie sie bitte, dann können wir einen schönen Pflaumenauflauf machen.«

»Das sind keine Pflaumen«, verkündete Ivy, als wäre es noch nach vierzig Jahren hoffnungslos, Pamela jemals die Feinheiten des Landlebens nahe zu bringen.

»Gut. Dann eben Schlehen.« Pamela zog die Augenbrauen hoch.

»Es sind auch keine Schlehen.«

»Was sind es denn dann?«, fragte Pamela genervt.

»Es sind Pflaumenschlehen«, erklärte Ivy, als wäre diese Tatsache jedem auch nur halbwegs denkfähigen Menschen klar.

»Gut.« Pamela rang um die Fassung. Ausnahmsweise hatte Flo einmal Mitleid mit ihr. Ivy trug ihre Überlegenheit in Sachen Landleben ein bisschen zu dick auf. »Dann könnten wir doch einen schönen Pflaumenschlehenauflauf machen, nicht wahr, meine gute Ivy?«

Als das Essen endlich fertig war, setzten sich alle um den Küchentisch. »Also«, begann Pamela, die keine Zeit vergeudete, bevor sie auf den Punkt kam. »Hugo behauptet, ich hätte Ihnen zugesetzt. Und dass ich Sie entscheiden lassen soll, wo Sie die Hochzeit abhalten möchten. Vielleicht möchten Sie ja im Haus Ihrer Tante und Ihres Onkels feiern?« Pamela versuchte bei dem Gedanken ein Schaudern zu unterdrücken.

Flo dachte kurz darüber nach, bis ihr klar wurde, dass das wahrscheinlich zu unpraktisch wäre, jetzt, wo die Schafe da waren. Wie India sagen würde: ein zu schlimmer Gestank.

Pamela nützte Flos Zögern aus.

»Allerdings ist Moreton wohl ein etwas größeres und ganz gewiss schönes Haus. Darüber hinaus wäre es vielleicht eine nette Gelegenheit, um es Ihnen und Adam zu übergeben.«

Die Erkenntnis, was Kingsleys Wette tatsächlich für Pamela bedeuten musste, wurde Flo zum ersten Mal mit aller Wucht klar. »Sie brauchen nicht wegzuziehen«, platzte sie heraus, während sie sich fragte, ob sie diese impulsiven Worte bereuen würde. »Das Haus bietet Platz für uns alle.«

»Das Letzte, was eine Braut sich wünscht«, beharrte Pamela in leidendem Tonfall, »ist, ihre Schwiegermutter auf der Pelle zu haben. Ich fürchte, ich habe Adam ein bisschen verwöhnt. Ich hatte einfach eine Schwäche für ihn.«

»So ging es wohl jeder zweiten Frau in der Grafschaft, soweit ich gehört habe.«

»Sie würden also doch in Erwägung ziehen, die Hochzeit hier zu feiern?«

Hugo war nicht da, und Flo fühlte sich ziemlich allein auf weiter Flur. »Vorausgesetzt, dass meine Tante und mein Onkel angemessen beteiligt werden, schon.«

Adam sah auf die Küchenuhr. »Ma, ich muss mit Maiden Field anfangen, sonst schaffen wir die Ernte nie bis Michaeli.«

»Eine halbe Stunde spielt doch keine Rolle«, wandte Pamela ein. »Du kannst ja heute Abend länger draußen bleiben.«

»Herzlichen Dank, Ma. Ted und Dickey werden begeistert sein.«

»Hugo hilft mit, wenn er wieder da ist. Er ist nur kurz mit deinem Onkel nach Witch Beauchamp gefahren, um die neuen Turnschuhe zu holen. Du weißt schon, die aus Japan, auf die er gewartet hat. Außerdem glaube ich, dass es Hugo ganz recht war, diesem Gerede über die Hochzeit entfliehen zu können.«

»Er ist nur eifersüchtig«, verkündete Adam mit Genugtuung.

»Also, wo hättet ihr das Gartenzelt gern?«, fragte Pamela mit dem Block in der Hand. »Und würde es Ihnen sehr viel ausmachen, wenn ich die Blumen selbst übernehmen würde? Das ist eine Art Hobby von mir.«

»Natürlich nicht«, erwiderte Flo und versuchte, das Gefühl der Unwirklichkeit abzuschütteln, das sie nach wie vor umfing. Das Ereignis, über das sie sprachen, war ihre eigene Hochzeit. Und sie würde in nicht einmal zwei Monaten stattfinden.

»Wir haben so viel zu tun«, strahlte Pamela nun. »Das kirchliche Aufgebot, Menükarten, Musik – ach, und was ist mit dem Ehegelöbnis? Wollen Sie sich an die traditionelle Version halten und Gehorsam versprechen?«

»Eine hervorragende Idee«, grinste Adam. Seine Hand kroch bedeutungsschwanger über ihren Schenkel. »Dann musst du immer das tun, was ich sage, stimmt's?«

»Ich glaube nicht, dass das Ehegelöbnis alle deine Ansprüche umfasst«, spöttelte Flo. »Also streichen wir den Punkt doch gleich, oder?«

Hugo Moreton war tatsächlich froh darüber, dass er eine Entschuldigung hatte, um sich aus dem Staub machen zu können.

Es war Markttag in Witch Beauchamp, einer der wenigen Kleinstädte der Grafschaft, die noch Viehauktionen abhielten. Die meisten Farmer verkauften heutzutage Lebendvieh vom Hof direkt an den Supermarkt oder den Schlachthof. Aber an jedem vierten Mittwoch versammelten sich nach wie vor ein paar alte Herren, um Kühen in den Hintern zu spähen und dem Auktionator zuzuhören, wenn er sein Mantra der Viehpreise herunterbetete, bevor sie sich zu einem Trostbier ins Pub zurückzogen und über die sinkenden Preise für landwirtschaftliche Produkte stöhnten. Lang bevor im ganzen Land die Schankgesetze gelockert worden waren, waren die Pubs in Witch Beauchamp bereits den ganzen Markttag über offen geblieben.

Hugo ging mit Onkel Kingsley auf einen Sprung hinein, um nach Dickey Ausschau zu halten, der den Verlockungen der erweiterten Öffnungszeiten und der Aussicht darauf, sich ausgiebig auszuheulen, nie widerstehen konnte, um ihn daran zu erinnern, dass er auf dem Mähdrescher gebraucht wurde.

»Da lang«, erklärte ihnen Donna, die sich provokant auf den Tresen lehnte und Hugo so den kompletten Grand Canyon ihres Ausschnitts darbot. »Rückt gemeinsam mit Alf die Welt zurecht.«

»Danke.« Hugo fragte nicht, woher sie wusste, dass er auf der Suche nach Dickey war. Donna wusste alles im Umkreis von fünfzehn Kilometern. Er sah sie erneut an. Heute war irgendetwas an ihr anders. Vielleicht ein Neuzugang unter ihren zahlreichen Nasensteckern? Oder eine weitere aufreizende Tätowierung neben den Rotkehlchen, die über ihrer einen Brust flatterten? Donna, so hatte er gehört, sollte angeblich an einer Stelle tätowiert sein, die nur wenige Auserwählte zu sehen bekamen.

»Wie geht's deinem Bruder?«, fragte sie, während sich Onkel Kingsley weiter hinten mit Dickey und Alf noch ein Bier genehmigte, und ihre Katzenaugen verengten sich im verrauchten Dämmerlicht des Pubs.

»Steckt tief in Hochzeitsplänen.«

»Also kriegt er alles und nicht du.«

»Wenn er zuerst heiratet, schon.«

»Und warum lässt du ihn? Du könntest ja auch heiraten.«

»Aber nicht nur, um den Hof zu bekommen.«

»Warum denn nicht?« Donnas Schlafzimmerblick ließ ihn wie angewurzelt stehen bleiben. Donna hatte etwas von einer Hexe an sich.

»Weil ich glaube, dass es bei einer Ehe um etwas anders geht. Nicht nur um eine Wette.« Hugo war sich dessen bewusst, dass er schwülstig klang. Er hätte mit einem Scherz reagieren sollen. Und außerdem hörte es sich an, als glaubte er, dass Adam nur heiratete, um den Hof zu bekommen, wo doch offensichtlich war, dass er in Flora vernarrt war.

»Die Ehe ist immer eine Wette«, konterte Donna. »Meistens eine schlechte. Ich habe schon genug Eheleute hier drin gesehen, um das zu wissen.«

»Du würdest also nie heiraten?«

Donna legte den Kopf schief. »Das will ich nicht behaupten. Wenn der Richtige käme …« Ihre Stimme schnurrte vor honigsüßer Verlockung. »Aber er müsste schon etwas ganz Besonderes sein.«

Auf einmal begriff Hugo, worin die Veränderung an Donna bestand. Sie hatte sich die Haare auf eine Art schneiden lassen, die jungenhaft und fedrig war – ein genaues Ebenbild zu Flos Frisur.

»Du solltest aber, weißt du«, sagte Donna leise.

»Was sollte ich?«

»Heiraten. Adam will den Hof im Grunde gar nicht. Er sagt, es sei verdammt harte Arbeit, bei der nichts rumkommt. Es bringt nichts ein, sagt er.«

»Das sagen alle Landwirte.«

»Adam meint es ernst.«

»Ich muss jetzt Dickey holen.« Auf einmal wollte Hugo nur noch weg von Donna, ihrer geschmacklosen Aufmachung und ihren unangenehmen Enthüllungen. Adam würde doch wohl nie das Gut verkaufen? Donna wollte sich nur an Adam rächen, weil er sie wegen Flo sitzen lassen hatte, was – natürlich zu Donnas Ärger – das alte Sprichwort belegte, dass es eine Art Mädchen gab, mit der man ins Bett ging, und eine andere, die man heiratete.

Als sie am nächsten Morgen aufwachte und die Sonne durch den Spalt zwischen den Vorhängen schien, spürte Flo, dass sie glücklich war. Sie wusste zwar nicht genau, wie dieses Wunder zustande gekommen war, doch es war so. Die Hochzeit schien ihr nun langsam weniger beängstigend, sondern eher wie ein Vergnügen, auf das man sich freuen konnte. Je länger sie mit Adam zusammen war, desto mehr verschwanden sämtliche nagenden Zweifel.

Selbst Pamela taute auf. Veronica hatte die Hochzeit mit dem nötigen Anstand akzeptiert, und Mattie war begeistert gewesen, als Flo sie gebeten hatte, eine ihrer Brautjungfern zu werden.

»Blöde, überholte Institution«, brummte India-Jane, die gelauscht hatte.

»Und, möchtest du auch Brautjungfer sein?«, hatte Flo gelockt.

»Kriege ich dann weiße Satinschuhe?«

»Ich bestelle sie noch heute.«

»Also gut«, ließ India sich herab. »Wenn du wirklich unbedingt willst, dass ich es mache.«

Die nächsten Wochen waren die glücklichsten, seit Flo denken konnte. Tagsüber half sie Adam auf dem Traktor, erntete Hafer und Gerste, machte Silagefutter und lernte, wie man die Weizenähren auf ihren Feuchtigkeitsgehalt testete. An den Abenden verfasste sie mit Pamela Listen und schrieb Einladungen. Die letzten paar Tage hatte Tante Prue ihre Vorbehalte abgelegt und sich zu ihnen gesellt, was Flo ungemein freute.

Wenn doch nur die Montagues und die Capulets bis zu der Phase gelangt wären, in der man die Häppchen bestellt, dann hätte alles ganz anders aussehen können, dachte Flo bei sich.

Tantchen Prue, sonst immer der Praktischsten und Bodenständigsten eine, versenkte sich komplett in einen Traum aus Tüll und Organza und hatte zudem begonnen, individuelle Bandschleifen zu nähen, Platzsets zu entwerfen und Rosenblütenblätter zu trocknen, um echte Konfetti zu machen.

»Die Erntezeit ist fast vorüber. Sollen wir nicht ein Erntepicknick veranstalten wie damals als Kinder?«, schlug Tante Prue vor. »Ich lasse mir was Schönes einfallen.«

Am nächsten Nachmittag schlenderten Flo und ihre Tante durch die stachligen Stoppeln von Maiden Acre auf die kleine Gruppe von Männern am anderen Ende zu. Als er ihren Korb sah, heiterte sich Adams Miene auf. »Seht die Göttin, die sich nähert mit Nektar und Ambrosia für ihren hungrigen Liebsten.«

»Ich will aber keinen Milchreis«, schimpfte Dickey. »Ganz egal, was sie in London essen.«

»Keine Panik«, erwiderte Flo lachend, »es gibt Tante Prues hausgemachte Schweinepastete, Plätzchen von Ivy, und Veronica hat ein paar…«

»…Würstchen im Schlafrock beigesteuert«, fielen ihr Adam und Hugo gemeinsam ins Wort.

»Da, schau mal, Dickey.« Hugo machte den Tupperware-Behälter auf. »Nur für dich. Schöne, einfache Würstchen im Schlafrock, ganz ohne Ambrosia.«

»Schon besser«, grummelte Dickey, ohne zu bemerken, dass sich die anderen über ihn lustig machten. »Würstchen im Schlafrock mag ich.«

Adam zog ein paar Strohballen von der Ballenpresse, um sich anzulehnen, und Flo breitete die Decke aus. »Ganz toll«, lobte Adam, »du wirst offensichtlich eine wunderbare Bauersfrau.«

»Ich habe Stunden bei meiner Tante genommen«, witzelte Flo.

»Die zutiefst dankbar ist, dass sie sich keine Sorgen mehr um die Weizenpreise oder die Hygienevorschriften beim Melken machen muss, sondern nur noch dem besänftigenden Mähen von Schafen lauschen darf«, erwiderte Prue.

»Im Winter sind Sie bestimmt nicht mehr so froh«, warf Dickey ein. »Wenn in einer Nacht neunzig Lämmer zur Welt kommen und die Hälfte davon von ihrer Mutter abgelehnt wird.«

»Nein, wahrscheinlich nicht«, stimmte Tante Prue zu. »Aber jetzt ist herrlichster Sommer, und ich sehe meinen Mann sogar gelegentlich noch bei Tageslicht, was ein richtiges Wunder ist.«

»Freut mich zu hören, dass es alles so gut läuft«, sagte Hugo und nahm sich ein zweites Stück Schweinepastete. Dabei rutschten seine Hemdsärmel hoch und enthüllten eine Linie, an der die gebräunte Haut urplötzlich in bleiche überging. Flo fragte sich unwillkürlich, wie Adam es schaffte, das zu vermeiden.

»Wir stehen erst am Anfang«, sagte Prue lächelnd, »und wir haben noch einen weiten Weg vor uns, aber Francis ist wie ausgewechselt.«

Als Hugo sie betrachtete, merkte er, dass auch Prue Rawlings wie ausgewechselt war. Eine zarte Schicht Sommersprossen hatte sich über ihre Wangen und ihre Nase gelegt und verlieh ihr ein fast mädchenhaftes Aussehen. Außerdem hatte sie die Haare aus dem gewohnten, wenig schmeichelhaften Pferdeschwanz gelöst. Sie waren von warmem Walnussbraun, was ihm zuvor noch nie aufgefallen war. Er konnte sogar, als sie sich vorlehnte, um ihm noch mehr Pastete anzubieten, einen leichten Hauch von Parfüm wahrnehmen. Die einzige Frage, die Hugo allerdings wirklich beschäftigte, war, woher zum Teufel sie das Geld für ihr Unternehmen nahmen. Er hoffte bei Gott, dass sie es nicht von irgendeinem skrupellosen Kredithai hatten, der ihnen jeden Penny abknöpfen würde, den sie einnahmen.

Sein Blick wanderte zu Flo. War sie diejenige gewesen, die die Rawlings ermuntert hatte, diesen Sprung ins Ungewisse zu wagen? Falls ja, so hoffte er, dass sie wusste, was sie tat.

Flos Blick ruhte, wie üblich, auf seinem Bruder. Adam war aufgestanden, hatte erklärt, dass es viel zu heiß war, und sich bis auf die abgeschnittenen Shorts ausgezogen. Die Sonne schien jetzt so hell, dass man seine Augen vor ihr schützen musste und die Hitze hatte sich mit erstickender Intensität gesteigert.

Adams von Schweiß und Staub überzogener Körper reflektierte die Sonnenstrahlen, sodass er selbst in den Augen seines Bruders wie ein junger Gott aussah. Es war ein Jammer, dass Aussehen so viel eindrucksvoller war als Verstand.

Er unterdrückte einen plötzlichen Anflug von Eifersucht und wandte sich wieder zu Prue, die ihn gerade gefragt hatte, ob er von der Ernte erschöpft sei.

»Der Sommer ist immer die betriebsamste Zeit bei uns. Trotzdem kann ich mich nicht beklagen. Wenn die Ernte vorüber ist, setze ich mich ein, zwei Wochen ab.«

»Wohin?«

»In die Staaten. Ich berate ein paar Banken über landwirtschaftliche Investitionen.«

Auf einmal kam Hugo eine Idee. Sie war gewagt, aber nicht abwegig. Doch er würde Flora nichts davon verraten. Sie wäre allzu enttäuscht, wenn es nicht klappte.

15. Kapitel

»Hast du dir schon überlegt, wer dein Trauzeuge sein soll?«
Flo zeichnete mit verliebtem Finger einen Pfad durch den
Schweiß und den Staub auf Adams Brust. Sie lagen in einer
Insel aus flach gedrücktem Getreide im letzten noch nicht ab-
geernteten Stück Feld der Moretons. Im Hintergrund war das
entfernte Brummen des Mähdreschers zu hören. Die Sonne
schien unbarmherzig auf sie herab, ohne dass auch nur eine
einzige Wolke ihre Intensität gedämpft hätte. Flo spürte, wie
sich der Schweiß zwischen ihren Brüsten sammelte. Sie
konnte sich nicht erinnern, je so geschwitzt zu haben, außer
einmal im Urlaub auf den griechischen Inseln, aber da hatte
sie ins kühle Nass der Ägäis springen können. Hier waren in
der plötzlichen Hitzewelle sogar die Tauteiche ausgetrocknet.

»Gib mir mal bitte 'nen Schluck von der Gerstenlimo, ja?«
Adam hielt sich schützend die Hand vor Augen, um das
grelle Licht abzuhalten, während Flo sich hinüberrollte, um
an den Korb zu kommen, und dabei ein verführerisches
Stück Höschen freilegte.

Adam war kein Mann, der einer solchen Versuchung – oder
überhaupt irgendeiner Versuchung – widerstehen konnte.
Mit der einen Hand begann er, Flos Po zu streicheln, während die zweite sich auf der anderen Seite an ihren Reißverschluss heranzutasten begann. Flo merkte, wie sich ihr Atem
beschleunigte, auch wenn ihre sittsameren Instinkte ihr sagten, dass ein Feld mitten in der Erntezeit, auf dem nur wenige Meter daneben der Mähdrescher dröhnte, nicht der
günstigste Ort für eine erotische Begegnung war.

Bevor sie sich noch näher kamen, spürte Flo eine kalte Nase, die sich in ihr Ohr bohrte, und schoss in die Höhe.

»Snowy!«, kreischte sie. »Was treibst du denn hier? Du hättest vom Mähdrescher totgefahren werden können.«

»Nur die Ruhe«, beruhigte sie Matties Stimme von der anderen Seite ihres Verstecks her. »Ich hätte sie nie in die Nähe des Mähdreschers gelassen. Mann, was macht ihr denn hier drin, wo euch kein Mensch sieht? Habt ihr euch eine Höhle zum Verstecken gebaut? Ich hab mir andauernd Höhlen gebaut, als ich noch klein war.«

»Ja, Adam«, meldete sich Hugo zu Wort, der ein paar Schritte hinter Mattie stand. »Was *macht* ihr denn da drin, wo euch kein Mensch sieht?«

Flo zog ihren Rock herunter und brachte verschämt ihre Kleidung in Ordnung, bis sie nach oben sah, wo sie dem herausfordernden Blick Hugos begegnete und unerklärlicherweise rot anlief. Warum sollte es ihr peinlich sein, wenn sie ihren eigenen Verlobten küsste?

»Oben in Five Acre haben sie schon nach dir gesucht. Du musst mit dem Körnereinschütttrichter helfen. Es sei denn«, fügte er nach kurzer Pause hinzu, »du bist zu beschäftigt damit, deinen Dreschflegel auszuprobieren.«

»Keine Sorge.« Adam hatte den Vorwurf in Hugos Ton sofort verstanden. »Er ist in blendendem Zustand, vielen Dank.«

»Das kann ich mir denken.« Hugos Augen wurden in der Sonne schmal. »Genug Übung kriegt er ja.«

»Sag mal, Huge, alter Knabe«, sagte Adam, diesmal wieder mit samtweicher Stimme, und lehnte sich auf der Decke zurück, »du hättest nicht vielleicht Lust, mein Trauzeuge zu sein?«

Das verschlug Hugo die Sprache. Nach kurzem Zögern antwortete er: »Doch, natürlich. Mit Vergnügen.«

Nachdem Adam gegangen war, um seiner Pflicht am Körnereinschütttrichter nachzukommen, marschierte Flo mit Mattie und Snowy durch die stachligen Stoppeln zurück zur Hunting Farm. Die frisch gemähten Stoppeln waren scharf wie Rasierklingen, und Flo, deren Füße und Knöchel schon zu bluten anfingen, merkte, wie dumm es von ihr gewesen war, Sandalen zu tragen.

»Sollen wir nicht lieber auf der Straße gehen?«, schlug Mattie aufmerksam vor. »Die Stoppeln sind wahrscheinlich schlecht für Snowys Pfoten.«

»Und meine verzärtelten Londoner Beine, meinst du.« Flo stieg über den Zauntritt auf die von der Sonne getüpfelte Straße. Vor ihnen bildete ein Bogen aus Bäumen einen verführerisch schattigen Tunnel. Es war, als wäre einem eine schwere Last von den Schultern genommen worden. »Aaah«, machte Flo. »Herrlich, die Kühle. Ist es hier eigentlich öfter so heiß?«

»Die Bauern sind begeistert. Das bedeutet nämlich, dass sie das Getreide nicht trocknen müssen. Wenn es regnet, kostet sie das ein Vermögen. Flo?«

»Ja?«

»Warum war Hugo eigentlich vorhin so wütend?«

»War er wütend?«

»Hast du das nicht gemerkt? Er war ganz anders als sonst.«

»Vielleicht fand er, Adam hätte seinen gerechten Anteil an der Arbeit übernehmen sollen, anstatt mit mir zu picknicken. Du weißt doch, wie es zwischen Geschwistern ist – schau nur mal dich und India-Jane an.«

»Stimmt schon. Aber trotzdem war er in letzter Zeit viel mürrischer. Vielleicht ist es wegen dem Hof. Ich habe gehört, wie Hugo im Schuhgeschäft zu Joan gesagt hat, dass Adam ihn wahrscheinlich verkaufen und sich mit dir nach London absetzen würde, wenn ihr erst verheiratet wärt.«

Flo bückte sich und tat so, als müsse sie einen Stein aus ihrer Sandale holen. Ein plötzlicher Anflug von Panik durchzuckte sie. Sie und Adam hatten im Grunde gar nicht über die Zukunft gesprochen, abgesehen davon, dass sie beide Kinder wollten. Sie war davon ausgegangen, dass sie auf dem Hof wohnen bleiben würden. Erschrocken stellte sie fest, wie sehr Adam und der Hof in ihrer Gedankenwelt verschmolzen waren. War es Adam, an dem ihr am meisten lag, oder der Lebensstil, den er bot? Irgendwie kam ihr die Vorstellung von Adam in London völlig abwegig vor.

»Na jedenfalls, der arme Hugo. Joan meint, wenn er nicht ein so anständiger Kerl wäre, hätte er vielleicht versucht, vor euch zu heiraten. Er braucht unbedingt ein nettes Mädchen, sagt Joan.«

»Ich weiß auch, wo es eines gibt. Ich habe nämlich gerade beschlossen, wen ich als meine erste Brautjungfer haben will.«

»Brautjungfer!«, quiekte Miranda und bog sich vor Lachen, als Flo sie fragte, ob sie Lust dazu haben würde. »Ich weiß ja nicht, ob ich überhaupt als Jungfer durchgehe. Aber gut, solange kein Jungfräulichkeitstest verlangt wird, mache ich es mit Vergnügen.«

»Super, und ich habe auch noch eine andere gute Idee. Warum rufst du nicht Adams Trauzeugen an und führst ihn zum Essen aus? Natürlich alles nur im Sinne der familiären Harmonie.«

»Weißt du was?«, schnurrte Miranda, während sie ihre Garderobe nach etwas Dezentem und Brautjungfernhaftem durchwühlte. »Vielleicht tue ich das sogar. Ach, übrigens, wie liefen denn die Dreharbeiten für den Blackmills-Werbespot?«

Bei der Erwähnung von Blackmills bekam Flo ein flaues Gefühl, als wäre auf einmal ein kalter Schatten durch das sichere, behagliche Zimmer gehuscht, in dem sie auf der Hunting Farm saß, wo Obst zum Reifen auf der Fensterbank lag und eine Fliege träge gegen das geschlossene Fenster brummte. Die Welt der Großstadt und der Werbeagenturen kam ihr völlig fremdartig vor. »War schon in Ordnung. Eigentlich hat es sogar richtig Spaß gemacht. Ich bin zwar keine zweite Gwyneth Paltrow, aber *allzu* schlecht habe ich mich nicht geschlagen. Zumindest habe ich meinen einzigen Satz nicht vergessen.«

»Und wann bekommen wir dieses Meisterwerk auf unseren Bildschirmen und Reklametafeln zu sehen?«

»Das weiß ich ehrlich gesagt nicht genau.«

»Willst du dich nicht mal erkundigen? Wenn es direkt vor der Hochzeit ist, solltest du Adam vielleicht darauf vorbereiten, dass er eine berühmte Frau hat.«

»Berühmt werde ich wohl kaum.«

»Sollen wir wetten?«

»Alles in Ordnung?«, fragte Tante Prue einen Augenblick später, als sie Flo auf dem Fenstersims sitzen und gedankenverloren in den Garten starren sah. »Bedrückt dich etwas? Kalte Füße oder irgendwas anderes?«

Flo reckte die Schultern und verdrängte ihre momentane Sorge. »Meine Füße sind wärmer als frisch getoastetes Brot«, versicherte sie ihrer Tante. »Aber ich glaube, ich sollte mich langsam mal um ein Kleid kümmern.«

»Darüber habe ich mir auch schon Gedanken gemacht…« Prue zögerte.

»Ja? Was ist dir denn eingefallen?«, fragte Flo. »Ich habe Pamela damit gedroht, mir bei Oxfam ein Kleid zu besorgen, aber damit wollte ich sie nur ärgern. Allerdings glaube ich nicht, dass ich mir die Londoner Brautkleidboutiquen antun will, wo die Verkäuferinnen um mich herumschwirren und mir weismachen, dass ich in Tüll wunderbar aussähe, wo ich doch in Wirklichkeit wie ein Überbleibsel aus *Vom Winde verweht* wirke. Also, was hattest du für eine Idee?«

»Komm mal mit in unser Schlafzimmer.«

Flo folgte ihrer Tante die gebohnerte Holztreppe hinauf,

auf der ein roter türkischer Läufer lag, der an einigen Stellen schon ganz abgetreten, aber dafür umso schöner war. Sie konnte sich deutlich daran erinnern, wie sie im Alter von fünf oder sechs auf diesem Teppich die Treppe hinuntergepoltert war.

Das Schlafzimmer ihrer Tante und ihres Onkels lag im ersten Stock und bot einen herrlichen Ausblick auf hügeliges Ackerland und den Fluss in der Ferne. Die Sonne malte Flecken auf die gebohnerten Dielenbretter, es roch schwach nach Bienenwachs, und vor den weit offen stehenden Fenstern sang eine Drossel im Gebüsch.

»Es ist ja so schön hier«, seufzte Flo und lehnte sich aus dem Fenster.

»Und dir haben wir es zu verdanken, dass wir hier bleiben können«, kam die dumpfe Antwort ihrer Tante, die gerade tief unter das Himmelbett gekrochen war. Triumphierend tauchte sie mit einer riesigen geblümten Hutschachtel wieder auf. »Das habe ich gestern vom Dachboden geholt, aber ich wollte mich nicht aufdrängen.«

»Du bist der unaufdringlichste Mensch, den ich kenne«, versicherte ihr Flo. »Und was ist das? Der Hut, den du zur Hochzeit tragen willst? Es sieht ganz danach aus, als wäre er groß genug für das Eröffnungsrennen in Ascot.«

»Mach die Schachtel auf und schau rein.«

Neugierig zog Flo das rosa Band auf, mit dem sie verschlossen war. Innen bauschte sich ein schneeweißes Meer aus Seidenpapier. Ganz sachte, als entwirrte sie etwas unendlich Wertvolles, hob sie das flüssige Gold eines Brautkleids aus Satin heraus. »O mein Gott«, hauchte Flo. »Das ist ja ein phänomenales Kleid. War das deines?«

Sie hob es heraus und hielt es sich an den Körper. Die lange Schleppe legte sich um sie wie geschmolzener Karamell.

Prue ließ die Hände herabfallen und machte Anstalten sich abzuwenden, um zu verbergen, dass ihre Augen voller

Tränen standen. »Nein. Es war das Brautkleid deiner Mutter. Willst du es nicht mal anprobieren?«

Mit zitternden Händen zog Flo sich aus und streifte das Satinkleid vorsichtig über.

Prue half ihr, es sich über den Körper zu ziehen, glättete den Saum und arrangierte die Schleppe um sie herum. »Es passt wie angegossen«, flüsterte Prue und musterte ihre Nichte im Spiegel, »außer dass es über der Brust zu eng ist.«

»Man hat mich nicht umsonst eine Amazone genannt.« Flo warf ihrer Tante einen fragenden Blick zu.

»Du siehst wunderschön aus.« Die Worte klangen, als hätte man sie ihr abgerungen, einen schmerzhaften Laut nach dem anderen. »Flora, sie wäre ja so stolz auf dich gewesen.«

Flo wandte sich um, vergaß das Kleid und klammerte sich mit einem Aufschluchzen wie eine Ertrinkende an ihre Tante. »Ich weiß.«

»Hast du schon etwas von deinem Vater gehört?«

Flo spannte sämtliche Muskeln an, entschlossen, nicht zu zeigen, wie die Frage ihr zusetzte. »Er kommt nicht. Aber bestimmt hat er eine unschlagbare Ausrede. Was soll's«, fuhr sie mit schiefem Lächeln fort. »Ich habe ja dich und Onkel Francis, und mehr kann kein Mensch verlangen. Ich würde das Kleid meiner Mutter liebend gern tragen. Es wäre die Krönung meines Hochzeitstages.«

»Komm, ich hänge es für dich auf«, sagte Tante Prue und zog einen gepolsterten Kleiderbügel aus elfenbeinfarbener Seide hervor, der mit winzigen Stiefmütterchen bedruckt war. »Ich konnte einfach nicht widerstehen und musste den hier kaufen. Ich wusste, dass er ideal wäre.«

Sie half Flo aus dem Kleid und hängte es auf. Draußen im Hof brach heftiges Mähgeschrei los. »Womöglich ist Rowley ausgebüxt. Geh mal lieber los und warne Francis, sonst blüht uns im Februar ein Schwung neu geborener Lämmer.«

Als Flo nach unten verschwunden war, warf Prue einen letzten Blick auf das Kleid.

»Verdammter Martin«, zischte sie mit plötzlicher, untypischer Wut. »Begreifst du denn nicht, wie unfassbar mies und egoistisch du dich benimmst?«

Hugo Moreton genoss die zwei Seiten seines Lebens sehr: Die Landwirtschaft nahm zwar den größten Teil seiner Zeit in Anspruch, aber es machte ihm auch Spaß, Investoren zu beraten. Er freute sich sogar auf die bevorstehende Geschäftsreise. Hochzeiten brachten es irgendwie mit sich, dass sämtliche Beteiligten Tag und Nacht an nichts anderes mehr dachten. Seine Mutter hatte sich bereits unter einen Schleier aus Netz und Tüll verkrochen, und Adam lief ständig mit einem selbstzufriedenen Grinsen herum, das Hugo schon dann kaum ertragen hätte, wenn er nicht eifersüchtig gewesen wäre.

Außerdem würde nach der Hochzeit der Hof Adam gehören, und er, Hugo, müsste sich eine völlig neue Zukunftsplanung einfallen lassen. Eine ohne Landwirtschaft. Er konnte natürlich einen anderen Hof pachten – jetzt, wo es den Bauern so schlecht ging, waren viele zu haben –, aber es war einfach nicht dasselbe, sich abzurackern, wenn einem das Land nicht seit Generationen gehörte.

Auf seinem Anrufbeantworter war eine Nachricht von Miranda, in der sie ihm mitteilte, dass sie Floras erste Brautjungfer sein werde und noch ein paar Dinge mit ihm besprechen wolle. Könnten sie sich vielleicht einmal zum Essen treffen?

Seine Hand hielt wenige Zentimeter vor dem Telefon inne, bevor er sich dazu überwand, sie zurückzurufen. Flora Parker war in seinen Bruder verliebt und würde in nicht einmal zwei Monaten dessen Frau sein. Es war höchste Zeit, dass er sie sich aus dem Kopf schlug und sein eigenes Leben lebte.

Am nächsten Abend erwartete ihn Miranda bereits in dem Restaurant, das sie vorgeschlagen hatte. Sie saß selbstsicher auf einer himbeerfarbenen Polsterbank und nippte an einem himbeerfarbenen Cocktail. Er fragte sich, ob sie den Effekt kalkuliert hatte.

»Nächstes Mal würde ich mir einen violetten Drink aussuchen oder zur Not auch einen orangefarbenen – ich glaube, der Kontrast würde dir gut stehen.« Er lächelte spöttisch und rutschte neben sie auf die Bank.

Einen Sekundenbruchteil sah Miranda drein, als wollte sie Einspruch erheben, doch dann schenkte sie ihm ihr typisches kokettes Lächeln. »Du hast mich ertappt.« Sie winkte dem Kellner, damit Hugo sich etwas zu trinken bestellen konnte. »Vielleicht seid ihr da draußen auf dem Land doch nicht so hinter dem Mond.«

Hugo lächelte träge. »Kommt darauf an, in welcher Hinsicht. Es gibt ein paar Dinge, über die wir mehr wissen als ihr.«

Miranda lachte ihr schmutzigstes Lachen. »Das kann ich mir denken. Weißt du, ich glaube, diese Geschichte mit Trauzeuge und Brautjungfer ist echt ausbaufähig. Ich habe mir sogar ein kleines Buch über Hochzeitsbräuche gekauft.« Sie fasste in ihre Tasche und zog ein schmales Bändchen heraus, das grell mit einer dreistöckigen Torte, zwei goldenen Ringen und einem Brautpaar aus Plastik verziert war. »Und hier steht, dass es eine der wichtigsten Aufgaben des Trauzeugen ist, mit den Brautjungfern zu schlafen.«

»Gut«, sagte Hugo mit ausdrucksloser Stimme. »Aber sind Mattie und India-Jane dafür nicht ein bisschen jung?«

Miranda vergaß ihre ganze Londoner Blasiertheit, griff nach dem Orangenschnitz, der an ihrem Glas klemmte, und warf ihn nach Hugo.

»Das wirst du mir büßen«, verkündete sie frech. »Später.«

»Soll das eine Drohung sein?«, fragte er und hob sein Glas an die Lippen. »Oder ein Versprechen?«

16. Kapitel

»Wie wär's mit diesen elfenbeinfarbenen mit den Federn obendrauf?« Joan wedelte mit dem Brautschuhkatalog, den sie extra für Flo besorgt hatte. »Oder diese herrlichen Modelle mit den kleinen Perlen darauf? Wenn sie die getragen hätte, hätte nicht einmal Aschenputtel einen Schuh verloren.«

Joans zwei Verkäuferinnen versuchten, einen Blick zu erhaschen, wurden aber losgeschickt, um das Lager aufzuräumen. An diesem Donnerstagmorgen im August war es im Laden glücklicherweise recht ruhig, und Joan konnte sich Flos Bedürfnissen mit ungeteilter Leidenschaft widmen. In ihren ganzen dreißig Jahren in Witch Beauchamp hatte sie noch nie eine Braut beschuht. Nicht einmal, so sagte sie sich mit einem Seufzer, sich selbst.

Flo schüttelte den Kopf. »Die Federn überlasse ich den Vögeln, aber die schlichten Satin-Pantöffelchen gefallen mir.«

»Was meinst *du*, Kingsley? Soll sie sich nicht doch für die Federn erwärmen? *Ich* würde sie nehmen, wenn ich eine Braut wäre.«

»Ah, aber dich hat keiner gefragt, was?«, spöttelte Kingsley. »Na, egal«, fügte er in der Tonlage eines Eunuchen hinzu, der über ausgeklügelte Sexualpraktiken befragt wird, »warum sollte ich eine Meinung zu Brautschuhen abgeben?«

»Weil das Ganze deine verflixte Schuld ist.«

Kingsley verschanzte sich hinter dem neuen Nike-Prospekt. »Außerdem muss ich mich entscheiden, was ich an meinen eigenen Füßen trage.«

»Wem fällt das schon auf, möchte ich wissen, abgesehen von Flos Hündchen, und das wird vermutlich noch das Bein an dir heben.«

»Ein Weibchen tut das nicht. Aber gut, wenn du mich so bedrängst, dann finde ich die mit den Federn wirklich ziemlich schick.«

»Na also«, jubelte Joan begeistert.

»Okay«, gab Flo nach, »ich nehme die mit den Federn. Dazu möchte ich dann aber auch einen Kopfschmuck mit Federn.«

»Was?«, fragte Onkel Kingsley erschrocken. »Wie ein Indianerhäuptling?«

»Sie meint die Dinger, die ein bisschen wie ein Haarband mit ein paar Straußenfedern dran aussehen, stimmt's, Flo?«

»So etwas Ähnliches«, stimmte Flo zu.

»Im Hutgeschäft in Salisbury haben sie ein paar sehr schöne«, vertraute Joan ihr an.

»So, du bist also auch einkaufen gewesen, was?«, fragte Kingsley Joan.

»Ich muss mich ja schließlich auch einkleiden, weißt du.«

»Und, was hast du erstanden?«, wollte Kingsley wissen. »Hoffentlich machst du nicht krampfhaft auf jung.«

»Es ist ein Mantelkleid«, meldete sich eine von Joans Angestellten zu Wort, die beide aus dem Lager zurückgekehrt waren.

»In fuchsienfarbener Seide«, fügte die andere hinzu.

»Mit einem dazu passenden Pillbox-Hut.«

»Und passenden Schuhen.«

»Klingt unheimlich bunt«, meinte Onkel Kingsley.

»Zumindest schaue ich damit nicht aus wie ein Landstreicher, wie bestimmte Leute, die ich nennen könnte.«

»Was ein wahrer Gentleman ist, zeigt sich von innen«, entgegnete Kingsley hochmütig.

»Dann hast du da auch deine Defizite«, lachte Joan.

»Komm schon, Flora Parker, ich fahre dich nach Hause und bringe dich weg von all diesen Schreckschrauben, die mit den Wechseljahren kämpfen«, sagte Kingsley.

»Von wegen Wechseljahre«, protestierte Joan. »Die habe ich schon seit Jahren hinter mir. Und sag jetzt bloß nicht, dass das zu mir passt.«

»Tut es nicht.«

»Raus jetzt aus meinem Laden«, schimpfte Joan und bugsierte ihn mit liebevollem Lächeln zur Tür.

»Ich bin dein Vermieter, wenn ich dich mal zart daran erinnern darf«, versuchte Kingsley seine Würde zu wahren.

»Dann bediene ich jetzt lieber mal ein paar Kunden, damit ich deine horrende Miete bezahlen kann.«

»Also wirklich«, murmelte Kingsley genervt, aber voller Zuneigung, als er ging, »diese Frau wird von Tag zu Tag schlimmer.« Doch als Flo zu ihm hinüberschaute, sah sie, dass er lächelte.

Als Onkel Kingsley sie absetzte, fand sie die Hunting Farm in hellem Aufruhr vor, da man sich bereits für die offizielle Eröffnung des Schafzoos in zwei Wochen zu rüsten begann.

Vee hatte sich als unerwartetes Talent in Sachen Caféeinrichtung entpuppt und den einfachen Betonbau, den Adam und Flo errichtet hatten, mit weißer Farbe, grünen Fensterläden und einer grünen Tür verschönert.

Doch die wahre Überraschung wartete drinnen. Was einst ein kühler Raum mit nackten Wänden und Betonfußboden gewesen war, besaß nun eine anheimelnde Atmosphäre im Shaker-Stil.

Statt des Chintz-auf-Chintz-Looks, den die meisten Cafés bevorzugten und der mit sich brachte, dass dann Trockenblumen auf den Tischen standen, die aussahen, als wären sie im Ersten Weltkrieg gepflückt worden, und die Stühle aus billigem Sperrholz waren, hatte sich Vee für ein schlichtes Mittelblau als Grundfarbe, Möbel aus gebürsteter Kiefer und ein paar ausgewählte Skulpturen aus Treibholz entschieden. Schaustück war ein herrlicher Reiher, der Flo an den Vogel erinnerte, den sie am Bach beobachtet hatte. Auf jedem Tisch stand ein Strauß selbst gepflückter Gartenblumen, umwickelt von einem mittelblauen Band.

»Es ist fantastisch, Vee«, gratulierte Flo ihr herzlich. »Du hast wirklich ein Händchen für so was.«

Vee sah drein wie ein Papagei, der einen Preis für Sprechtechnik bekommen hat.

»Es sieht wirklich ganz gut aus«, gestand sie mit gespielter Bescheidenheit ein.

Kein Mensch konnte behaupten, dass das Landleben langweilig gewesen wäre. Die Eröffnung des Schafzoos, gefolgt von der Hochzeit, bot fürs Erste mehr Aufregung als genug.

Doch darin sollte Flo sich getäuscht haben. Kaum hatte sie das Bauernhaus betreten, da drückte ihr Prue schon das Telefon in die Hand. »Jemand namens Buzz. Anscheinend sehr dringend.«

Flo trug das Telefon in den sonnigen Hof hinaus. »Buzz, hallo, wie läuft denn alles so?«

»Bestens.« Buzz' dynamischer Tonfall brachte die Leitungen zwischen London und Maiden Moreton zum Glühen. »Ja, sogar so gut, dass wir beschlossen haben, die Sache etwas vorzuziehen und diese Woche schon damit rauszukommen. Die PR-Leute von Blackmills haben für Donnerstag das Passion Café gebucht. Sie kommen doch, oder?«

»Also, ich …« Flo konnte sich tausend Orte vorstellen, an denen sie lieber gewesen wäre als mit einem Rudel Journalisten in London.

»Ach, kommen Sie, Flora, das steht im Vertrag. Denken Sie an all das schöne Geld. Mit der Presse müssen Sie vielleicht auch reden. Schließen Sie einfach die Augen und denken Sie an die vielen wuschligen Schafe, die Sie bezahlen müssen. Sie kommen ganz groß raus!«

Flo verließ der Mut. Sie wollte sich nur noch einem gesunden Spleen für Hochzeitsmagazine und Tischgedecke hingeben. »Und ab wann wird der Fernsehspot gesendet?«

»Auch ab dieser Woche.«

»Ach du Schande.«

»Ich muss schon sagen, Flora Parker«, bemerkte Buzz mit frustriertem Beiklang in ihrem ohnehin schon bissigen Ton, »für ein It-Girl sind Sie eine reichlich widerwillige Berühmtheit.«

»Ein ehemaliges It-Girl, das demnächst Bauersfrau werden soll.«

»Weiß Ihr glücklicher Verlobter eigentlich, was auf ihn zukommt?«

»Schon, aber ich bin mir nicht sicher, ob ihm die Tragweite restlos klar ist«, gestand Flo ein.

»Dann sollten Sie es ihm lieber verraten, oder?«

Buzz hatte natürlich absolut Recht. Flo beschloss, es hinter sich zu bringen und es ihm gleich zu sagen.

»Flora!« Pamela stürzte sich auf sie, als brächte sie Manna in die Wüste. »Genau Sie habe ich gesucht. Finden Sie Blumen im rosablauen Gartenlook besser, oder sollen wir beim traditionellen Weiß bleiben?«

Flo hatte einen Geistesblitz. »Warum fragen Sie nicht Veronica?«

»Veronica?«

»Sie ist drüben in dem neuen Café für den Schafzoo. Es sieht absolut göttlich aus. Sie hat ein echt gutes Händchen für Dekoration.«

Typisch für Pamela, ignorierte sie diesen Vorschlag komplett. Bei Veronica einen Rat einzuholen passte eindeutig nicht in ihr Weltbild. »Sie sind also nicht für Rosa und Blau? Rittersporn wäre doch so herrlich.«

Flo holte tief Atem. »Rittersporn wäre wunderbar. Wissen Sie, wo Adam ist?«

»Irgendwo bei der Ernte.«

Tolle Auskunft. Das Gut der Moretons war riesig.

»Hier«, bot Pamela an, »probieren Sie's mit dem Handy.«
Schließlich fand sie ihn mitten auf dem großen Feld auf
der anderen Seite der Hügelkette. Er bedeutete ihr, dass er
noch zwanzig Minuten brauchen würde, und sie setzte sich
auf den Zauntritt und sah der großen Maschine zu, wie sie
den Weizen schnitt, das Korn hinten auflud und die Spreu
wieder ausspuckte. Sie bemerkte, wie es neben dem Feld im
Gras raschelte. Dort suchten die Feldmäuse Schutz vor dem
gigantischen Ungeheuer, das ihre Nester zerstampft hatte.

Schließlich hüpfte Adam aus dem Fahrerhaus und rief
Dickey zu, dass er übernehmen solle, während er über das
flach gedrückte Gold des Feldes schritt. Es war ein spekta-
kulärer Anblick: Adam mit seinen goldenen Haaren und der
goldenen Haut, nur in seinen alten Shorts und Desert Boots,
eingerahmt von leuchtend blauem Himmel und goldener
Spreu. Es war genau der Look, für den Calvin Klein Millionen gezahlt hätte. Und Adam besaß ihn von Natur aus.

»Das ist aber eine nette Überraschung. Sag nichts. Du hast
genug von den Hochzeitsplänen und möchtest noch heute
Nachmittag mit mir durchbrennen?«

Flo lachte. »Schön wär's. Nein, ehrlich gesagt genieße ich
es mehr, als ich erwartet hätte. Allerdings muss ich diese Woche nach London. Die Whiskeywerbung kommt demnächst
raus. Ich muss vielleicht ein paar Interviews geben. Die Werbeagentur rechnet mit ziemlich großem Interesse. Tut mir
echt Leid, dass der Termin so ungünstig liegt.«

Adam zeigte sich ausgesprochen ungerührt. Flo wusste
nicht, ob das daran lag, dass sein Horizont hinter Witch
Beauchamp endete, oder ob es ihm tatsächlich nichts ausmachte. So oder so – für sie war es eine große Erleichterung.

Die nächste Frage war, was sie tragen sollte. Nach reifli-
cher Überlegung kam sie zu dem Schluss, dass das Jasper-

Conran-Kleid, das sie nach den Dreharbeiten hatte behalten dürfen, ideal wäre. Es hätte auch noch den zusätzlichen Vorteil, dass sie sich nichts kaufen musste. Die Schuhe wären ein Problem, da sie in letzter Zeit in Gummistiefeln und Turnschuhen lebte. Doch dann fiel ihr ein Paar schreiend pinkfarbene Manolo-Blahnik-Schuhe ein, die sie in ihren Koffer gesteckt hatte. Sie waren zu teuer gewesen, um sie wegzuwerfen. Jetzt konnten sie sich bezahlt machen. Fantastisch! Dazu ein himbeerfarbener Schal, und es könnte sogar so aussehen, als hätte sie sich unendlich viel Mühe gegeben: Wie man einen Promi-Auftritt hinlegt, ohne einen Penny auszugeben.

Adam trennte sich vorübergehend von seinem Mähdrescher, um sie am Morgen der Werbe-Präsentation zum Bahnhof zu bringen. »Wow!«, rief er, als er sie abholte. »Wie viele Frauen heirate ich eigentlich? Du siehst ja völlig anders aus.«

»Keine Sorge. Bald bin ich wieder normal.«

»Nein, es gefällt mir. Dann brauche ich keine anderen Frauen, da ich ja nie weiß, zu welcher Flora ich nach Hause komme, stimmt's?«

Flora winkte ihm, während der Zug Witch Beauchamp verließ. Die Sonne schien von einem leuchtend blauen Himmel, und sie war unterwegs, um eine Werbekampagne zu starten, in der sie der Star war, und das nur wenige Wochen vor ihrer Hochzeit. Alles in allem konnte sie für eine ganze Menge dankbar sein.

Nachdem er Flora nachgewinkt hatte, ging Adam zum Auto zurück, das er offen gelassen hatte, da sie vorher hatten rennen müssen, um den Zug noch zu kriegen.

»Hallo, Adam.« Donna räkelte sich provokant auf dem Beifahrersitz. »Was führt dich denn in den Ort?«

Adam musterte sie interessiert. »Ich habe Flo zum Zug gebracht. Sie ist der Star in einer Werbekampagne für irgendeinen Whiskey.«

»Tatsächlich?« Donna zog ihren ohnehin schon kurzen Rock nach oben und nahm die recht fülligen Beine auseinander. Als sich schweißnasse Haut von schweißnasser Haut trennte, ertönte ein schmatzendes Geräusch. Adam stöhnte auf.

»So, so, Adam.« Donnas Stimme war die reine Anmache, gewürzt mit sinnlichem Übermut. »Wie willst du eigentlich damit fertig werden, dass du bald eine Frau hast, die erfolgreicher ist als du?«

Das Passion Café war das neueste unter Londons angesagten Lokalen. Der Name, so fand Flo, war merkwürdig unpassend. Der Laden hatte eine asexuelle, minimalistische Ausstrahlung. Die Kellnerinnen waren mit schwarzen Outdoor-Hosen und schwarzen Trägertops ausstaffiert und trugen Häppchen auf Wellblechtabletts herum, die mit etwas dekoriert waren, das wie Installationszubehör aussah.

Flo ging durch den Kopf, wie seltsam es war, dass sie es jahrelang genossen hatte, im Mittelpunkt zu stehen und andauernd etwas zu tun, das noch wilder und noch schockierender war als das davor, ihr dies mittlerweile aber total gegen den Strich ging. Es war eine Tortur, unaufhörlich zu lächeln und eine Frage nach der anderen über ihren Imagewandel zu beantworten, und das Schlimmste war, dass Buzz die PR-Leute von Flos bevorstehender Hochzeit unterrichtet hatte. Jetzt wollten sämtliche Journalisten etwas über Adam erfahren. Sie verriet ihnen so wenig wie möglich und lenkte das Gespräch immer wieder auf Blackmills Whiskey zurück, was die Blackmills-Leute ungemein für sie einnahm, während die Journalisten gelangweilt mit den Augen rollten.

»Würden Sie sagen«, fragte ein besonders Hartnäckiger, »dass die Werbekampagne ein weiteres Beispiel für Girlpower ist?«

Flo unterdrückte ein Lachen. »Ganz und gar nicht«, entgegnete sie und schüttelte vehement den Kopf, da sie begriffen hatte, dass sie sie früher vom Haken lassen würden, wenn sie ihr Spiel mitspielte. »Ich würde sagen«, erklärte sie mit plötzlicher Eindringlichkeit, die lediglich daher rührte, dass sie so schnell wie möglich weg wollte, »dass es wesentlich wichtiger ist als das. Die Kampagne ist ein Beispiel für ein völlig neues Genre: Post-Girlpower.«

Alle schrieben hektisch mit. Von der anderen Seite des Raums zwinkerte ihr Buzz zustimmend zu.

Langsam begann Flo die Situation zu genießen. Es war recht angenehm, wenn jedes Wort, das man sagte, mit solchem Respekt behandelt wurde, ohne dass jemand rief: »Der Kaiser hat ja gar keine Kleider an!«

»Und wie«, meldete sich jemand von hinten zu Wort, »würden Sie ›Post-Girlpower‹ definieren?«

Flo unterdrückte einen Anflug von Panik und suchte in dem Meer von Gesichtern nach dem Fragesteller.

Es war Miles. Doch sie hatte keine Zeit, sich zu überlegen, wie er eine Einladung ergattert hatte. Er gab sich alle Mühe, sie zu demütigen, und sie musste zusehen, dass sie aus der Falle herauskam, die er ihr gestellt hatte.

»Was ich meine«, begann Flo, machte eine Pause und zermarterte sich dann auf der Suche nach einer Eingebung das Hirn, »was ich meine, ist, dass es bei Girlpower darum ging, etwas zu beweisen. Dass wir besser sind als Männer. Dass die Welt uns gehört. Bei Post-Girlpower geht es darum…« – sie fixierte Miles unverwandt –, »zu sagen: ›Hey, passt auf, wir müssen überhaupt niemandem mehr etwas beweisen. Wir sind da. Und wir geben uns genau so, wie wir wollen. Weder wie Madonnen noch wie Huren, noch wie Engel. Nur so, wie wir sind.‹«

Buzz klatschte als Erste, während die Mitarbeiter von Blackmills strahlten, als hätten sie sich das Konzept selbst ausgedacht. Flo wurde zur nächsten Interviewrunde gezerrt.

Sie suchte den Raum nach Miles ab, um festzustellen, ob er noch weitere Sabotageakte geplant hatte, doch er schien verschwunden zu sein.

Und dann stand er unvermittelt hinter ihr. »Was macht Action Man? Langweilt er dich schon langsam? Ich hoffe, er kriegt keinen allzu großen Schock. Diese Landeier sind ganz schön engstirnig.«

»Miles«, sagte Flo und versuchte sich zu beruhigen. Miles wollte nur Unruhe stiften. Im Grunde konnte er gar nichts tun, um ihre Hochzeit zu sabotieren. »Was zum Teufel willst du eigentlich?«

»Wart's ab. Ich habe als Hochzeitsgeschenk eine wunderschöne Überraschung für dich.«

Flo erschauerte leicht. Miles' Geschenke waren so unangenehm wie er selbst, davon war sie überzeugt.

Es war eine enorme Erleichterung, als die Präsentation vorüber war und Buzz sie zum Bahnhof fuhr. »Sie waren fantastisch. Jetzt rennen sie alle mit einem nagelneuen Konzept zu ihren PCs. Die Leute von Blackmills haben jedenfalls für ihr Geld genug gekriegt.«

»Aber haben Sie gesehen, wer diese Frage gestellt hat?«

»Ihr früherer Manager«, erwiderte Buzz.

»Mir ist noch etwas aufgefallen. Er war stinkwütend, als ich mich recht gut behauptet habe.«

»Das sind Männer wie der doch immer. Ich möchte wissen, was der Mistkerl vorhat.«

»Ich weiß nur, dass er einen ausgesprochen selbstzufriedenen Eindruck gemacht hat.« Was kein besonders aufheiternder Gedanke war.

Als der Zug in ihren Heimatbahnhof einfuhr, merkte sie, dass sie noch nie so froh gewesen war, Maiden Moreton und Adam zu sehen. Gott sei Dank war Adam von Miles' intrigantem Zynismus Lichtjahre entfernt. Sie hatte sich wegen seiner heiteren Unkompliziertheit in Adam verliebt. Für

Adam war das Leben keine belastende und angstbesetzte Angelegenheit wie für die meisten Leute. Er fiel nicht in verborgene Schlangengruben voller giftiger Kobras, weil er gar nicht wahrnahm, dass es so etwas gab. Und dafür liebte sie ihn.

»Hallo, Süßer«, begrüßte sie ihn, als er sie abholte. »Du weißt gar nicht, wie schön es ist, wieder hier zu sein.«

»Hallo, Star, wie war die große Stadt? Haben sie dir alle zu Füßen gelegen?«

»Haben sie tatsächlich.« Sie musterte ihren ureigenen griechischen Gott. Seine Haut sah noch köstlicher aus als sonst, und sie konnte es sich nicht verkneifen, ihn auf den Hals zu küssen. Zu ihrer Verwunderung entzog sich Adam sachte und machte hastig seinen obersten Hemdenknopf zu.

»Schwitzt du denn nicht fürchterlich, wenn du alle Knöpfe zu hast?«

»Du würdest dich wundern«, entgegnete Adam, »wie scharf der Wind auf der obersten Wiese pusten kann.«

»Ach so«, sagte Flo. »Tja, die liegt wohl ganz schön hoch.« Sie blickte aus dem Autofenster auf den Hitzeschleier, der über dem Land hing und die Horizontlinie so verzerrte, dass sie aussah wie eine Fata Morgana in der Sahara. Auf der Straße quietschten die Reifen auf dem aufgeweichten Asphalt.

Als Adam sie am Hunting-Hof absetzte, war das Haus leer. Sicher waren alle draußen und bereiteten die große Eröffnung vor, die in ein paar Tagen stattfinden sollte. Die ganze Familie hatte seit Tagen nur noch den Schafzoo im Kopf. Bald würden sie erfahren, ob sich ihre Mühen ausgezahlt hatten.

Flo trat über die Fußmatte, die mit Post übersät war. Viele der Briefe sahen aus wie Antworten auf ihre Hochzeitseinladung. Sie hob sie auf und blätterte den Stapel durch. Der letzte war ein eleganter weißer Umschlag mit getippter Anschrift und einem Poststempel aus den USA.

Flos Herz schlug Purzelbäume, und ihre Handflächen

wurden feucht, als sie den Brieföffner ihrer Tante vorsichtig in den seitlichen Schlitz schob, voller Angst, was wohl darin sein mochte.

Es war ein förmliches Schreiben von der Sekretärin ihres Vaters, die ihr mitteilte, dass er momentan auf Geschäftsreise sei, sie ihm jedoch die Einladung nachgeschickt habe.

Flo ließ sich schwer auf die unterste Stufe sinken. Warum ließ sie zu, dass ihr das nach all den Jahren der Enttäuschung derart zusetzte?

Das Klingeln des Telefons, das nur wenige Schritte neben ihr stand, rettete sie vor den aufwallenden Tränen.

»Flo! Du verfolgst mich!« Es war Miranda. »Ehrlich, wo ich auch hingehe, überall bist du. Du bist sogar im Kino um die Ecke. Es muss ja so aufregend für dich sein.«

»Äh, wie bitte, Miranda?« In Gedanken war sie immer noch bei der kurzen, unpersönlichen Nachricht aus den Staaten. »Wovon redest du eigentlich?«

»Dein Bild! Es hängt überall!«

»Ja? Sie haben eine Präsentation veranstaltet, und stell dir vor, wer auf einmal aufgetaucht ist und natürlich eine oberfiese Frage gestellt hat: Miles.«

»Vermutlich ist er immer noch sauer auf dich, weil du ihn ausgebootet hast.«

»Ich habe ihn ›ausgebootet‹, weil ich ihn nicht ertragen kann und ihm nicht über den Weg traue. Außerdem habe ich ihm seinen Honorar-Anteil gegeben.«

»Er wird's verkraften«, versuchte Miranda sie zu beruhigen. »Ich meine, was kann er schon tun, um dir zu schaden? Aber weißt du, das ist eigentlich nicht der Grund, aus dem ich anrufe. Ich rufe an, um mich tausendmal bei dir zu bedanken.« Flo hörte ihre Freundin sprudeln wie Alka Seltzer.

»Wofür?«

»Dafür, dass du mir Hugo zugeschanzt hast. Es hat endlich geklappt.«

»Was hat endlich geklappt?«

Miranda wurde ungewöhnlich scheu. »Du weißt schon.«

»Du meinst, du bist mit Hugo ins Bett gegangen?«

»Das musst du nicht unbedingt in ganz Westshire verbreiten. Ja. Bin ich. Und es war phänomenal. Er ist wirklich eine Offenbarung. Was der Mann mit seinem…«

»Miranda«, fiel Flo ihr ins Wort, während sie das plötzliche Bedürfnis verspürte, sich die Ohren zuzuhalten, »überlassen wir das doch der Fantasie, ja?«

»A propos Fantasie« – Miranda klang abstoßend befriedigt – »davon hat er auch jede Menge.«

»Das freut mich sehr für dich. Aber jetzt muss ich Schluss machen und ein paar Schafställe ausmisten.«

»Ach.« Miranda klang enttäuscht. »Du willst also nicht noch mehr saftige Einzelheiten hören?«

»Im Moment nicht, nein.«

»Aber du bist nicht etwa eifersüchtig?«

Schließlich ließ Flo sich anmerken, wie genervt sie war. »Warum in aller Welt sollte ich eifersüchtig sein? Ich heirate in vier Wochen seinen Bruder.«

»Tja, dann ist es ja gut. Ich hebe mir das Beste auf, bis wir uns wieder sehen.«

»Ich kann's gar nicht erwarten.«

Flo zuckte die Achseln und zog ihre Gummistiefel an, um sich auf die Suche nach den anderen zu machen. Sie hatte gerade so viel über Hugo Moretons unerwartete sexuelle Leistungsfähigkeit gehört, dass es ihr schwer fiel, sich auszumalen, was wohl »das Beste« daran sein mochte.

17. *Kapitel*

»Hiermit erkläre ich den Hunting-Farm-Schafzoo für seltene Rassen offiziell für eröffnet!«

Flo durchschnitt das babyrosa Band, das an zwei erstaunlich geduldigen Dorset Longhorns befestigt worden war, während die Menge aus Dorfbewohnern, Schulkindern und Honoratioren aus Witch Beauchamp laut Beifall klatschte.

Flo war sich nicht sicher gewesen, ob sie die richtige Person dafür war, doch Tante Prue hatte darauf bestanden. Sie war die einzige Fast-Prominente, die sie hatten.

»Außerdem bist du die gute Fee dieser Tiere. Wenn du nicht gewesen wärst, lägen sie alle schon zerteilt in der Fleisch-theke.«

Flo musste angesichts des herrlichen ländlichen Idylls vor ihren Augen schmunzeln. Adam und Hugo drehten mit zwanzig Kindern auf einmal Runden auf dem Traktor, indem sie sie alle in den Anhänger packten, der zur Feier des Tages mit grünem Krepppapier geschmückt war. Alf betrieb einen Stand mit Blumen und Pflanzen, die er, so mutmaßte Flo, wohl zum größten Teil aus Tante Prues oder Onkel Kingsleys Garten stibitzt hatte. Aber wen störte das schon, wenn es um einen so guten Zweck ging? Prue ließ eine Reihe Kinder eines der alten Mutterschafe melken, das die zwanzig Paare kleiner Hände ebenso gleichmütig über sich ergehen ließ wie die unzähligen Lämmchen, die es im Laufe der Jahre gesäugt hatte. Vee zeigte einem interessierten Grüppchen, wie man Schafskäse macht.

»Ekliges Zeug«, meinte ein missmutig wirkender Mann.

»Dann bleiben Sie halt beim Cheddar«, entgegnete Vee, »dumpf, charakterlos und ungenießbar – genau wie Sie!«

Doch der Mittelpunkt war wundersamerweise Ivy, die auf den Stufen des Schäferkarrens saß und faszinierende Geschichten über ihren Vater erzählte, der Schafhirte gewesen war und jeden Winter in einem solchen Karren verbracht hatte.

»Er hat angefangen, für den Gutsherrn zu arbeiten, als er sechzehn war, und hat fünfhundert Schafe gehütet. Schule brauchte er keine. Er musste nur im Stande sein, sechs Hürden auf dem Rücken zu tragen.« Sie zeigte auf die schweren Gebilde aus geflochtenen Zweigen. »Damals hat man für alles Hürden verwendet, hat Schaf- und Lammgehege daraus gebaut. Er ist den ganzen Winter in seinem Karren geblieben, selbst wenn der Schnee zwei Meter hoch lag. Er hat sich Säcke um den Leib gebunden, um die Wärme zu halten – das funktionierte gut und hat damals jeder getan. Dazu hat er sich die Brust mit Gänsefett eingerieben und gewartet, bis das Lammen vorbei war.«

Mit großen Augen und Ohren lauschten die Kinder der Beschreibung dieses starken Kontrasts zu ihrem bequemen, zentral beheizten und mit Teppichboden ausgelegten Leben.

»Hat er nicht schrecklich gestunken?«, fragte eines zweifelnd.

»Er hat fürchterlich gestunken«, antwortete Ivy zur allgemeinen Überraschung. »Aber damals hat einfach jeder gestunken. Kein Mensch hatte ein Badezimmer. Und außerdem kein Klo im Haus. Die meisten Leute haben ziemlich gemüffelt. Die Saubereren waren die Gelackmeierten, weil sie es gerochen haben!«

Flo sah sich um. Zu ihrem Erstaunen stand Donna mit einer Schar von etwa zwanzig Kindern da und wartete. Ihre zahlreichen Ohrpiercings glitzerten in der Morgensonne wie der Kriegsschmuck einer postmodernen Amazonenprinzessin.

»Hallo, Donna. Ich hätte nicht erwartet, Sie hier zu sehen.« Flo wollte eigentlich einladender klingen, aber seit dem Vorfall mit Onkel Francis' Trinkerei konnte sie die Frau endgültig nicht ausstehen.

»Ich helfe nur heute ein bisschen bei den Kleinen aus.«

Mit ihren Nasensteckern und dem Brillanten, der im Bauchnabel glitzerte, sah Donna weiß Gott nicht wie eine Kindergärtnerin aus.

Sie unterzog Flo einer eindringlichen Musterung. »Ich habe gehört, dass Sie zur Zeit in derselben Branche arbeiten wie ich. Alk verkaufen. Allerdings nehme ich an, dass Sie besser dafür bezahlt werden.«

Albernerweise hätte Flo am liebsten erwidert, dass sie das Geld für den Schafzoo gestiftet hatte, aber warum sollte sie sich rechtfertigen? Es ging Donna nun wirklich nichts an.

»Manche Leute angeln sich eben die richtigen Jobs«, provozierte Donna weiter.

Flo wusste, dass sie eigentlich darüber stehen sollte, doch sie konnte einfach nicht schweigen. »Genau. Und ich war auch noch verdammt gut. Und jetzt entschuldigen Sie mich bitte, ich glaube, meine Tante braucht Hilfe beim Melken.«

Flo spürte, wie Donnas Abneigung sie quer über den Hof verfolgte. Vor dreihundert Jahren wäre die Frau eine enorm gefragte Hexe gewesen. Hühnern zum Spaß die Hälse umzudrehen und Leuten einen Fluch aufzuerlegen wäre genau ihr Fall gewesen. Hätte sie es aber andererseits geschafft, eine gute Ausbildung zu bekommen, dann wäre sie jetzt vermutlich in leitender Position eines multinationalen Konzerns tätig, anstatt im Pub zu arbeiten.

Die Tombola war beendet, der Tee getrunken, und nun war es an der Zeit für den Höhepunkt des Nachmittags: Onkel Francis' Schafscher-Vorführung. Sechzig Kinder saßen in ordentlichen Reihen da und verfolgten die schnellen Bewegungen seines glitzernden Schergeräts, eines tödlichen Metallutensils, das aussah wie eine abgeflachte Zange, aber so scharf war wie eine Rasierklinge.

»Bitte, Miss, was machen denn die zwei Schafe da?«, wollte ein neugieriger Sechsjähriger wissen.

Rowley, bei dem man sich immer darauf verlassen konnte, dass er sich daneben benahm, rangelte um ein bisschen sexuelle Befriedigung, ohne sich von der Tatsache abschrecken zu lassen, dass das Objekt seiner Wahl a) völlig desinteressiert und b) männlich war.

»Die schmusen nur miteinander«, versuchte die Lehrerin die Sache herunterzuspielen.

»Nein, das ist nicht wahr«, widersprach ein Piepsstimmchen aus der ersten Reihe. »Sie bumsen. Stimmt es eigentlich, Miss«, erkundigte sich das Stimmchen, das vermutlich einer Verwandten von Donna gehörte, »dass Bauern ihre Schafe bumsen?«

Die Lehrerin schnappte hörbar nach Luft.

»Nur die hübschen« antwortete Donna, noch bevor die Lehrerin dazu kam, das Thema zu wechseln.

Um Abstand von Donna zu gewinnen, machte Flo sich bei den Traktorfahrten auf die Suche nach Adam, doch er war nirgends zu sehen. Alf und Dickey hatten die Fahrten übernommen, und Ivy stand daneben und erteilte Ratschläge.

»Haben Sie Mr. Moreton irgendwo gesehen, Ivy?«

Ivy warf ihr einen seltsamen Blick zu, als wolle sie es nicht wissen, und zuckte dann die Achseln. »Ich hab ihn vorhin am Ententeich gesehen.«

Flo ging in die Richtung, in die Ivy gezeigt hatte. Beim Näherkommen konnte sie das jammervolle Schreien eines Kindes hören, das unvermittelt wieder verstummte.

Um die Ecke, in dem Teil des Hofs, der dem Teich am

nächsten lag, saß Hugo Moreton mit einem kleinen Jungen auf der Mauer und tat so, als zöge er ihm Münzen hinter den Ohren hervor. Das Kind, von seinen eigenen Fähigkeiten als Mini-Prägeanstalt fasziniert, saß in fassungslosem Staunen da.

»Er war außer sich, weil er sein Geld in den Teich hat fallen lassen. Jetzt zeige ich ihm, wie er sich selbst welches besorgen kann.« Zum zweiten Mal binnen einer Woche war Flo von Hugos Einfühlsamkeit verblüfft.

Sie bekam schon fast ein schlechtes Gewissen, als sie ihn fragte, ob er Adam gesehen habe.

Hugos Reaktion ähnelte der Ivys. Er antwortete erst nach kurzem Schweigen. »Tut mir Leid. Ich habe ihn jetzt schon länger nicht mehr gesehen. Vielleicht ist er im Café.«

Gemeinsam gingen sie zurück, der kleine Junge zwischen ihnen, je eine Hand in einer der ihren. Die plötzliche Intimität des Augenblicks fiel beiden auf. Sie sahen aus wie die Eltern dieses kleinen Jungen und sie wechselten ein schüchternes Lächeln.

»Da bist du ja, Paul!«, schalt Donna den kleinen Jungen, als sie ihn entdeckte. »Ich habe dich schon überall gesucht.«

In diesem Moment kam Mattie herbei. Ihre Miene war bekümmert. »Dad, kommst du mal schnell? Mit dem Schaf im letzten Pferch stimmt irgendwas nicht.«

»Na so was«, sagte Donna gedehnt, als die beiden eilig davongingen. »Hoffentlich ist es nicht Scrapie.« Sie beugte sich mit verschwörerischer Miene hinab. »Also, Kinder, hört mal her: Erzählt bloß euren Eltern nicht, dass eines der Schafe nicht gesund ist, ja? Wir wollen ja nicht, dass sie Angst haben müssen, ihr wärt mit etwas Schlimmem in Kontakt gekommen, oder?«

Du Miststück, dachte Flo wütend, da sie Donnas Taktik auf der Stelle begriff. Auf die Art garantierte sie dafür, dass jedes Kind es seinen Eltern erzählen würde.

»Was ist denn los?« Tante Prue hörte auf zu melken und lief über den Hof zu ihnen herüber. »Ist eines der Schafe krank?« Sie beugte sich über den Rand des Geheges. Das Schaf lag mit aufgeblähtem Bauch auf der Seite in dem sauberen Stroh und rang schwer um Atem.

»Es ist nichts, was ich kenne«, sagte Onkel Francis ernst. »Ich glaube, wir sollten den Tierarzt rufen.«

Nachdem der dramatische Zwischenfall, ganz zu schweigen von der Live-Sex-Show, vorüber war, trollten sich die Schulkinder, beladen mit Luftballons, Preisen und Pflanzen. Manche von ihnen hatten bunt bemalte Gesichter, da sie von Vee zu verschiedenen Tieren geschminkt worden waren.

»Es war ein großer Erfolg«, sagte Flo lächelnd zu ihrer Tante.

»Abgesehen von diesem kranken Schaf«, erwiderte Prue beklommen.

Donna und ihr kleiner Trupp gingen als Letzte. Flo hatte den Eindruck, dass die grässliche Frau auf irgendetwas wartete. Und dann sah sie, worauf. Adam und Hugo zupften gerade die Reste des Krepppapiers von ihrem Anhänger.

»Hallo Adam.« Donna lehnte sich provozierend an das Gatter. »Du siehst ja ganz schön zugeknöpft aus in deinem Hemd. Warum lässt du denn nicht ein bisschen Sonne an deine Haut?«

Sie fasste nach oben, als wollte sie ihm den obersten Knopf aufknöpfen.

Adam wandte sich abrupt ab – genau wie ein paar Tage zuvor, als Flo ihm die gleiche Frage gestellt hatte.

Ausgerechnet in diesem Moment fing Snowy an, derart aufgeregt zu bellen, dass Flo der Blick schuldbeladener Komplizenschaft zwischen Adam und Donna entging.

Doch Hugo entging er nicht.

»Miranda!«, rief Flo dem Inbegriff urbanen Fehl-am-Platze-Seins zu, der ihnen über den Hof entgegenkam. Niemand hätte vermutet, dass Miranda in ihrem zarten Jäckchen mit den Blütenknöpfen, dem offenherzigen, pinkfarbenen Seidenhemdchen und den pinkfarbenen Ponyfell-Pantöffelchen vorhatte, die Eröffnung eines Schafzoos zu besuchen. Doch dies war allen Ernstes der Fall. »Was in aller Welt machst du denn hier?«

»Hugo hat mir davon erzählt, und da ich weiß, wie viel es dir bedeutet, dachte ich, ich schaue mal vorbei. Habe ich den ganzen Spaß verpasst?«

Soweit Flo ihre Freundin kannte, hatte Miranda vermutlich ihre Ankunftszeit genau darauf abgestimmt, dass sie das »alberne« Amüsement absichtlich verpasste.

»Leider ja. Allerdings haben wir ein Schaf mit Durchfall, zu dem wir gern deinen Rat als Bauerntochter hören würden.«

Miranda sah erschrocken drein. »Ist das ein Café da drüben?«, fragte sie und schaffte es, mit ihren pinkfarbenen Ponyfell-Pantöffelchen in die einzige Pfütze auf dem ganzen Hof zu treten. »Ach du liebe Zeit, jetzt habe ich mir die Schuhe nass gemacht. Kann ich mich auf dich stützen, Hugo?«

Hugo, der ebenso gut wie Flo wusste, dass Miranda unter ihrem ganzen mädchenhaften Getue härter war als Mrs. Thatcher, bot ihr seinen Arm an.

Als sie die beiden zusammen lachen sah, während sie sich auf den Weg zu Ivys Früchtescones machten, versuchte Flo nicht an Mirandas Schlafzimmerenthüllungen zu denken. Zweifellos hatte Miranda die Geschichte ausgeschmückt. Sie machte jedes Mal aus einem mittelgroßen Glied ein Kanonenrohr.

Stattdessen wandte sich Flo an ihren Onkel. »Und, was meinst du, wie es gelaufen ist? Es waren mindestens hundertfünfzig Besucher, schätze ich. Stell dir nur vor, wenn es jeden Tag so wäre!«

»Hundertdreißig, genauer gesagt«, korrigierte er lächelnd und sah leicht verlegen über den altertümlichen Bauernkittel, den ihm Prue verpasst hatte, an sich herunter. »Aber es war gar nicht schlecht.« Seine Miene verdunkelte sich rasch. »Abgesehen von diesem Southdown-Schaf. Es scheint ihm ziemlich schlecht zu gehen. Der Tierarzt kommt später.«

»Willst du über Nacht bleiben?«, fragte Flo Miranda, als sie sich im Café zu ihr gesellte. »Tante Prue würde sich bestimmt freuen.«

Ihre Freundin blickte leicht verlegen drein, was an Miranda derart ungewohnt war, dass sie kaum wusste, wie sie ihre Gesichtszüge legen sollte. »Ehrlich gesagt übernachte ich in Moreton House. Hugo meint, ich müsse unbedingt seine Mutter kennen lernen, weil wir uns sicher sagenhaft verstehen würden.«

Flo musste blinzeln.

Ihrer Einschätzung nach würden Pamela und Miranda so gut miteinander auskommen wie Königin Elisabeth I. und Maria Stuart. Eine von ihnen wäre hinterher einen Kopf kürzer. »Gut. Dann isst du vermutlich auch dort zu Abend?«

»Wollt ihr nicht auch mit uns essen, du und Adam?«, schlug Hugo rasch vor. Er sah sich nach seinem Bruder um, doch Adam war schon wieder verschwunden. Es war kein Wunder, so bemerkte Hugo wütend, dass auch Donna nirgends zu sehen war. Ihr kleiner Trupp Schulkinder stand gelangweilt herum. »Also dann«, sagte Hugo, während er hoffte, dass es Flo nicht aufgefallen war. »Wer möchte denn auf dem Traktor mit ins Dorf fahren?«

Die Kinder juchzten begeistert, während Miranda sich zwar einen erfreuten Blick abrang, jedoch beim Aufsteigen durch ihre angewiderte Schnute verriet, dass sie düsterste Bedenken darüber plagten, was die Reste von Kuhmist wohl mit ihrem neuen Seidenrock anstellen würden.

Als der Tierarzt kam, erklärte er zum Glück, dass das

kranke Schaf wahrscheinlich nur eine ungefährliche Infektion hätte und mit Antibiotika in drei Tagen wieder auf dem Damm sein müsste.

»Gott sei Dank«, stöhnte Onkel Francis. Flo fiel zum ersten Mal auf, wie bleich und verschwitzt er aussah. »Das hätte uns gerade noch gefehlt, jetzt, wo wir endlich offiziell eröffnet haben.«

»Mach dir keine Sorgen«, beruhigte ihn Flo, während sie versuchte, das Unheil verkündende Leuchten in Donnas Augen zu vergessen. »Bestimmt läuft alles bestens. Aber jetzt muss ich diese verdreckten Jeans ausziehen. Ich gehe nämlich zum Abendessen nach Moreton House, und ich glaube nicht, dass Pamela auf den Geruch von Schafdung steht.«

Als sie an diesem Abend mit ansah, wie Miranda und Pamela so taten, als kämen sie wunderbar miteinander aus, amüsierte sich Flo besser als bei einer Seifenoper.

Nachdem Pamela – vermutlich um Flo zu ärgern – erklärt hatte, wie sehr sie Miranda mochte, musste sie dabei bleiben, obwohl sie Mirandas lautes Lachen und ihre Gewohnheit, eine Taktlosigkeit nach der anderen von sich zu geben, sichtlich schwer erträglich fand. Ein- oder zweimal bemerkte Flo, dass Hugo vor sich hin schmunzelte, als seine Mutter vorgab, über eine von Mirandas anstößigeren Enthüllungen zu lachen.

»Ich sag dir was, Flo«, zischte Miranda ihr zu, als sie beide guten Willen bewiesen, indem sie schmutzige Teller in die Küche trugen, »sie ist ganz und gar keine so alte Schreckschraube, wie du behauptet hast.«

Ein Hüsteln verriet ihnen, dass Pamela ihnen auf den Fersen war. Dahin waren die Chancen, Adams schwierige Mutter für sich einzunehmen.

Adam dagegen war ungewöhnlich still.

»Alles in Ordnung, Liebes?«, fragte ihn Pamela in einem Tonfall, der Ödipus hätte erröten lassen.

»Da hast du aber mit massiver Konkurrenz zu kämpfen«, flüsterte Miranda. »Sie klingt ja, als sei sie selbst in Adam verliebt.«

Am nächsten Tag musste Flo sich ums Café kümmern, da Vee einen Termin hatte. Es war wieder ein herrlicher Tag. Sie hüpfte zum Frühstück hinunter, wo ihre Tante und ihr Onkel die Buchungen für diesen Tag durchgingen. »Zwei Schulklassen heute Nachmittag. Das macht hundert Kinder, und dazu noch ein Rentnerausflug vom The Cedars. Die steuern garantiert sofort das Café und die Klos an.«

»Oder erst die Klos und dann das Café. Meinst du, wir sollen noch mehr Scones backen?«

»Ivy ist schon dabei. Zwei Dutzend einfache und zwei Dutzend Ivy-Specials.«

»Dann brauchen sie auf jeden Fall die Klos«, meinte Onkel Francis verschmitzt.

Es war fantastisch, ihn glücklich zu sehen, selbst wenn er grässliche Witze machte. Sie lachten alle noch, als das Telefon klingelte. Als er kurz darauf zurückkam, war er weißer als Ivys Teig. »Es war die lokale Schulbehörde«, berichtete er heiser, und seine Stimme klang wie das letzte Gericht, »sie haben die zwei Schulbesuche abgesagt. Offenbar ist gestern eine Beschwerde von einer Besucherin bei ihnen eingegangen, und jetzt, wo BSE und Scrapie grassieren, können sie es sich nicht leisten, leichtsinnig zu sein.«

Onkel Francis sah aus, als hätte ihn ein Lastwagen überrollt. »Die Schulklassen sollten doch unsere Haupteinnahmequelle sein«, flüsterte er niedergeschlagen.

»Keine Sorge«, versuchte Flo ihre Tante und ihren Onkel aufzuheitern. »Das legt sich schon wieder.« Sie zwang sich, optimistischer zu klingen, als ihr zu Mute war. »Bis dahin müssen wir uns nur eine andere Haupteinnahmequelle einfallen lassen. Wie wär's, wenn wir uns auf die Rentner konzentrieren würden? Wir könnten sie auffordern, uns ihre Erinnerungen an das frühere bäuerliche Leben zu erzählen. Und ich könnte ein Plakat für die Seniorenheime entwerfen. Hier gibt's doch jede Menge Heime.«

»Flora«, sagte ihr Onkel lächelnd zu ihr, »was haben wir nur ohne dich getan?«

Flora stieg ein Kloß der Rührung in die Kehle. Voller Zuneigung drückte sie seine Hand. Als das Telefon erneut klingelte, erstarrten jedoch beide.

Flo fasste sich als Erste. »Ich gehe ran.«

Es war schwer, den zweiten Anruf mit Optimismus zu verbrämen. Es war der Leiter von The Cedars. Auch sie hatten einen Anruf von einer besorgten Besucherin bekommen.

Die Trübsal, die sich über den Schafzoo senkte, war so massiv, dass sie fast greifbar war. Jeder von ihnen, jedes einzelne Familienmitglied, von India-Jane bis zu Ivy, hatte sich begeistert der hektischen Betriebsamkeit in den letzten Tagen vor der Eröffnung angeschlossen. Es war ein richtiges Familienunternehmen gewesen, angetrieben vom gemeinsamen Optimismus und dem Anblick von Francis' und Prues Begeisterung.

Es hatte wie die ideale Lösung ausgesehen: ein bescheidenes Einkommen, aber eines, mit dem sie auf ihrem Hof bleiben könnten und von den Ängsten ihres früheren Daseins befreit wären. Ihr Onkel hatte das Pub seit Wochen nicht einmal mehr betreten, da war sich Flo sicher.

Flo verbrachte den größten Teil des Vormittags mit Anrufen bei verschiedenen Beamten der lokalen Schulbehörde, denen sie in knappen Worten begreiflich machte, dass kein Kind je in Gefahr gewesen sei und das kranke Schaf lediglich Bronchitis habe. Doch es war zwecklos. Ein Kind in der nächsten Grafschaft war nach dem Besuch eines Bauernhofs krank geworden, erklärte der stellvertretende Schulrat, und die Behörden müssten derzeit viel Fingerspitzengefühl beweisen.

»Oh, Herrgott noch mal!« Flo musste daran denken, wie sie als Kind hierher gekommen war, Kuh- und Pferdeställe ausgemistet und ständig schmutzige Hände gehabt hatte. »Heißt das, dass die übrigen drei Millionen Kinder in Watte gepackt werden müssen und sie nie mit einem echten Bauernhof in Kontakt kommen dürfen?« Sie unterließ es mühsam, auf die neuesten Untersuchungen hinzuweisen, von denen sie gelesen hatte und in denen es hieß, dass die Kinder von heute viel sauberer waren, als ihnen gut tat, und sie deshalb überhaupt erst so viele Infektionen bekamen.

Das Tragische war, dass sie sich aus der Zeitung an den Fall des erkrankten Jungen erinnerte. Der betroffene Hof war in Sachen Hygiene nachlässig gewesen, während Onkel Francis, nachdem er so viele Jahre mit den anspruchsvollen Vorschriften der Milchwirtschaft zu tun gehabt hatte, stets dafür gesorgt hatte, dass die Hunting Farm makellos sauber war.

Sie tätigte einen letzten, verzweifelten Anruf und grübelte gerade darüber nach, ob es funktionieren würde, als Mattie und Snowy auftauchten. Matties Gesichtchen war von Sorge gezeichnet, und sogar der kleine Hund schien niedergeschlagen zu sein. Es berührte Flo, dass sie langsam begann, Snowy als Matties Hund zu betrachten.

»Flo, was machen wir nur? Es kommen überhaupt keine Besucher außer Dickey, der solches Mitleid mit uns hatte, dass er ein Pfund fünfzig für eine Eintrittskarte gezahlt hat.«

Flo legte tröstend die Arme um Mattie und versuchte ihr Zuversicht zu vermitteln.

Auf der anderen Seite des Hofs tauchte Onkel Francis auf, die Mütze tief ins Gesicht gezogen, mit hängenden Schultern.

»Ich fahr nur auf ein Stündchen nach Witch Beauchamp«, rief er.

Prue war ihm mit zutiefst bekümmerter Miene gefolgt. Sie warf Flo einen Blick zu, und einen Moment lang sahen sie sich verständnisinnig an. Onkel Francis würde dem Angel Pub einen Besuch abstatten.

Flammende Wut loderte in Flo auf. Sie hatten sich so viel Mühe gegeben, und jetzt war alles ruiniert. Sie wusste genau, wem sie das zu verdanken hatten. Jetzt wollte ihr Onkel sich sinnlos betrinken, und sie stünden allesamt wieder am Anfang.

»Wir sehen uns später noch, Mats. Ich muss auch etwas erledigen«, verkündete sie und setzte sich umgehend in Bewegung.

Wer würde zuerst ankommen – der Käfer oder Onkel Francis' uralter Landrover? Doch dann fiel Flo das Quad Bike ein. Damit konnte man in der Hälfte der Zeit über die Felder rumpeln. Aber vielleicht benutzte es gerade Adam oder einer der Landarbeiter? Außerdem wusste sie nicht genau, wie man das Ding bediente. Egal, sie musste es versuchen.

Außer Atem vom Rennen und mit schmerzhaftem Seitenstechen kam sie vor der Scheune der Moreton Farm an, wo das Quad Bike untergestellt wurde. Der Hof war menschenleer. Pamela musste wohl in Sachen Hochzeitsvorbereitungen unterwegs sein, und Kingsley begleitete sie vermutlich.

Flo betrat keuchend die Scheune.

Da hing er. Der Schlüssel wurde zusammen mit denen für die anderen Landmaschinen in einem Holzkästchen an der Wand hinter den Heuballen aufbewahrt. Sie seufzte vor Erleichterung. Sie hingen oben am dritten Haken.

Sicher funktionierte die Maschine so wie ein Motorrad – nur leider hatte sie nie ein Motorrad angelassen. Zaghaft steckte Flo den Schlüssel ins Zündschloss und hielt den Atem an, als die starke Maschine vorwärts schoss. Sie bremste abrupt und brachte sie zum Schleudern. »Gut«, sagte sie zu sich selbst, während sie gegen ein Zittern ankämpfte, »du hast dir gerade beigebracht, wie man dieses Ding *nicht* fährt.«

Der Hof war nach wie vor verlassen, als sie vorsichtig über das erste Feld auf die Hügelkette und den dahinter gelegenen Bach zurollte. Wenn sie mitten über Land fuhr, dürfte sie nur zehn Minuten nach Witch Beauchamp brauchen. Sie wünschte bei Gott, sie hätte im Erdkundeunterricht besser aufgepasst, dann könnte sie jetzt Umrisslinien und Vermessungsmarkierungen lesen. Schließlich fiel ihr ein, dass es zwar ein paar Minuten länger dauern würde, wenn sie sich am Bach orientierte, aber dann würde sie sich zumindest nicht verfahren.

Vom Wind durchgepustet und in Hochstimmung tuckerte sie schließlich nach Witch Beauchamp hinein. Gott sei Dank war der Land Rover noch nirgends zu sehen.

Es war früh am Tag, und das Pub hatte gerade erst geöffnet. Die Wirtin stand am unteren Ende des Tresens und polierte Gläser. »Morgen. Was kann ich für Sie tun? Sie sehen nicht aus wie eine Elf-Uhr-Trinkerin. Sie sind doch Flora, nicht wahr? Die junge Frau, die Adam Moreton heiraten wird?« In ihrem Tonfall lag unerwartetes Mitgefühl.

»Genau. Ehrlich gesagt suche ich jemanden. Könnten Sie mir sagen, wo Donna ist?«

Die Wirtin zog eine Augenbraue hoch. »In ihrem Bett vermutlich.«

»Nein, bin ich nicht«, widersprach eine Stimme hinter ihr.

Donna kam in einem weißen Top und abgeschnittenen Shorts zur Tür herein. Ihre Haut glühte wie eine reife Pflaume, und in ihren Augen leuchtete der Triumph.

»Könnte ich Donna einen Moment unter vier Augen sprechen?«, fragte Flo gelassen, obwohl sie die Frau am liebsten mit dem nietenbesetzten Halsband, das sie trug, erwürgt hätte.

»Ich sehe dann mal nach den neuen Fässern«, erklärte die Wirtin.

»Weiß Ihre Chefin eigentlich, dass Sie anonyme Anrufe

getätigt und damit ihren Kunden Ärger gemacht haben?«, fragte Flo mit leiser, zorniger Stimme. »Denn wenn sie es nicht weiß, dann würde ich es ihr mit Vergnügen erzählen.«

»Vielleicht brauche ich meinen Job ja bald gar nicht mehr«, erwiderte Donna provokant.

Flo beschloss, die Prahlerei zu ignorieren. »Als mein Onkel sich vor vier Monaten hier betrunken hat, hat er hinterher versucht, sich zu erschießen.«

Donna zeigte keine Regung. »Die Zeiten sind hart für Landwirte. So was passiert immer mal wieder.«

»Nur dass er vorher stundenlang hier getrunken hat. Sie müssen gewusst haben, wie viele Sorgen ihm der Hof machte. Er hat das Trinken komplett aufgegeben, als er sich für den Schafzoo entschieden hat. Er war fleißig und motiviert. Aber jetzt haben Sie ihm auch das zerstört.«

»Wer sagt das?«, wollte Donna wissen.

»Der Leiter vom Seniorenheim The Cedars. Er hat versucht, die Anruferin unter eins-vier-sieben-eins zurückzurufen. Und es war die Nummer des Pubs.«

»Gut, Donna«, zischte die Stimme der Wirtin bedrohlich aus dem Dämmerlicht wie das Zündpapier eines tödlichen Geschosses. »Sie gehen jetzt lieber auf Ihr Zimmer und bleiben da, bis ich komme und mit Ihnen spreche. Wie können Sie es wagen, uns in Ihre miesen Machenschaften zu verwickeln?«

Noch bevor Donna antworten konnte, ging die Tür auf und Onkel Francis trat ein.

Flo verkroch sich hinten ins Halbdunkel der Spülküche neben der Bar und hoffte inständig, dass er sie nicht gesehen hatte.

»Morgen, Mr. Rawlings«, begrüßte ihn die Wirtin mit trügerischer Fröhlichkeit.

Beim Anblick der beiden Frauen sah Onkel Francis leicht unbehaglich drein. »Guten Morgen. Ich hätte gern ein Pint

Guinness, Mrs. Simms, und einen doppelten Whiskey zum Nachspülen.«

»Tut mir unheimlich Leid, Mr. Rawlings«, erwiderte die Wirtin, während sie Donnas Blick auswich. »Aber wir haben heute leider geschlossen. Wir hatten Probleme mit dem Personal. Man kriegt heutzutage einfach niemanden mehr, wissen Sie?«

»Vielen herzlichen Dank, Mrs. Simms«, sagte Flo, als ihr Onkel brummend abgezogen war. »Zum Glück gibt es in Witch Beauchamp nicht noch mehr Pubs.«

»An Ihrer Stelle«, riet Mrs. Simms, »würde ich schnell zu Victoria Wine rübergehen und aufpassen, dass er sich keine Flasche zum Mitnehmen besorgt. Ich kenne die Anzeichen.«

Flo lächelte ihr dankbar zu und hastete zur Seitentür hinaus. Wenn sie sich recht erinnerte, so gab es eine Hintergasse, in Westshire allgemein »Wynd« genannt, die direkt neben dem Spirituosengeschäft mündete.

Doch diesmal kam sie zu spät. Onkel Francis stand bereits im Laden.

Zum Glück war vor ihm ein tatteriges altes Muttchen an der Reihe, das die Pennys für eine Flasche Sherry einzeln abzählte.

»Hallo, Onkel Francis«, begrüßte ihn Flo mit einer Munterkeit, die sie absolut nicht empfand. »So ein Zufall, dass ich dich hier treffe. Ich wollte nur schnell eine schöne Flasche Wein fürs Abendessen heute kaufen. Ich dachte, eine kleine Aufheiterung könnte uns allen gut tun.«

Ihr Onkel sah sie an, als wäre sie ein Racheengel mit Flammenschwert, extra vom Herrn auf die Erde gesandt, um ihn just von dem fernzuhalten, was er am dringendsten brauchte.

»Habe ich dir eigentlich schon erzählt«, fuhr Flo fort, »dass ich wahrscheinlich einen unabhängigen Fachmann gefunden habe, der kommt und einen Bericht schreibt, den wir der lokalen Schulbehörde schicken können?«

»Flora Parker«, begann ihr Onkel, und sein zerfurchtes, wettergegerbtes Gesicht wurde unter einem Lächeln von unerwarteter Zärtlichkeit weich, »wie kommt es eigentlich, dass du jedes Mal, wenn ich kurz davor bin, eine Riesendummheit zu begehen, auftauchst und direkt neben mir stehst?«

»Keine Ahnung«, gab Flo lächelnd zurück, wobei sie vermutete, dass er den Grund für die außerplanmäßige Schließung des Pubs durchschaut hatte. »Also – was ist? Sollen wir jetzt nach Hause fahren und diesen Experten engagieren?«

Nachdem es für den Schafzoo wieder einen Lichtblick gab, konnte Flo sich nun ein paar Gedanken über ihre Hochzeit machen.

»Was willst du eigentlich in unserem Ehegelöbnis sagen?«, fragte sie Adam am nächsten Morgen, während sie sich in ein Laken hüllte. Sie waren in Adams Zimmer, das glücklicherweise über den Stallungen und damit außer Hörweite von Pamela und dem Rest der Familie lag. Adam, der wegen seiner Nacktheit keinerlei Bedenken hatte, lag ausgestreckt neben ihr auf der Bettdecke. Wenigstens lief er inzwischen nicht mehr mit bis oben hin zugeknöpften Hemden herum und war auch sonst wieder normal geworden.

Er beugte sich herab und knabberte an ihrem Ohr. »Mir hat immer der Satz gefallen: ›Mit meinem Körper huldige ich dir.‹«

Flo versetzte ihm einen scherzhaften Klaps. »Typisch. Aber möchtest du die Fassung aus dem Gebetbuch der anglikanischen Kirche oder etwas Moderneres?«

»Gott, nein!« Adam sah entsetzt drein. »Ich bin ganz wild auf altertümliche Floskeln. Wir tragen ja schließlich keinen Einkaufszettel für den Supermarkt vor.«

»Aber ohne das mit dem Gehorchen.«

Adam setzte sich auf und machte Männchen wie ein Hund. »Ich will aber gehorchen.«

»Also ich nicht.« Sie schubste ihn weg, und er zog sie beim Rückwärtsfallen auf die Matratze mit sich.

»Okay, dann eben ohne Gehorchen«, räumte Adam ein. »Aber ich würde gern Treue geloben, wenn's dir recht ist.«

Flo grinste. »Du kannst mir jederzeit Treue geloben, wenn du Lust hast.«

Pamelas dringendes Rufen setzte ihren inoffiziellen Treuegelöbnissen ein rasches Ende.

»Herrje, es ist Ma. Ich schleiche mich lieber zur Seite hinaus, bevor sie mir wieder irgendeine grässliche Arbeit aufhalst.«

»Und ich gehe ins Gästezimmer zurück.« Flo hatte für die Nächte, die sie in Moreton House verbrachte, ein eigenes Zimmer zugewiesen bekommen. Pamela wusste zwar, dass Flo nicht darin schlief, tat aber so, als glaubte sie es. Und so blieb der Anstand aller Beteiligten gewahrt.

Dummerweise hatte keiner von ihnen daran gedacht, dass an diesem Tag der Pfarrer kommen und mit ihnen über den bedeutenden Schritt sprechen wollte, den sie bald tun würden.

»Wo *ist* Adam denn?«, fragte Pamela ärgerlich, als Flo eine Viertelstunde später in die Küche kam. »Der Pfarrer wird in zehn Minuten da sein. Ist Adam denn nicht klar, dass er in drei Wochen heiratet und ihr euch immer noch nicht entschieden habt, welche Gelöbnisse ihr sprechen und welche Bibelauszüge ihr verlesen haben wollt?«

»Doch, haben wir. Wir wollen bei den traditionellen Gelöbnissen bleiben, allerdings ohne das mit dem Gehorchen.«

»Und was ist mit den Bibeltexten?«

»Ich glaube nicht, dass es Adams Stärke ist, Bibeltexte auszusuchen«, warf Hugo ein, der an einem Honigbrot kaute. »In der Schule hat er immer bloß die anstößigen Stellen gelesen. Und ihr wollt ja wohl nicht die Geschichte von Susanna im Bade oder dem Typen hören, der mit der falschen Schwester ins Bett ging, was?«

Miranda kicherte.

»Tja, geh ihn mal lieber holen, Hugo. Der Pfarrer ist ein sehr beschäftigter Mann.«

»Und ich nicht?«, entgegnete Hugo bissig. »Na gut, ich gehe und hole ihn.«

»Du bist in Ungnade gefallen«, berichtete er Adam, als er ihn endlich auf einem Acker gefunden hatte. »Der Pfarrer kommt, um den Gottesdienst zu besprechen.«

Adam schwieg, während sie über die Felder zurückgingen. Die Augusthitze hatte nachgelassen, und man konnte schon einen Hauch Herbst in der Luft spüren.

»Bei dir ist doch alles in Ordnung, oder?«, fragte Hugo und musterte Adam scharf.

»Sicher, warum nicht?«

»Du machst nicht gerade einen überglücklichen Eindruck für einen Bräutigam in spe, weiter nichts. Aber du kannst es dir immer noch anders überlegen, weißt du.«

»Und den Hof verlieren?«

Den Bruchteil einer Sekunde fürchtete Adam, sein Bruder werde ihn ohrfeigen.

»Und überhaupt, warum sollte ich es mir anders überlegen?«

Hugo schoss ihm einen geringschätzigen Blick zu. »Vielleicht sollte ich das die Kellnerin aus dem Angel fragen.«

Adam erwiderte Hugos Antwort mit wütendem Funkeln in den Augen.

»Was geht dich das denn an?«

»Ich mag Flora. Sie hat ein schweres Leben gehabt, trotz ihres Glamour-Girl-Images. Sie ist mutig und witzig und hat etwas Besseres verdient, als von dir nach Strich und Faden betrogen zu werden. Wenn du nicht hundertprozentig zu ihr stehst, dann verkneif dir die Hochzeit.«

»Du warst schon immer päpstlicher als der Papst. Bloß weil du auf einem bescheuerten College warst.«

»Du hättest auch gehen können, wenn du gewollt hättest«, gab Hugo erbost zurück.

»Und wer hätte dann den Hof geführt? Jemand musste ja da sein, während du auf Student gemacht hast. Und überhaupt – wenn du Flora so toll findest, warum hast du dich dann nicht selbst an sie rangemacht?«

»Weil sie, wie neunundneunzig Prozent aller Frauen – Gott steh ihnen bei –, verrückt nach *dir* ist. Aber wenn du die Sache durchziehst, nur damit du den Hof in die Finger kriegst, dann bring ich dich, verdammt noch mal, um.«

»Es geht nicht nur um den Hof«, entgegnete Adam. »Ich mag sie wirklich. Aber ich bin einfach …«

»Du bist einfach ein Mann, der nicht nein sagen kann, der alle Leckereien aus dem Süßwarenladen haben will. Werd mal erwachsen, Adam. Oder schlag dir die Idee mit der Ehe aus dem Kopf.«

»Dazu ist es zu spät. Du wirst schon in der Kirche aufstehen und Einspruch erheben müssen.«

»Inwiefern sollte dadurch irgendwem gedient sein?«, wollte Hugo wissen. Sie waren am Gatter zum Innenhof angelangt. »Pass auf, du gehst jetzt lieber und sprichst mit dem Pfarrer. Ich bleibe hier draußen.«

Adam sprang über das Gatter und schlenderte pfeifend aufs Haus zu. Wenn er doch nur nicht so gut aussähe, dachte Hugo bitter, dann könnte er sich sein Benehmen nicht leisten. Schönheit war etwas so Mächtiges, und doch brachte sie kein Glück, jedenfalls nicht den Menschen, die sich darin verguckten.

Als er das Gutshaus betrat, sah Adam ein Päckchen liegen, das handschriftlich an ihn adressiert war. Vielleicht war es ein verfrühtes Hochzeitsgeschenk. Verblüfft entnahm er ihm ein Männermagazin namens *Upfront*. Er wollte es schon beiseite legen und später durchschauen, als er die Überschrift und ein kleines Foto von Flo entdeckte.

»Da bist du ja endlich, Adam!«, rief Pamela aufgeregt, als sie ihn auf der Veranda stehen sah. »Der Pfarrer ist da. Er wartet schon seit zehn Minuten.«

Aber Adam ignorierte sie. Er war viel zu sehr damit beschäftigt, die Klarsichtfolie aufzureißen und die Seiten durchzublättern.

»Also wirklich, Adam«, schimpfte seine Mutter, »jetzt ist wohl kaum der geeignete Zeitpunkt, um…«

»Herrgott noch mal, Flo«, fauchte Adam, während er seine Mutter und den Pfarrer ignorierte, »welcher Teufel hat dich denn geritten, das hier zu machen?«

Da, auf einer Doppelseite unter der Überschrift »Das Blackmills-Mädchen, wie Sie es noch nie gesehen haben«, war eine Großaufnahme von Flo, wie sie splitternackt unter der Dusche stand und sich einseifte.

»O mein Gott«, flüsterte Flo, und das Herz schlug ihr so heftig gegen die Rippen, dass es weh tat, »das war es also, worauf Miles angespielt hat.«

»Herr im Himmel«, stieß Pamela hervor.

»Ich glaube, ich gehe jetzt lieber«, erbot sich der Pfarrer taktvoll. »Vielleicht ein andermal…«

»Dieser verdammte Miles.« Flo drängte die Tränen der Erniedrigung zurück. »Ich *wusste*, dass er etwas im Schilde führt. Adam, es tut mir ehrlich furchtbar Leid. Ich hatte absolut keine Ahnung, dass dieses Foto gemacht wurde.«

Sämtliche Augenpaare hefteten sich auf Adam. Doch Adam tat das Unerwartete. Anstatt zu schimpfen und zu toben, legte er die Arme um Flo. »Mach dir keine Sorgen. Du hast ja gesagt, dass das Bild ohne dein Wissen gemacht wurde.« Er nahm die Zeitschrift und warf sie treffsicher in den Papierkorb. »Also, Herr Pfarrer, sollen wir jetzt den Ablauf des Gottesdiensts festlegen?«

Eine halbe Stunde später, nachdem der Pfarrer gegangen und alles besprochen war, entschuldigte sich Flo und lief zurück zur Hunting Farm. Sie brauchte dringend etwas Zeit für sich in der Sicherheit des Hauses ihrer Tante und ihres Onkels.

»Wirst du daraus schlau?«, fragte Miranda Hugo leise beim Gehen.

»Nein, es ist mir völlig schleierhaft«, gestand Hugo.

Und das stimmte. Falls Adam sich überlegt hatte, ob er einen Rückzieher machen sollte, dann wäre doch das hier ein idealer Vorwand dafür, die Hochzeit abzusagen. Kein Mensch würde ihm irgendeinen Vorwurf machen. Er konnte doch nicht dermaßen nach dem Hof gieren, dass er sich mit jeder Demütigung abfinden würde? Vielleicht war diese neu entdeckte Toleranz aber auch ein Zeichen dafür, wie er sein Eheleben gestalten wollte: dass sie alle beide machten, was sie wollten und mit wem sie wollten. Hugo erschauerte bei dem Gedanken. Er hätte darauf gewettet, dass das nicht die Art von Ehe war, die Flo vorschwebte.

»Kingsley«, kommandierte Pamela, der nach wie vor ganz flau war, als ihr Bruder von seinem letzten Streifzug nach Witch Beauchamp zurückkehrte, »hol mir mal diese Zeitschrift aus dem Papierkorb und guck dir das an.«

Pamela blätterte entschlossen das Heft durch, bis sie die anstößige Seite fand. »Ich verstehe meinen Sohn nicht. Seine Verlobte erscheint kurz vor ihrem Hochzeitstag unbekleidet in einem schlüpfrigen Männer-Magazin. Wenn ich an seiner Stelle wäre, würde ich das Ganze abblasen. Aber was macht er? Er reagiert fast überhaupt nicht. Was für eine mögliche Erklärung, Kingsley, kannst du mir dafür geben?«

Kingsley studierte die Seite in der Zeitschrift mit großer Aufmerksamkeit. »Tja, sie hat sehr schöne …«

»*Kingsley!*«, explodierte seine Schwester erbost. »Gib mir dieses Heft. *Sofort!*«

»Ich glaube, ich gehe mal zu Flo und schaue, ob es ihr gut geht«, sagte Miranda, die das Theater mitbekommen hatte.

Flo saß vor dem Bauernhaus auf der Bank neben dem Eingang.

»Alles in Ordnung, Flo?«, fragte sie leise.

»Dieser verdammte Miles!«, fauchte Flo und zerbrach einen Stock, den sie vom Boden geklaubt hatte. »Dieser verdammte Saukerl!«

»Ach du liebe Zeit«, meinte India-Jane, die interessiert den ganzen Aufruhr verfolgte. »Die arme Vee. Sie ist fest davon überzeugt, dass sie in den Kerl verliebt ist. Sie hatte schon immer einen schlechten Geschmack. Ich an deiner Stelle würde darüber stehen«, empfahl India mit der gesammelten Weisheit ihrer zehn Jahre. »Schließlich gibt es Schlimmeres, als sich auszuziehen.«

»Und zwar?«

»Den Einsatz von Senfgas, die Bombardierung Dresdens.« India hatte in Geschichte gerade den letzten Weltkrieg durchgenommen.

»Zugegeben, verglichen damit sind es kleine Fische. Aber es war trotzdem ein Eindringen in meine Privatsphäre. Außerdem vermutlich auch noch illegal. Und es hätte meine Hochzeit sabotieren können.«

»Und die von Adam«, ergänzte Mattie, die von der Versammlung angelockt worden war. »Alle denken, Adam ist nur ein hübsches Gesicht, aber er ist auch nett. Von allen Erwachsenen ist es immer Adam, der mich auffordert, mitzukommen und ihm auf dem Hof zu helfen. Aber eigentlich braucht er meine Hilfe doch in Wirklichkeit gar nicht, oder? Er will nur nett sein.«

Flo war gerührt von dieser Erinnerung an Adams kleine Gesten der Freundlichkeit, die er dem Mädchen erwies, das sonst jeder übersehen hatte. Wenn sie eine eigene Familie hätten, würde er einen großartigen Vater abgeben.

»Ich weiß«, stimmte Flo ihr dankbar zu, »und er war auch unheimlich nett angesichts dieser Geschichte mit der Zeitschrift. Manche Männer hätten sofort Schluss gemacht.«

»Mmmm«, brummte Miranda. »Ich frage mich nur, warum er so rücksichtsvoll ist.«

18. Kapitel

Wütend riss Flo den Kopf einer Japanischen Anemone ab und warf die zarten Blütenblätter auf den Rasen. Wie hatte Miles das nur geschafft? Angesehene Zeitschriften durften doch bestimmt nicht einfach ohne Erlaubnis der abgebildeten Person freizügige Fotos veröffentlichen?

Sie würde Kontakt zu der Zeitschrift aufnehmen und in Erfahrung bringen müssen, woher sie das Foto hatten. Auf jeden Fall würde sie das Heft nicht aus Moreton House holen, und kaufen würde sie sich erst recht keines. Hugo, so fiel ihr ein, hatte ein Exemplar des Presseverzeichnisses in seinem Arbeitszimmer, in dem genauere Daten über die Zeitschrift zu finden sein müssten. Sie konnte gleich hinübergehen und nachsehen. Sie hoffte nur, dass Hugo nicht da wäre und dass er seine Tür nicht abschloss.

»Bis später, Miranda. Ich muss etwas erledigen.«

»Na gut.« Eines war Miranda am Landleben wirklich zuwider, nämlich dass offenbar alle Leute ständig irgendetwas zu erledigen hatten. Nie lagen sie faul auf Decken herum oder blieben den ganzen Morgen im Bett. Grummelnd verzog sie sich mit ihrem Walkman und einer Modezeitschrift unter einen Baum, an dem ein verlassener Liegestuhl lehnte. Wenigstens so was kannten die Landeier hier.

Zu Flos Glück hatte Hugo sein Arbeitszimmer nicht abgesperrt. Sie setzte sich an seinen Schreibtisch und blätterte *Mims Press Directory* durch, bis sie *Upfront* gefunden hatte. Es war sehr neu, und der Name des Herausgebers war ihr unbekannt. Trotzdem schrieb sie die Telefonnummer auf.

»Hättest du die Freundlichkeit, mir zu sagen, was du hier machst?« Sie blickte erschrocken auf und sah Hugo rot vor Zorn an der Tür stehen. »Auch wenn du deinen eigenen Besitz oder deinen Körper nicht respektierst,...«

»*Was fällt dir ein!*« Flos Stimme war so eisig wie geschliffener Stahl.

Aber Hugo war gerade in Fahrt. »Du kannst es einfach nicht lassen, was? Dich auszuziehen. Hast es wohl als richtiges Model nicht geschafft, dass du dich auf so was einlassen musstest, was?«

»Wie kommst du dazu, mich zu kritisieren, wenn du keine Ahnung hast, was vorgefallen ist? Ich wusste überhaupt nicht, dass ich fotografiert wurde. Ich versuche gerade, herauszufinden, was ich dagegen unternehmen kann.«

Spöttisch musterte er sie, und sie stand wutschnaubend auf und wünschte, sie hätte etwas Schweres, das sie nach ihm werfen könnte. Doch das Einzige, was in der Nähe lag, war das Presseverzeichnis. Das würde seinen Zweck erfüllen müssen. Sie schleuderte es gerade in dem Moment, als Mattie im Türrahmen auftauchte. Sowohl sie als auch Hugo duckten sich rechtzeitig und das massive Buch landete auf dem Boden. Schnaubend und wortlos rannte Flo aus dem Raum. »Was ist denn um Gottes willen mit Flo los?«, fragte Mattie verdutzt.

Hugo sah unsicher drein. »Ich habe lediglich mein Missfallen daran ausgedrückt, dass sie nackt in einer Zeitschrift erscheint, wenn sie demnächst Adam heiratet.«

»Wenn sie es getan hat«, nahm Mattie sie sofort in Schutz, »dann hat Flo es wahrscheinlich für uns getan. Sie bezahlt den Schafzoo mit dem Geld, das sie mit der Werbung verdient. Jeder einzelne Penny kam von Flo. Du solltest dich was schämen, Hugo Moreton. Flo ist ein guter Mensch, und wenn du das nicht siehst, dann bist du derjenige, der ein Problem hat!« Mattie hob das Presseverzeichnis auf und warf es nun ihrerseits gezielt auf ihn. »Vielleicht solltest du dich mal fragen, warum du dermaßen wütend bist, Hugo. Ist es wirklich wegen Adam? Oder bist in Wirklichkeit du derjenige, den es am meisten stört?«

Diesmal fing Hugo das geschundene Presseverzeichnis auf und legte es hin. Es klappte auf der Seite auf, die Flo abgeknickt hatte. Die Adresse von *Upfront* stand weiter unten auf der linken Seite.

Flo hatte also die Wahrheit gesagt.

Eine Woge von Schuldgefühlen wallte in Hugo auf. Für wen zum Teufel hielt er sich eigentlich, dass er ein Urteil über Flo fällte, ohne die wahre Geschichte zu kennen?

Mattie hatte Recht. Er war eifersüchtig.

Er, der immer so stolz auf seine liberalen Grundsätze gewesen war, litt unsäglich bei dem Gedanken daran, dass Tausende von Männern ein Exemplar von *Upfront* kaufen und sich an Flos Körper aufgeilen würden.

Offenbar wollte Flo in Erfahrung bringen, wer dahinter steckte. Das Einzige, was er tun konnte, um ihre Verzeihung zu erlangen, war, es herauszufinden.

Er notierte sich die Adresse von *Upfront*. Morgen hatte er eine geschäftliche Besprechung in London, und danach würde er sich diese Redaktion mal anschauen.

Hugo fand die Redaktionsräume am nächsten Tag ziemlich schnell. Sie lagen in Soho, über einem chinesischen Restaurant in einer kleinen Straße in der Nähe von Chinatown. Obwohl die Zeitschrift schick aufgemacht war, arbeitete das Unternehmen offenbar mit minimalem Budget.

Hugo klingelte und wartete, während er sich dabei wie ein Freier vorkam, der von einer Hure erwartet wurde. Schließlich tauchte ein junger Mann in Trainingsanzug und mit Fahrradklammern an den Hosenbeinen auf, der eher einem Pfadfinder ähnelte als einem Lieferanten von Soft-Pornos.

»Ich möchte bitte den Chefredakteur sprechen.« Hugo setzte sein gewinnendstes Lächeln auf.

»Weiß er, dass Sie kommen?«

»Noch nicht. Aber vielleicht könnten Sie ihm ausrichten, dass ich eine Wahnsinnsidee für eine Finanzkolumne habe, die sich an Möchtegern-Porschebesitzer richtet.«

»Mal sehen, was ich tun kann«, versprach der Junge. »Kommen Sie doch mit rauf.«

Oben angelangt, staunte Hugo über die Räumlichkeiten von *Upfront*. Von dem Pin-up-Mädchen an der Wand einmal abgesehen, hätten sie ohne weiteres der Sitz einer Fahrradzeitschrift sein können. Hugo wusste nicht, was er erwartet hatte, aber mit Sicherheit etwas Schäbigeres und Verruchteres als diese hellen, luftigen Räume mit den farbenfrohen Möbeln und dem leichten Duft nach Raumspray und harter Arbeit.

Selbst der Chefredakteur war eine Überraschung – ein Privatschulabsolvent namens Henry.

»Ihre Idee klingt gut«, sagte Henry und bot Hugo einen leuchtend pinkfarbenen Sessel an. »Ich war schon immer der Meinung, dass wir jetzt, wo wir eine Demokratie von Aktienbesitzern sind, eine Finanzkolumne brauchen. Vorausgesetzt, sie spricht die richtige Klientel an. Den jungen, konsumfreudigen Mann, also jemanden, der eher auf das schnelle Geld aus ist als auf eine sichere Rente.«

»Ganz genau«, sagte Hugo nickend. Wenn er nicht aufpasste, würde er die Kolumne am Ende tatsächlich noch schreiben. Die Tatsache, dass er keine Ahnung von der Materie hatte, störte Henry offenbar nicht.

»Sie müssen sich einfach immer in Erinnerung rufen, wer die Leser sind.« Henry redete sich langsam warm. »Es sind Leb-jetzt-spar-später-Typen. Sie wollen nicht vernünftig sein wie ihre Väter. Hören Sie, versuchen Sie's doch einfach mal. Ich kann Ihnen nichts garantieren, aber ich bezahle Sie, wenn es mir gefällt. Sie haben doch sicher E-Mail?«

»Natürlich«, versicherte ihm Hugo.

»Soll ich Ihnen etwas über unsere Zeitschrift erzählen? Möchten Sie die neueste Ausgabe mitnehmen?« Henry reichte ein Exemplar über den Tisch.

Hugo tat so, als blätterte er das Heft durch. »Oh, ein tolles Foto.« Er hielt bei dem Bild von Flo inne. Es war wirklich ziemlich erotisch. »Wie sind Sie denn daran gekommen?«

Henrys Haltung verkrampfte sich. »Warum wollen Sie das wissen?«

»Weil sie«, begann Hugo, der zu dem Schluss gekommen war, dass Aufrichtigkeit die beste Strategie wäre, »die Verlobte meines Bruders ist. Und sie behauptet, das Bild sei ohne ihr Wissen oder ihre Zustimmung gemacht worden.«

»Ach herrje. Aber sie will uns doch nicht verklagen, oder?« Henry verlor seine Privatschüler-Verbindlichkeit.

»Kommt darauf an, ob sie in Erfahrung bringen kann, wer es geknipst hat. Dann würde sie lieber den Betreffenden verklagen.«

Henry schaltete seinen Computer an und gab etwas ein.

Er lehnte sich auf dem Sessel zurück und musterte Hugo. »Sie wollen gar keine Finanzkolumne für uns schreiben, oder?«

»Eher nicht.«

»Würden Sie's tun, wenn ich Ihnen sage, von wem wir das Foto haben?«

»Möglich.«

»Ich habe irgendwie das Gefühl, dass Sie das könnten. Probieren Sie's. Das Foto haben wir von jemandem namens Miles Panton.«

»Tatsächlich? Das ist ja wirklich hochinteressant.« Flo hatte also wieder mal die Wahrheit gesagt. Er prägte sich die Telefonnummer ein, die auf Henrys Bildschirm neben Miles' Namen erschienen war. »Vielen Dank auch.«

Henry zwinkerte. »Aber verraten Sie Miles nicht, dass ich es Ihnen gesagt habe. Er ist kein besonders angenehmer Mensch.«

»Das ist mir schon klar. Danke für Ihre Hilfe. Und wer weiß? Womöglich verfasse ich tatsächlich ein paar Kolumnen für Sie.«

Vor dem Büro von *Upfront* stellte sich Hugo unter den Pagodenbogen von Chinatown und wählte Miles' Nummer.

Er war nicht da. Stattdessen hatte er praktischerweise für denjenigen, mit dem er verabredet war, auf seinem Anrufbeantworter die Mitteilung hinterlassen, dass er ihn um ein Uhr im Soho House erwartete.

Wie ungemein praktisch. Das Soho House lag nur vier Straßen entfernt. Es war zwar schon halb vier, aber Hugo hatte das Gefühl, dass Miles gern ausgedehnt zu Mittag aß.

»Ich suche Mr. Panton«, sagte Hugo mit einem so charmanten Lächeln, dass die Kellnerin, obwohl sie müde war und das Ende ihrer Schicht herbeisehnte, unwillkürlich zurücklächelte, während sie ihre Liste konsultierte. »Er ist oben im zweiten Stock.«

Hugo erklomm die zwei Stockwerke mit dem Elan und der Anmut eines Athleten. Er erkannte Miles sofort. Er saß am anderen Ende des Lokals vor einer eleganten, hohen Glastür. Sein fleischiges, dekadentes Gesicht erinnerte Hugo an einen verwöhnten Jungen, der sich einbildete, stets das größte Stück Kuchen verdient zu haben.

Miles sah Hugo auf sich zukommen, und der Funken der Erleuchtung dämmerte ihm wenige Sekunden, bevor ihn Hugos Schlag traf.

Mit unerwartetem Gleichmut schrie Miles weder auf noch wehrte er sich, sondern tupfte sich lediglich das Blut, das ihm aus dem Mund tropfte, mit einer pinkfarbenen Leinenserviette ab.

»Sie wird Ihnen auch noch wehtun«, verkündete er hämisch und wandte sich ungerührt wieder seinem Brandy und seiner Zigarre zu.

Wenn sie in den nächsten Tagen das Haus verließ, setzte Flo eine Sonnenbrille auf, da sie fürchtete, dass irgendein rüpelhafter Leser von *Upfront* das Foto gesehen haben könnte oder der Dorfklatsch die Verkaufszahlen des Hefts in Witch Beauchamp hatte in die Höhe schießen lassen. Doch nichts tat sich.

Die Einzige, die sie darauf ansprach, war Buzz. Sie äußerte telefonisch ihr Mitgefühl und erkundigte sich, ob Flo klagen wollte. Die Blackmills-Leute, so berichtete sie, taten zwar schockiert, hatten das Foto aber als »geschmackvoll« erklärt, womit sie meinten, dass es jede Menge Gratiswerbung einbringen würde.

Flo beschloss, auf Indias Rat zu hören und »darüber zu stehen«. Sie hatte im Schafzoo alle Hände voll zu tun. Bald würde sich ohnehin niemand mehr daran erinnern. Zumindest hatten sie ein paar erfreuliche Neuigkeiten zu verbuchen. Die lokale Schulbehörde hatte in Anbetracht des positiven Berichts des unabhängigen Experten, den Flo engagiert hatte, eingewilligt, erneut Schulklassen auf die Hunting Farm zu vermitteln.

Adam verlor kein Wort mehr über die Zeitschrift und hatte wieder angefangen, Flo mit dem Quad Bike abzuholen. Als sie eines Morgens nicht da war, nahm er stattdessen Mattie mit. »Möchtest du mitkommen und mir helfen, eine junge Kuh zu holen, die sich den Huf verletzt hat? Sie ist wohl auf einen spitzen Stein getreten, und jetzt hat sie eine schmerzhafte Entzündung. Wir müssen sie zur Behandlung bringen.« Er hatte sein einnehmendstes Lächeln aufgesetzt. »Ich könnte ein bisschen Gesellschaft gebrauchen.«

Mattie sprang von dem Torpfosten, auf dem sie Statue gespielt hatte, und hüpfte strahlend vor Wichtigkeit neben Adam auf das Quad Bike.

Sie fanden die verletzte Kuh auf dem höchstgelegenen Feld, wo sie schlapp an einer Natursteinmauer lehnte. »He, Mädchen«, säuselte Adam mit sanfter und beruhigender Stimme, »lass uns doch mal deinen Huf sehen.« Wie alle weiblichen Wesen ergab sich auch die Kuh sofort Adams Charme.

»Du bist ein schlaues kleines Ding«, sagte Adam so unvermittelt, dass Mattie nicht wusste, ob er mit ihr sprach oder mit der Kuh. »Gib mir doch mal einen Rat. Wenn du etwas richtig Dummes getan hättest, würdest du es der Frau sagen, die du heiraten willst, selbst wenn sie dann womöglich die Verlobung löst?«

Mattie dachte über seine Frage nach. Sie hatte schon vermutet, dass zwischen Flo und Adam irgendetwas nicht stimmte. »Das würde ich, wenn die Frau, mit der ich verlobt wäre, auch etwa Dummes getan hätte und dächte, *ich* könnte derjenige sein, der die Verlobung löst.«

»Weißt du, was?«, vertraute Adam der Kuh an, »Mattie Rawlings mag zwar erst zwölf Jahre alt sein, aber sie hat mehr Pferdeverstand, ach Entschuldigung, sagen wir Kuhverstand, als jeder Erwachsene, den ich kenne.«

Matties Gesichtchen wechselte von bernsteinfarben zu knallrot. Sie hatte zwei Menschen geholfen, die sie liebte. »Freut mich, wenn ich mich nützlich machen kann. Du darfst das Orakel jederzeit wieder befragen.«

»Wo soll ich 'n das hintun?«, fragte Ivy missmutig, während sie sich mit Alf an einem massigen Paket abschleppte. Da es nur noch zwei Wochen bis zur Hochzeit waren, begannen die Geschenke langsam das Esszimmer zu füllen. »Guter Gott«, klagte Ivy, »das Geschenk hier wiegt schätzungsweise mehr als ich.«

Alf stellte es unsanft ab und hob seine Frau hoch. »Stimmt

überhaupt nich.« Er brüllte vor Lachen, während Ivy um die Wiederherstellung ihrer Würde rang.

Da sie unbedingt wissen wollte, was darin war, packte Flo das gigantische Geschenk aus und enthüllte schließlich unter einem Schleier aus Luftpolsterfolie eine ein Meter hohe silberfarbene Statue.

»Wow.« Flo sah Adam mit hochgezogener Braue an. »Die stand aber eindeutig nicht auf der Liste. Ich wüsste zu gern, von wem sie stammt.«

»Weißt du was, Ivy?« Alf inspizierte den Neuzugang aus jedem Winkel. »Ich schätze, das muss die Überraschung aus diesem Katalog sein, auf die Dickey gespart hat. Er läuft ja schon seit Wochen selbstzufrieden wie 'n Gartenzwerg rum. Aber warum hat er die wohl ausgesucht?«

Flo kniete sich hin, um die Beschriftung auf dem Sockel zu inspizieren.

»Ich muss schon sagen«, begann Adam und kratzte sich den Kopf, »sie ist absolut…« Er suchte vergebens nach dem richtigen Wort.

»…herrlich«, ergänzte Flo bestimmt. »Adam, schau dir das mal an.« Flo war ganz gerührt angesichts dessen, dass der bodenständige Dickey, der kaum je etwas sagte, was über einen Kommentar zur Bodenqualität oder der Regenwahrscheinlichkeit hinausging, insgeheim auf diese ausgefallene Spinnerei gespart hatte. »Es ist Flora, die römische Göttin der Blumen. Wie ungemein aufmerksam von Dickey. Ich fühle mich wirklich geehrt.«

»Was, 'ne Göttin soll das sein?«, kommentierte Alf lakonisch. »Für mich sieht das eher aus wie 'n Waldschrat.«

»Das liegt bloß daran, dass du in etwa so viel Kultur hast wie 'n Stück Gartenschlauch«, bemerkte Ivy, die sich darüber freute, dass sie jetzt ihre Rache bekam.

»Bitte sagen Sie Dickey, wie begeistert wir sind«, bat Flo Ivy. »Bis wir Gelegenheit bekommen, es ihm selbst zu sagen.«

»Ich an eurer Stelle tät das Ding vergraben«, empfahl Alf. »Und ihm weismachen, es wär in der Post verloren gegangen. Man wird ja schier erschlagen von dem Ding.«

»Du liebe Güte«, rief Pamela, eine lange Checkliste mit verschiedenfarbigen Kopien in der Hand, auf denen reihenweise Aufgaben für die wichtigsten Hochzeitsteilnehmer standen. »Was ist das denn?«

»Ein herrliches Geschenk von Dickey«, erklärte Flo entschlossen. »Das ist Flora, meine Namenspatronin. Ist das nicht unheimlich nett?«

Nachdem kein Wort mehr über die Sache mit dem Foto in der Zeitschrift verloren worden war, hatte Pamela beschlossen, zugunsten des wichtigeren Zieles eines harmonisch verlaufenden Hochzeitstags Flos Achillesferse zu übersehen – ganz zu schweigen von anderen Teilen ihrer Anatomie, die zur Schau gestellt worden waren.

»Wie hübsch«, sagte Pamela in einem Tonfall, der zwischen Schock und Entsetzen schwankte. »Also, ich habe hier verschiedene Aufgaben, die ich delegieren muss.«

Ivy stöhnte unüberhörbar.

»Alf, Sie gehen bitte und holen Oasis.«

»Was, die Rockband?«, meldete sich India-Jane zu Wort, die von ihrer Mutter herübergeschickt worden war, um zu fragen, ob sich jemand von den Rawlings nützlich machen könnte. »Kommen Noel und Liam wirklich?«

Pamela ignorierte sie. »Ich meine Floristenschaumstoff. Wir brauchen eine ausreichende Menge für zehn Tischaufsätze, dazu Hängebuketts und zwei oder drei riesige Vasen. Die Floristin hilft Ihnen.«

Alf sah sie trübsinnig an. Doch dann fiel ihm ein, dass heute Markttag in Witch Beauchamp war und die Pubs durchgehend geöffnet hätten. Er konnte sich ein paar Pints Morley's genehmigen und die Kellnerin im Angel begaffen. Freche Mieze. Aber schließlich mochte Alf freche Miezen.

Sie gaben dem Leben Pep. »Okay, Missus, dann ziehn wir zwei mal los, was?« Mit diesen Worten strebte er zur Tür.

»Moment mal, Alf«, befahl Pamela. »Ivy, ich habe im Laden drei Dutzend Schachteln Zuckermandeln bestellt.«

»Was haben Sie denn mit denen vor?«, wollte Ivy wissen.

»Das sind kleine Leckereien für die Gäste.«

»Ich dachte, die kriegt nur er in der Hochzeitsnacht, wenn schon alle gegangen sind«, gackerte Alf.

»Vielen Dank, Alf«, bemerkte Pamela pikiert. »Sie kommen in kleine Säckchen, die mit einem Band zugebunden und jedem Gast an sein Gedeck gestellt werden. Holen Sie sie ab, Ivy, ja, seien Sie ein Schatz. Alf begleitet Sie, oder, Alf?«

Alf seufzte. Also kein Morley's Best für ihn. Und auch kein Blick auf Donnas verbotene Früchte.

»Danke, Ivy. Ach, eines habe ich noch vergessen. Könnten Sie auch den Organza bei Material Girl abholen? Und dann könnten Sie vielleicht heute Nachmittag die Säckchen nähen. Ich mache Ihnen ein Schnittmuster.«

Ivy reckte das Kinn. Sie wusste, dass Alf unbedingt ins Pub gehen und dieses verworfene Weibsstück hinter dem Tresen anglotzen wollte, und sie hatte sich als Rache geschworen, den knackigen jungen Mann im Metzgerladen zu bewundern. Wenn sie ihm dabei zusah, wie er Koteletts abtrennte, bekam sie eine Gänsehaut. Und jetzt verlangte Pamela, dass sie sich an einer blöden Nähmaschine abrackerte.

Als hätte sie die Meuterstimmung an Bord gewittert, schenkte Pamela allen ihr einnehmendstes Lächeln. »Ich weiß, dass ich für Adam und Flora spreche, wenn ich sage, wie dankbar wir Ihnen für Ihre Hilfe sind. Ohne Sie könnte die Hochzeit gar nicht stattfinden.«

»Und was ist mit uns?«, meldete sich Flora. »Sollen Adam und ich denn überhaupt nicht mithelfen?«

»Ihr ruht euch einfach aus«, gurrte Pamela. »Ihr habt nächste Woche noch genug zu tun.«

»Komm schon«, flüsterte Adam verschwörerisch. »Lass uns von hier verschwinden. Da draußen liegt eine ganze Welt, in der die Menschen glücklich und frei sind und niemand das Wort Hochzeit erwähnt.«

»Na gut«, meinte Flo, und sie machten sich beide lachend davon, nicht ohne sich ein bisschen fies vorzukommen, während Pamela im siebten Checklisten-Himmel loszog, um Onkel Kingsley zu finden, der ja womöglich untätig herumsaß.

»So«, sagte Flo und schlang ihre Finger um die Adams, »wo möchtest du denn hin? Irgendwo in Ruhe etwas trinken?«

Adams Finger versteiften sich in ihren. »Nein. Nichts trinken. Ich möchte dich zur Abwechslung mal ganz für mich haben. Ich wollte etwas mit dir besprechen.«

»Dann lass uns doch zum Bach runtergehen. Ich zeige dir auch meinen Reiher.«

Sie lief mit ihm den schmalen Weg hinter Moreton House hinab, über eine sanfte Anhöhe, auf der friedlich die Schafe grasten. Nachdem die Ernte vorüber war, kamen die Konturen der Landschaft wieder klarer zum Vorschein. Das Braun der umgepflügten Felder war satt und üppig, fast wie der Flor von braunem Samt. In der Ferne konnten sie Dickey auf dem Traktor sitzen sehen, umringt von einer Schar Möwen, die in der frisch aufgeworfenen Erde nach Würmern suchten. Unten am Bach war Flos Reiher zunächst nirgends zu sehen, doch dann schwang er sich auf einmal aus der Feuchtwiese und schlug mit seinen schweren Flügeln.

»Erstaunlich, was?«, fragte Flo.

»Nicht so erstaunlich wie du«, antwortete Adam. »Für mich ist das alles selbstverständlich. Du dagegen bemerkst jede Einzelheit.«

»Nur weil ich aus der Großstadt komme. Für mich ist alles noch neu.«

»Und, wie fühlst du dich, Großstadtmädchen? Voller Vorfreude?«

Flo nickte. »Und voller Angst.«

»Flora…«, begann Adam. »Ich habe doch gesagt, dass ich etwas mit dir besprechen muss…« Er hielt inne und senkte den Blick, als müsse er sich seine Worte genau überlegen und Mut für ein gewichtiges Geständnis sammeln. Sie sah ihm an, wie schwer ihm das fiel. Adam war ein Mann der Tat, kein Mann der Worte.

Doch bevor er beginnen konnte, tauchten Miranda und Hugo hinter einer Biegung des Baches auf. Sie fütterten sich gegenseitig mit Brombeeren.

»Die haben wir dort drüben entdeckt«, lachte Miranda, während sie näher kamen. »Dick wie Zwetschgen und absolut köstlich.«

»Du weißt ja, warum, oder?«, klärte Adam sie vergnügt auf, voller Erleichterung darüber, dass er nun doch kein Geständnis ablegen musste. »Diese Büsche wachsen nämlich direkt über einer Jauchegrube.«

Miranda spuckte die saftige Brombeere aus und kreischte.

»Das ist doch nichts Schlimmes«, sagte Hugo und futterte ungerührt ein besonders saftiges Exemplar. »Das ist bester Dung, und der hält die Welt am Laufen.«

»Habt ihr beiden Lust auf einen schnellen Drink?«, fragte Miranda.

Flo musterte Adam. »Wolltest du mir nicht gerade etwas sagen?«, forschte sie.

»Ach du lieber Gott, typisch, dass wir euch wieder mal gestört haben!«, lachte Miranda, sah aber nicht so aus, als würde ihr das etwas ausmachen.

Flo registrierte das Besitz ergreifende »Wir« der Paarbeziehung und warf Hugo einen prüfenden Blick zu. Ihm schien es gar nicht aufgefallen zu sein.

»Keine Sorge.« Adam sprang auf und zog Flo mit sich.

»Nichts, das nicht warten könnte. Schließlich sind wir ab nächster Woche verheiratet, und es ist ja allgemein bekannt, dass einem dann der Gesprächsstoff ausgeht.«

Sie gingen in ein kleines Pub am Bach, eher ein Wohnzimmer als ein Wirtshaus, und lagen anschließend eine Stunde lang faul am Ufer herum und sahen einer Schwanenfamilie zu, bevor sie nach Moreton und dem Gutshof zurückkehrten.

»Adam! Gott sei Dank bist du wieder da.« Pamela stürzte sich auf ihn, sowie er die Tür geöffnet hatte. »Es hat eine kleine Krise gegeben. Alfs Transporter ist liegen geblieben, und du musst hinfahren und ihn und Ivy abholen.«

Adam holte tief Atem. »Gut.«

»Bis später.« Flo gab Adam einen Kuss.

»Aaach«, seufzte Miranda und schmiegte sich an Hugos Schulter. »Ist das nicht süß?«

»Halt die Klappe, Miranda«, fauchte Flo. »Und hör auf, für Hugo die Zuckerpuppe zu spielen. Da dreht's einem ja den Magen um.«

»Da hat wohl jemand einen massiven Anfall von VHB«, meinte Miranda mit falscher Freundlichkeit.

»Was zum Teufel ist VHB?«

»Vorhochzeitliche Bosheit. Keine Sorge. Ich vermute, das ist völlig normal. Wie eine Scheidenentzündung in den Flitterwochen.«

Der Markttag war der einzige Tag der Woche, an dem Witch Beauchamp zur Metropole wurde. Die Parkplätze füllten sich vom frühen Morgen an mit Traktoren, Pferdeboxen und Viehtransportern, und jeder, der nichts mit der Viehauktion zu tun hatte, musste meilenweit laufen oder im absoluten Halteverbot parken.

Adam fluchte. Ivy und Alf waren nirgends zu sehen. Er hatte gehofft, sie würden vor dem Auktionsgebäude stehen. Doch dann entdeckte er Ivy, wie sie umringt von riesigen Tüten voller Oasis an der Bushaltestelle wartete. Er stoppte, stieg aus, stellte die Tüten in den Kofferraum und half Ivy auf den Rücksitz. »Und wo ist Alf geblieben?«

Ivy zog verächtlich eine Augenbraue hoch.

»Lass mich raten. Im Angel?«

»Wo denn sonst?«

Das Angel Pub war genau der Ort in Witch Beauchamp, an den Adam garantiert nicht wollte. »Ivy, du würdest nicht vielleicht…«

»Ich soll diese Hölle der Versuchung betreten, wo Schnaps und lose Weiber das Regiment führen? ›The Lips that Touch Liquor‹«, zitierte sie hochmütig und eindeutig unzutreffend, da Alf gern sein Bierchen trank, »›Shall Never Touch Mine‹.«

Möglicherweise stünde Donna ja heute nicht hinter dem Tresen. Er zerbrach sich den Kopf nach ihrem freien Tag, doch dann verlor er die Hoffnung. Welcher Tag es auch war, der Markttag wäre es bestimmt nicht. Der Markttag in Witch Beauchamp war die ungefähre Entsprechung zur Ernte in Moreton. Da mussten alle Hände mit anpacken.

Der große Schankraum war so überfüllt und finster, dass man unmöglich sehen konnte, wer sich darin aufhielt. Das einzige Licht kam von einem großen Feuer, das unnötigerweise vor sich hin knisterte, uneingedenk der Tatsache, dass es ein herrlicher Tag im September war, dem schönsten Monat von allen in Westshire. Der Zigaretten- und Pfeifenrauch legte einen Schleier über den Raum, durch den man wie durch schmutziges Glas sah. Die Landarbeiter, die sich tagtäglich mit den Unbilden der Natur plagten und dafür sehr schlecht bezahlt wurden, würden das Rauchen, eine ihrer wenigen Vergnügungen, nicht aus dem albernen Grund aufgeben, dass es sie umbringen würde.

Adam versuchte, Alf ausfindig zu machen, ohne selbst entdeckt zu werden. Es klappte nicht.

»Hallo, mein Geliebter.« Adam sah und spürte, wie sich

ein Paar goldbrauner Arme, drall und im Feuerschein glänzend, um seine Taille legten und ihn in die kleine Spülküche zogen. Obwohl er nicht wollte, obwohl er wusste, dass das das Letzte war, was er tun sollte, merkte er, dass er prompt steif wurde.

»Immer mit der Ruhe«, lachte Donna und streichelte den Beweis für ihre Macht über ihn, während sie erfreut zusah, wie er in ihrer Hand groß wurde. »Bevor wir zur Sache kommen, muss ich dir noch was sagen. Herzlichen Glückwunsch, junger Gutsherr, Sir, du wirst bald Vater.«

19. *Kapitel*

Tante Prue war noch im Morgenrock, als sie ein lautes Klopfen an der Küchentür vernahm. Es war Hugo mit einem großen Blumenstrauß. »Könnten Sie die Flora geben und ihr sagen, dass ich mich entschuldigen möchte? Ich fürchte, ich habe mich abscheulich benommen.«

»Das hat mir Mattie schon erzählt. Sie hat gesagt, Sie hätten Flo vorgeworfen, dass sie nie die Kleider anbehält.« Prue hätte gern geschmunzelt, doch Hugo strahlte eine Ernsthaftigkeit aus, die das nicht zuließ.

»Noch schlimmer. Ich habe ihr vorgeworfen, für ein erotisches Foto posiert zu haben, während sie gar nicht wusste, dass die Aufnahme gemacht wurde.«

»Und wäre es denn so schrecklich gewesen, wenn sie dafür posiert hätte?« Tante Prue war über ihre Frage selbst schockiert. »Steht ihr denn nicht frei, was sie mit ihrem Körper macht?«

»Aber sie hat es nicht getan. Sie hat die Wahrheit gesagt. Ich habe nämlich den Chefredakteur dieser Zeitschrift aufgesucht.«

»Du hast *was*?«, zeterte Flos Stimme hinter ihnen. Sie drehten sich beide um und musterten verdutzt die aufgebrachte Flo in ihrem ausgeleierten T-Shirt und den Bettsocken. Die Haare standen ihr zu Berge wie einem jungen Hahn. »Wie konntest du das wagen? Es hat absolut nichts mit dir zu tun. Wie *kommst* du überhaupt dazu, einfach so in meinem Leben herumzustochern? Ich bin durchaus in der Lage, meine eigenen Schlachten zu schlagen. Was, wenn ich hätte klagen wollen? Du hättest mir alles versauen können. Und der Punkt ist: Es hat nicht die Bohne mit dir zu tun. Du bist nicht mal mein Verlobter!«

»So, du wolltest es Miles Panton also einfach durchgehen lassen, was?« Hugo klang schon fast so wütend wie sie. »Du hättest ihn seelenruhig mit seinem selbstgefälligen Lächeln und seinen Ponyfell-Stiefeletten in Ruhe gelassen?«

Da kam ihr ein Gedanke. »Bist du etwa auch noch auf Miles losgegangen?«

Tante Prue biss sich auf die Lippen. Hugo sah massiv betreten drein.

»Du hast ihn nicht zufällig geohrfeigt?«

»Nur einmal«, gab Hugo zu.

»Ich nehme an, das hat dein männliches Gerechtigkeitsgefühl befriedigt, oder? Du hattest den Eindruck, dass dein Eigentum geschützt wird, selbst wenn ich noch nicht mal das Eigentum deines Bruders bin.«

Hugos Körper wurde starr. »Keine Sorge. Du brauchst meine Neandertaler-Manieren nicht länger zu ertragen. Ich fahre nämlich weg. Geschäftlich. Und ich komme erst kurz vor der Hochzeit zurück.«

»Na, Gott sei Dank«, fauchte Flo. »Und jetzt ziehe ich mir lieber etwas an, bevor du mir noch unterstellst, ich wollte dich verführen.«

»Mit diesen Socken?« Hugo rang sich ein Lächeln ab. »Kaum.«

»Ich glaube, du gehst jetzt lieber. Und deine Blumen kannst du auch wieder mitnehmen.« Sie stürmte die Treppe hinauf.

Nachdem Hugo mitsamt den Blumen abgezogen war, sahen sich Tante Prue und Mattie an. »Ich frage mich wirklich, was in Hugo gefahren ist«, sagte Prue schließlich.

»Als ob wir das nicht wüssten.«

Auf dem Rückweg nach Moreton House sagte sich Hugo,

dass er aufhören musste, dass das Ganze lächerlich war. Alles, was Flora gesagt hatte, stimmte. Aber es gab trotzdem noch eine Sache, die er für sie tun konnte und die, wenn es klappte, das beste Geschenk abgeben würde, das er ihr je machen konnte. Wenn er es jedoch vermasselte, dann wäre ihre Wut von heute nichts im Vergleich zu der Wut, die sie dann entwickeln würde. Wahrscheinlich sollte er einfach die Finger davon lassen.

Andererseits war es aber noch nie seine Stärke gewesen, von irgendetwas die Finger zu lassen.

Eine halbe Stunde später klopfte Prue an die Tür ihrer Nichte und trat ein. »Hochzeitstag minus sieben. Und das Wetter sieht prachtvoll aus.«

Flo saß auf ihrem Bett und zog sich die Schuhe an. »Ich will aber heute kein prachtvolles Wetter. Womöglich ist dann am Hochzeitstag Schluss mit dem Sonnenschein. Die völlig überteuerte Vorhersage, die wir vom Wetteramt bekommen haben, ist ganz schön mau.«

»Unsinn. Ivy sagt, die Schwalben und Mauersegler fliegen hoch über dem Bach.«

»Und was genau besagt das?«

»Dass es schön bleibt, du wirst schon sehen. Wenn gutes Wetter ist, fliegen Schwalben und Mauersegler hoch, um Mücken zu fangen. Die Mücken bleiben nämlich unten am Wasser, wenn Regen kommt. Dann siehst du die Schwalben herabstoßen.«

»Wenn also keine Schwalben herabstoßen, lässt das auf gutes Wetter schließen?«

»Genau.«

»Weiß das Wetteramt das auch? Sie könnten Millionen an Satelliten einsparen. Ist Hugo weg?«

»Ja.«

»Gut.«

»Freust du dich denn nicht wenigstens ein bisschen?«

»Worüber? Dass Hugo weg ist? Ich bin begeistert.«

»Darüber, dass er den widerlichen Miles geohrfeigt hat.«

»Das war eine reine Neandertaler-Aktion. Wie er selbst gesagt hat.«

»Hugo Moreton hat von allen jungen Männern, die ich kenne, am wenigsten Ähnlichkeit mit einem Neandertaler.«

»Du hast eine kleine Schwäche für ihn, nicht wahr, Tante Prue?«

»Dunkle Typen haben mir schon immer gefallen, und intelligente Männer, die handgreiflich werden, haben etwas Aufregendes.«

»Aber er hat sich empörend benommen.«

»Ja.«

»Es ging ihn überhaupt nichts an.«

»Nein.«

»Wenn irgendjemand Miles hätte ohrfeigen sollen, dann Adam.«

»Aber es war nicht Adam, sondern Hugo.«

»Möchtest du damit sagen, dass es eine tiefere Bedeutung hat?«

»Ich sage nur, dass ich an deiner Stelle darüber nachdenken würde.« Sie strich ihr über den nach wie vor zerzausten Schopf dunkler Haare und setzte sich neben sie. »Schau dich nur mal an, du siehst aus wie eine Sechsjährige.« Sie wandte sich abrupt ab und wischte sich eine Träne aus dem Auge. »Wenn doch nur deine Mutter hier wäre.«

Flo legte die Arme um Prues Hals. »Das möchten wir doch beide. So viel steht fest. Hochzeiten haben etwas an sich, das nach Mutter und Vater der Braut verlangt. Aber immerhin habe ich stattdessen eine wunderbare Tante und einen wunderbaren Onkel.«

»Dein Onkel schaut noch verzagter drein als eine Herde Southdowns, solche Angst hat er davor, eine Rede halten zu müssen.«

»Sag ihm einfach, er soll sich kurz fassen und keine Witze über hübsche Schafe reißen.«

»Und du hast keinerlei Zweifel? Keine kalten Füße oder das große Zittern vor der Hochzeit?«

»Nichts, was eine plüschige Wärmflasche nicht beheben könnte. Aber wenn ich ehrlich bin, eine Sorge habe ich doch.«

»Und zwar?« Ihre Tante bemühte sich, nicht bestürzt dreinzusehen.

»Ich stelle es mir schrecklich vor, die Hunting Farm zu verlassen. Sie ist mir zu einem richtigen Zuhause geworden.«

»Aber du verlässt sie doch nicht.« Prue lächelte durch den Schleier aus Tränen, die ihr in die Augen getreten waren, obwohl sie sich ihretwegen schämte. »Du wohnst doch praktisch nebenan.«

»Ja, ist das nicht alles erstaunlich?« Die Freude in Flos Stimme war unüberhörbar. »Mein Leben lang habe ich mir eine Familie gewünscht. Und jetzt habe ich dich und Onkel Francis und Mattie und India-Jane und Vee, ganz zu schweigen von Ethan und Hepzibah und all ihren kleinen Brüdern und Schwestern.«

»Flora«, erwiderte Prue mit ernsterer Stimme. »Es ist verständlich, dass du dich nach einer eigenen Familie sehnst, aber bist du dir sicher, dass das Leben auf einem Bauernhof das ist, was du wirklich willst? Es ist eine sehr verführerische Vorstellung, aber das wahre Leben ist ganz anders.«

»Ich weiß. Ich habe eure Sorgen aus nächster Nähe miterlebt, vergiss das nicht.«

»Ja, sicher. Sogar wie die Landwirtschaft Francis zum Trinken und an den Rand des Selbstmords getrieben hat. Wir verdanken dir eine Menge, Flora.«

»Nicht so viel wie ich euch.«

»Und deshalb dachte ich, ich müsste mal mit dir reden.« Prue sah beiseite, holte tief Luft und begann. »Du kommst mir nicht ganz so glücklich vor, wie eine junge Braut es sein sollte, weißt du. Natürlich kann es auch nur die Nervosität vor der Hochzeit sein. Aber was, wenn es etwas anderes ist? Der Grund, warum Francis und ich es letztlich geschafft haben, ist, dass wir uns innig lieben. Bist du dir sicher, dass du Adam um seiner selbst willen liebst, nicht aufgrund der Vorstellung, Gutsherrin auf einem wunderbaren Landsitz zu werden?«

Flo fuhr sich mit der Hand durchs Haar. Sie war gekränkt und wütend. »Wenn mich das jemand anders gefragt hätte, hätte ich ihm eine geklebt. Du hast dich doch wohl nicht von Pamela beeinflussen lassen? Glaubst du etwa auch, dass ich in Wirklichkeit nur auf Moreton House aus bin?«

»Auf Moreton House nicht, nein. Aber vielleicht auf eine Art rustikalen Lebensstil? Was ich eigentlich meine«, fuhr ihre Tante mit besorgtem Blick fort, »ist, dass ich weiß, wie sehr du dich nach dem Familienleben sehnst, das du so lange entbehren musstest, aber ist es wirklich Adam, dem deine Liebe gilt? Oder ist es eher der Lebensstil, den er verkörpert? Denn wenn es nicht wirklich Adam ist, dann wird dich auch eine noch so große Schar fröhlicher Kinder auf dem Quad Bike nicht wirklich glücklich machen. Oder ihn.«

Langsam erhob sich Tante Prue. »Ende des Vortrags. Tut mir Leid. Ich gehe jetzt. Wenn ich mir das alles einbilde, brauchst du es mir nur zu sagen.«

»Tante Prue.« Flo sah ihr direkt in die Augen und verdrängte sämtliche noch verbliebenen Zweifel entschlossen aus ihren Gedanken. »Du bildest dir das alles nur ein. Ich liebe Adam um seiner selbst willen.«

»Gut.« Das Lächeln ihrer Tante kehrte zurück. »Okay, jetzt, wo wir die Standpauke hinter uns gebracht haben, können wir uns der vergnüglichen Seite zuwenden. Was hattest du dir denn für den Damenabend gedacht?«

»Noch gar nichts. Aber ich weiß genau die richtige Person, die das organisieren könnte.«

Miranda, die nach Hugos Abreise im Haus der Rawlings wohnte, stürzte sich voller Begeisterung auf die Aufgabe. Nachdem Hugo weg war, hatte sie eigentlich keinen ernsthaften Grund, nicht nach London zurückzufahren und zu arbeiten. Flos Bitte brachte ihr zwei Vorteile: Zum einen konnte sie sich krank melden und in Maiden Moreton bleiben. Und zum zweiten konnte sie dann am Damenabend so viel trinken, dass die Krankschreibung wirklich *gerechtfertigt* war.

Nicht in London zu sein besaß den großen Vorzug, dass sie jeden Anspruch auf Kultiviertheit sausen lassen konnte.

Miranda entdeckte einen kitschigen Nachtclub in Chippenham, der unter anderem Cocktails in Leuchtfarben und männliche Stripper zu bieten hatte. Bis zu diesem Abend hatte Flo sich eigentlich nicht als Frau gesehen, die einen Bodybuilder mit Babyöl einreiben und ihm ein Gänseblümchen in den Po stecken würde.

Sie hatte sich geirrt.

Doch die wahre Offenbarung war Pamela. Nachdem sie sich selbst eingeladen, drei Cocktails hintereinander gekippt und zur allgemeinen Überraschung »Roll Me Over In the Clover« mit mehreren ausgesprochen schweinischen Versen, die niemand sonst je gehört hatte, zum Besten gegeben hatte, kotzte sie auf dem Nachhauseweg aus dem Autofenster. Flo vermutete, dass sie am nächsten Tag wohl eine Pause in den Hochzeitsvorbereitungen einlegen musste.

»Ihr seht entsetzlich aus«, begrüßte India-Jane sie am nächsten Morgen. »Wie kann man das nur amüsant nennen, sich sinnlos zu betrinken, ins Blumenbeet zu kotzen und sich am nächsten Morgen dermaßen schlecht zu fühlen?«

»Tja, wie kann man nur?«, wiederholte Miranda und betastete ihren Kopf. »Und was war mit dem Blumenbeet?«

Alle Blicke richteten sich vorwurfsvoll auf Flo. »Ach ja,

aber das war«, räumte Miranda ein, »natürlich erst, nachdem du unanständige Sachen mit dem Stripper getrieben hast.«

Flo erbleichte und ließ den Kopf in die Hände sinken. »Hab ich nicht!«

»Nein. Hast du nicht. Ehrlich gesagt hättest du auch einen Kiefer von den Ausmaßen der Tower Bridge dafür gebraucht.«

Flo warf India-Jane einen nervösen Blick zu.

»Keine Sorge«, versicherte ihr India. »Das haben wir alles schon in Gesundheitslehre durchgenommen.«

»O Gott.« Miranda umfasste ihren Kopf. »Wenn doch nur Hugo hier wäre. Er kennt ein so phänomenales Anti-Kater-Mittel mit Ribena-Limonade und Dioralyte.«

»Ich wusste gar nicht, dass Hugo sich mit Katern auskennt«, ächzte Flo. »Er wirkt immer so verantwortungsbewusst, solide und streng.«

»Du würdest dich wundern. Es gibt vieles, was du nicht über Hugo weißt.« Miranda lächelte versonnen. »Hoffentlich kommt er bald zurück.«

Das versetzte Flo einen Stich, aber weswegen? War es Neid auf die offenkundige Zuneigung im Ton ihrer Freundin? Wie albern. Sie hatte die beiden doch absichtlich verkuppelt. Nun konnte sie sich kaum darüber beschweren, dass ihr Plan funktioniert hatte.

»Gut, jetzt sind es nur noch zwei Tage. Worauf hast du denn Lust? Höchst verantwortungsbewusst deiner Schwiegermutter in spe helfen oder ins Kosmetikstudio abschwirren und dir die Nägel machen lassen?«

»Keine Frage, würde ich sagen.«

»Außerdem würde uns eine Aromatherapie-Massage eventuell zurück unter die Lebenden holen.«

»Das wäre traumhaft.«

»Aber hüte dich vor der Frau, die die Fußreflexzonenmassage anbietet. Sie zwickt dich in die Zehen und kassiert zwanzig Pfund, nur um dir zu erzählen, dass du den schlimmsten

Kater aller Zeiten hast, was du ihr schon von vornherein selbst hättest verraten können.«

»Aha. Wohin also sollen wir gehen?«

Flo überlegte angestrengt. Ihre strenge Gesundheits- und Schönheitspflege zu vernachlässigen war eine der Freuden des Landlebens gewesen. Früher hatte sie jeden Tag acht Gläser Mineralwasser getrunken, sich ausschließlich von Salatblättern ernährt und sich alle zehn Minuten auf die Waage gestellt. In Westshire war Schlamm etwas, was einem an den Stiefeln hing und nichts, was man sich gegen Bezahlung ins Gesicht schmieren ließ.

Binnen fünf Minuten hatte Miranda den einzigen richtig teuren Kosmetiksalon im Umkreis von drei Grafschaften ausfindig gemacht.

In flauschige weiße Handtücher gehüllt, verbrachten sie einen herrlichen Tag, gönnten sich Gesichtsbehandlungen, eine Maniküre und ließen sich drücken und kneten. »Gut«, bemerkte Miranda irgendwann, »wie sieht's mit deiner Bikinizone aus? Vor ihrem Hochzeitstag muss eine junge Braut an so was denken. Wie fändest du es, wenn Lesley deine Schamhaare in eine hübsche Herzform brächte? Du willst doch nicht, dass der Sex eintönig wird, oder?«

Miranda setzte sich auf. Sie war dermaßen Feuer und Flamme, dass sie beinahe ihr Glas Maracujasaft hätte fallen lassen. »Jetzt weiß ich es. Du könntest dich tätowieren lassen. Ein A für Adam und einen Pfeil, der auf die ausschlaggebende Stelle zeigt.«

»Miranda«, kicherte Flo. »Um Gottes willen, reiß dich zusammen. Dafür braucht Adam nun *garantiert* keinen Wegweiser.«

Es war vier Uhr nachmittags, als sie endlich gingen, mit einem dicken Minus auf ihrem Kreditkonto oder vielmehr auf Mirandas, weil sie nämlich darauf bestanden hatte, diesen Luxus als Hochzeitsgeschenk zu spendieren.

»Es war göttlich«, seufzte Miranda zufrieden. »Ich habe mich schon ewig nicht mehr so angenehm rupfen und durchwalken lassen.«

»Du bist eine sagenhafte Freundin«, bedankte sich Flo und hängte sich bei ihr ein, während sie sich auf die Suche nach ihrem Auto machten. »Langsam fühle ich mich auch tatsächlich wie eine Braut.«

»So soll's sein.« Miranda warf ihre Tasche auf den Rücksitz des alten Käfer-Cabrios. »Schließlich sind es keine achtundvierzig Stunden mehr bis zu deiner Hochzeit.«

In Moreton House tobte das Chaos.

»Ach, da seid ihr ja!« Pamela stürzte sich auf Flo wie eine Taube mit zerzausten Federn. »Gott sei Dank!«

»Was ist denn los, Pamela? Sie haben doch nicht etwa gefürchtet, sie hätte es sich anders überlegt und sei nach Ibiza durchgebrannt, um dort die Nächte durchzutanzen?«, zog Miranda sie auf.

Pamela ignorierte sie. »Der Pfarrer möchte, dass Sie und Adam zu einem Probedurchlauf in die Kirche kommen. Er wird in einer halben Stunde da sein. Könnten Sie Adam von seinem blöden Traktor loseisen?«

Ausnahmsweise saß Adam aber nicht auf dem Traktor.

»Der muss drüben auf der anderen Seite vom Bach sein, nach 'm Winterweizen schaun«, schrie Dickey.

»Danke, Dickey. Und danke für Ihre wunderbare Statue. Ich werde einen schönen Platz im Garten für sie auswählen, wenn der ganze Zirkus vorbei ist.«

Dickey grinste, und sein wettergegerbtes Gesicht legte sich in Falten, die so tief waren wie bei einer knorrigen Eiche. »Da wird sich die Giftlady ganz schön ärgern. Ist ganz und gar nicht ihr Stil. Aber vielleicht ist sie ja die längste Zeit im Haus gewesen. Ab übermorgen sind schließlich *Sie* die neue Gutsherrin.«

Flo winkte ihm nach, während ihr seine Worte durch den

Kopf gingen. Womöglich organisierte Pamela ihre Hochzeit unter anderem deshalb mit so verbissener Energie, um den Gedanken wegzuschieben, dass sie altem Brauch zufolge wenn nicht sofort, so doch irgendwann in absehbarer Zeit aus Moreton House ausziehen musste. Dann würde es nämlich Adam und seiner jungen Frau gehören. Ihr.

»Tschau, Dickey«, rief sie. »Und versprechen Sie mir eines.«

»Was denn?«

»Dass Sie mich, wenn ich in Moreton House lebe, nicht die Giftlady nennen.«

»Ach«, brüllte Dickey zurück, »versprechen kann ich Ihnen nix. Aber ich glaub nicht, dass Sie sich aufführen wie eine.«

Adam kniete auf der Erde, als sie ihn fand, in der äußersten linken Ecke des Felds am Bach, wo er die winzigen Sämlinge untersuchte.

Flo kniete sich neben ihn. »Deine Mutter will uns sprechen«, sagte sie lächelnd. »Zeit für den Probedurchlauf in der Kirche.«

»Gut.« Adam nickte. »Schau dir mal diese Sämlinge an. Sie sind erst seit einer Woche in der Erde und haben schon Wurzeln geschlagen. Jetzt bleiben sie durch Schnee und Dürre hier und wachsen Tag für Tag weiter, bis wir sie ernten. Genau wie ein Baby, das sich im Mutterleib festklammert.« Seine Stimme hatte einen komischen Beiklang, den sie noch nie zuvor gehört hatte. »Ja, der Kreislauf des Lebens ist schon erstaunlich.«

Flo berührte seine Wange. Es war völlig untypisch für Adam, philosophisch zu werden. »Ja, allerdings. Und wir werden bald Teil davon sein. Bist du jetzt fertig?«

Adam stand auf. »Ja, bin ich.«

»Dann komm mit, damit deine Mutter zufrieden ist.«

Die Kirche von Maiden Moreton war einstmals ausschließlich für die Familie und ihre Dienerschaft errichtet worden. Es war ein kleiner Steinbau, eher eine Kapelle, nicht so dunkel, wie es bei Bauten aus dem Mittelalter der Fall gewesen wäre, und mit mehr Raum für Bänke.

Selbst ohne die Blumen, die sie bald anlässlich der Hochzeit schmücken würden, besaß sie ihren eigenen Frieden und ihre eigene Schönheit, eine Art weiß getünchter Einfachheit, die von Kontinuität und einer beruhigenden Zeitlosigkeit sprach. Wenn man hier stand, vor Gott und seinen engsten Freunden, konnte man tatsächlich glauben, dass man ein Teil der Vergangenheit und Zukunft war.

Onkel Francis stand bereits vorn. »Wenn man sich vorstellt«, flüsterte er und tätschelte Flo die Hand, »dass ich das jetzt noch dreimal über mich ergehen lassen muss!«

»Danach bist du immerhin Fachmann. Und vergiss nicht – bei diesem ersten Mal musst du wenigstens nichts dafür bezahlen.«

»Haben Sie sich auf ein Ehegelöbnis geeinigt?«, wollte der Pfarrer wissen.

»Ja«, antwortete Adam. »Wir lassen das mit dem Gehorchen weg.« Sein Blick schweifte zu dem hohen Seitenfenster, das einen herrlichen Blick auf den Kirchhof bot.

Neben dem Seitentor schien jemand zu stehen und hereinzuspähen. Vielleicht ein neugieriger Passant. Auf dem Dorf liebten alle Hochzeiten.

Und dann klickte es, als hätte jemand die Außentür der Kirche geöffnet, doch es kam niemand herein.

»Gut«, fuhr der Pfarrer fort, da er so schnell wie möglich zum Hackfleischauflauf seiner Frau und der neuesten Folge von *Countdown* nach Hause wollte. »Wo ist der Trauzeuge?«

»Der ist leider noch auf Geschäftsreise«, entschuldigte ihn Pamela. »Aber ich bin sicher, dass er rechtzeitig zurückkommt.«

»Das wollen wir schwer hoffen«, entrüstete sich der Pfarrer. Das wurde ja langsam eine reichlich ungewisse Verbindung.

»Wann hat Hugo denn gesagt. Dass er wiederkommt, Ma?«, erkundigte sich Adam.

»Er wusste es nicht genau. Ich hatte ihn eigentlich gestern schon zurückerwartet.«

»Aber er kommt?«

»Du liebe Zeit, Adam! Hugo würde um nichts auf der Welt deine Hochzeit versäumen.«

»Dann möchte ich mal wissen, was zum Teufel ihn aufhält.«

Der Pfarrer warf Adam einen vernichtenden Blick zu.

»Auf jeden Fall lässt er sich reichlich Zeit«, stimmte Onkel Francis ihm zu. »Lang ist es nicht mehr hin.«

Flo drückte den Arm ihres Onkels fester. Bald wäre sie mit Adam verheiratet. Bald hätte sie eine eigene Familie.

Als die Probe beendet war, gingen sie langsam zusammen aus der Kirche.

Auf der alten verwitterten Bank unter dem Vordach lag in einem Nest aus leuchtend rotem Seidenpapier ein nagelneues Paar Babyschühchen.

»Komisch«, sagte Pamela und hob sie hoch. »Ich hätte schwören können, dass die noch nicht da waren, als wir gekommen sind.«

»Hat vermutlich was mit einer Taufe zu tun«, mutmaßte der Pfarrer. Es waren nur noch zwanzig Minuten, bis seine Sendung anfing. »Ich stelle sie rüber ins Pfarrhaus, bis jemand kommt und nach ihnen fragt.«

»Guter Gott«, stieß Pamela hervor, der auf einmal die Symbolik klar geworden war. »Sie glauben aber nicht, dass das eine Art dörfliches Ritual ist, oder? Wie das, was sie in ›Der Bürgermeister von Casterbridge‹ gemacht haben.«

»Den Skimmity-Zug? Damit sollten doch Leute bloßgestellt werden, die eine Affäre hatten, oder nicht?« Flo versuchte sich an Einzelheiten aus der Zeit ihrer Beschäftigung mit englischer Literatur zu erinnern.

»Genau. Als ob jemand hiermit unterstellen wollte, dass ihr überstürzt heiraten müsst.«

»Also ehrlich, Pamela.« Onkel Francis kam zu ihrer Rettung. »Was für ungewöhnliche Einfälle Sie haben. Ich bin in diesem Fall einer Meinung mit dem Pfarrer. Vermutlich ist es nichts als ein verlegtes Taufgeschenk. So«, fuhr er fort und klopfte dem erbleichten Adam auf den Rücken, »wer geht mit mir einen schnellen Gin Tonic trinken?«

20. Kapitel

»Früüüh-stück im Bett! Früüüh-stück im Bett! Wir wünschen frohen Hochzeitstag mit Frühstück im Bett!«

Flo wurde von Matties Rufen geweckt. Dicht gefolgt von Snowy, die neben ihr herjapste, brachte das Mädchen ein weiß gedecktes Tablett herein, auf dem liebevoll angerichtet Croissants, Butter, Marmelade und ein Becher Kaffee standen.

»Mattie, das ist aber aufmerksam von dir! Eine wundervolle Art, meinen großen Tag zu beginnen.«

Flo strich Butter und Marmelade auf das Croissant und biss hinein. Fast hätte sie sich dabei einen Zahn abgebrochen. Das Croissant war außen heiß und innen noch gefroren.

»Schmeckt's?« Matties ernstes Gesichtchen wandte sich ihr hoffnungsvoll zu.

»Prima«, log Flo. »Sind schon alle aufgestanden?«

»Mum ist in der Küche und stellt einen Zeitplan für den Friseur auf, Miranda ärgert sie, indem sie am Küchentisch sitzt und raucht, Ivy ist wütend auf Alf, weil er Hochzeiten hasst und nicht kommen will, und India ist eingeschnappt, weil Dad gesagt hat, dass ihm meine Frisur so gefällt.«

Mattie hatte sich in der Woche zuvor die Haare schneiden und aus dem früheren Vogelnest eine Kurzhaarfrisur machen lassen. India-Jane war es ein Dorn im Auge, bei ihrer Schwester das Aufkommen eines gewissen Interesses am eigenen Aussehen feststellen zu müssen, selbst wenn es noch so schwach entwickelt war.

»Also ziemlich normal für einen Hochzeitstag. Gibt's noch heißes Wasser?«

»Ich gehe mal nachsehen. Falls welches da ist, hast du es verdient. Es ist auf jeden Fall das Vorrecht der Braut, nicht zu müffeln.«

»Danke, Mattie«, lachte Flo.

Zum Glück war noch jede Menge Wasser übrig, und so konnte Flo sich in schaumige Tiefen versenken und einer CD mit romantischen Songs lauschen, die gratis einem Hochzeitsmagazin beigelegen hatte. Sie sah aus dem kleinen Badezimmerfenster.

> »When the moon
> Hits your eye
> Like a big pizza-pie,
> That's Amore!«

schmetterten Flora Parker und Dean Martin gemeinsam.

Elaine, die Friseurin in Witch Beauchamp, hatte nur zwei Waschbecken, zwei Haartrockner und zwei Mitarbeiter, und so kamen Flo und Tante Prue vor Vee, India und Mattie dran. Ivy war bereits frisiert. Sie hatte das Donnerstagsangebot genutzt, das »halben Preis für Senioren« offerierte. Pamela mischte sich natürlich nicht unters gemeine Volk, sondern hatte einen Friseur engagiert, der nach Moreton House kam. Joan aus dem Schuhgeschäft dagegen, so hatte Ivy allen in bissigem Ton berichtet, war den ganzen Weg nach Swindon gefahren. »Möchte mal wissen, was *die* vorhat. Will sie sich in ihrem Alter vielleicht noch aufsemmeln?«, brummte Ivy missmutig.

»So alt ist sie nun auch wieder nicht«, entgegnete Prue ärgerlich. »Auf jeden Fall unter sechzig. Und außerdem meinst du sicher ›aufbrezeln‹.«

Prue, so war Flo aufgefallen, ließ in letzter Zeit nicht mehr so viel dummes Gerede von Ivy über sich ergehen. Es würde nicht mehr lange dauern, dann würde sie Ivy endlich sagen, was sie zu tun hatte, anstatt sich von ihr herumkommandieren zu lassen.

»Kann mir überhaupt nicht denken, warum sie so weit fährt«, maulte Elaine. »Sonst frisieren wir sie immer. Aber wenn wir natürlich nicht gut genug sind…«

»Eventuell möchte sie ihr Image verändern«, warf Flo diplomatisch ein. Wirklich erstaunlich, dass Diplomatie zwar in London von gesellschaftlichem Nutzen, auf dem Land aber geradezu überlebensnotwendig war.

»Tja, ich hoffe, sie übertreiben es nicht«, murmelte Elaine in den Spiegel. »Also, wie möchten Sie jetzt diesen verflixten Stirnreif haben?«

»Wo *ist* Hugo?«, zeterte Pamela, deren Stimme von Minute zu Minute schriller wurde. »Hast du es unter seiner Londoner Nummer versucht?«

»Ja«, antwortete Adam gereizt.

»Und bei diesem Mädchen? Floras Freundin. Melissa?«

»Miranda. Die ist drüben auf der Hunting Farm. Und sie hat auch nichts von ihm gehört.«

»Was ist dann mit dieser dämlichen Bank, für die er arbeitet? Die müssen doch wissen, wo er ist!«

»Heute ist Samstag, Ma«, erwiderte Adam. Seine Geduld hing am seidenen Faden. »Sämtliche Banken sind samstags geschlossen. Außerdem habe ich nie richtig zugehört, wenn er darüber geredet hat. Es könnte weiß Gott welche Bank sein.«

Pamela wich einem herumhechelnden Mitarbeiter des Party-Services aus, der eine Schüssel Salat mit den Ausmaßen eines Trogs hereinschleppte.

»Ich kann das gar nicht glauben von Hugo. Es ist unbeschreiblich egoistisch.«

»Ja, allerdings.« Adam genoss es richtig, dass ausnahmsweise einmal Hugo als der Egoistische gebrandmarkt wurde.

Normalerweise galt Hugo ewig als Ausbund an Verantwortungsbewusstsein. »Ich rede nie wieder mit dem Scheißkerl, wenn er mich heute hängen lässt.«

»Dann müssen wir eben einen Notplan aufstellen. Kingsley!« Onkel Kingsley, der sich gerade einen Seelenwärmer einschenken wollte, sah sich schuldbewusst um. »Dann musst du es machen.«

»Was muss ich machen?«

»Den Trauzeugen, falls Hugo nicht rechtzeitig hier eintrifft.«

»Ich muss doch wohl keine Rede halten?«

»*Seine Rede!*«, kreischte Pamela. »Wer hält denn dann die Rede?«

»Das ist nicht ganz so wichtig wie der Teil in der Kirche«, wandte Adam ein. »Ich möchte nur wissen, was er mit den Ringen angestellt hat.«

»Keine Sorge, die habe ich.« Pamela gab den Weg frei, bevor sie von einem Floristen niedergemäht wurde, der hinter dem gigantischen Bukett, das er in den Armen hielt, eindeutig blind war.

Kingsley machte aus seinem heimlichen Drink gleich einen doppelten.

»Gut, Kingsley, was willst du denn anziehen?«

»Ich könnte meinen Frack herausholen.«

»Wunderbar. Und noch etwas, Kingsley.«

»Ja?«

»Keine Turnschuhe.«

»Ich verstehe das nicht.« Miranda schüttelte den Kopf. »Hugo kam mir so zuverlässig vor. Glaubt ihr, es ist wegen mir? Ist das eine überzogene Art, mir zu sagen, dass er mich nicht wieder sehen will?«

»Es gäbe einfachere Mittel, sich aus einer Beziehung zu lösen, als seinen Bruder zu beleidigen und sich die ganze Familie zum Feind zu machen«, versicherte ihr Flo. »Wahrscheinlich sitzt er nur in irgendwelchen Luftschleifen über Heathrow fest.«

»Es gibt so etwas wie Telefone«, erklärte Miranda reichlich spitz. Sie trug ein hautenges schwarzes Etuikleid und dazu schwarzweiße Ponyfell-Pantöffelchen.

Ein riesiger schwarzer Hut mit Federn prangte auf dem Bett wie eine bösartige Krähe und wartete darauf, aufgesetzt zu werden.

»Ganz Cruella de Vil«, bemerkte India-Jane, die in weißem Organza mit blassrosafarbenen Gänseblümchen um den Saum irreführend lieb und unschuldig aussah.

»Eigentlich wollte ich es in Schiaparelli-Pink kaufen, aber ich wollte ja die Braut nicht übertrumpfen.«

»Das sieht dir gar nicht ähnlich«, spöttelte Flo.

Miranda ignorierte sie. »Adam muss völlig aus dem Häuschen sein.«

»Drücken wir mal die Daumen. Eine Stunde haben wir ja noch.«

Auf einmal stand Mattie neben ihr. »Hast du eigentlich schon etwas Geborgtes?«, fragte sie schüchtern. »Ich wollte dich nur fragen, ob du vielleicht das hier möchtest.« Sie hielt ihr ein metallenes Medaillon von Lisa Simpson hin. »Irgendwie ist sie mein Idol. Sie ist tapfer und versucht immer, alles auf die Reihe zu kriegen. So ähnlich wie du.« Mattie lief rot an. »Aber du musst es nicht nehmen. Ehrlich nicht.«

»Ich hätte es aber gern.« Flo streckte die Arme nach dem zarten Mädchen aus. Sie war unbeschreiblich gerührt. »Irgendwie ist sie auch mein Idol. Danke.«

Mattie strahlte.

»Ich hätte etwas Blaues für dich«, offerierte India, die sich nicht ausstechen lassen wollte. Es war ein blütenförmiger Ring mit einem glitzernden blauen Stein, der aus einem Knallbonbon stammte.

»Super.« Flo streifte ihn über. »Jetzt brauche ich nur noch etwas Altes.«

»Dein Kleid«, erinnerte Mattie sie. »Mum sagt, es hat deiner Mutter gehört.«

»Ja, stimmt.« Flo sah beiseite. Es war ihr peinlich, dass sie das vergessen hatte.

»Und wenn du deinen Bräutigam nicht allein vor dem Altar stehen lassen willst, würde ich vorschlagen, dass du es jetzt anziehst.«

Mit Mirandas Hilfe schlüpfte Flo vorsichtig in das Satinkleid ihrer Mutter. »Unglaublich, wie gut es passt.«

Alle musterten Flo im Spiegel. Tante Prue erschien genau in dem Moment mit der Kamera, als Miranda den Schleier hinten am Stirnreif befestigte. »Lächle! Wünsch dir was!«

Flo lachte. »Ich dachte, das käme später.«

»Tja, man kann nie wissen. Wünsch dir trotzdem was.«

Das brauchte Flo eigentlich gar nicht. Ihr Wunsch war stets der Gleiche. »Ist Onkel Francis fertig?«

»Ja, und sehr, sehr nervös.«

»Ivy ist schon weg. Sie hat etwas an, das verdächtig nach unseren alten Badezimmervorhängen aussieht. Allerdings hat sie es nicht geschafft, Alf dazu zu bringen, es sich anders zu überlegen. Er streut stattdessen gerade Dünger auf den Winterweizen.«

»Genau wie Adam es später bei Flo machen wird«, gackerte Miranda.

»Ich hoffe nur, dass er nicht die gleiche Technik anwendet«, meinte Tante Prue und machte damit einen ihrer seltenen Witze. »Alf trägt eine Gasmaske und benutzt eine Spritzpistole.«

Sie bogen sich immer noch vor Lachen, als Veronica das Zimmer betrat. Auf ihrem Kleid waren mehr Blumen als im Botanischen Garten.

»Pass bloß auf, Vee«, warnte India-Jane. »Bück dich lieber nicht, sonst pflückt dich noch einer.«

»Bei meinem Glück wohl kaum.« Miles, so fiel ihr wieder ein, hatte nicht einmal den Anstand besessen, auf ihre Einladung zu antworten.

»Also.« Vee rückte ihren Hut zurecht, der mit noch mehr Blumen geschmückt war. »Es ist halb vier. Höchste Zeit, dass wir alle zur Kirche aufbrechen, findet ihr nicht?«

»Ich muss sagen, Kingsley, du machst eine gute Figur«, lobte Pamela. »Du solltest dich öfter in Schale werfen.«

Onkel Kingsley rückte vor dem großen, goldgerahmten Spiegel in der Diele seinen Zylinder zurecht. »Gut. Und wo hast du mein Knopflochsträußchen hin?«

»*Knopflochsträußchen!*«, kreischte Pamela. »Ich wusste doch, dass ich etwas vergessen hatte! Ich habe diese verdammten Knopflochsträußchen vergessen!«

Kingsley sah Pamela erschrocken an. Fluchen war wie laut Lachen oder Amüsement etwas, das seiner wohlriechenden Schwester fremd war.

»Soll ich mal losziehen und 'n paar Rosen pflücken?«, erbot sich Dickey, der den Auftrag hatte, falls nötig den Wagen zur Kirche zu chauffieren.

»Unbedingt«, sagte Pamela dankbar, während sie nach Sicherheitsnadeln suchte.

Dickey kam mit einem Arm voller weißer Rosenblüten zurück. »Sie haben uns gerettet, Dickey. Stecken Sie sich selbst eine an, und ich kümmere mich um Adam und Kingsley. Glauben Sie, dass Alf auch eine braucht?«

»Alf kommt nicht. Er sagt, Beerdigungen sind ihm lieber. Die sind wenigstens ehrlich. Dieser ganze Schwachsinn von wegen ›mit dem Körper huldigen‹.«

»Ich muss gestehen«, sagte Adam, während er Pamela sein Revers hinhielt, damit sie die Rose anheften konnte, »ich kann mir nicht ganz vorstellen, dass Ivy etwas für körperliche Huldigungen übrig hat.«

»Autsch! Jetzt habe ich mich in den Finger gestochen!« Pamela fluchte erneut.

Ein Tröpfchen Blut quoll heraus, und sie wickelte rasch ein Kleenex darum

»Das is aber kein so gutes Vorzeichen, oder?«, meinte Dickey kopfschüttelnd. »Blut an nem Hochzeitstag. Das verheißt doch eindeutig Unglück.«

»Das Unglück hatten wir bereits, Dickey«, erklärte Adam gereizt. »Mein Bruder Hugo taucht nicht auf. Und dabei soll er doch den verdammten Trauzeugen abgeben!«

Alle machten sich auf den kurzen Weg zur Kirche und überließen die kleine Armee aus Party-Service-Leuten, Floristen und dem Streichquartett ihren letzten Vorbereitungen.

Dickey war absichtlich etwas zurückgeblieben und hielt sich wenige Meter neben dem Zelt mit den Speisen und Getränken auf. Er hatte die Leute vom Party-Service kommen und gehen sehen und sich genau gemerkt, wo der Brandy aufbewahrt wurde. Der würde sich auf den drei oder vier Gläsern hausgemachtem Pfirsichlikör, die er sich zu Ehren von Braut und Bräutigam bereits gegönnt hatte, gut machen.

Als sie zur Kirche kamen, war diese schon zu drei Vierteln voll. Vier von Adams alten Schulfreunden, die eingewilligt hatten, als Platzanweiser zu fungieren, sowie mehrere Landarbeiter kümmerten sich darum, die Parkplätze in den umliegenden Feldern zu verteilen.

Trotz Dickeys düsterer Prophezeiungen schien alles glatt zu laufen.

Die beruhigenden Töne von Pachelbels »Kanon« klangen ins herrliche Blau des Septembernachmittags.

»Bereit, den großen Schritt zu tun?«, fragte Onkel Kingsley Adam leise. »Geh lieber rein, bevor die Braut kommt. Bei Hochzeiten gilt ausnahmsweise nicht ›Ladies first‹.«

Pamela drehte ihren Sohn um, damit sie ihn von vorn sah. Mit seinen blonden Haaren, der goldenen Haut und den blassgrünen Augen war er ein umwerfender Bräutigam. Flora Parker konnte sich glücklich schätzen.

Leise Schritte hinter ihnen veranlassten Pamela, sich umzudrehen.

Es war Joan. Zumindest glaubte sie, dass sie es war. Denn ihr von Natur aus graues Haar wies wundersamerweise einen eleganten silberblonden Farbton auf, und ihre sonst recht bescheidene Kleidung bestand aus etwas Schlichtem, aber unübersehbar Edlem von Frank Usher.

Mein Gott, dachte Pamela frustriert, *sie sieht besser aus als ich!*

Die Hochzeitsgesellschaft war derart fasziniert von Joans Verwandlung, dass niemand bemerkte, wie sich jemand Ungebetenes in die Kirche schlich.

Um der besseren Tarnung willen hatte Donna ihren sonstigen Stil gegen etwas Unauffälligeres von Laura Ashley eingetauscht. Dazu kam noch ein Strohhut, den sie aus dem Second-Hand-Shop hatte, und schon fiel sie unter den anderen nicht auf.

»Braut oder Bräutigam?«, fragte Adams ältester Schulfreund, als Donna selbstsicher in die mit Blumen geschmückte Kirche trat.

»Weder noch«, antwortete sie mit tiefer, klangvoller Stimme, »ich bin die andere Frau.«

Adams Freund lachte über ihren Scherz und dachte bei sich, dass sie, wenn sie ein bisschen weniger Augen-Make-up trüge, recht gut aussähe.

Fünf Minuten später beschritt Adam den Weg zum Altar. Er lächelte und winkte Freunden und Gästen zu.

Als er an Donnas Bank vorüberkam, warf sie ihm ihren verführerischsten Blick zu.

Das ganze Dorf war gekommen, um die Hochzeitsgesellschaft zu bestaunen, die die wenigen Meter über die Grünfläche der Parkplätze zur Kirche schlenderte. Ein oder zwei Häuser hatten Flaggen oder weiße Wimpel hinausgehängt, und kleine Kinder standen auf Mauern und warfen Flo Blütenblätter in den Weg.

»Deine Mutter ist den gleichen Weg gegangen«, flüsterte Prue und wünschte sofort, sie hätte es sich verkniffen. Flos glückliches Lächeln wurde ein bisschen wehmütig, als sich die Geister der Vergangenheit unter die fröhlich winkenden Dorfbewohner mischten.

Vor der Kirche stand Onkel Kingsley und winkte zurück. »Ich springe für Hugo ein. Ich sehe zwar nicht so gut aus, aber wenigstens bin ich da.«

»Hat er sich nicht einmal gemeldet?«, fragte Flo verblüfft. Die arme Miranda. Sie wäre ja so enttäuscht. Und Adam würde es als absichtliche Kränkung auffassen, ganz egal, wie gut Hugos Entschuldigung letztlich wäre.

»Mit keinem Mucks. Ich muss sagen, das wundert mich ziemlich.«

Flo blieb stehen, um einen Moment lang die Außenfassade der Kirche zu bewundern. Um den ganzen Eingang herum zog sich ein Blumenbogen, genau wie der, den sie für den Jungbauernball angefertigt hatte. Er quoll über von pinkfarbenen Rosen, Frauenmantel, Kornblumen und Japanischen Anemonen. Im Inneren der Kirche waren die Bänke an den jeweiligen Endseiten mit ähnlichen Blumen geschmückt.

»Sind die Blumen nicht herrlich?« Flo drückte die Hand ihres Onkels. Jetzt musste sie nur noch durch den Bogen und in ihr neues Leben treten.

»Möchtest du meinen Arm nehmen?«, bot Onkel Francis an. »Ich glaube, ich höre schon, wie sie den Hochzeitsmarsch anstimmen.«

Flo holte tief Atem. Nun war es so weit. Der Tag, von dem

sie zeit ihres Lebens geträumt hatte, war gekommen. Der Tag, an dem sie endlich dazu gehören und eine eigene Familie haben würde.

Irgendwo in der Ferne konnte sie dumpfes Brüllen hören – an diesem frohen und harmonischen Tag völlig fehl am Platze.

Tante Prue nahm ihre Schleppe, breitete sie sorgfältig aus und verteilte die Enden an die Brautjungfern. Dann rückte sie den Schleier ihrer Nichte zurecht und gab ihr einen zärtlichen Kuss auf die Wange.

»Du bist eine wunderschöne Braut. Bestimmt lächelt Mary jetzt auf dich herunter.«

Die Rufe von der Straße her wurden jetzt lauter. Flo und ihr Onkel drehten sich um und erblickten Alf, der den Traktor mit Grand-Prix-Geschwindigkeit die Dorfstraße hinablenkte. Hinter ihm klammerten sich zwei Männer fest.

Flos spürte ihr Herz so tief absacken wie einen Fahrstuhl, dessen Seil gerissen ist. Der eine der beiden war Hugo Moreton.

Und der andere war ihr Vater.

21. Kapitel

»Hallo, Flora.« Ihr Vater sprach die Worte, die Flora sich so sehnlich erträumt hatte. »Es tut mir Leid, dass ich erst in allerletzter Minute auftauche. Ich bin gekommen, um dich zum Altar zu führen.«

Ein Strudel von Gefühlen wallte in ihr auf. Ärger. Erleichterung. Dankbarkeit. Wut. Liebe.

In der Kirche klang soeben der Hochzeitsmarsch aus. Nach nur kurzer Pause begann er hoffnungsvoll erneut.

Eine Sekunde lang überlegte Flo, ob sie ihm ihren Brautstrauß über den Kopf schlagen oder ihm das Knie in den Unterleib rammen sollte.

Stattdessen breitete sie die Arme aus, und er umarmte sie so fest, dass das Satinkleid ihrer Mutter zwischen ihnen gefährlich knisterte. Flo kümmerte es nicht. Sie schloss die Augen und klammerte sich fest, wie sie es als kleines Mädchen getan hatte, bevor alles zerbrach.

Als sie die Lider aufschlug, waren ihre haselnussbraunen Augen auf gleicher Höhe mit seinen dunklen, und Tränen verschleierten ihren Blick. »Das ist ja wohl das Mindeste«, quetschte sie heraus, nachdem fast eine Minute des Schweigens zwischen ihnen verstrichen war. »Ist auch allerhöchste Zeit.«

»Hallo, Martin.« Prue, sonst immer die Vernünftigste aller Frauen, hörte selbst, wie ihre Stimme vor Rührung brach. »Willkommen daheim.«

Hinter ihrem Vater bemerkte Flo erst jetzt Hugo, der einen Stresemann trug.

»Wie in aller Welt hast du ihn gefunden?«, strahlte sie. Hugo schmunzelte. »Das ist eine lange Geschichte.«

»Was er meint«, meldete Martin sich zu Wort, »ist, dass er viel Überzeugungsarbeit leisten musste. Das ganze Zeug über Felsen, die sich nicht bewegen, und Kräfte, die sich nicht überwinden lassen. Aber Hugo ist ziemlich hartnäckig. Er wusste, wie viel es dir bedeuten würde, wenn ich käme. Ich kann dir sagen, er hat nicht lockergelassen, bis ich eingewilligt habe.« Er blickte zwischen seiner Tochter und dem jungen Mann hin und her, mit dem er die letzten zwei Tage verbracht hatte, und beschloss, das Risiko einzugehen. »Und offensichtlich liebt er dich wie verrückt. Also warum zum Teufel heiratest du seinen Bruder?«

Fast einen Herzschlag lang stand die Welt still.

Adam hatte die Abwesenheit ihres Vaters nicht einmal zur Kenntnis genommen. Hugo dagegen hatte Tage damit zugebracht, ihn zum Kommen zu bewegen.

»Ich glaube, wir gehen lieber rein«, sagte Onkel Francis leise. »Das heißt, wenn du noch willst.«

Flos Blick pendelte zu ihrer Tante, doch Prue kämpfte nach wie vor mit dem Staunen über die Rückkehr ihres verlorenen Schwagers. Flo war mutterseelenallein.

Wenn doch Hugo nur etwas sagen und bestätigen oder abstreiten wollte, was ihr Vater soeben behauptet hatte. Doch er schwieg hartnäckig. Vielleicht entsprach das seiner Vorstellung von Fairness, oder womöglich hatte ihr Vater sich ganz grauenhaft geirrt.

Auf einmal erschien der Pfarrer in ihrer Mitte, aufgeregt wie ein ängstliches altes Weib. »Ist irgendwas? Der Bräutigam schaut schon reichlich nervös drein. Er steht jetzt seit zwanzig Minuten vor dem Altar. Könnten Sie ihn nun von seiner Ungewissheit erlösen?«

Aller Augen richteten sich auf Flo. Sie nahm den Arm ihres Vaters. Das Herz schlug ihr immer noch bis zum Hals. »Ja«, sagte sie und strich das Satinkleid ihrer Mutter glatt. »Wir kommen ja schon.«

Sie klammerte sich an ihren Vater, als wäre er das Letzte, was sie davon abhielt, sich in Luft aufzulösen, und überlegte fieberhaft. Sie hatte Adam gewählt, weil er so anders war als sie, weil er sie ergänzte und sie zusammen ein Ganzes bildeten.

Als sie zu den Tönen von Mendelssohns »Hochzeitsmarsch« langsam den Gang entlangschritt, kam ihr der Gedanke, dass ihrer Mutter eventuell Ähnliches durch den Kopf gegangen war, als sie im selben Kleid in derselben Kirche gestanden hatte. Aber war die Ehe ihrer Eltern das Vorbild, das sie sich für ihre eigene wünschte?

Als sie an den mit Blumen geschmückten Bänken vorbeigingen, breitete sich die Neuigkeit wie eine Welle durch die Kirche aus. Miranda, deren gigantischer Hut zwei Plätze einnahm, erblickte Hugo und mimte theatralisch Erleichterung.

Pamelas Miene zwischen Erleichterung und Empörung war ein Bild für Götter. Doch dann erholte sie sich und flüsterte aufgeregt Kingsley etwas zu, der sich daraufhin von Adams Seite löste und Anstalten machte, Hugo die Ringe zu übergeben.

Die nächsten paar Minuten, während der Pfarrer die Gemeinde begrüßte und die einleitenden Gebete sprach, verstrichen wie im Traum für Flo. Selbst die mitreißenden Töne von »Bread of Heaven« konnten ihren schockierten und tranceartigen Zustand nicht durchdringen.

Und dann kam der Moment, auf den alle gewartet hatten.

»Liebe Gläubige«, begann der Pfarrer. »Wir haben uns hier im Angesicht Gottes und der Gemeinde versammelt, um diesen Mann und diese Frau im heiligen Sakrament der Ehe zusammenzuführen.«

Flos Herz begann sich wie ein eingesperrter Vogel anzufühlen, der wild mit den Flügeln gegen die Gitterstäbe schlägt, als hinge sein Leben davon ab. Verzweifelt sah sie sich um, doch sie sah nichts als lächelnde Gesichter voller Zuneigung und Vorfreude. Hugo blickte starr vor sich hin.

Im hinteren Drittel des Kirchenschiffs rutschte Donna, von den Hauptfiguren unbemerkt, ans Ende der Bank, indem sie sich an Leuten vorbeizwängte, die sie ärgerlich anzischten.

»Und so fordere ich euch beide auf, da ihr am Tag des Jüngsten Gerichts Rede und Antwort werdet stehen müssen«, tönte der Pfarrer erstaunlich heiter – er genoss diesen Teil –, »falls ihr von irgendeinem Hindernis wisst, das eurer rechtmäßigen Eheschließung im Wege steht, es jetzt zu beichten.«

Das Schweigen schien eine Ewigkeit anzuhalten, obwohl es nur ein paar Sekunden waren.

»Ja«, sagte eine klare und deutliche Frauenstimme, »ich weiß von einem solchen.«

22. Kapitel

Unisono ging ein Stöhnen durch die Kirche, und die Leute lehnten sich auf den Bänken nach vorn, als warteten sie auf eine Erklärung für diese Katastrophe. Der Organist hörte auf, die Noten für »Where Sheep May Safely Graze« durchzublättern. Pamela sah so bleich und erschüttert drein, dass sie von Onkel Kingsley gestützt werden musste. Mirandas Krähenfedern wedelten ungläubig. Onkel Francis und Tante Prue wechselten Blicke, die man sowohl als bestürzt wie auch als erleichtert interpretieren konnte.

»Ach du Scheiße«, zischte India-Jane Mattie in deutlich vernehmbarem Bühnenflüstern zu. »Glaubst du, wir dürfen die Kleider behalten?«

Flo wandte sich zu Adam, der sie ungläubig anstarrte.

»Es tut mir unheimlich Leid, Adam. Das ist einzig und allein meine Schuld. Mir ist erst, als er uns diese Frage gestellt hat, klar geworden, was für einen schrecklichen Fehler wir fast gemacht hätten. Wir hätten es später nur bereut.«

»Das hängt alles mit Hugo zusammen, oder?«, fauchte Adam. »Ich wusste es, verstehst du, aber ich habe beschlossen, dir noch eine Chance zu geben. Glaub bloß nicht, dass du den Hof kriegst, wenn du *ihn* heiratest. Zuvor heiraten nämlich Donna und ich. Außerdem bekommt sie ein Kind von mir, also können wir auch schon mit Onkel Kingsleys wertvollem Erben dienen.«

Adam wandte sich um und marschierte wutentbrannt den Gang entlang. Als er an Donna vorbeikam, packte er sie am Arm.

Am Ende der Bankreihen wandte sie sich um und warf den Versammelten ein breites, triumphierendes Lächeln zu.

»Mein Gott«, flüsterte Mattie, den Tränen nahe. »Wer hätte gedacht, dass Adam sich so aufführen würde?«

»Und was machen wir jetzt?«, fragte Flos Vater, der nicht annähernd so entsetzt aussah, wie man es von jemandem, der fünftausend Kilometer zu einer geplatzten Hochzeit angereist war, hätte erwarten können. »Soll ich dich nach Hause bringen?«

»Einen Moment bitte.« Hugo meldete sich zum ersten Mal zu Wort. Er wandte sich an den Pfarrer. »Könnte ich Sie vielleicht einen Moment unter vier Augen sprechen? Und würdest du bitte auch mitkommen, Onkel Kingsley?«

Die drei blieben nur etwa fünf Minuten in der Sakristei, doch der Hochzeitsgesellschaft kam die Zeit wie eine Ewigkeit vor. Tausend Gedanken drängten sich in Flos Kopf, die sich erschüttert auf die Altarstufe gesetzt hatte.

Mit Adam hatte sie, wie Prue ihr klar zu machen versucht hatte, einen Traum angestrebt, keine Beziehung. Sie konnte Adam zwar zum Vorwurf machen, weiterhin mit Donna geschlafen zu haben, doch das war nicht der Hauptgrund für ihren Sinneswandel. Der wahre Grund war, dass sie bis zu diesem Moment ihren Wunschvorstellungen die Oberhand über ihre Instinkte überlassen hatte. Doch jetzt würde sie befolgen, was Letztere ihr sagten, nämlich dass nicht Adam, sondern Hugo ihr Seelenverwandter war und der Mann, den sie mit all ihrer Kraft aufrichtig lieben konnte.

Der Organist hatte geistesgegenwärtig sein Orgelspiel wieder aufgenommen und ging von »Where Sheep May Safely Graze« zum »Ave Maria« über, als Hugo mit dem Pfarrer und einem schmunzelnden Kingsley aus der Sakristei trat.

»Meine Damen und Herren«, verkündete Hugo, während ihm die dunklen Haare auf genau die Art in die Augen fielen, die Flo, wie sie jetzt erkannte, so liebte. »Im Namen unserer beiden Familien würde ich mich gern entschuldigen. Sie sind einer Hochzeit wegen gekommen, und mit etwas Glück werden Sie auch eine Hochzeit bekommen.«

Flos Herz begann zu tanzen. Sie stand auf, glättete den Satinstoff des Kleides ihrer Mutter und lächelte ihren Vater zärtlich an. Er drückte zur Antwort ihre Hand. Glück und Erleichterung erfüllten ihr gesamtes Empfinden. Nun würde doch noch alles gut. Sie hatte nicht ihr ganzes Leben verpfuscht. Sie war am Rand der Katastrophe vorübergeschlittert und hatte festgestellt, dass es Hugo war, den sie wirklich liebte, und nicht sein Bruder.

»Daher möchte ich Sie mit herzlichstem Dank an Reverend Honeywell«, fuhr Hugo fort, »dazu auffordern, die Verbindung zweier ganz besonderer Menschen zu feiern.« Flos Körper lehnte sich gespannt vor. »Meines Onkels, Kingsley Moreton, und der Frau, die er seit so vielen Jahren heimlich liebt, Miss Joan Little.«

23. Kapitel

Diesmal war deutlich zu vernehmen, wie die Anwesenden nach Luft schnappten. Doch dann hörte man nur noch Jubeln und Händeklatschen, als sich Joan, die in ihrem nagelneuen Outfit vor Glück und Liebe strahlte, den Weg nach vorn bahnte und die Hand des sowohl leicht verlegenen als auch hingerissenen Onkel Kingsley nahm.

»Das wird der Giftlady aber gar nich passen«, flüsterte Dickey Bill zu, der neben ihm ganz hinten in der Kirche stand.

»Wurde aber auch Zeit«, grummelte Ivy. »Sie wartet schon seit dreißig Jahren darauf, dass er sie zu einer ehrbaren Frau macht.«

»Gott sei Dank«, hauchte Miranda und schenkte Hugo ihr strahlendstes Lächeln.

In der ersten Bank auf der linken Seite, von den Hauptfiguren des Dramas unbemerkt, musste Pamela sich heftigst Luft zufächeln.

Der Lage voll und ganz gewachsen, bewies der Organist enormes Taktgefühl und spielte keinen dritten Aufguss des Hochzeitsmarsches, sondern eine schwungvolle Fassung von »The Arrival of the Queen of Sheba«.

Der Hochzeitsempfang besaß einen spontanen Charme, der dem Unvorhergesehenen zu verdanken war.

Die Gäste tranken schneller, lachten lauter und waren eher bereit, sich auf der Tanzfläche lächerlich zu machen, als man es von irgendeiner anderen Bauernhochzeit in Erinnerung hatte. Jemand meinte, dass es ihn an den Tag der Siegesfeiern nach dem Zweiten Weltkrieg erinnerte.

Die Leute vom Party-Service waren besonders erfreut, da Pamela die Gelegenheit nutzte, sich auf einem Stuhl ganz weit hinten im Garten niederzulassen, Pimm's No. 2 in sich hineinzuschütten und sie vollkommen in Ruhe zu lassen.

»Und wie hat der Boss das hingekriegt?«, fragte Alf bewundernd.

»Er trägt schon seit sechs Monaten die amtliche Heiratserlaubnis mit sich rum, aber er hat sich nicht getraut, ihr nen Antrag zu machen«, antwortete Ivy. »Mr. Hugo war der Einzige, der davon wusste.«

»Der is ja vielleicht hinterlistig, was? Heieiei.«

Flo schlich sich unbemerkt zurück zur Hunting Farm, zog ihr Brautkleid aus, faltete es sorgfältig zusammen und legte es ins Meer des Seidenpapiers in die Hutschachtel zurück.

»Alles in Ordnung?«, fragte eine leise Stimme hinter ihr.

Es war ihr Vater.

»Ja. Mir geht's gut«, log Flo.

»Nein, stimmt nicht.« Martin kam herüber und setzte sich neben sie aufs Bett. »Du bist schwer gekränkt. Nicht wegen heute, sondern aufgrund all der Jahre, in denen ich dich vernachlässigt habe.«

Flo hatte sich vorgenommen, stark zu bleiben, doch der Tonfall ihres Vaters ließ ihre Entschlusskraft dahinschmelzen wie Eis im August.

»Ich dachte, ich könnte mit Adam eine Familie aufbauen. Wurzeln schlagen. Dass ich dann Tante Prue und Onkel Francis so nah gewesen wäre, machte das Ganze noch verlockender. Ich hätte endlich irgendwo dazugehört. Ich glaube, ich wusste gar nicht, wer Adam wirklich ist oder was er will.«

»Und es war meine Schuld, dass du so versessen aufs Heiraten warst.« Im Spiegel sah sie die kahle Stelle auf dem Kopf ihres Vaters. Aus nächster Nähe wirkten seine Jugendlichkeit und sein Elan weniger überzeugend. »Ich habe deine Mutter so geliebt. Ich glaube, ich wollte sie mein ganzes Leben für mich allein haben.«

Flo wusste nicht, wie sie es wagen sollte, die nächsten Worte auszusprechen. Doch vielleicht hatte sie heute bereits zu viel verloren, um sich darüber noch Gedanken zu machen. »Prue sagt, es sei eine egoistische Liebe gewesen, und du hättest an dich gedacht, nicht an sie.«

Martins Körper wurde von einem gewaltigen Schluchzen erschüttert. »Prue hat Recht.« Seine Stimme war leise und klang beklommen. »Und wie konnte ich nur übersehen, was für ein Wunder du bist?«

Während das Licht vom Himmel zu schwinden begann, klammerten sie sich aneinander fest, schweigend und von der Gegenwart des anderen getröstet. Schließlich ergriff ihr Vater erneut das Wort.

»Das mit Hugo tut mir Leid.« Zum ersten Mal fiel Flo das typisch amerikanische Näseln auf, das sich in seine Aussprache geschlichen hatte. »Ich habe den jungen Mann wohl falsch verstanden.«

»Genau wie ich seinen Bruder.«

Flo straffte die Schultern und wandte sich ihm zu. »Ich habe beschlossen, nach London zurückzugehen. Das hier ist ein schöner Wunschtraum gewesen, und es sind tolle Leute. Vor allem Prue und Mattie. Aber ich glaube, im Grunde meines Herzens bin ich doch ein Großstadtmensch. Man kann ein Mädchen zwar aus der Stadt holen…«, begann sie.

»…aber man kann die Stadt nicht aus dem Mädchen holen«, beendete Martin ihren Satz. »Du könntest auch mit mir nach Amerika kommen. Ein paar der verlorenen Jahre nachholen.«

Sie lächelte zärtlich. »Ich würde gern zu Besuch kommen. Aber jetzt muss ich erst mal mein Leben auf die Reihe kriegen. Wenn es nicht hier stattfindet, muss ich rauskriegen, wo dann.«

Der Gedanke, all das hinter sich zu lassen – den Bauernhof, den Schafzoo, ja sogar Ivy und Alf, und das Gefühl dazuzugehören, das sie zum ersten Mal empfunden hatte –, war fast zu viel für sie. Doch jetzt hatte sie keinen Grund mehr, hier zu bleiben.

»Hast du Lust, rüber auf die Feier zu gehen?«

»Ja.« Sie fasste sich mit der Hand auf den Kopf und merkte, dass sie immer noch ihren Stirnreif trug.

»Du warst eine schöne Braut. Ich würde ja gern sagen, dass du eines Tages wieder eine sein wirst, aber dann würdest du mich vermutlich auf der Stelle umbringen.«

»Ich würde dich mit meinem Brautstrumpfband erwürgen. Und jede Sekunde davon genießen.«

»Das war das Kleid deiner Mutter, stimmt's?« Seine Stimme hüpfte wie ein Stein über ruhendes Wasser.

»Ja. Prue hatte es aufgehoben.«

»Das hätte Mary gefreut.«

»Abgesehen von einer Kleinigkeit: Ich habe nicht wirklich darin geheiratet.«

»Aber wenigstens hast du nicht auch noch teures Geld dafür bezahlt, wie deine Mutter festgestellt hätte.«

»Das stimmt. Wir haben es ja sogar geschafft, den Empfang zu recyceln. Das mit Joan und Kingsley hätte ich eigentlich erraten sollen. Ich freue mich ehrlich für die beiden.« Sie legte den Stirnreif zusammen mit dem Schleier zu dem Kleid in die Hutschachtel.

»Na, bist du bereit, ihnen zu zeigen, dass du nicht zusammengebrochen bist und nach dem Riechsalz verlangt hast?«

»Ja. Ich würde gern auf Joan und Kingsley trinken. Gehen wir.«

Das Gartenzelt quoll immer noch von Gästen über, und die kleine Tanzfläche war voller Feiernder in unterschiedlichen Stadien des Betrunkenseins, die sich bemühten, den komplizierten Schritten der Macarena zu folgen.

Hugo und Miranda waren nirgends zu sehen. Flo versuchte sich nicht auszumalen, wo sie geblieben sein könnten.

»So.« Onkel Francis trat neben Flo und legte einen Arm um sie. »Das war ja vielleicht ein Ding! Aber über Adam muss ich mich wirklich wundern. Das hätte ich nicht von ihm gedacht. Geht's dir auch gut, Flora?«

»Das muss der Einfluss von dieser Donna sein«, warf Ivy griesgrämig ein, die sich zu ihnen auf den Rasen gesellt hatte. »Es heißt doch, dass sie eine Hexe ist.«

»Ich würde sagen, Donnas Anziehungskraft ist absolut irdisch«, entgegnete Flo.

Tante Prue nahm hocherfreut zur Kenntnis, dass Flo und ihr Vater sehr vertraut miteinander umzugehen schienen. Gott sei Dank, dass wenigstens etwas sich zum Besten gewandelt hatte. »Hallo Martin«, begrüßte sie ihn mit freundlichem Lächeln, während sie verdrängte, dass sie ihn manchmal am liebsten auf den Mond geschossen hätte. »Was hast du denn die ganze Zeit getrieben?«

»Viele schreckliche Fehler machen. Jahre von Floras Leben verpassen.«

»Tja«, erwiderte Prue bedeutungsschwanger, »das kannst du ja jetzt wieder gutmachen.«

»Ja. Ich hoffe, dass Flo mich bald besuchen kommt.«

Flo sah sich nach Pamela um. In vieler Hinsicht mussten die Ereignisse für sie am schlimmsten sein. Einen Sohn zu verlieren. Donna zu bekommen. Und jetzt auch noch auf ihren Bruder verzichten zu müssen, mit dem sie ihr halbes Erwachsenenleben verbracht und ihr Zuhause geteilt hatte. »Hast du meine Beinahe-Schwiegermutter irgendwo gesehen?«

»Jetzt, wo du mich fragst, nein.«

Tante Prue nahm sie bei der Hand. »Es tut mir ja so Leid,

Liebes. Wir haben uns alle von Adam täuschen lassen, nicht nur du. Wenn es dir irgendein Trost ist, so glaube ich nicht, dass er dich benutzt hat. Natürlich wollte er auch den Hof, aber er war von dir verzaubert, von deiner Freundlichkeit und Wärme und Kultiviertheit.«

»Aber was er wirklich wollte, war Donna.«

»Ich glaube nicht, dass das von Dauer sein wird.«

»Meinst du, sie werden hier leben wollen?«

Prue zuckte die Achseln. »Ich kann mir Donna nicht als Bäuerin vorstellen. Aber womöglich hat sie Lust, eine Zeit lang die Gutsherrin zu spielen. Nur um Pamela zu ärgern und die Einheimischen herumzukommandieren. Was ich jedenfalls sagen wollte, ist, dass wir dich gern bei uns gehabt haben. Du hast uns das Glück zurückgebracht, das wir verloren hatten. Bleib doch. Für dich gibt es immer einen Platz auf der Hunting Farm.«

Flo musste ein Schluchzen unterdrücken. Ihr Traum, endlich hierher zu gehören, wäre fast in Erfüllung gegangen.

»Du wärst nicht glücklich geworden.« Prue spürte, was Flo dachte. »Nicht mit Adam.«

»Nein«, stimmte Flo zu. »Ich glaube, ich suche mal nach Pamela.«

Pamela war weder im Zelt noch im Garten selbst, und so stieg Flo die eindrucksvolle Treppe hinauf.

Sie fand Pamela schließlich in ihrem Schlafzimmer. Ihre Haare hatten sich aus der komplizierten Frisur gelöst, und auf ihren wie gemeißelten Wangen zeichneten sich schwarze Rinnsale aus Wimperntusche ab. Sie stopfte gerade Kleider in einen riesigen Koffer auf dem Bett. »Ich habe beschlossen, eine Zeit lang wegzufahren. Die Turteltauben sich selbst überlassen. Ich könnte es nicht ertragen, hier zu sein, wenn Adam dieses Mädchen ins Haus bringt.«

»Das verstehe ich. Es tut mir alles sehr Leid. Sie haben eine wunderbare Hochzeit organisiert.«

»Ja. Nur leider nicht für die richtige Person. Es war ein anstrengender Tag.«

»Wohin wollen Sie fahren?«

»Zu einer Freundin in Cornwall vermutlich. Bis ich wieder klarer denken kann.«

»Ich fahre nach London zurück. Aus ungefähr den gleichen Gründen.«

Pamela unterbrach das Packen und rang sich ein dünnes, mattes Lächeln ab. »Das Leben läuft nicht immer so, wie man es erwartet, was? Falls es Ihnen irgendein Trost ist, Sie hätten eine wunderbare Schwiegertochter abgegeben. Witzig, nachdenklich und ein bedeutend besserer Mittelpunkt der Gemeinde, als ich es je war. Sie hätten das Blumenfest und die Ostereiersuche für die Kinder großartig organisiert. Ivy und Alf sind vernarrt in Sie. Ich hatte nie ein Gespür fürs einfache Volk.«

Ganz spontan umarmte Flo die Ältere. Sie spürte Pamelas knochigen, aufrechten Körper erst steif werden und dann einen Moment lang nachgeben. »Viel Glück, Flora.«

»Ihnen auch, Pamela.«

24. Kapitel

Flo brauchte eine Weile, um zu gehen.

Boshafterweise nahm das Wetter keine Rücksicht auf ihre Gefühle. Es ging in einen wunderbaren Altweibersommer über und sorgte für den herrlichsten Septemberausklang seit Menschengedenken. Der Himmel behielt sein griechisches Tiefblau, ohne dass auch nur die winzigsten Wolken seine klare Weite getrübt hätten. Jeder sagte, es sähe mehr nach Montana aus als nach Maiden Moreton. Die Tage wurden kürzer und kühler, doch das war nur angenehm, und das Gefühl des nahenden Herbstes ließ die Menschen diese Schönheit noch mehr genießen. Es war fast, als bemühe sich die Landschaft darum, einem die Trennung besonders schwer zu machen, wie eine Geliebte, die das Ende einer Affäre nahen fühlt und in Reizwäsche investiert.

Das Schlimmste von allem war, Snowy und Mattie zu trennen. Mattie hatte sich in den Monaten, die Flo hier verbracht hatte, von allen Menschen am meisten verändert, und ein Teil ihres aufblühenden Selbstbewusstseins war dem kleinen Hund zu verdanken, da war sich Flo sicher. Es war schwer, sich jetzt noch vorzustellen, wie Mattie in der Wäschekammer kauerte und sich die Sorgen der Erwachsenenwelt zu sehr zu Herzen nahm. Außerdem, so sagte sich Flo, konnten ihre Tante und ihr Onkel Mattie ja immer noch einen eigenen Hund kaufen.

Flo klappte ihren Koffer zu. Er war gar nicht so voll, wie sie erwartet hatte. Das Leben auf der Hunting Farm hatte keine umfangreiche Garderobe erfordert.

Unten standen ihre Tante und ihr Onkel, Vee, India-Jane und Mattie versammelt, um sie zu verabschieden. Selbst Ivy erschien und drückte ihr eine Schachtel Scones in die Hand. Sie wogen schier eine Tonne.

»Auf Wiedersehen, Flora-Schatz. Komm uns besuchen, so oft du willst. Wir sind immer für dich da.« Die nüchterne Tante Prue wischte sich eine Träne aus dem Auge.

»Mach ich.« Flo kämpfte darum, die Emotionen aus ihrer Stimme herauszuhalten. »Ich versprech's.«

»Danke für alles, Flora«, sagte Onkel Francis leise. »Du warst ein rettender Engel. Buchstäblich.«

Das war zu viel für Flo. Diesmal begannen die Tränen zu fließen, und sie musste Snowy packen und ihren Kopf im weichen, weißen Fell des Hündchens vergraben, als sie sich von Vee, India und Mattie verabschiedete.

Doch dann kam ihr die Erleuchtung. Zuerst tat sie weh, doch dann war sie in ihrer Logik unwiderstehlich.

»Hier, Mattie. Behalt du Snowy. London ist sowieso kein geeigneter Ort für einen Hund, nicht mal für so eine halbe Portion wie Snowy. Sie ist bestimmt viel glücklicher, wenn sie hier bei dir rumnerven kann.«

Matties Miene leuchtete kurz auf und verfinsterte sich gleich wieder. »Flo. Das kann ich nicht. Sie ist dein Hund. Sie würde dir schrecklich fehlen.«

Flo wischte sich das Gesicht und streichelte ein letztes Mal Snowys Fell, das von ihren Tränen feucht geworden war.

»Sie würde sich nur nach dir und den weiten Feldern sehnen. Behalt sie. Dann habe ich umso mehr Grund, zu Besuch zu kommen, stimmt's?«

Mattie nahm den kleinen Hund und klammerte sich an ihn. »Danke, Flo. Wir mailen uns, nicht wahr, Snowy? Um dir zu erzählen, wie sie sich macht.«

»Tu das.«

»Adieu, Vee. Komm mal zu Besuch.«

»Mach ich.«

»Adieu, India.«

»Adam war nichts als eine blendende Fassade, weißt du«, vertraute ihr India-Jane mit der geballten Erfahrung ihrer zehn Jahre an. »Charme traue ich nie. Es ist ein ausgesprochen zweifelhafter Charakterzug.«

Flo musste trotz allem grinsen. »Mit deiner messerscharfen Beobachtungsgabe solltest du Schriftstellerin werden.«

India sah begeistert drein. Eine pinkfarbene Rötung zog über ihr aufgewecktes, braun gebranntes Gesicht. »Ehrlich gesagt, schreibe ich an einer Kurzgeschichte. Über ein Mädchen aus der Stadt, das aufs Land kommt und sich ins Landleben verliebt.«

Flo lachte kurz auf. »Und, hat sie ein Happy End?«

»Das weiß ich noch nicht. Was meinst du denn?«

»Das sage ich dir, wenn ich wieder in London bin.«

Sie stieg in den Käfer und ließ das Verdeck herunter.

»Bis bald, ihr Lieben. Es war herrlich bei euch.«

Seit der Hochzeit, also zwei Wochen schon, wohnte Hugo bei Miranda.

Miranda, die noch nie die schmutzigen Socken eines Mannes in ihrem pinkfarbenen Boudoir ertragen hatte, merkte, dass es Ausnahmen gab. Es machte ihr sogar Spaß, die von Hugo zu waschen. Und sie fand es herrlich, dass er, wenn er vor ihr zu Hause war, für sie beide Essen kochte. Außerdem machte er weder Tamtam, noch verlangte er Lobeshymnen für seine kolossalen Leistungen.

Und er kaufte Blumen. Bis zu Hugos Ankunft hatte Miranda stets eine einzelne Kalla aufgestellt, die bevorzugte Blume der Snobs. Doch Hugo hasste Kallas. Er mochte kitschige rote Rosen, du lieber Gott. Nach nur einer Woche ging Miranda allerdings deren zeitloser Charme mehr und mehr auf.

Hugo hatte einen Hauch Wirklichkeit in Mirandas abgehobenen Lebensstil gebracht. Und sie genoss jede Minute davon.

Nun ja, nicht jede Minute. Ihr gefiel weder das Schweigen noch Hugos Gewohnheit, ins Leere zu starren, als müsse er unter körperlichen Mühen ein mächtiges Bild vor seinem inneren Auge verjagen. Als ob sie nicht gewusst hätte, worum es sich handelte.

Zuerst bestand Mirandas Gegenmittel in ständiger Aktivität.

Wenn Hugo keine Zeit blieb, ruhig dazusitzen, dann bliebe auch keine Zeit für unerwartete Bilder, die sich in seinem Kopf breit machten.

Doch dann sprach sie sie aus. Die fatalen Worte, den schlichten Satz, den sich Miranda mit der ganzen Gerissenheit einer Schwindlerin, die einen Lügendetektor-Test vermeiden will, unbedingt hatte verkneifen wollen.

»Du denkst an Flo, stimmt's?«, platzte sie eines Abends heraus, bevor sie die Frage noch abwürgen konnte.

Die Worte standen im Raum, nackt und grell und bedrohlich in dem gemütlichen Nest, das Miranda zu erschaffen versucht hatte.

Hugo zuckte die Achseln.

Mirandas Augen suchten sein Gesicht ab wie ein Doppellaser. Hier war sie. Ihre große Chance. Vielleicht ihre einzige Chance, und sie torpedierte sie. Sie konnte gar nicht fassen, dass es ihre eigenen Worte waren.

»Dann solltest du lieber gehen, oder nicht?«

Sie sehnte sich danach, dass er sagte: »Ich weiß gar nicht, was du meinst«, oder wenigstens »Flo hat überhaupt kein Interesse an mir.« Doch stattdessen sprang er auf, küsste sie mit leidenschaftlicher Dankbarkeit und lief zur Tür hinaus. »Jetzt weiß ich, warum sie dich zur Freundin gewählt hat. Du bist sagenhaft. Danke, Miranda!«

»Ich und meine große Klappe«, murmelte Miranda und füllte sich das größte Glas mit Wein, das sie finden konnte.

Flo merkte, dass sie kaum fahren konnte, da Tränen ihr den Blick trübten. Vor allem, als sie Kingsley und Joan begegnete, die in der Einfahrt warteten, um ihr nachzuwinken. Prue musste sie angerufen haben.

»Auf Wiedersehen, Flora.« Kingsley versuchte traurig dreinzusehen, doch er war eindeutig viel zu glücklich dazu.

Hinter ihm stand ein Mann auf einer Leiter und hämmerte. Flos Herz machte einen Satz, als sie sah, was er da annagelte. Er hängte das »Zu-verkaufen«-Schild eines Immobilienmaklers auf.

»Kingsley!«, rief sie bestürzt. »Sie wollen doch nach allem, was passiert ist, nicht Moreton House verkaufen?«

»Leider doch. Wir haben einen Brief von Adams Anwalt bekommen. Adam und Donna haben beschlossen, ihr Glück in Spanien zu versuchen. Sie brauchen Kapital.«

»O mein Gott. Es tut mir ja so Leid, Kingsley.«

»Es ist nur ein Haus«, sagte Kingsley achselzuckend, doch sie nahm den Schmerz in seiner Stimme wahr. »Möchten Sie Abschied nehmen? Ich erwarte in fünf Minuten einen Kaufinteressenten. Aus London. Sucht etwas, wofür er seine diesjährigen Kapitalerträge ausgeben kann, nachdem er den Porsche und das Jagdpferd bereits hat. Lassen Sie sich ruhig Zeit.«

Flo nickte, parkte ihren Käfer in der Auffahrt und stieg aus. Unfassbar, dass sie gewagt hatte, sich einzubilden, das könne alles ihr gehören. Die perfekten Queen-Anne-Proportionen, die liebevoll gepflegten Rabatten, der ummauerte Küchengarten und die langjährige Geschichte der Familie Moreton, die bis zu Rundköpfen und Royalisten zurückreichte. Sie wusste, auf welcher Seite die Moretons gestanden hätten. Was würde irgendein protziger Stadtmensch daraus machen? Ein Wochenendhaus, mit dem er angeben konnte. Wahrscheinlich würde er in der Kapelle einen Fitnessraum mit allen Schikanen einrichten.

»'n trauriger Tag für den Boss, was?« Flo zuckte unter Alfs Frage zusammen. Sie hatte gar nicht gesehen, dass er gerade das große Blumenbeet umgrub. »Aber schließlich war's auch nich besonders schlau von ihm, die Wette überhaupt abzuschließen, oder?«

»Nein, wohl nicht. Was sind das für Blumen, die Sie da umgraben?«

»Michaeli-Gänseblümchen. Ich muss sie jäten, sonst überwuchern sie den ganzen Garten.«

Michaeli.

Es war der Michaelitag, der diese ganze verrückte Situation ausgelöst hatte. Schier unglaublich, dass sie nicht einmal davon gehört hatte, bevor sie hierher gekommen war. Wie von so vielen anderen Dingen. Sie sagte sich, dass sie mit diesem blöden Nachgetrauere aufhören müsse, und holte tief Luft.

»Hallo, Flora.« Der Klang einer anderen Stimme ließ sie wie angewurzelt stehen bleiben. »Mein Onkel hat mir gesagt, dass du hier draußen bist, um dich vom Haus zu verabschieden.«

Flos Gesicht lief röter an als eine Mohnblume auf einem Weizenfeld im August. »Hugo! Ich dachte, du seist mit Miranda nach London gegangen.«

Hugo fielen die Haare über das eine Auge, und er musste sie verlegen wegstreichen. »Ich habe den Laufpass bekommen.«

»Ach?«

Hinter ihnen konzentrierte sich Alf eifrig aufs Umgraben.

»Ja. Offenbar rede ich die ganze Zeit über dich. Miranda meinte, vielleicht sollte ich zu dir gehen und dir sagen, dass ich eigentlich dich will.«

Flo wurde plötzlich schwindlig, als litte sie unter Sauerstoffmangel. »Und hat sie Recht?«

»Natürlich. Ich wollte dich schon immer. Aber dir war ja Adam lieber.«

»Bis ich in die Kirche kam.«

»Ja.«

»Und warum hast du da nichts zu mir gesagt?«

»Du warst zu durcheinander.«

»Jetzt bin ich nicht durcheinander.«

Als Onkel Kingsley und sein korpulenter Käufer fünf Minuten später um die Ecke trotteten, bot sich ihnen ein ungewöhnlicher Anblick.

Flora Parker war mit Hugo in einem Kuss à la Rodin verschmolzen, während hinter ihnen Alf ungerührt weiter in seinem Beet grub.

Erst als Kingsley laut hustete, lösten sie sich voneinander.

»Guter Gott«, sagte Kingsley strahlend. »Das hätte euch beiden auch ein bisschen früher einfallen können. Dann wäre alles anders gelaufen.« Zutiefst angewidert musterte er den Käufer. »Leider habt ihr zu lang gewartet. Ich bin juristisch an den Michaelitag gebunden.«

»Aah«, sinnierte Alf, der seine Grabgabel nun endlich beiseite legte und sich an den violetten Gänseblümchen zu schaffen machte, »aber an welchen denn? Sie ham nie gesagt, *welchen* Michaelitag Sie meinen, soweit ich mich erinnern kann, oder, Herr?«

»Worauf willst du hinaus?«, fragte Onkel Kingsley gereizt. Doch dann dämmerte ihm, was genau Alf meinte. »Heiliger Strohsack! Du hast Recht, Alf!« Onkel Kingsley sah drein, als wäre soeben Moses vom Berg herabgestiegen und hätte ihm eine Steintafel überreicht. »Ich habe nicht gesagt, welchen Michaelitag ich meine.«

»Kann mich mal jemand aufklären?«, fragte Flo verständnislos.

Hugo grinste auf einmal wie ein Wasserspeier. »Alf will sagen, dass es zwei Michaelitage gibt. Der alte Michaelitag war im Oktober – am elften, glaube ich.«

»Und der neue Michaelitag ist Ende September«, fügte Kingsley hinzu.

»Und was haben wir heute für ein Datum?«, erkundigte sich Flo, die langsam begriff, was die anderen meinten.

Alf blickte auf seine hochmoderne Digitaluhr, die ihm Dickey aus seinem Katalog bestellt hatte. »Laut dieser Uhr hier ham wir den achten Oktober.«

»Dann ist ja noch Zeit!«

Hugo packte Flo bei der Hand und lief los.

Der Londoner Kaufinteressent trat einen Schritt nach hinten, um ihnen auszuweichen. Er hatte diese Provinzler schon immer merkwürdig gefunden.

»Entschuldigen Sie, Mr. Hugo!«, brüllte Alf ihnen nach. »Aber ham Sie nich was vergessen?«

Hugo blieb stehen, einen Augenblick lang total perplex. »Was denn?«

»Sie ham die Lady noch nich gefragt. Das is aber so Sitte. Sogar hier draußen, wissen Sie.«

Hugo ließ sich wie vom Blitz getroffen auf ein Knie sinken. »Flora Parker, würdest du mir die Ehre erweisen, meine Frau und Herrin von Moreton House zu werden und damit vierhundert Jahre Geschichte vor jemandem zu retten, der sich nicht die Bohne dafür interessiert?«

Flo ließ sich neben ihm ins Gras fallen. »Ja«, sagte sie laut und deutlich. »Wenn du es so formulierst, habe ich doch kaum eine Wahl, oder?«

»Nein.« Hugo zog sie an sich und näherte seine Lippen erneut den ihren. »Überhaupt keine.«

»Dafür ist später noch genug Zeit«, drängte Onkel Kingsley missbilligend. »Seht mal zu, dass ihr aufs Standesamt kommt, ja?«

»Würde mir mal bitte freundlicherweise jemand erklären«, erkundigte sich der Käufer, der langsam die Geduld verlor, als Hugo, Flo und Kingsley über den Rasen davonstürmten, »was zum Teufel hier gespielt wird?«

»Ich würd sagen«, verkündete Alf, während er sich wieder umwandte, um die Michaeli-Gänseblümchen zu jäten und so seine Freude zu verbergen, »Sie können davon ausgehen, dass Moreton House nich mehr zum Verkauf steht.«

»Dann geht doch und treibt's alle miteinander!«, schimpfte der Käufer und klopfte seine deplatzierten hellen Leinenhosen aus.

»Ich glaub«, murmelte Alf, der nun auf schnellstem Weg nach Hause spurten und Ivy die aufregende Neuigkeit berichten wollte, grinsend vor sich hin, »das is so ungefähr das, was Miss Flora und Mr. Hugo vorhaben.«

Danksagung

Da ich von so vielen Menschen, die das Landleben lieben, unterstützt wurde, war es ein Vergnügen, dieses Buch zu schreiben.

Der erste Dank gebührt meiner unerschöpflichen Inspirationsquelle (vom Mutterersatz ganz zu schweigen) Anne Norris, Frau und Tochter eines Bauern, und ihrem Mann Noel von der Crowham Manor Farm in Westfield, für ihre Freundschaft und die faszinierenden Erläuterungen über die Landwirtschaft in Vergangenheit und Gegenwart.

Dank gebührt auch Jane und Ray Ellis aus Lullington in East Sussex und ihrem Sohn Duncan, der mir nicht nur eine ungewöhnlich hilfreiche Schilderung des landwirtschaftlichen Jahres gab, sondern mich auch auf einem Mähdrescher mitnahm! Herzlichen Dank auch an Dick Ellis und seine Frau Penny, die dort seit über fünfzig Jahren Landwirtschaft betreiben und uns das Gefühl gegeben haben, dazuzugehören.

Für ihre überaus nützlichen Informationen danke ich Richard und Anne Brown von der Clapham Farm in Litlington, die auf ihrem Quad Bike immer das Idealbild der Landfamilie abgeben.

Dank gebührt auch Terry Wigmore vom Seven Sisters Sheep Centre in East Dean, dessen Großvater Schäfer war und der das Schäferhandwerk für die heutigen Generationen am Leben erhält.

Ruth Gasson, früher Senior Research Fellow am Centre for European Studies des Wye College der University of London und aktive Mitarbeiterin der Women's Farm & Garden Association.

Sue Gaisford, Landfrau und Schriftstellerin, für ihre witzigen Skizzen des Landlebens.

Kitty Mason dafür, dass sie mich als Erste mit dem »Ort meines Herzens« bekannt gemacht hat, und meiner guten Freundin Cresta Norris dafür, dass sie es vorgeschlagen hat.

Allen im Dorf Litlington, die uns vorwitzige Wochenendausflügler so herzlich willkommen geheißen haben. Nichts hätte unser Leben – und unsere Erinnerungen – mehr bereichern können als die hier verbrachte Zeit.

Meiner Agentin und Freundin Carole Blake, *kein* Mädchen vom Lande, für ihre Unterstützung und den herrlichen Satz, sie sei immer froh, dass es das Land gibt, solange sie nicht hinfahren müsse.

Meinen Lektorinnen und Freundinnen Imogen Taylor und Barbara Boote und allen bei Little, Brown und Co., die ungemein hilfsbereit sind und stets vor Begeisterung sprühen.

Stella Gibbons dafür, dass sie das beste Buch verfasst hat, das man über das Leben auf dem Lande wohl schreiben kann.

Dem (ungenannten) Autor eines wunderbaren ledergebundenen Bandes aus den zwanziger Jahren mit dem Titel *The Farming Year*, der mir die Anregung für den Dreh- und Angelpunkt meiner Geschichte lieferte.

Meinen Töchtern dafür, dass sie sich mit meiner Leidenschaft fürs Landleben abgefunden haben, auch wenn sie eigentlich lieber auf Einkaufsbummel gehen würden.

Meinem Sohn Jimmy dafür, dass er das Land immer noch liebt.

Und zu guter Letzt meinem frisch gebackenen Ehemann Alex, dem ich nach siebzehn Jahren (und drei Kindern) im Jahr 2000 das Jawort gegeben habe. Ich musste in diesem Buch einfach eine Hochzeit unterbringen, weil ich im wirklichen Leben auch eine gefeiert habe!